长篇小说

安澜梦

杨尚聘 / 著

一个家族跨越六百年的
洪水记忆

中国三峡出版传媒
中国三峡出版社

图书在版编目（CIP）数据

安澜梦：一个家族跨越六百年的洪水记忆 / 杨尚聘著. —北京：中国三峡出版社，2019.9
ISBN 978-7-5206-0098-9

Ⅰ.①安… Ⅱ.①杨… Ⅲ.①长篇历史小说—中国—当代 Ⅳ.①I247.5

中国版本图书馆CIP数据核字（2019）第192470号

中国三峡出版社出版发行
（北京市海淀区复兴路甲1号 100038）
电话：（010）57082642 57082640
http://media.ctg.com.cn

北京世纪恒宇印刷有限公司印刷 新华书店经销
2019年11月第1版 2019年11月第1次印刷
开本：710毫米×1000毫米 1/16 印张：22.75
字数：350千字
ISBN 978-7-5206-0098-9 定价：68.00元

序一

◎刘益善

汉语成语中有数典忘祖一词，但中国人历来又是尊祖崇宗的模范。数典忘祖的人有，只是很少的一部分人。在民间，宗室族亲，一代一代传下去，姓氏都有家谱记载，中国的谱牒学，当是世界历史文化的一朵奇葩。

杨尚聘的长篇小说《安澜梦》，是一部张扬祖宗里几个优秀人物事迹的书；他借助家谱，选取几个典型历史时期的几个典型杨姓人物，演绎成生动曲折的故事及人物命运的发展变化，是一部谱牒与文学相结合的可读之书。或许有专门人来研究中国的谱牒所载历史人物，将其演绎成小说，那定能扩展中国文学的疆域，增添无数素材，必是别具一格的创作。杨尚聘所做的正是这件事的开始吗?

湖北有枝江市，枝江有百里洲，是其境内长江上的一个大洲，总面积二百一十二平方公里，号称万里长江第一洲。百里洲土地肥沃富庶，现有近十万人。偌大一个洲子，四面江水，全靠百里长堤围住，挡住江水。百里洲的历史，就是治水筑堤挡江水的历史。百里洲的棉田、稻海、梨园，令多少文人墨客赞颂，还有作家写此洲的长篇报告文学获得了鲁迅文学奖。我曾有两次随湖北省作家诗人到百里洲采风，百里洲的梨子甜，百里洲的大米香，百里洲的棉花做的被子暖和，使得我对百里洲有一种亲切感和亲近感。

杨尚聘是百里洲人，《安澜梦》写的是以百里洲为活动舞台的几个生活在百里洲的杨姓人的治水故事。杨尚聘在小说中把枝江市和百里洲换成了其他名字，我们阅读小说的人不用去管它，只看那场景里的人物与故事，而我就只认定是枝江与百里洲。《安澜梦》说是长篇小说，其实是由四部中篇小说连串而成，从卷一到卷四，都可以独立成篇。杨尚聘的聪明之处就在于用杨姓族谱上几个姓杨的优秀祖先为线串起来，用代代杨姓人都筑堤治理百里洲的水患为线串起来，两根线连缀起这些人物和故事，就有了整体感和连续性，即使是隔代连接，你也看不出其断裂处与松散处来，读者读来就有一气呵成的感觉，整部作品的气韵贯穿始终。

关于《安澜梦》的人物、结构、故事我就不去细分析多阐述了，读者自可以去体验。杨尚聘长期从事新闻工作，曾任一家日报社社长很长时间，但他的叙述语言很流畅，并不是那种新闻腔调，读起来很润心。我希望杨尚聘就这个路子走下去，再从他的族谱或其他姓的族谱里面挖掘一些人物和故事，也许能写出他的第二部、第三部谱牒小说来。

（刘益善，中国作家协会会员、湖北省作家协会原副主席）

序二

李　泉

长江和黄河孕育了伟大的中华文明，而水患又是中华民族的心腹大患。千百年来，长江中下游沿江人民饱受水患之苦，与水患进行了长期而艰难的抗争。“长江万里长，险段在荆江”，荆江段自湖北省枝城至湖南省岳阳县城陵矶，全长四百二十公里。在新中国成立前的两千年间，荆江较大水灾就发生了二百多次。新中国成立后，党中央、国务院十分重视长江水患治理，对长江堤防进行大规模整修，兴修了荆江分洪等重要工程，提高了防洪能力。但是，水患仍是最严重的自然灾害，防汛仍然是最重要的任务。一年中三个月修堤，三个月防汛，三个月救灾，大量的人力财力物力都花在防汛上，其艰难困苦，没有亲历的人是不能体会到的。近二十年来，由于长江综合治理和三峡工程全面发挥作用，长江防洪标准由二十年一遇提高到百年一遇，大大减轻了长江中下游地区的防洪压力。2012 年长江洪水超过了 1998 年，荆江安澜，百姓安宁，标志着中华民族消除长江水患的梦想正在实现。

湖北省枝江市百里洲是长江中游最大的江心洲。一遇洪水，百里洲首当其冲，迎风顶浪，十万人民在水中央，与洪水进行殊死搏斗。杨尚聘是百里洲人，在百里洲工作期间年年都参加防汛，对于洪水带来的痛苦和防汛之艰难有着切肤之痛。他在《三峡日报》社（原《宜昌时报》社）工作三十多年。从三峡工程重新论证到全面发挥效益，杨尚聘参与和主持了《宜昌日报》（现《三峡日报》）的采访报道，有一批关于三峡工程建设和三峡移民的作品获得全国、全省大奖，《坛子岭放歌》等作品在《人民日报》等全国重要媒体发表。1998 年，杨尚聘参加抗洪抢险后，写了《在水中央》长篇报告文学，出版后产生较大反响。

2012 年，大汛之年百里洲第一次没有组织万人上堤而平安度汛。抚今追昔，作者饱含深情创作长篇小说《安澜梦》，用文学之笔留下了荆江人民刻骨铭心的洪水记忆。《芳草》杂志选登了其中一卷，著名作家刘益善先生鼓励出版并写序，因多种原因一直未出版。2018 年，习近平总书记视察三峡工程并发表重要讲话后，杨尚聘深受鼓舞，对原作进行部分修改，在中国三峡出版传媒有限公司大力支持下出版。我作为在宜昌土生土长并长期在宜昌市委工作的宜昌人，感到非常高兴。因为，百里洲是长江防汛的缩影，以此地为原型讲述长江的故事，具有很强的代表性。我曾建议小说中的地名用实名，由于小说中的人物和情节大多是虚构的，作者担心引起误解，很多地名没有采用实名。不管是不是实名，以百里洲为原型的《安澜梦》通过一个个生动的故事，热情歌颂新中国成立后对长江实行综合治理、修建三峡工程给人民带来的福祉，一定是一部能够传之久远的好书。

愿这本书能引起更多人的关注。

（李泉，湖北省宜昌市委原副书记，宜昌市政协原主席）

目录

卷二

卷三

卷四

补记

引子

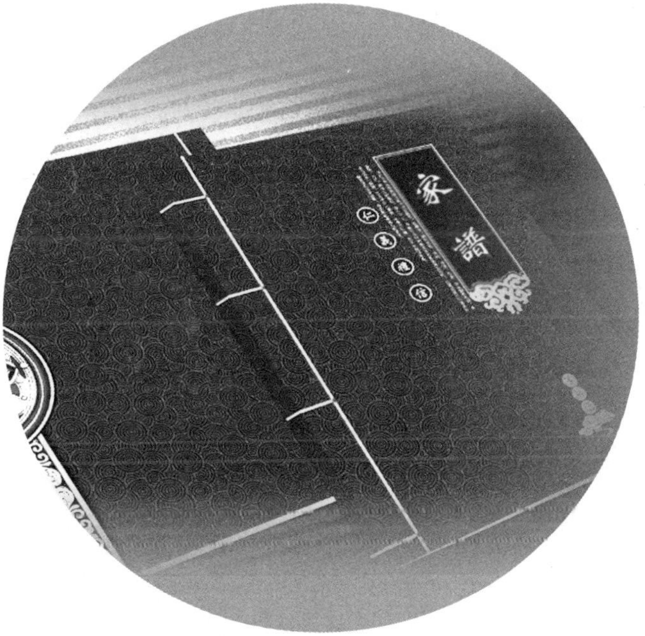

家谱

我——

爹病倒在床上，我却还在堤上。

不是我不去陪伴服侍老人，而是洪水无情，一个劲地上涨，枝洲大堤接二连三地报警，眼看就要突破 1954 年的最高水位。市政府在枝洲设立前线指挥部，市长亲自担任指挥长，几天几夜都没有合眼。市、县机关干部调来了，武警部队来了，全洲有三万多人日夜坚守在堤上。

枝洲是长江中游最大的江心岛。很久很久以前，一支衣衫破烂的队伍，筚路蓝缕，从荆山、南漳一带出发，顺沮漳河而行，艰难地来到沮漳河与长江会合处。长江中央有许多沙洲，枝洲最大。陆续到来的人择高处而居，繁衍生息。到宋代，枝洲“其上宽广，土沃人丰，陂泽所产，足穰俭岁”，已有“桑田甘果，映江依洲”气象。枝洲就像一个大葫芦浮在江水中央，年成好时这个大葫芦就是一颗金疙瘩，光闪闪地引来淘金者无数。一遇洪水便沉入水中，成了水葫芦。洲上居民四处逃生，流浪四乡，拖棍讨米。“江心有枝洲，十年九不收，收了金子环子（穿金戴银），淹了棍子篮子（拖棍讨米）。”这首民谣是枝洲真实写照。

明代枝洲筑起第一道江堤。有堤防比不设防的光景好多了，但还是不过两三年就要破一次堤。“二年不破堤，便是人财喜”，枝洲人嘚瑟得可以上天。一出洲便自称是“枝洲大相爷”，不知是何来由称自己是“大相爷”，料想是戏文上听来的。“大相爷胆子大，喝酒吃肉不问价”，江南江北饭店酒馆把枝洲人奉为财神。一旦破堤，大相爷立马打回原形，数万生灵几无藏身之地，江南江北到处都是枝洲的讨米佬。

这故事从明初到民国，上演了几百年。

新中国成立后，枝洲对江堤进行了大规模维修，防洪标准有所提高。1954年为保荆江大堤和大武汉，枝洲掘堤分洪。此后，枝洲年年修堤，百里长堤像一个孱弱的病人站立起来，渐渐康复，威武一些了。年年防汛，岁岁抢险，惊心动魄，险象环生，枝洲大堤在狂风巨浪中顽强拼搏，创造了近半个世纪大堤不破的奇迹。

今年，1998年。进入七月，长江洪峰接踵而至，一个比一个凶猛。河水比堤内高出五六米，像一把利剑悬在枝洲十万父老乡亲头顶上，包括我的爹妈。

到枝洲抗洪的那天，我才晓得爹的老毛病犯了，躺在床上上气不接下气。我要送爹到县医院，躺在床上的爹发烦了，说："我一时死不了，村里小黄医生来看过，说给我输几瓶液就好了。你是来抗洪的，不要再跑回来，好好把堤守住，等水退了再送我到县城看病。"我爹一辈子不知参加过多少次防汛，知道防汛的规矩。

这几天，老码头上的水位标尺像一支插在热水锅里的大温度计，水位不断地往上冲，洪水无情地吞下那些令人胆战的数字。

生死关头，任何人都得坚守岗位！

我爹——

我这辈子死过两次。

第一次是抗战时期。那时我在通讯班当译电员，部队刚刚转移到临时住所，还来不及架线，日军战机就来了，炸弹在我们身边爆炸，我以为这回是死定了。没想到被人从土堆里刨出来后，很快就醒过来了，只受了轻伤。可是我们通讯班里死了一个人，重伤两个人。那时我才晓得死亡离我这么近。

第二次是1954年。那年发大水，听说要分洪，我划船把水生他娘送到江南老城娘家，回来时遇到大风浪把小木船打翻了。我不知漂了多远，好在挂到了一棵树上，被人救起来，才捡回了一条命。

唉，现在日子好了，人又老了，还病了。不争气的身子偏偏在这个时候犯病。这次可要顶住，不能让儿子分心，他是来抗洪的。

我——

枝洲又要分洪了！

这个消息像一条毒蛇在江堤上游动。毒蛇游到哪里，哪里就充满恐惧。分洪，枝洲瞬间就会沉入江底。金葫芦完了，家完了，地完了，辛苦一年的收成完了，辛苦一辈子的房子完了，所有的一切都完了！

干部按照上级指示，在高音喇叭里、在手持话筒里喊着同一句话："决不信谣，人在堤在！"

我也在堤上奔跑喊叫。喊叫声被风声浪声卷走了，大堤上的人们想得最多的是家，是家里的老人、家里的老婆、家里的孩子、树上的梨子、田里的桃子（棉桃）、圈里的猪子。一样都不能丢，一样都不能少啊！

我一边喊，一边想着我爹。要是真的分洪了，我那年老多病的爹怎么办？怎么办？

分洪，对枝洲人来说就是灭顶之灾。1954 年，枝洲下了两个月的雨，洲内一片汪洋。我爹划船送妈到南边外婆家，船到南河江心，风大浪急，几个颠簸，妈受不了了，在妈肚子里的我也受不了了，急着要出来，妈就在船上把我生下来。爹使劲地划船，船一靠岸就背起妈、抱着我往外婆家里跑。到了外婆家，爹把我和妈安顿上了床便瘫倒在地上，好大一会儿才起来。外婆给我起了个小名叫分洪，后来爹给我起了个学名叫水生。那次爹把我们送到后，连夜赶回家收拾东西，遇到大风浪差点丢了性命。

这是我妈告诉我的。

我爹——

这天哪，老是下雨，和 1954 年差不多了。我在床上动也不得动，一动就喘不过气来。前两回没有死成，这回只怕真扛不过去了。

想起我这一辈子，只对不住两个人。一个是水生的妈，她辛辛苦苦，没享过一天福。再就是我的儿子水生。有人揭发我在国民党部队当过兵，有“历史问题”。我受点屈算不得什么，儿子跟着遭了孽，连当个民办老师都不行。直到后来恢复高考，儿子才上了大学。

一想到这些，我心里就像辣椒面撒到疮口上生疼生疼的。

我——

“公社闸管涌！”

天啊！我心里一颤一颤，好久回不过神来。

跳上去公社闸的抢险车，十几年前的那场噩梦又在我眼前浮现了——

公社闸是1958年修的一道大闸，干旱时开闸放水灌溉，洪水到来时关闸防洪。1981年洪峰到来时公社闸底部出现穿孔，水从堤下部翻入堤内，水利人叫“管涌”。大堤管涌可了不得，洪水如猛兽直冲堤脚，刹那间就会拱翻大闸，撕裂大堤，直扑洲内。负责值守的村书记杨小五是我的堂兄，他带着几个水性好的男人组成敢死队下水堵闸漏。闸保住了，小五哥被汹涌的洪水卷走了，尸身都没有找到。以后我只要回到枝洲，都要到公社闸去看看小五哥。

公社闸啊，公社闸，你千万要挺住啊！

我们赶到公社闸时，几条大驳船已在抛石，没有多长时间，闸室就堵死了，在闸外形成了一道石墙。

望着滔天洪水滚滚东去，我想当年要是有现在这样的条件，小五哥也不会葬身水底。

我爹——

今天小黄医生来给我挂上吊针，人是安稳一些了。

河里一涨水，我就想到三哥。那年涨水，我和三哥一人划一条小木船给在县城上学的儿子和小五送米送菜，三哥的船翻了，捞起来就没了气。

一想到三哥，又想起了家谱，是交给水生的时候了。

当年我被抓壮丁，全家都慌了神。临走时二伯把一本《张杨家谱》交给我，说："这些年我把《张杨家谱》抄了两本，一本我留着，还有一本你带上，想家了就看看，是个念想。"这本家谱随我六七年，在我离开部队回家之前遇到了远房侄儿杨长青，就把家谱送给了他。没想到分别后就一直没有了长青的消息。

我回来时二伯已过世了，我到二伯家找家谱，二婶娘翻箱倒柜也没有找到。我好后悔把家谱送给长青。

土改时二伯的老屋分给贫雇农，贫农三哥分了两间。后来这栋老房子失火，三哥收拾时发现断墙斗子里有个烧坏了的木头盒子，扒开一看是家谱。三哥晓得我找过这本书，就悄悄交给我了。我像得了宝贝一样藏好，补上了一些后生的名字和大致情况，准备在儿子长大后交给他传下去。后来运动一个接着一个，张姑爹因续家谱被抓起来关了好多天，我也不敢再声张，生怕连累儿子，好长时间都不敢对他说。现在没事了，我准备把家谱交给水生。

这次抗洪后我一定要交给他。

我——

老码头的水位已超过1954年，接着是超10厘米，超20厘米，超30厘米，超40厘米，超50厘米……大堤报警！报警！！报警！！！

防汛车拉着长长的警报，一辆接着一辆从堤下的马路上呼啸而过，堤上战士和民工奔跑着，向最危险的地段冲锋。

我也在奔跑。忽然有一个声音从脑海中冲出来："在那个总口子上卡起来！卡起来！！卡起来！！！"这是伟人的声音。

可是，三峡大坝还没建好，怎么卡啊？

我还是在奔跑，朝最危险的地方奔跑。

"卡住了，卡住了！"大堤上传来欢呼声。

"最新消息：清江隔河岩水库超蓄洪水，成功实现了清江洪峰与长江洪峰的错峰削峰，枝城水位今晨已缓慢回落。沿江抗洪大军要继续严防死守，夺取抗洪全面胜利！”广播大喇叭反复播送这一消息。

我停下脚步，泪流满面。

下午，枝洲水位开始下降。最危险的时候过去了。

还没有缓过劲来，一位兄弟跑来对我说：“二爹今天病情加重了，你快回去看看！”我回家跑进房门，大声叫爹，爹已不能讲话了。我跪在床前，拉着爹的手，爹把我的手扯到枕头边。我知道有事，流泪点头说“我晓得了”。

爹微微点头。

我爹——

明明是听到水生回来了，怎么眼前出现的都是一些老人？

二伯？你怎么回来了？来接我？不，我不去。要去？不，我不去。我等儿子回来。你问我那本家谱，没丢，还在。交给谁了？交给长青了。

三哥，你也回来了？嘿，你问我把家谱交给水生没有？交了，刚才交的。你不信，你不信问他们。要我走？我不走，正涨水呢，往哪里走？到你那里？我不去。

小五，你也来了，我晓得你不会死，我早就晓得你还活着。你死了？真的死了，死了怎么能跟我讲话？我也死了，胡说，我正等着水生回来有事呢。你听，水生回来了，在叫我……

是哪个在叫我？是水生，是水生，我怎么没有看到？说不出来……

我——

我爹走了，永远不会回来了。

我不信，我和爹还有话要说，怎么就走了呢？恍恍惚惚地埋了我爹。回到家里，只觉得埋的不是爹，是我的希望和靠山——我和爹交流的最后希望永远没有了，我落魂无助时的精神靠山永远没有了。坐在爹的床头，把枕头打开，里面有个包袱，包袱里有一本用铁皮夹子夹着的书，用我小时候读书的奖状翻过来做的封面上，写着“张杨家谱”四个楷书大字，下面还有一排小字：“此谱为正仁公制，共两本，另一本在杨长青处。”我认得出来，这笔迹是爹的。正仁公是我的二爷爷，我爹叫他二伯。二爷爷是读书人，教过我爹读书认字，写毛笔字。我爹当兵后能当译电员，就是因为字写得好。

书内页是毛边纸，已经发黄，周边都是火燎过的焦黑色，前后的几个页面都被火烧掉了，在残页上留有一些水渍，有的字已经洇散了。好在大部分内容都还认得清。

深夜，我守在爹的床前，翻开《张杨家谱》，张杨家族列祖列宗的身影在我面前活跃起来——

卷一

伏七

翻开《张杨家谱》，开篇是明末清初著名诗人、戏曲家尤西堂的诗《咏齐云楼》。

诗前有引：“《二十四史约编》载，明师下吴，以张公入建业，公仰卧舟中，闭目不食，三日卒。”

诗曰：

齐云楼下烽烟起，三百红妆同日死。

高邮旧业禺荚者，犹为残元殉疆垒。

胜者为王败者囚，临死羞作归德侯。

闭口不饮建业水，瞑目忍看秣陵秋。

可恨西风黄菜叶，天亡项羽何须说。

至今遗老吊战场，阊门流水声呜咽。

复作歌曰：

君不见，老头短，妇脚长，九四郎死呼张王。

诗后有注：“明师入吴，祖母刘氏积薪楼下，驱群妾侍女于上，令自尽，纵火焚之，遂自缢也。”

这首诗讲述的是元末明初，盐户张士诚十八条扁担起兵抗元，后与朱元璋、陈友谅争天下，兵败至死不降的故事。不知是抄写原因还是有意避讳，诗中个别字句与其他版本略有不同。

《咏齐云楼》诗与张杨家族有什么关系？接下来的谱序、谱书、谱文、谱跋、碑文，像一个个时空按钮，把我带到六百多年前，一个落难王子的传奇故事如幻影一般显现出来……

第一章　白驹场

元至正十六年（公元 1356 年）三月，张士诚率大军一路高歌，进驻平江（现苏州）。张士诚把平江改名为隆平府，将承天寺改建成王宫，设立省、院、六部等行政机构，下令废除元朝施加在农民和盐民头上的苛捐杂税，推行经济和文教改革。同时，在江浙地区举行乡试，遴选优秀的读书人入仕；设立礼贤馆，广纳四方贤士。平江一时惠风和畅，民丰物阜，初现太平景象。

这一天，张士诚正在礼贤馆会见几位新到的贤士。大将卞元亨满面春风走进来，朝张士诚拱手："恭喜张王，好消息，好消息！"

"什么好消息？快讲。"

"您日夜思念的人我找到了。"

"什么人？是子安么？"

"是，正是。"

"现在在哪里？"

"表兄辞官后，带着门生罗贯中漫游四方，近日就要回平江了。"

张士诚大喜过望："子安是我仰慕的大贤，他能回来，是拜上天所赐啊。我们虽是老乡，可一直没有见过面。先生一回来你就给我请来，我要见他。"

"我表兄虽然在白驹场出生，但很早就随姑父姑母到了平江，后来又到各地求学做官，不说你没见过面，就是我们表兄弟也好多年没会面了。"元亨说。

子安何人？凡中国人都知晓的四大名著之一《水浒传》的作者施耐庵是也。不过这时他还不叫施耐庵，耐庵是子安先生写《水浒传》时贴在门楣上的斋号。一时间，人们便叫他耐庵先生，他觉得"耐庵"二字挺好，《水浒传》手稿写成后便署名"施耐庵"。按现在的说法，这是一个笔名。为叙述方便，从这里开始我们就叫他施耐庵。施耐庵在嘉兴钱塘任县令时，不满实际掌权人达鲁花赤所为，愤然辞官。从此就开始漫游四方、开馆教书著书了。

卞元亨好不容易把表兄等回来，转达了张士诚的邀请。施耐庵不紧不慢地说："张士诚带领盐民造反，符合天意民意，是值得敬佩的英雄。可是他不谋长远，急着称王，竖子不足与谋矣！"

卞元亨没有把施耐庵的话全部告诉张士诚，只是说表哥志向不在做官。张士诚心想，子安是个高人，且比自己年长，要请他出山，还得自己亲自上门。他和卞元亨来到施耐庵家里，对施耐庵说："子安先生大才，不想做官而开馆教书著书写文来自我消遣，不觉得是在虚度岁月吗？"施耐庵一笑说："母老妻病不能离家，请见谅。"

"也好，先生就在家里住着，士诚会经常登门请教。士诚愚钝，愿听您的高见。"张士诚恭恭敬敬地说。施耐庵内心其实也很敬重张士诚，特别是张士诚到平江之后，做了很多得民心的好事。他为这个好人高兴，也为这个狂人担忧。

"我本是一个闲散的书生，虽然当过几天县令，也没有什么作为，不敢说有什么高见。现在元朝气数已尽，江南的三支义军均为江湖豪杰。一支是张王，一支是荆州的陈友谅，一支是凤阳的朱元璋。三支义军如能合力反元，必可共成大业。但是，朱元璋攻克集庆后，把矛头对准了陈友谅，灭陈以后下一个目标不言而喻吧。"说着提笔写了几个字叠好交给张士诚，"张王回去再看吧！"张士诚回到府上展开一看，纸上写着"獐不能上树速回草上"九个字。张士诚明白，獐就是指的他张士诚，树就是苏州，草就是草埝，是张士诚起事的地方。施耐庵的意思是张士诚要避开朱元璋的锋芒，回师白驹场草埝，巩固江北，抓紧备战，蓄积力量，直捣元统治者的老巢大都。

张士诚看后哈哈大笑，对卞元亨说："这个老乡是不相信我的实力啊。朱元璋竖子小儿，能奈我何？"张士诚这么说并不是开黄腔，那时的三支农民起义军中，陈友谅最桀，张士诚最富。无论是地盘还是财力，张士诚都在前头。张士诚想的是坐山观虎斗，让朱元璋和陈友谅打得两败俱伤时，再扩大地盘，一统天下。

至正二十三年（公元 1363 年）九月，张士诚自立吴王。

同年十月，朱元璋灭了陈友谅。

施耐庵带着深深的忧虑，带着门生罗贯中和妻儿离开了平江。

张士诚闻信，要卞元亨把施耐庵追回来。

卞元亨追上施耐庵，施耐庵对卞元亨说：“当初我说的话就要应验，朱元璋下一个目标就是张王，我回去也帮不了什么了。你告诉张王，马上退回苏北，集中兵力北上直捣元大都，与朱元璋形成割据之势，再图大业。我去不多远，望张王好自为之。”

元亨回来回复张士诚，张士诚只好作罢。他没有听从施耐庵劝告，要和朱元璋决一雌雄。

施耐庵离开平江后，在江阴祝塘东林庵设馆教学著书。到达祝塘后的第二年春天，朱元璋出兵江阴，军马得了瘟症，无法打仗，朱元璋急得心里上火，无计可施。军师刘伯温说：“我的同窗好友施耐庵精通医术，听人说他在祝塘开馆教学著书，我想去问问他，看有没有好办法。”朱元璋让刘伯温快去。

刘伯温来到祝塘拜访施耐庵。刘伯温是个聪明透顶的人，他不动声色，旁敲侧击，问施耐庵如何治马瘟，施耐庵告诉他荞麦可治马瘟。刘伯温回来后传令用荞麦喂马，马瘟很快就治好了。

朱元璋大喜，要刘伯温请施耐庵到他那里做官。

刘伯温再次来到祝塘，向施耐庵说明来意。施耐庵摆摆手说自己不是当官的料，婉言谢绝了。

刘伯温知道他和张士诚的关系，但两人都没有说破，给朱元璋复命时也只是说施耐庵不愿做官了事。

施耐庵知道朱元璋这个人心狠手辣，一定不会放过他，决定回到苏北老家兴化白驹场去。临行时，几个门生在祝塘的得月楼为施耐庵饯行，没曾想到朱元璋派兵包围了得月楼，要在席散后把施耐庵强行带走。施耐庵在门生们的掩护下从后窗翻出去，下河乘船离开了祝塘。等到席散时，朱元璋的人扑了个空。

施耐庵在白驹场茅家园隐居下来，准备完成他一生中最重要的事情，写一本关于江湖豪杰的书。多年前他听到艺人讲宋江起义的故事，后来也看到了一些唱本，心想写一本以宋江起义为原型的小说。为了写这本小说，他到山东梁山泊考察，遍访宋江故事，却一直找不到感觉，没有动笔。这些年在与张士诚的接触中，他对这个老乡是又敬重，又失望。静下来一想，张士诚成败历程中的故事，作为小说原型倒是天赐一般，不妨以宋江梁山泊为躯壳，以张士诚白驹场起事为血肉，写一本《江湖豪客传》。

施耐庵早年就离开了家乡。为了找到更好的素材，他带着门生罗贯中到白驹场附近虞浒庄、张家浒等地，和艄公、渔民和盐民交谈，了解风土人情和张王起事的往事，寻找张士诚的足迹。

白驹场的地理环境和施耐庵想象中的水泊梁山一模一样，西临串场河，东接范公堤，沟壑纵横，湖水浩荡，芦苇丛生，拦河泥的、打鱼的船只来往于河汊湖泊，时而有鹤飞鸟鸣，真乃人间胜境。这一天，施耐庵和罗贯中步行十多里，寻访张士诚当年在草埝议事的北极殿和十五里庙。

在十五里庙吃茶时，罗贯中向施耐庵请教："先生，这里的地名多有浒，浒是什么意思。"施耐庵请随行的乡贤讲。

乡贤说："在我们这里，水边就叫'浒'，你看虞浒庄、张家浒，还有好多庄子都带这个浒字。"罗贯中闻说立即起身，向施耐庵施礼说："学生有一想法，这本书名能不能改名为《水浒传》。"施耐庵一听，高兴得连声说："好，好！这个书名太好了！水浒，即水边的意思，且合《诗经》里'古公亶父，来朝走马。率西水浒，至于岐下'的典故，还有'在野'的含义。妙哉！"于是将《江湖豪客传》正式改名为《水浒传》，传承至今。

施耐庵在竹林深处著书，把书中的人物绘成图形挂在墙上，写到谁就把谁的图形挂在案桌当面。最近正在写有关武松打虎的章节。早上，罗贯中将武松图形挂在先生书案当面，便到庄上收集资料去了。施耐庵写到武松打虎时犯难了，怎么写都不满意，这条大虫到底是怎么打死的？他独自出来，在院子里按住长板凳来回跨越，上下挥拳，喘着大气，口里还"嗨嗨"喊声不绝。

"表哥，你这是在干什么？"一个人闯进门来问。

施耐庵停下一看，大吃一惊："元亨，你怎么回来了？"口里这么说，心里也咯噔一下——元亨回来，张士诚只怕出大事了。

卞元亨的父亲卞仕震曾任两淮盐运副使，是施耐庵的舅舅。卞家在盐城卞仓，离白驹场三四十里地。卞元亨生得虎背熊腰，修眉宽颐，高鼻阔口，是个美男子。他文武双全，不仅是一个妇孺皆知的武举人，还是一个风流倜傥的文学家、音乐家，诗词音律样样通，弹琴吹笛都是行家里手。那时卞仓一带有老虎出没，人们闻虎色变，从不敢单独出行。卞元亨有心为民除害，很多次上山都没有找到老虎。有一次经过山林遇到老虎，卞元亨赤手空拳把老虎打死了。张士诚起事以后，请卞元亨出任大将，卞元亨与张士诚在一起同生共死，屡建奇功。《水浒传》中武松的原型便是卞元亨。

“表弟来得正好，我正在写武松打虎，不知道你是怎么把老虎打死的，便独自在院子里比画。快把你当年打虎的情形给我讲讲。”施耐庵还沉浸于他的故事之中。

卞元亨没有说话。

施耐庵这才仔细打量元亨：浑身泥水，一脸疲惫，手持一根枯枝，神色有些焦急。卞元亨身后站着一对壮年男女和两个孩子，男的牵着大孩子，女的抱着小孩子。施耐庵心想，莫非真的出大事了。

“打虎的事以后我慢慢给你讲。表哥，我有一件紧急事情要和你商量。”元亨说。

“好，进屋说吧。”施耐庵一边请卞元亨进屋里，一边让人上茶。心想，出事了，真出事了！他晓得有这一天，但没想到来得这么快，这么陡啊！

“表哥，你先让人弄点吃的，让他们吃后歇息。我们好讲话。”卞元亨指着一起来的人说。

施耐庵吩咐家人去安顿好那几个人。

“表弟，和你一起来的是什么人？”施耐庵问。

元亨说：“不出表哥所料，朱元璋灭掉陈友谅后，出动二十万兵力首先攻打杭州和湖州，剪除吴王双翼，然后集中兵力打平江。我们在平江高筑墙，广积粮，做了长期作战的准备。去年十一月，徐达大军围攻平江。张王带领我们一直坚守到现在，平江危急。在万般无奈的情况下吴王准备自缚出城投降，以免平江百姓遭受屠戮。听到这个消息，平江百姓伏地号哭，愿与吴王固守同死。粮草运不进来，吴王便让部下劝百姓设法出城，他领兵固守。刘夫人把家眷老小都集中在齐云楼上，做了最后的准备。”

“那天晚上，刘夫人把我叫到齐云楼上，泪流满面地对我说：‘平江难保，我和吴王都将与城同归于尽。吴王的两个幼主都还小，我想请你把他们送回到苏北白驹场的老家，找子安先生想想办法，给两个娃找个活命的去处。’表哥，我这次是受刘夫人千钧之托来找你的啊。”元亨说着就要跪下，双泪直流。

“别这样，兄弟。”施耐庵扶起元亨问，“刘夫人有什么交代？”

卞元亨说：“夫人知道你隐居白驹场著书，也晓得你与朱元璋的军师刘伯温是好友，便把两个王子的性命托付给你我了。当天晚上我就和奶公、奶娘带着两个小王子，混在难民中出了城。”

施耐庵听说卞元亨带来的是张士诚的儿子，说：“父辈争战与儿何干？让他们先在我这里住下来。这里虽然是士诚的老家，但为了安全，还得再找个更隐蔽的地方，千万不能暴露他们的身份。”施耐庵说罢就让元亨尽快回到平江去帮士诚突围。“这里的事交给我，你回去要张王和刘夫人放心，不说我们是表兄弟，也不说我与张王有什么交情，两个娃娃大难临头我们岂能见死不救？”施耐庵说。

“我回不去了。我们出城不几天就得信，平江已被围得水泄不通，连难民也不能出城了。”元亨说，“我来时，夫人交代，让我就留在这里和你一起保护两位王子。你先给他们找个隐秘的住处，我到卞仓老宅看看，只要安全我就来把两位王子接过去。”

“也好。你就去安排吧。”施耐庵说，“从今以后，两个孩子就都随奶公姓黄，管奶公叫爹，奶娘叫妈。现在是七月，大的叫伏七，小的叫迁七。”

卞元亨顺手拿起一根枯枝，出门上马。施耐庵叫人拿来一根马鞭，追出来对卞元亨说：“我这里有鞭子，把枯枝丢了吧。”

“丢不得呢，这是根救命枝！”卞元亨说着接过马鞭，对施耐庵说，“过江以后，我赶着马车飞奔，到青草坡的黑树林时，感觉到后面好像有人追赶，我怕出事只顾向前跑，一扬鞭，鞭梢子缠在树上扯不下来了。正在慌乱时，一只野鹿口含一根细长枯枝从后面飞奔过来，我顺手从野鹿口中接过枯枝，策马飞奔。这时野鹿改变方向跑进树林，后面的人追着野鹿去了。原来，这些人是打猎的。说来也怪，这根枯枝拿在手上比马鞭子还顺手，一扬枝马跑得更快了。真不晓得是不是神灵在保佑王子呢。”

“你不是在讲神话吧？”施耐庵睁大眼睛，接过枯枝一看，说，“这是一根牡丹枝条，还没有完全枯死。这根枝条保护王子有功，绝对不能丢掉，也不要再当马鞭子用了。你带回去栽种在花园里，说不定还会生根发芽开花呢。”

卞元亨把树枝插在腰间上，接过马鞭一路急奔，回到卞仓老家。老管家见到卞元亨回来非常高兴，叫来几位亲友，把老宅里里外外收拾得干干净净。元亨把牡丹枯枝栽种在花园里，对亲友们说：“我在外面混了这么多年，现在想回家，请叔子伯伯婶婶们关照。”

元亨在家里待了两天，观察周边环境，觉得这地方目前还是安全的，便到白驹场把奶公奶娘和两个小王子接到卞仓。卞元亨对家人和邻居们说，老黄是他的新管家，那两个小子是老黄的儿子，老管家年纪大了，以后只管一些大事情，小事就让新管家做。老黄两口子也是见过世面的人，和四周乡邻都处得不错。老黄做一些重活，元亨教伏七认字写字唱歌弹琴，奶娘细心照料迁七。打那以后，施耐庵就成了卞家常客，经常过来看望两位小王子。

一晃春节就要到了，元亨把耐庵请到花园里，只见那根枯枝上开放了两朵鲜艳的牡丹花。

“这是？”施耐庵问。

“正是我带回来的那根枯枝。”元亨说，“你看稀奇不稀奇，一根枯根，插在园子里，冬天里竟开出牡丹花。”

施耐庵给元亨道喜：“真没见过枯枝在隆冬时节开花。元亨，这是好兆头啊，就叫枯枝牡丹吧。”

枯枝牡丹就这样传了下来，成为苏北一带的名花。

开春的白驹场柳公堤上杨柳依依，水浒处处鲜花盛开，沟岔里到处是捕鱼的船只，妇女们在河边洗衣裳，时不时与渔船上那些狂野的男人们打情骂俏。如果男人们故意划桨涌浪把女人们衣服打湿了，就会挨一顿臭骂。划船的男人们一听到骂声就望着那些骚娘们打哈哈，那是他们最为开心的时刻。

河心有一只官船开过来，洗衣服的女人们不晓得他们是谁，也不关心他们是谁。河里行船见得多了，只要船夫们不聊烦女人们，他们是不会正眼瞧瞧的。今天这条船上坐的不是别人，正是朱元璋的军师刘伯温，他是受朱元璋之命再来寻找施耐庵的。官船开得不快，划桨的人对这里也不太熟悉，当然不敢造次去挑逗女人。

施耐庵见到刘伯温不禁打了个寒战，他怎么来了？

张士诚败后，朱元璋暂时还没顾得上苏北，这里一直还算太平。施耐庵心想刘伯温一来，这里的太平日子就结束了。他把刘伯温请进家门，寒暄几句便入正题。

刘伯温说："施兄啊，我早听说你回了白驹场。那次离开祝塘时，手下人对你不敬，可别放在心上。后来有人要追，我让他们别追了，人各有志，岂能强求？"

两人相见，免不得要谈到张士诚。刘伯温叹息一声，给施耐庵讲了朱元璋攻下平江张士诚身亡的经过。

"张士诚真是个血性汉子。"刘伯温说，"我们一进平江城，就安排人在城内张贴布告，高声喊话，承诺只要张王投降，不但不会杀他，还会善待他和他的亲属。张士诚生死不顾，坚持巷战。刘夫人把一家老小集中在齐云楼上，放火点燃了齐云楼。在冲天大火之中，刘夫人跳楼自尽。"

"真是惨烈啊！"

刘伯温又叹一口气，讲了张士诚就义的情景——

张士诚被围困在张王府里，上吊自杀被部将解救下来，当了俘虏，押往应天。在押运船上，张士诚闭口不言，不吃不喝。有人误传张士诚在船上就死了，其实没有，他没有死。到应天后，洪武帝，哦，就是朱元璋，让丞相李善长去审问。审问时，张士诚一言不发，看都不看李丞相一眼。李善长厉言呵斥，张士诚破口大骂李善长"是一条狗"，说"有种的就叫朱重八来"。重八是朱元璋的小名。洪武帝得报后真亲自来了，他劝张士诚能归顺到他的麾下，共图大业。张士诚闭着眼睛说了一句话："天日照尔不照我而已！"洪武帝大怒："我成全你！"下令将张士诚处死，挫骨扬灰。

施耐庵听到刘伯温一口一个洪武帝，心里很不是滋味。心想："刘伯温啊刘伯温，朱元璋得天下你可真算得上是第一功臣吧，怎么连个丞相都没当上啊。你啊，聪明一生，糊涂一时，跟着这个虎狼之辈，岂能善终。"他到底没有说出来。

"做不成天子，命也保不住了。"施耐庵说，"张士诚十八条扁担起事，万人响应，一路高歌，声振江南，百姓拥戴，本应成就一番大业，可偏偏天时不顺，落得家破人亡。"说着说着就眼热了。

刘伯温说："张士诚败了，但在人们心里还是一条好汉。我们进入平江城后，听说平江百姓烧什么'狗屎香'，我不解，狗屎还烧香，笑话！有人告诉我说，那烧的不是'狗屎香'，是'九四香'。张士诚的小名叫九四。原来我真不晓得那香是老百姓给张士诚烧的。我对手下说，烧就烧吧，人都死了，烧也烧不活了。不过也有人说他的两个儿子不见了。"

"哦！"施耐庵心里有点紧张，担心刘伯温是来查访张士诚的儿子的。

"我也不晓得是什么人说的。听说刘夫人是抱着两个娃子跳楼的，可是没有找到娃子的尸身。娃子嘛，大火一烧也就没有了。可是洪武帝却很在意，下令要查咧。"刘伯温说。

施耐庵揣摸刘伯温说话的意思，似乎并不是来查找小王子的。不过，在这样的情况下还是小心些为好。他借口方便，到书房里取出一张纸，画了几笔，到后院让罗贯中火速给卞元亨送去。

施耐庵备好酒菜，请刘伯温入席。施耐庵先倒上一杯酒对刘伯温说："我们不讲国事，只讲交情，我先给九四敬一杯水酒你不会在意吧。"刘伯温说："我也是敬重张王的，他死了，还有什么在意不在意的呢。我们一起给他敬一杯吧。"施耐庵把酒洒在地上说："九四啊，自古以来，既是乱世枭雄，岂能小富即安。九四啊，你好走，我和伯温给你送行，来世你还是一条好汉！"

敬罢张士诚，刘伯温端起酒杯对施耐庵说："你把我找得好苦啊！洪武帝，啊，就是朱元璋，上次你在祝塘就下了帖子请你出山，这次又要我来请你出山。"

"不谈国事，不谈国事。"施耐庵只是请酒送菜。

刘伯温有点急了，端起酒杯一饮而尽，随口念了一首诗："闻说江南一老牛，诏书征下已三秋。主人有甚相亏处，几度加鞭不回头？"

施耐庵也端起酒杯一饮而尽，回赠一首："老牛力竭已多年，项破皮穿只爱眠。犁耙已休春雨足，主人何必再加鞭。"念完哈哈大笑，独自连饮几杯，伏桌呼呼大睡，不理睬刘伯温了。

刘伯温知道施耐庵在想什么，站起身来写下"分道扬镳，各抒壮志"八个字。叹一口气说："你不懂我啊。"走了。

刘伯温走后，施耐庵拿起书案上的字条，开始并没有在意，只是一笑。后来仔细一想，心中大惊，刘伯温是打着请他出山的幌子来给他送信的。两位王子有危险，让他们迅速将王子分别转移到安全的地方去。

卞元亨收到了施耐庵送来的信，展开一看是一幅没有开花的牡丹枯枝，整幅画只有一笔，显然是匆匆忙忙画出来的。卞元亨一下子明白了，这是枯枝马鞭，是有危险的信号，让他准备立即将王子转移。当天晚上，卞元亨正准备带两个王子出门时，施耐庵来了。

"伯温借着来请我出山，实际上是让我们想办法迅速转移王子。"施耐庵说。

"我带他们走。"元亨说。

"慢来。你的目标太大，不可同行。伯温说'分道扬镳'，就是要我们与小王子分开啊。小王子要安全必须隐于民间，唯一的办法是让奶公奶娘带他们走。"施耐庵说，"让奶公奶娘带着王子回到他们的老家南昌去，在乡间藏下来。奶公奶娘出门多年，带两个孩子回乡也是情理之中的事情。"

"也好。奶公、奶娘是夫人信得过的人，奶公还会武功，奶娘是一个精明女人。就请他们带两位小王子走。"卞元亨说。

奶公、奶娘听说朱元璋正在查两个小王子下落，知道这里不便久留，欣然应允带着王子回老家南昌去。临行前他们对施耐庵和卞元亨说："请二公放心，我们知道怎么做。"

"你们任何时候都不能提起张王，任何时候都不要说是从平江来的。从此两位王子就是你们的儿子，切记，切记！"施耐庵说罢，又对伏七说："今后，奶公奶娘就是你们的亲爹娘，不管什么人问起，都只能这么说。”

伏七说：“记住了。”

奶公奶娘连夜带着两个小王子上路了。

《张杨家谱》：始祖杨氏肇之公本姓张，乳名伏七，姑苏人。先是大元失政，中原逐鹿，祖公张士诚与陈友谅、朱洪武三人并争，洪武得帝，祖公士诚虞遭剪除，家仆辅伏七、迁七二幼主而逃……

第二章 瓦屑坝

奶公姓黄，名云，一表人才，会武功，有人说他是黄忠之后，无考。奶娘姓温，人们都叫她温姑，长得特标致，有人说她是投错了胎，本来是千金小姐，却做了一个卖唱的丫头，也无考。奶公奶娘年龄也就三十来岁。黄云是南昌百花洲人，温姑是南昌温家圳人。两人打小就同在一个戏班子里学艺，黄云学得一身好武功，温姑的小曲唱得好，长大后相亲相爱，有了那么点意思。那年南昌城发大水，戏班子散了各自谋生。

黄云和温姑把铺盖卷在一起就算成了家，两个人无牵挂，像云彩一样随风飘来飘去，专找热闹的地儿卖打卖唱，日子过得虽苦但还是蛮快活。他们飘飘荡荡来到平江，觉得这是个落脚的好地方，便安顿下来，小两口天天上街头卖艺唱曲，黄云还卖自制的跌打损伤膏药。后来温姑生了孩子，刚满月就带着孩子陪着黄云上街卖艺。每次都是黄云先打场子，温姑把孩子奶饱后，放在木架子车上的小摇窝里，自己换件衣裳就上场唱曲儿。

平江几年没有战事，比较太平。最近有个叫潘二的家伙从杭州来到平江，自称是张王女婿潘元绍的侄子，经常带着一群小流氓在街上胡作非为，欺男霸女，为非作歹，闹得鸡飞狗跳。大街小巷只要听说潘二来了，人们便像躲瘟神一样跑得远远的，好歹不去招惹他。黄云有武艺，不太把潘二这些混混放在眼里。

潘二个子不高，身子像黄桶，脸却像一只老鼠，一着急就说不出话来，鼠脸上两只小眼老是眨巴眨巴。潘二一天到晚带着一帮混混在街上胡闹。这一天见到温姑唱小曲，嘴里就流涎水，眨巴小鼠眼想去占便宜，跟班的混混拉住他说，那个男的有武功，千万不要乱动。从那天开始，潘二这个好色之徒成天想着这个街头唱小曲的女人，茶不思饭不想，小混混便给潘二出了一个馊主意。

潘二一听，很是高兴。第二天一早便让小混混混在人堆里看黄云玩把戏，见机行事。黄云耍一会武艺，卖了一些膏药。温姑便把孩子放到小摇窝里，准备上场唱小曲。这时，有个小混混趁其不备突然抱起孩子向街边一个店铺的楼上跑去。黄云眼疾腿快，紧追其后，可是那个小混混一进大门后就反手把大门死死地关住了。小混混把孩子抱到楼上，朝下喊话："唱小曲的女子听着，你一个人拿钱到楼上取孩子，不然我就把孩子给你甩下来。"温姑对楼上的小混混说："只要你不伤害我儿，我上楼来给你钱。"

"我送钱上来，不要伤害孩子。"黄云朝楼上喊，使劲捶门。

"不行，只准那女人上来，不然真要把孩子甩下来。"楼上的人喊。

温姑走到门前，把黄云推到一边。"我上去看他们搞什么鬼！"说着就朝楼上喊："我上来，你们开门！"

"那个男人走远些！"楼上的人喊。

温姑朝黄云使个眼色，让他退几步，一个人挤进门缝噔噔上楼。刚到拐角处温姑就被人紧紧抱住了，口里边流涎边结巴着怪叫"美，美，美——人儿"，伸出爪子在温姑身上乱摸。

温姑知道上了当，但是孩子在他们手中不敢硬来。她装出害臊的样子，斜瞟了他一眼，只这一眼就把这家伙的魂儿都勾走了。

"小兄弟，这里人多，我们到屋里说话。"

这人就是潘二，他神魂颠倒，把温姑带进了一间小房子里。一进门，潘二就把门栓子插上了。温姑趁其插门的时候，朝潘二头上就是一拳，潘二被打翻在地，爬起来朝温姑扑来。两人正在扭打时，门外突然有人喊官兵来了。潘二闻声夺门而出，抓起小混混手中的孩子甩到楼下，从楼道后面的通道逃走了。

黄云和官兵破门上楼，那伙混混跟着潘二跑得不见踪影，黄云紧追不舍。

温姑急忙下楼，只见孩子七窍流血……

刚才来的官兵是张王府刘夫人的卫士。

刘夫人刚生了小儿子，满月后就常出来转转，每次上街都有几个卫兵护卫着刘夫人的轿子。走到这里看到围了许多人，吵吵嚷嚷，刘夫人让轿子停下，一问是大白天有人抢孩子，夺民女，便要卫兵上楼救人。

温姑抱着已断气的孩子号啕大哭，边哭边给孩子喂奶，奶直往外冒，和泪水一起漫到孩子的脸上。路边的女人看到这情景，流着泪围上来扶着温姑，掏出手帕擦孩子的脸。刘夫人是刚生娃的女人，见此情景止不住流泪。她让随行的仆人连说带劝，强行拉开温姑双手，抱过孩子，吩咐他们给娃娃子找个好去处，要丫鬟将温姑拉进轿子，和她一起回到王府。

刘夫人派人查寻在大街上抢儿霸女的恶人，严加惩处。随从报告说这事是一个叫潘二的干的，还说潘二自称是潘驸马的侄子，现在还没有抓到。张士诚的女儿隆安公主是他在白驹场与原配老婆生的，张士诚起事后，原配老婆去世了。张士诚对女儿百般宠爱，将她嫁给了一表人才潘元绍，还封潘驸马为江浙行省左丞。潘家人多势众，刘夫人也不清楚驸马有没有潘二这个侄子。既然人说潘二是驸马的侄子，加上还隔着一层关系，刘夫人也只好睁一只眼闭一只眼，不再问这件事，便交代府里的人一定要把黄云和温姑安顿好。

黄云也没有追到潘二，来到府上找温姑，刘夫人留他们在府里歇息两天，当然不好推辞。好吃好喝的端上桌子，他们难以下咽，好床好铺盖，好歹都睡不着。黄云一心想去报仇，温姑成天以泪洗面。刘夫人听说后让人把黄云夫妇叫去，问了他们的身世，劝导一番："孩儿不幸夭折，不能复生，你们还年轻，只有往远处想了，自己要保重身体才是。"

"谢谢夫人开导。"黄云夫妇说。

"你们愿不愿意在王府当差？"刘夫人问。

黄云夫妇本是在江湖上行走的人，能到王府当差自然是巴不得的事情。他看看温姑，温姑点点头。

"我们是粗人，在这里有什么用场？"黄云说。

"我和张王生了两个儿子，大的四岁，小的才满月，正想找一个奶娘。如果你们愿意，温姑就给小王子当奶娘。你就在我身边当个差，或者到张王身边去当个差都行。"刘夫人说。

黄云夫妇磕头谢恩。

黄云和温姑进了王府。温姑给小王子当奶娘，黄云负责带大王子玩耍，教王子练功。黄云和温姑尽心尽力带着两个王子，两个王子对黄云夫妇十分依恋。刘夫人十分满意，黄云夫妇成了刘夫人的贴身仆人。

寒来暑往，不觉过了三个春秋。

徐达大军压城，平江形势越来越危急。刘夫人为了保住两个小王子的性命，便让黄云夫妇跟着卞元亨带着两个王子逃离。出发之前，刘夫人再三嘱咐黄云和温姑，无论什么情况都要全力保护好两个孩子，给张王留下根脉。黄云夫妇立誓，只要他们两人在，两个王子就在，就是死也要保住两个王子的性命。

现在，张王和夫人命已归天，卞爷和施先生把照顾王子的任务托付给他们，黄云夫妇当然万死不辞。奶公、奶娘带着伏七、迁七，扮着出外逃荒讨生活的难民，一路向南。白天赶路，夜晚在偏僻的小店投宿。到达安庆府后，在店里结识了一位江西饶州的船老板，船老板姓张，自称张老大。张老大听说黄云要回南昌，便让他们搭乘他的船到瓦屑坝，然后回南昌。黄云见张老大这人很实在，便要给张老大一些钱，张老大说到了地儿再说，大家都是江西人，信得过他就上船，信不过就算了。黄云夫妇带着孩子上船，细心照料，百倍警惕，每天夜晚两夫妇从不同时入睡，怕万一出现什么问题。

张老大把船开到瓦屑坝，靠了岸，对黄云说："兄弟，我不能送你们了。你们在这里上岸后要多加小心。"

黄云要给钱，张老大说："算哒，顺便带的，钱的事就别提了。"

黄云夫妇千恩万谢，带着伏七、迁七兄弟上了岸。

瓦屑坝是古代鄱阳湖地区的水运交通枢纽，土质优良，陶业发达，到处是制陶工场。唐朝末年，兵燹之灾把这一片曾经辉煌的土地变成了废墟，遗留下的无数陶片，堆积成二十多华里的长坝，这里便有了瓦屑坝这个地名。到元末明初，瓦屑坝制陶工场衰败了，但仍是鄱阳湖上的重要码头。在朱元璋和陈友谅的争战中，因为吴宏、于光等饶州守将把住了鄱阳湖的咽喉，这里罹难稍浅。黄云和温姑商量，两个孩子一路奔波，已经很疲惫了，就在这里先找一个地方住几天，听听风声，再往南昌去。

黄云和温姑在瓦屑坝的一家小店住下。真巧，店老板恰好也姓温，叫温弼，也是南昌温家圳的人。温弼说他早年出来讨生活，在瓦屑坝娶了老婆。两口子开了一个小店，这里是个码头，生意很不错，就没有挪窝了，唯一不如意的是一直没得一男半女。温弼听说温姑也是温家圳的人，高兴得不得了，把辈分一报，还真巧了，同辈，就立即兄妹相称了。温弼的婆娘姓刘，温姑一听心里也暗自高兴，这和刘夫人是一家啊，只怕是天照应了。温弼夫妇听说黄云一家人在外讨生活，便说你们拖大带小在外不容易，就在这里住下，我们相互也有个照应。温姑和黄云便认了哥嫂住下来。

住了一段时间，黄云拿出一些银子交给温弼说："哥哥，我们在外流浪，也没有多少钱，这点银子算是我们一家子在这里的花销。"

"这说的是哪里的话来？我们两口子什么都不差，差的就是人。你们要是认我这个哥哥，就应我们一件事情。"温弼说。

"哥哥请讲，我们什么都应承。"黄云说。

"那好，我可就说了。"温弼说，"我和你嫂嫂一直都想有个娃子，你们有两个娃子，能不能过继一个给我们。"

黄云一听愣了，这可不是小事情，一时拿不定主意。温姑是个有主见的人，她知道只有伏七和迁七能够安全地隐匿下来，才能完成张王和刘夫人的重托。放一个在这里，安全是不会有问题的。想到这里，温姑便一口答应下来："如果哥嫂不嫌弃，我们就把小儿迁七过继给你们，他今年三岁，不需要喂奶了，从现在起他就是你们的儿子。伏七就是你们的外甥。你们看如何？"温姑心想伏七已大了，一旦说走了嘴，祸就闯大了。迁七才刚三岁，就是平江来人也认不出来，便想把迁七过继给温弼夫妇。

温弼夫妇一听别提有多高兴了。他们想要的也是小儿子，一般抱养孩子都要从小抱养，小点好养熟。第二天温弼就办了几桌酒席，把亲友街坊请来，他左手举掌、右手握拳向客人作长揖说："各位街坊，温弼有礼了。前些年兵荒马乱，我和妹妹走失了。现在妹妹和妹夫找到我们，家人团圆，是一喜。迁七本是我的外甥，现在正式过继给我们。从今天起迁七就是我的儿子，是二喜。双喜临门，请大家喝一杯薄酒，也作一个见证，关照关照我们这一家子。"

温弼夫妇为人厚道，街坊邻里都很和睦。大家听说温家有这等喜事，举杯相贺。第二天，温弼夫妇领着迁七到莲花山万寿寺进香。瓦屑坝一带，生了孩子都要到万寿寺求香，以求孩子平安。迁七虽然是过继的儿子，温弼夫妇也按老规矩来办，求孩子平安长大。温弼夫妇在佛祖面前摆上用五谷杂粮烹制的馍粑，点上三支高香，夫妇俩把迁七放在中间，一起给佛祖磕头。黄云和温姑也带着伏七给佛祖磕头。然后，他们给寺里上了供，让迁七和伏七从寺庙内的香炉里各拿一支点燃的小支香回家。这是本地的习俗，拜过佛祖后要让孩子们拿一支燃香回家，叫求香祈福。温弼把迁七顶在头上，迁七拿着燃香在温弼头上乱晃，迁七娘连忙接过来替孩子拿上。伏七一只手牵着温姑，一只手拿着烟雾缭绕的香，东张西望，像离开笼子的鸟一样欢快。黄云给两个小孩子买了一些糖果和玩具，准备下山。这时一个小和尚走过来对黄云说："施主，有人找你说话。"

"能问是什么人吗？"黄云万分警觉地问。

"你跟我来吧。"小和尚不动声色地说。

温姑担心出事，说我们一起去吧。黄云说你们先回去，不会有什么事。

瓦屑坝一带原来是陈友谅的领地，朱元璋和陈友谅在鄱阳湖交过战，朱元璋开始吃了不少苦头，后来占了上风，陈友谅中箭而亡，朱元璋除了心腹之患。陈友谅败后，朱元璋移师东部攻打张士诚，后定都南京。朱元璋在鄱阳湖一带主要是清除陈友谅的余部，黄云他们与陈友谅的部下毫无瓜葛，也没有人认识他们。听小和尚说有人找他，黄云心里虽然有些疑惑，但觉得不会有什么大事，就跟着小和尚去了。

进到寺院深处的一间小房子门口，小和尚推开门让黄云进去，自己退出来把门掩上了。黄云只见面前站着一个人，穿着袈裟，屋里光线昏暗，看不大清楚，只是觉得眼熟。黄云仔细一看，大吃一惊。

"这不是卞爷吗？"黄云心里这样想却没敢叫出声来。

"认不出来了吧。"卞元亨转过身来笑着说。

"你是卞爷！哎呀，你怎么到这里来了，还这样打扮？"看到脸了，黄云当然不会认错。

"坐下说话。"卞元亨示意黄云在他身边坐下。

"你们走后，我和施公找了几个好友，一路护送你们，那个张老大就是其中之一，你们到瓦屑坝后他就给我送了信。”卞元亨的话让黄云很是感动，心想施老爷和卞老爷想得真是周到，怪不得张老大连船钱都不要呢。

“您怎么到这里来了，还这样一身打扮？”黄云又问。

“说来话长呢。朱元璋不知从哪里得知我回到了卞仓，就派人到卞仓找我，说朱元璋仰慕我的才能，要请我到他那里效力，还说要给我封官。开始我以为是引我上钩，后来我看到他们还真是想要我去。我当然不能去，就决定跑出来躲躲。听张老大说把你们送到了瓦屑坝，我便一路寻来。我和莲花山万寿寺的住持星灯法师有一些交情，就到这里住下。星灯法师听说朱元璋要我去效力，我到他这里躲段时间，便让我穿上出家人的衣裳，假扮和尚，出入方便些。”卞元亨说着加低声音，“不过，我没有对星灯法师说你们的事情，我来后就打听到了你们的住处，看到你们都还平安就放心了，想在这里住几天后再作打算。今天我在寺里看到你们几个人来了，很是高兴。就让小和尚把你请来了。”卞元亨说。

黄云把迁七过继给温弼的事告诉卞元亨。卞元亨说：“这样很好，为了伏七和迁七的安全，分开妥当一些。温弼是个好人，况且他们并不晓得迁七的身世，今后不会有什么危险。你们要尽快带伏七走，与迁七分开。”卞元亨说。

“往哪里走呢？”黄云问。

“不要回南昌了。朱元璋为了稳定江南，正在实施‘驱散’行动，颁令将江西过去与陈友谅有关联的人驱逐到湖广一带，现在路上到处是押送驱散人员的官兵和被驱散的人。湖广一带地广人稀，实行‘洪武驱散’后人员复杂，南腔北调，适宜隐匿，你们就到湖广去。但是万万不能随洪武驱散的人群走。”卞元亨说。

那时说的湖广，指的是两湖，也就是湖南湖北。

“您准备到哪里去？”黄云问。

卞元亨说：“不知道。我是跑得了和尚跑不了庙，兴许还要和朱重八斗一阵子，走到哪里算哪里吧。你们可要处处小心才是，千万不能露相。”黄云点头称是。

黄云回到家里把卞元亨的话对温姑讲了，两人商量领着伏七远走湖广。商量是商量，但温姑听说要离开迁七，心里真不好受，这也没得办法，她抓紧时间，给迁七做了一件贴身小红兜肚，在兜肚里层的白布条上绣了几个字。

这天清早，温弼打开门，看见门口放着一个篾篓。

温弼把篾篓提进来，打开一看里面还有两个小篾篓，两个篾篓里各放着一个鸡蛋，不知其意。黄云和温姑一看，晓得是卞元亨催他们尽早出发，不能把两个鸡蛋放在一个篮子里。

吃早饭时，黄云就对温弼说："哥哥，我们住的时间不算短了，我想和温姑到老家去看看，一则我在南昌还有父母，二则温姑在温家圳也还有老母亲。我们出门的时间太长了，他们定会挂念。迁七现在是你们的儿子，就拜托哥嫂了，我们带着伏七走，过些日子再来看你们和迁七。"

"这是哪里话，不是说好了就在这里住下的么。怎么一下子就变了卦呢？"温弼说。温夫人也是不依。

"我们是在外闯荡惯了的人，落到这里是托哥哥嫂嫂的福，虽然吃喝不愁，但时间长了老是闲着也不自在，我们还是想先回去看看。我们无论是在南昌还是温家圳，安定下来后就会托人带信来告诉你们。既然我们是亲戚了，以后就要常来常往。"黄云说。

温弼两口子一想，黄云说得也是在理。便说："既然留不住你们，只得依了。你们给我们送来了儿子，我们十分感激。你们放心，我们一定会把他养大成人的。"这时，大嫂进屋把黄云给的银子拿出来说，这点钱你们带到路上花，迁七你们就别再担心了。黄云和温姑再三推辞，温弼和大嫂都生气了他们才收下。

"谢谢哥哥嫂嫂。"温姑含泪把给迁七做的兜肚交给嫂嫂说，"这娃子生下来算了命，命中有冲，庙里赐了一个护身符，就在这个小兜肚里面，平时您也不要给他穿。庙里的和尚交代过，这个兜肚要等到他成人大婚的时候，由他自己打开。如果不按和尚的话办，孩子就难得养大成人。请哥哥嫂嫂谨记。"

"你们放心，既然是儿子的护身符，我们一定会保管好的。"温弼夫妇异口同声地说。

黄云夫妇带着伏七并没有直接到瓦屑坝上船到湖广，而是朝鄱阳县方向走。因为他们说的是去南昌，如果直接到瓦屑坝上船去湖广，怕引起温家大哥大嫂的怀疑。再则，瓦屑坝最近也不消停，押往湖广的人多，官兵也多，不是很安全。他们打算到了鄱阳县城再找船到湖广去。走到莲花山下，想去向下元亨告个别，但怕节外生枝，没敢去，径直朝黑松林走去。莲花山黑松林树大林深，大白天都是遮天蔽日，阴森森的，是强人出没的地方。黄云、温姑带着伏七匆匆赶路，一步都不敢耽搁。真是越怕出事越有事，他们听见远处有人讲话，便跑进树林深处躲起来，眼看着二十多个男子用绳子捆着双手，一个连着一个，七八个兵丁押着他们朝瓦屑坝方向走。最后面的那个家伙手里拿着鞭子，对兵丁和捆着的人吆五喝六，不知是骂还是要他们快走。看来他就是个头头。

“解手，解手！”开始是一个被捆的人喊“解手”，后来几个人喊，再后来是很多人都在喊。黄云他们没有听懂，不知要出什么事情。原来这些被绳子捆着双手的人，要大小便时就要喊押送的兵丁把手上的绳索解开。“解手”最初的含义是说“给我把手解开，我要窝屎窝尿”，后来就简化成了“解手”。至今江西湖北一带农村还有人把大小便叫“解手”，小便叫解小手，大便叫解大手。在一些乡村，这种说法成为与“方便”一样的“文明用语”。

“不行，过了这片黑松林再窝！”那个当官的凶巴巴地吼叫。黄云一听这声音好熟悉，可是他们躲在林子深处看不清路上的人。

“好像是潘二。”温姑轻声说，两人吓出了一身冷汗。他们伏在林子里大气都不敢出，等到这队人全都走过去了，才从林子里走出来赶路。

“抓住他，不要让他们跑了！”几个兵丁从后面喊着追赶过来。原来，过了黑松林后，有两个被押送的人借解手之机逃跑了，带队的那个家伙带着两个兵丁追到黑松林。黄云他们躲闪不及，只有快步向前走。

“看到逃跑的人没有？”兵丁边追边问。

“没有，没有。”黄云他们连头都不回，闪在路边让兵丁过去。

“你是什么人？”黄云一愣，抬头一看潘二站在他面前。

“我是觉得面熟呢，原来是你呀。”潘二追人时觉得路边人影有点熟，便折回来看看，没想到竟然是黄云。“老子以为这一辈子见不到你了呢！这回看你们往那里跑。”潘二得意了。

“把他捆起来！”潘二命令兵丁来捆黄云。

“你怎么乱抓人啊。”温姑站出来说。

潘二看到温姑还是那么标致，心中暗自高兴：“老子今天还算走运，中途跑了两个，又抓了三个，还有这个唱小曲的，前年没把你搞到手，今天只怕是煮熟的鸭子飞不走哒。”

“抓了怎么着？哈哈。”

潘二说着就要动手动脚，温姑拉着伏七闪开了。

潘二其实不是潘驸马的侄子，说破天不过姓潘罢了。他在平江被刘夫人的侍卫追赶后，怕刘夫人抓到他找驸马对质露了马脚，便带着一帮小混混跑到鄱阳湖边继续搞些偷鸡摸狗的勾当，偷到了鱼肉抢到了财物，就拿去孝敬县衙的差狗子头头。差狗子头头时不时安排他做一些缺德的差事。现在，潘二就是负责押送驱散人员的小头目。说是“驱散”，开始是为了扫清陈友谅在江西的余党，把所有与陈友谅有一点关联的人都驱逐到湖广一带。后来扩大范围，把大量的江西人驱逐到湖广、河南和四川，明朝所谓“江西填湖广”的“洪武驱散”就是从这时候开始的。现在驱散行动刚刚开始，这些人大多是被指认在陈的部下当过差当过兵或者是陈的部下的亲友之类的人。

潘二的差事就是把“驱散人员”从鄱阳城押到瓦屑坝上船，后面的事他就管不着了。这些人有家有室，遭到这种飞来横祸，故土难离，在押送途中常常拼起命逃跑。为防止驱散人员逃跑，官府将他们捆手串联，只有解手时才能松开。今天几个驱散人员趁解手之机跑进了黑松林，潘二便带着两个兵丁转回来追赶逃走的人。也真是冤家路窄，竟和黄云夫妇遇上了。

两个兵丁来捆黄云，黄云三拳两脚把兵丁打翻在地上。潘二正要拔刀冲向黄云，黄云转身一把推倒潘二说：“老子上次没把你捉到打死，今天是天助我，这次非结果了你不可。”潘二见黄云要结果他的性命，浑身打哆嗦，跪地求饶：“黄爷爷，温奶奶，放了我这个小人吧。再也不敢了，再也不敢了。”

兵丁从地上爬起来撒腿就跑。“站住！”这时从林子中跳出来一个蒙面人，拦住兵丁去路。两个兵丁举刀一起向蒙面人砍，蒙面人左右开弓把两个兵丁送上了西天。

黄云担心又遇到什么劫匪，掉转头看温姑和伏七，潘二趁机抽身就跑。这时，一支飞镖飞来，潘二倒在地上。

蒙面人摘下面具，温姑和黄云一看，原来是卞元亨。卞元亨知道黄云他们要从这里经过，一直暗中跟着。

“先上万寿寺。”卞元亨说着，就背上伏七，和黄云、温姑一起朝山上万寿寺跑。没想到潘二没有死，他拔出飞镖，使劲扔向黄云的后背。这时温姑正好转身拿包，见到飞镖飞过来，一闪腿把黄云扫倒在地，飞镖正中温姑胸膛，黄云抱起温姑，伏七大哭喊娘。卞元亨转身一刀把潘二的头砍下，那鼠头滚到路边臭水沟里，小眼珠子还瞪着。

卞元亨抱起伏七，黄云背起温姑，一路跑到万寿寺。

温姑没有活过来，黄云抱着温姑死都不肯松开。

“官府发现有人杀了潘二肯定会来追。温姑后事由我和住持安排，你们快走，越快越好。张老大在莲花渡口等你们，千万不要再回瓦屑坝啊。”卞元亨说。

“卞爷，我们一起走吧。”黄云说。

“不行，我得在这里等官府的人，给他们一个交代。温姑也要安葬啊。”

黄云带着伏七给卞元亨磕头。

“快走，快走，你的担子比我重啊。”卞元亨拉起黄云，向前推了一把，“安排好了就回来看温姑，葬温姑的地方住持会告诉你的。”

黄云带着伏七来到小渡口，张老大的船正停在这里。他们一上船，张老大就向北开去。黄云站在船头，望着渐渐远去的莲花山，泪流满面，默默向和自己生死与共的温姑告别：“温姑啊，我带着伏七走了，你的在天之灵留在迁七身边，可要保佑迁七啊！”

卞元亨晓得官府还会追查，找不到凶手一定会变本加厉，那样伏七他们的危险就大了。黄云带伏七走了不久，官军果然包围了万寿寺，要住持把杀害潘二的人交出来。不等住持回话，卞元亨就从寺院里大摇大摆地走出来对官兵说：“这几个人是我杀的。你们要怎么办就怎么办，不关别人的事。”官兵们把卞元亨带到县衙里，卞元亨报了姓名，县令一听是卞元亨，吓得面如土色。他晓得卞元亨只身打死过老虎，是张士诚手下的一员大将，更重要的还是洪武皇帝要找的人。如果卞元亨真的应了皇上的请，不说杀了潘二和两个兵丁，就是杀了他这个县令又有什么了不得的呢。县令抓耳挠腮，挤出来一个坏招。皇上不是在找卞元亨么，我把他送上去说不准会抢个头功。于是好生招待卞元亨后，派人把他"送"到南京。

朱元璋听说抓到了卞元亨，根本就没有问他杀人的那事，亲自出面请他入朝为官。卞元亨对朱元璋说："败军之将，要杀要剐随你们的便，要我投降当朱家的官休想。"朱元璋大怒，但还是舍不得杀他，将卞元亨流放到辽东充军，这一去就是十年。

十年以后，卞元亨回到了卞仓，一进大门就见到堂屋正中挂着施耐庵画的枯枝牡丹，一根枯枝上开着两朵大红牡丹花，透着蓬勃生机。施耐庵当初离开白驹场的时候，预感到今生恐不能再与卞元亨见面，便画了一幅开花的枯枝牡丹，让罗贯中送到卞家，说等到卞元亨回来时将画挂在中堂，也算是他和卞元亨见面了。卞元亨回家的消息传来，家里人便将施公的画挂在了中堂之上。

"施公现在在哪里啊？"卞元亨问。

家里人告诉卞元亨，自从卞元亨离开卞仓后，施耐庵日日夜夜著书，终于写成了《水浒传》。听人说朱元璋读《水浒传》时，越读心里越不是滋味。"这个施耐庵哪里是写水泊梁山，明明是在为张士诚立传！"他把书甩在地下哇哇大叫，"倡乱之书，施耐庵胸中定有逆谋，不除之必有贻患！"

朱元璋派人把施耐庵抓到南京，关进天牢等候处死。

刘伯温到牢中看望施耐庵，两人相对唏嘘，刘伯温叹口气对施耐庵说："我是救不了你了，你得自己救自己啊，是怎么进来的就怎么出去吧！"

施耐庵一听就明白了，他在牢房里装起疯来，天天念咒画佛"封神"，一有人来就抓起自己的屎往脸上抹，牢役们报告说施耐庵疯了。

刘伯温对朱元璋说："看来施耐庵不久将死，不如将他放了，免得留下一个杀文人的恶名。"朱元璋听了刘伯温的话，觉得一个疯子也翻不起什么浪，手一挥同意把施耐庵放了。

施先生出来后，刘伯温安排他到淮安小方壶斋养病，没多久就去世了。

卞元亨听到家人的讲述，见画生情，潸然泪下，向画拜了三拜说："施公大恩大德，我卞元亨终生不忘。从今天起，只要我在家，每天都要给枯枝牡丹画上香，祭祀施公，感谢您的大恩大德。"

"卞爷，快来看啦，园子里牡丹开花了。"一个家童跑进来说。

"真的啊？"卞元亨又惊又喜。

"真的，是真的！"后面进来几个大人也这么说。卞元亨一路小跑到了花园，园子里的枯枝牡丹繁花盛开。家人说，卞爷在外九年，枯枝牡丹一次也没有开过花，现在卞爷回来，隆冬季节枯枝牡丹却是花开满园。

元亨泪流满面，心想这一定是施公显灵。走进书房，拿起笔沾好墨，到堂前在牡丹图上写下了一首诗：

牡丹原是亲手栽，十度春风九不开。

多少繁花零落尽，一枝犹待主人来。

《张杨家谱》：想此夫妇二人，当仓皇莫措之时，辅二幼主而逃，且拆伴分离，不惧利害，不避艰险，其事甚难，其用心良苦，忠诚直贯金石，应与我祖并传不朽。

第三章 龙船口

渡远荆门外，来从楚国游。

山水平野尽，江入大荒流。

浩浩长江流出三峡，经过荆门虎牙滩，一路奔腾，在松枝口分为两路，一路向东南，一路向东北。南路称江，许多年前还是主河道。北路称沱，水面开阔。江水、沱水在到达江陵前合流向东。从分枝到合流江渚上，相传原有九十九洲。民谣说“洲不满百，不出王者”。东晋桓玄领荆州江州二州刺史时有问鼎之心，动用民力自筑一洲，以充百数，号称“百里疆界”。公元402年，桓玄举兵东下，攻入建康，杀司马显，掌握朝政，次年代晋自立，国号楚。但好景不长，刘裕击败桓玄，桓玄身首异处，问鼎之心连同汩汩鲜血，在滔滔江水中消失了。九十九洲最终没有满百，却随着江水的冲刷逐渐聚合，到元末明初形成了以枝洲为中心，若干小洲相伴相依的基本地貌。为了防御洪水，枝洲和一些小洲开始是各自筑堤挡水。堤身单薄，根本抵挡不住稍大的洪水，各洲以邻为壑而引起的争斗不断。枝洲面积大些，地势稍高一些，运气好时，三年有一二年不破堤，洲民生活也稍稍安定一些。

枝洲北岸有个地方叫仓前，仓前因岸边有许多粮仓而得名。枝洲这个地方，春秋战国时期属楚国，据说楚怀王葬于此地，屈原曾行吟于此为楚王招魂。有意思的是，这个地方并没有流传下来为楚王招魂的习俗，倒是每年五月初五端午节都在这里划龙船祭屈原，为屈原招魂。

因此，仓前又叫作龙船口。

这一年春节刚过，人们就开始准备龙舟赛。五月初五一大早，沱江两岸旌旗飘扬，锣鼓喧天。无论江南江北，穷人还是富人，都举家出动来看划龙舟。尤其是那些农家妇女一年到头都不得空闲，五月初夏收结束了，正值小农闲，这一天也可以名正言顺地放下了手中的活儿，穿上光鲜的衣裳，带着孩子来看龙舟。平时不能出门的少女们这天也可以大大方方走出家门，说是来看热闹，内心是为了寻找梦中情人。青年男子更是青春骚动，早盼着这个大显身手的时刻。五月初五谁要是在龙舟大赛中夺魁，一定会得到很多女子的青睐和追捧。那些有儿女的人家也趁着这个机会寻找称心的女婿和儿媳。那情景有点类似京城发榜时，好多有钱有势的人家都来抢女婿一般。不过一个在京城，一个在民间。一个是抢进士，一个是抢勇士。商贩们更是不会放过这个极好的商机，在两岸摆起摊子，各式各样的芦席棚子毫无章法地立在河滩上，棚子里外吃的、喝的、用的、玩的，应有尽有。孩子们缠着大人要这要那，搞到手了眉开眼笑，搞不到手就鬼哭狼嚎。老人们则在这一天到弥陀寺上香求佛保佑平安。弥陀寺一大早就香客云集，鞭炮不断。

明代袁中道在诗中生动地描画出了沱江龙舟赛盛况。

诗曰：

旭日垂杨柳，倾城出岸边。

黄头郎似马，青黛女如仙。

龙甲铺江雨，神装照水鲜。

万人齐着眼，看取一舟先。

这一天最忙的还是龙船手。一大早，江南江北各五条龙船都要在枝洲龙船口集合。十支船队每队三十一人，在领队带领下抬着龙头在锣鼓声中游堤，到了江边就把龙头供在事先准备好的供桌上，主持人宣布拜龙头，各队在自家的龙头前下拜。领队在船头安上龙头后，和鼓手先上船，队员们随后上船持桨待命。

安上了龙头的龙船上彩旗飘扬，各船划手穿着和龙船一样颜色的服装，枝洲的是赤龙、橙龙、黄龙、绿龙、青龙，江北的是乌龙、白龙、蓝龙、紫龙、灰龙。还有一条大船，船头安着金色龙头，船上装有三条白色的大布帆。这是一条指挥船，供主持人和贵宾们乘坐。主持人和贵宾主持了出发仪式后，立即上金龙船，随龙舟队一起出发，负责指挥和监督。这条船和竞赛的龙船不一定同时到达，如果有顺风扯帆就快一些，如果没有顺风就得人工划，那就慢一些。

枝洲的龙船口是每年赛龙舟的出发地，终点在江北弥陀寺。龙舟赛照例由两岸最有权威的长者共同主持。今年沱江龙舟赛出发仪式由枝洲绅士杨至善主持，江北颁奖仪式由名士陆大和主持。至善公登船宣读祭屈子文后，宣布龙舟赛开始。随着起程炮响，锣鼓伴着十条龙舟箭一样直奔江北。杨至善和江南的一些贵宾乘坐的金龙船也随之出发。一时飞龙江中舞，喊声震云天。

杨至善和夫人带着两个女儿坐在金龙船上观赛。大女儿叫喜洲，今年九岁，小女儿叫乐洲，今年六岁。两姊妹都穿着一身花衣裳，扎着一样的小辫子。喜洲偎在母亲的身边，乐洲却在船上跑来跑去，母亲把她拉回来，刚刚坐下就又跑了。这天是顺风，金龙船到得早一点，船刚靠岸，艄公的跳板还没有放稳当，乐洲趁娘不注意抢先上了跳板，一脚踏空，落入水中。

“不好，有人落水。”船上船下的人顿时乱成一片。这时，岸上有人纵身跃入水中，一个猛子扎下去，在急流中托起乐洲向船边游来。船上的艄公接起乐洲，庆幸有惊无险。

乐洲娘抱起小乐儿，喜洲脱下外衣给乐洲披上，前呼后拥下了船。

下船后至善公问救乐儿的恩人在哪里，随行的人说，他一上岸就带着一个小男孩走了。至善立即差人寻找，不一会去寻找的人就回了话，救乐儿的是个江湖艺人，住在来福客栈。至善公派人先去招待恩人，他参加龙舟赛颁奖后立即亲自去拜谢。

这个救起乐洲的人就是黄云。黄云带着伏七乘坐张老大的船过鄱阳湖，张老大是这里的老船工，道熟人熟，一路还算顺利。到江陵后双方话别，张老大让黄云他们沿江往上走，如果找不到合适的地方就到夷陵。过了夷陵山大人稀，找个地安顿下来。黄云和伏七来到沱江小镇，在来福客栈住下，每天到弥陀寺前的河边码头上卖艺卖药挣些碎银两，观察周边环境，觉得还比较安全。到了端午这一天，黄云一早就带着伏七在江边摆开场子，龙舟快到弥陀寺江岸时，黄云和伏七顺着人流涌到江边去。这时，恰巧遇到了杨乐洲落水，黄云便下水救人。

颁奖仪式后，杨至善来到来福客栈，一见到黄云就千恩万谢，邀请黄云父子到枝洲家中做客。黄云心想也许是个机会，十分高兴，于是没有太多推辞，答应第二天登门拜访。杨至善留下一个人陪黄云，让他第二天给恩人带路，自己和夫人回去准备。第二天一大早，黄云在店铺里扯了几尺花布，准备送给乐洲，算是见面礼。至善公派的人陪着黄云、伏七到店里吃了豆浆油条后，登上了等候他们的专船。

杨至善的宅子在离龙船口三里地的一个土台子上，土台子足有三丈高。杨家屋场本来就选在一个高处，加上台子垒得高，从建起到现在，无论发多大的水，都没有淹到台子上。有时候眼看水离台子只有一步半步台阶了，可就是淹不着。有人说，杨家台子下面有个金龟驮着，水涨台子就高，水龙王上不去。这是神话，但一到涨水季节杨家台子就成了龙船口附近乡亲们躲水去处倒是真的。

杨家的宅子是枝洲典型的“八大间”，八大间分前三间和后三间，两边有厢房连接，中间是一个大天井。前三间的正中一间大屋叫厅屋，客人先进厅屋，然后从天井边的廊道进入后三间中厅。后三间中厅叫堂屋，是接待客人和家庭举行重大活动的地方。杨至善家的堂屋神龛正中底部用洒金红纸竖直书写着五个大字：天地君亲师。在“天地君亲师”前供奉着菩萨，菩萨的下面是一条长长的供桌，供桌上供着祖宗的牌位，祖宗牌位前香炉里的轻烟带着檀香味飘出来。香炉两边是烛台，一般情况下不点烛，只是过年过节才派上用场。神龛上方的额匾上刻着“四知堂”三个描金大字。两边木板上刻着对联，也是描金字。上联是“鳣堂集庆四知足畏”，下联是“雀报吉祥三喜同时”，匾联颂扬的都是杨家祖先的光荣。对联讲的是汉代杨震的两则故事。

据说杨震未出仕前，曾有冠雀衔三条鳣鱼飞入堂中。恰好杨震在会见好友，好友见此状起身贺喜：“蛇鳣者卿大夫服像也。数三者，法三台也。先生升矣！恭喜恭喜！”尔后，杨震果然得以高升，因此有了“鳣堂集庆”之说。杨震后来官至太尉，是有名的清官，他调任东莱太守的时候，路过昌邑，昌邑县令王密是他在荆州刺史任内荐举的官员，恩公到来，王密自然要尽心款待。到了夜晚，王密只身带十斤金悄悄去拜访杨震。料想那时的金和如今的千足金也不是一回事，也有人说是铜，不管是什么，一定算得上一份厚礼。王密送礼，一是对杨震过去的举荐表示感谢，二是想请这位老上司以后再多加关照。杨震当场拒绝了这份礼物，有些失望地对王密说："我知道你有才干才推荐你，但是你不知道我的为人，真是没有想到啊。"王密开始以为杨震讲客气，便悄声说："深更半夜，您收下这点心意有哪个知道呢？"杨震一听就生气了，说："天知道，神知道，我知道，你知道，怎么能说没有人知道呢？"听到恩公这番言语，王密十分羞愧，带着礼物回去了。从此王密对杨震更加钦佩，后来他在书中记下了这段佳话，足见王密也是襟怀坦白的真君子。杨家后人以此为荣，凡杨家的祠堂、宅第多用"四知"为堂号，就是杨姓挑夫的扁担上，也常见到刻有"四知堂"三个字，一看便知是杨家的后代。这便是"四知足畏"的来历。

"雀报吉祥三喜同时"讲的是杨震的父亲杨宝和唐代杨敬之的故事。杨宝九岁时，见一只黄雀受伤坠落在路边挣扎，便将黄雀捡回，放在自己的衣箱中，每天采集黄花喂养，百日之后，黄雀羽毛丰满，杨宝依依不舍地将黄雀放归树林。一夜，杨宝入梦，见一黄衣童子给他拱手施礼说："我是西王母使者，感君仁爱救拯，以白环四枚为谢，令君子孙洁白，位登三事，当如此环。"后来，杨宝的儿子杨震果然成为清官，而且后人中不断出现显赫人物。这就是"雀报吉祥"的出处。"三喜同时"讲的是唐代的杨敬之在六和年间中进士，官至国子祭酒兼太常少卿，是日二子登科。人称杨家"三喜同时"。

黄云不知道这些典故，但一看便知是个大户人家。

至善夫妇把黄云迎进大门，绕过天井进堂屋，分宾主落座。

"乐儿，快来给恩公磕头。"至善公声音刚落，乐洲就跟着姐姐从屋里连蹦带跳出来了，她头上扎着一条小辫子，红红脸上一对大眼睛特别可爱，小小年纪却并不怕生人，对着黄云和伏七嘻嘻笑。

"苕妮子还在笑，不是恩公救你，早就喂黄鱼了。"至善公让乐洲给黄云下拜谢救命之恩，乐洲乖乖地跪在黄云面前。黄云哈哈一笑说："不敢当不敢当，姑娘快快起来，不要弄脏了衣裳。"说着就拿出花布递给乐洲："昨天落水把衣裳打湿了，再做件新衣裳吧。"

"这怎么行哩，恩人救了小女的命，还给她带来礼物，快快给恩公敬茶。"

乐洲娘让人端上香茶，要乐洲敬给黄云。乐洲只管看她手中的花布，没有接茶，姐姐喜洲连忙接过来给黄云敬上。

至善说：“感激恩人救了小女。今天能把您请到寒舍，不胜荣幸。我的小姑娘小乐儿从小就像个男娃子，老闯祸，昨天就是慌慌张张掉到河里去了。孩子不懂事，请先生见谅。”

“这还不是爹妈惯的？”喜洲在旁边小声说，把大家都逗乐了。

“你这个妮子怎么和妹妹一样不讲规矩？”至善笑着说，“这是我的大姑娘，叫喜洲，我们叫她二喜儿。洲上的人久居湖垸草地，不懂礼数，让恩人见笑了。”

“不妨事，不妨事。有这样好的两个女儿，真是好福气。”黄云笑着对喜洲说：“二喜姑娘，叔这次没给你带礼物，下次一定加倍补上。”

“谢谢叔叔。”喜洲脸红了。

“我还有个儿子叫安洲，是老大，我们都叫他大安子，从小跟着我在家里念书。我们家里有两条船在江上跑货，安子长大了，我就让他跟着船老大跑船，见见世面。前些时涨水，船还在夷陵，这几天也快到家了。”至善说着便问黄云：“敢问恩公是哪里人？”

黄云欠身回答：“小人免贵姓田，叫田雨，老家南昌。我们两口子带着两个儿子靠卖艺为生，去年在鄱阳湖口乘船过江时遇到风浪翻了船，夫人和小儿子不见踪影，我带着大儿子到处流浪，寻口饭吃。”黄云与至善初次见面，不敢报真实姓名，便把黄字的草头和下边的八字去掉了，称自己姓田，把雲字下部去掉，称自己名雨。

“小儿伏七从小不会说话，恕不能给先生请安。”黄云担心伏七的口音引起人们的猜疑，在江陵就给伏七交代，从此遇到任何生人都不要开腔，装哑巴。伏七也知道奶公的意思，除非和奶公单独在一起，平时不说话。

“啊呀！我们老杨家的先祖也是从江西过来的，这样一说我们都是老乡亲。既然恩公在外漂泊，夫人和小儿子又没有寻到，您如不嫌弃，就在我这里住下如何？”还没等黄云答话，至善公就转过身对小乐儿说：“小乐儿，带小哥哥到外面玩去。”

小乐儿跑到伏七前面，不管三七二十一，拉起来就往外跑："小哥哥，我们到外面玩去。"

"好！"伏七一不小心竟说出一个字来，虽然声音不大，黄云却吓出一身冷汗，至善不动声色，装作没有听见。黄云瞪了伏七一眼，伏七是个聪明孩子，知道错了，再也不言语了。

当晚，至善夫人带着孩子们吃完饭便到厢房里安置伏七睡了。

至善陪着黄云两个人喝酒，开始只是说些闲话，酒过三巡，至善忍不住了。

"恩公啊，我看你心里有难事，可否与我讲讲？"至善酌上一杯酒说。

黄云没有开言，他知道至善已看出破绽了。

"喝酒，喝酒。"至善端起酒杯，给黄云敬酒，自己也一饮而尽说，"恩公有所不知，枝洲这个地方，水灾频繁，官府不太管，人也不多，你有难事，信得过我就讲出来，我至善本事不大，能为恩公分担一点是我和您的缘分。"

黄云听至善言语真诚，觉得这是一个可以信得过的人。借着一点酒意，把伏七的身世和他们一路逃生、温姑舍命的经过都给至善讲了。黄云说："我不叫田雨，叫黄云，我和婆娘都是张士诚张王府里的人，在苏州受刘夫人的重托，带着两个娃娃东奔西跑，为的就是给他们找一个安全的地方。伏七在平江的时间长，说的是平江话，我怕露出破绽，便让孩子装哑巴。这也是不得已啊。"

至善听罢大为感动，说："你们冒着这么大的危险救张王之子，夫人还舍了性命，真是让人敬佩。我们这里湖坝草地，多有水灾，除了杨刘二姓久居枝洲外，其余多为四方游民。每年洪水退去，就有一些游民来到这里垦荒围湖，自谋生计，一遇水患便漂泊四乡。来到这里的人都是南腔北调，人从哪里来到哪里去也没得人去管。这真是天意，你们到这里来是对了，我敢说现在没有比这里更加安全的地方了。恩人一个人带着孩子到处流浪也不是个长久之计，如果不嫌弃的话，你们就在这里住下来。不过，现在是朱家天下，伏七无论如何不能讲他是张王之后，这一点还是要扎伏好。"至善说的"扎伏好"就是要嘱咐好。

黄云一听这话，起身便拜："至善公如肯收留伏七，将他养大成人，功德无量。张王和刘夫人在天之灵一定会保佑杨家世代吉祥，我也放心了。”

至善拉着黄云说：“恩公请坐，我本是一介草民，但也晓得父辈争战与孩子何干的道理。我想收留伏七，不图有报，只是想让他平平安安，能够过一个正常人的生活。”

“这是再好不过了。不过，伏七在杨家久居，得有个说法，省得外人猜疑。”黄云说。

“这个不难，我已有了一个儿子，现在说领养了一个儿子不太说得过去。但是，我们这里有一个给儿娃子定亲的习俗，伏七和小乐儿差不多年龄，我可以先让伏七和小乐儿定亲，说等他们长大成人后正式成婚。如果恩公同意，我就给小乐儿她娘说说，把这事定下来，给四周乡邻一个说法。”至善说完又有些犹豫，他心想：“伏七是张王的儿子，怎能给我这个草民做上门女婿呢？按照枝洲的规矩如果要招上门女婿还要改姓才行哩。”想到这里，至善改口说：“恩公放心，这只是个说辞，伏七长大后愿意不愿意，还是他自己说了算。以后平安了复姓也不是不行。”

“至善公不必客气，杨家收留伏七，既是行善积德也是顺应天意啊。”黄云说。他并没有听懂至善说的“复姓”的意思。

两人说好后，至善便把夫人叫出来说：“我刚才与恩公喝酒，两人讲得投缘，我算过了，伏七和乐儿八字相合，有意将恩公之子伏七留下来，定下婚约，待他们成人之后成亲如何。”至善说。

“好是好。只是……”夫人未说完，至善公知道夫人想是说伏七是哑巴，笑一笑说：“不妨事，我看伏七这孩子乖巧得很呢。”接着便告诉夫人，伏七不是哑巴，只是从小在下江长大，恩人怕伏七的外地口音受人欺负，便让他在人前不要讲话。枝洲人把长江下游叫“下江”。

“他爹怎么不说下江话啊？”夫人问。至善说“恩人是跑江湖的，哪里的话不会说啊”，便把夫人糊弄过去了。他不能把伏七的真正身份给小乐儿娘说，他怕小乐儿娘听了害怕，再说知道这个秘密的人越少越好，能不说就不说。

夫人听说伏七会讲话，便高高兴兴地说：“管他说哪里话，会说就行，时间长了，还不跟我们一样说了。我欢喜这个伢子，就按你们两人商量的办。”

“那就没有必要让伏七再装哑，不要让孩子受罪了，他和喜儿乐儿一混熟，很快就会说我们这里的楚语了。”至善哈哈一笑说。

“也好，既然杨公如此说，就让伏七开口说话吧。”黄云说。

夫人笑着对黄云说：“恩人对我们也太不放心了，好好地让娃子受这罪。”

“夫人莫怪，我实在是无奈啊，娃子太小，说不来本地话怕人笑话哩。”黄云说。

“说来不怕恩公怪罪，伏七和小乐儿拿八字就算定婚，按照枝洲的习俗，男孩子到女家做女婿要改姓才行呢。让伏七姓杨不知恩公同意不同意。”至善把话挑明了。

“行咧。”黄云明白了什么叫改姓，“以后什么时候都不许改了，姓杨，就姓杨。这个主我做了。”

“那就让孩子委屈了。从现在起伏七就改姓杨，叫肇枝，就是从枝洲再开始的意思。您说行不？”至善问黄云。

“这个名字好！让娃子从枝洲开始吧，其他的事您就不往别处想了。”黄云悄悄地对至善说。

“恩公这样一说，我们就更放心了。”两个人高高兴兴地谈了一个晚上，第二天便由杨家张罗着定亲之事。

定亲之日，杨至善请来了亲戚乡邻，酒席之上当着众人之面说：“各位亲朋好友，我的小乐儿在龙舟赛时落水，被恩公救起。恩公有一子伏七随父流浪，我有意让伏七和小乐儿定亲。恩公不弃，慨然应允。今天我请大家来，就是为伏七和小乐儿定亲作个见证。从今天起，伏七姓杨，叫肇枝。”

亲朋好友一听这话都起身致贺。枝洲本来就有拿儿八字的习俗，也就是儿女生下来就按生辰八字找个门当户对的人家定亲，叫拿儿八字。乐洲已六岁了，杨家给儿女定亲不是什么稀奇事情。再说，至善公是把女儿许配给有恩之人的儿子，理所当然。大家都觉得很正常，真心为老杨家高兴。

伏七和乐儿看到这么多客人来，觉得好玩，他们还不知道什么叫定亲，只知晓得伏七不走了，以后两个人天天就能在一起玩耍了。

肇枝和二喜儿、小乐儿一起跟着至善公念书。肇枝悟性好，没多长时间就能认得好多字，背得好多诗文，至善公好高兴，心想怪不得人说龙种小精灵，天生就聪明呢。一天夜晚，黄云对至善公说："我看肇枝在这里过得习惯，您亲自教他念书，我放心了。今后一切都拜托您了。"说着就拜，至善公连忙扶起黄云说："莫非恩公要走？"

"我昨晚梦见温姑了，她对我说，把伏七安置好了就要我去看她。"黄云说着就流泪了，"我走后只有一条请至善公谨记，伏七无论书念得多么好，万万不可去考功名当官。"

"这条我依你。恩公以后有什么打算？"至善问。

"我是一个在外流浪惯了的人。我到莲花山陪温姑，兴许就在那里住下了。抚养伏七的千斤重担拜托你了。"黄云说。

"你不回来了？"

"不回来了。让肇枝一心一意跟着你们过一个正常百姓的生活。"

至善悄悄对黄云说："伏七长大之后，我会告诉他的。"黄云说："千万不要这样做。伏七身世宁可永远无人知晓，也不能招来大祸。大明的天下哪里容得下张王遗孤。再说，如果被官府发现，不仅伏七有险，还会连累小乐儿和老杨家。那样，张王和刘夫人的在天之灵也不得安宁哪。能让肇枝平安长大成人，我们也就对得起张王和刘夫人的在天之灵了。就让这件事埋在你我心中吧。""晓得了。你就放心走吧。"至善道。

第二天天刚蒙蒙亮，至善公把黄云送到江边，上一条小船走了。

《张杨家谱》：遗祖伏七，年方冲幼，家仆护卫，逃奔湖广，遇至善杨公，历询其由，遂收我祖在东床焉。虽职属半子，抚育不啻亲生。赘杨氏因袭杨姓，名肇枝。

第四章 观音矶

杨安洲跑船回来，看到家里添了一个人，又听爹说肇枝与小乐儿定了亲，很是高兴。

枝洲这个地方，一般人家都有一条小船，置不起船的就打一个挑担划子，那可是和房子一样重要的家当。小船和挑担划子平时用来打鱼捕虾，洪水季节用来逃生。大户人家置有大船，有的还有船队，大船在江上跑运输，有的船队生意做得很大。涨水季节大船一般都要运石头回来镇堤脚，护岸保堤。这是义务，各家的船队不讲价钱，自觉遵守。枝洲的船帮主把棉花和粮食运到夷陵，再把山货物产运到东江和荆州，这几年有的还把货物运到武昌。杨家祖上传下来几条大船，杨至善每年几次上夷陵下荆州，找几个老宾主谈好生意，就交给船老大去做了。安洲长大后，至善让他跟着船老大在水上历练。和安洲一起回来的还有他的好朋友陆小和。陆小和是江北名士陆大和的儿子，比安洲小两岁。陆家也有一个船帮，陆小和也随着船队在江上行走。杨字号船和陆字号船经常结伴而行，杨陆两家的小老板便成了好朋友。

杨陆两家本来就是世交，现在还增加了一层关系。

枝洲的杨至善和江北的陆大和是江南、江北的富户名门，每年龙舟赛的钱都是这两家抬大头。陆大和敬佩杨至善的善良仗义，杨至善对陆大和的耿直豪爽也有好感。至善有了二喜儿后，大和有心与至善结为儿女亲家，提出让二喜儿与小和定亲。至善和夫人觉得二喜刚刚出生，小和也还小，便说等到孩子们大一点再说这事。陆大和也不在意，等就等吧。转眼二喜儿和小和都长大了，这门口头的亲事还没有定下来，大和提了几次，可是至善总是说等等，大和也就只有等了。其实至善一直不答应这门亲事，还有一个不太好说的原因。杨家祖辈都是本分人，他听人说陆大和是白莲教，开始不太相信，后来有一次陆大和拐了个大弯试探至善，拉他入教。至善佯装不睬，但心里有了数，他喜欢小和，但又担心二喜儿嫁过去没得好下场，碍着情面不好当面拒绝。他还是想等等看，如果不出什么事情，与陆家结亲家也要得。大和也看出了至善的心思，后来就没怎么提这事了。

偏偏小和特别喜欢二喜儿，经常跟着安洲往杨家跑。有时安洲没有回来，他一个人也来，一来就拉着二喜儿说这说那，还带来一些小礼物。二喜儿却不喜欢小和。开始还应付着，以后陆小和一来她就躲在房里不出来。陆小和与二喜儿的事情，弄成了剃头匠的挑担子——一头热，双方长辈也只有骑着驴子看戏文——走着瞧。

小乐儿是最盼着哥哥回来的人。杨安洲一回来，少不得带一些好玩意儿，她总是围着哥哥要这要那。哥哥也是卖尽关子，一会儿拿出一个小头巾，一会儿拿出一包夷陵酥糖果，总是把小乐儿逗得团团转，二喜儿只是在一旁看热闹，她晓得哥哥绝对不会少她的一份。今天，杨安洲带着陆小和回来了，二喜儿又躲进房里不出来。小和没见到二喜儿，心里不是滋味，只有和杨安洲东扯一句西扯一句地闲聊。

至善看到小和这个样子，心里有点不忍，便对小和说："听说你的武功很有长进，不妨练给我们看看。"陆小和一听这话，劲头上来了，腰巾一系，跑到道场上开始练武。

枝洲的大户人家，家门口都有一个场子，平时是用来打麦子晒棉花的，秋天农事暂告一段落后，为了感谢神灵带来一年的收获，祈求上苍来年风调雨顺、五谷丰登，有的大户或者是一个家族一般都要请道士打醮，以此来消灾免难、祈求上苍的赐福与庇佑。这时，这个场子就成了道场。枝洲人家不分大小，只要家门口有块空地就都叫道场。大户的道场大，小户的道场小。杨家的道场大，道场边上栽着五棵大桂花树，一到七八月香飘七八里，因此杨家道场有了个雅号——五桂场。逢年过节，杨家和乡邻们都要在这里举行一些活动，比如玩狮子龙灯采莲船。

陆小和赤手空拳，一上场就拱手行礼。接着一个鹞子翻身，腾空而起，双手似钩，两臂高举，活像一只雄鹰展翅，轻轻落地又转身出拳，状似武松打虎，手中无物却似有物，胯下无虎却似有虎，分开两腿蹭地一夹，并脚起跳，地下落叶像被大风刮起一样，忽地飞将起来。“好，好，好！”至善公拍手叫好，一边看一边说：“不愧为陆法和的后人哪。”

至善公说的陆法和是陆小和的先祖，南北朝人，曾长期隐居枝洲讲经，自称居士，身有高明法术和过人武功。陆法和当年的讲经台只留下一个黄土包，但陆法和的故事却在枝洲流传。

梁简文帝大宝二年（公元 551 年），侯景沿江而上讨伐湘东王萧绎，派大将任约率五千士兵逆流而上，袭击兵力薄弱的江陵城。任约的军队逼近江陵时，隐居枝洲的陆法和出枝洲去见湘东王说：“我向您请命出战任约。”湘东王正一筹莫展，一听陆法和愿意出战，喜出望外，便说：“我给你派遣千余精兵。”陆法和一听大笑：“无须派兵，我自有无数人马。”陆法和说的“无数人马”是江陵一带神殿寺庙的神灵。这些神灵听从陆法和调遣，参加讨伐任约的战斗。陆法和率领神灵将士到了赤洲湖，与任约的军队形成对峙。陆法和乘坐轻便小船，不披戴盔甲，沿流而下，到离任约军队一里远的地方。神灵将士的大船迅速从各方聚集，冲在前面，因为逆风不便于行动，陆法和便手持白色羽毛扇子指挥风向。风向顿时变过来，任约的部下都看见梁国的战船顺风冲来，立即溃败，纷纷跳进水里，大多成了鱼鳖之食。但是任约却不知逃到了什么地方。

湘东王见没有抓到任约，心里还是有些不安。陆法和胸有成竹地说：“明日午时我就能抓到他。”到第二天快到中午还没有抓到任约，湘东王便问陆法和任约藏匿何处。陆法和不慌不忙地回答：“我在枝洲江边建有一座佛塔，现在是涨水季节，佛塔淹没在水下，只有塔尖露在水面上，任约就在塔下的水中，我已派兵去取了。”湘东王将信将疑。不大一会儿，将士便押着任约来报，他们按照陆法和的神机妙算，来到枝洲江边果然看见佛塔塔柱的顶端有一支空苇秆冒水泡，顺着塔尖到水下捉住了任约。

陆法和打败了任约的军队后，又请命镇守巫峡。他统领各路军队前往巫峡，命令士兵运石头填到江里，在水上拉上了铁锁链。敌军遇到险阻，陷于进退两难的境地，陆法和大获全胜。

陆法和后来为北齐效力，屡立战功。北齐文宣帝高洋在昭阳殿宴请陆法和及其徒属，赐陆法和钱百万、田一百顷、奴婢二百人。陆法和对奴婢们说“你们都各自谋生去吧”，把奴婢全部都放了。他还把所得的钱财全部施舍给别人，一日便尽。所赐的住宅改建为清修佛寺，他仅自居一间，生活与凡人无异。

枝洲人说陆法和有异术，死的时候并无病态，烧香礼佛后坐棕床而终。弟子将他放入棺中，尸体缩小，只有三尺多一点。文宣帝听说后不信，令人开棺一看，空棺而已，感叹“陆法和真神人也”。

陆法和在枝洲时，身边有一个二十多岁的女子，自称越姥，身披法服，随法和东西征战，生下一对儿女。据说越姥要求每代头男名字的第三字为和，第二字按“大小多少东南西北上下来去前后左右”十六字排，排完了再转回来从头排。陆大和、陆小和不知是第几个轮回，反正是排到了大和小。这事不知是真是假，但陆小和是陆法和的后人是真的。所以至善公说陆小和得陆法和真传武功。

陆小和听到至善公夸赞，练得更加起劲了。他跃身而起，脚蹬桂树，翻身飞下，这叫作蛟龙跃潭。正要落地时，在一旁参看的小肇枝趁小和将落未落时轻拨一脚，小和啊的一声，向前蹿了几步，险些摔在地上。

“鳄鱼探底！”小和大声喊道，站定后一看是肇枝，大为惊讶：“你？”

周围的人也都大笑起来，二喜儿闻声跑出来看热闹，看到肇枝那一脚险些把小和绊倒，不禁拍手叫好。陆小和听到二喜儿声音，顿感热气上身，一跃而起，要与小肇枝再比一比。

“算了算了，和一个小娃子有什么比头？”至善连忙出来打圆场，“小和不必见怪，肇枝年幼不懂事，歪打正着，胡乱瞎撞，算不得什么本事。肇枝快来给小和哥赔个不是。”至善知道肇枝跟着黄云学过一点功，但毕竟年幼，不是小和的对手。他更害怕的是，这样一来会生出事来，便赶紧压着。

肇枝知道自己犯了规矩。连忙给小和施礼，说：“小和哥，我只是看见哥哥好武艺，想学学本事，我哪里是你的对手呢？”

“那就比比看嘛！”二喜儿看戏不怕台高，真想让肇枝把小和的傲气压一压，便借势起哄。

“女娃子家，起什么哄！”至善发话，谁也不敢再说什么，都到屋里去了。

肇枝没有进屋，他拉着陆小和的手说：“小和哥，你还在生我的气吧，你的武艺高强，能不能收我做徒弟？我想学武。”

这话给小和挽回了面子，脸上好看多了。说：“只怕伯伯不同意吧。”

肇枝高兴地说：“不妨事，我跟爹说去。”

肇枝把想拜小和为师的想法跟爹一说，至善想了一会说：“也好，我们老杨家还真差一个习武之人。不过，我得约法三章：第一，只能习武，不能动武。第二，只能练武，不可结帮。第三，读书为主，练武为辅。每月跟你的小和哥练武一次，一次的时间不得超过三天。还有，每次练武时大安子、二喜儿、小乐儿三人至少有一人跟着，看是不是按照规定行事，如有违犯立即停止。”

“你记住了？”至善问肇枝。

“我一定按爹的规定办，不知小和哥允不允。”肇枝说。

“只要是伯伯同意的事，我一定照办。”小和说。

肇枝一看都同意了，就要拜师。小和却坚持不让拜师，说：“我教肇枝小弟练练拳脚可以，但不能正式收徒。”

“陆家传家八卦拳法从不传外人，这我晓得，不要破了规矩，不然，你大和伯会不依的。”至善说，“小和就权当带肇枝玩玩吧，不必当真。”

“那好，每个月带小兄弟玩三天，管吃管住，分文不收。”小和的话把大家都说乐了。

肇枝跟着小和练了几次就没有再去了。一则小和的事多，很少到杨家来，肇枝也很少去。二则至善也不愿意肇枝跟着小和他们一起混，把性子搞野了。让肇枝一心归门在枝洲读书，学着干一些农活。

转眼又过了七八年，肇枝长成了个毛头小伙子。天庭广阔，地阁方圆，至善公越看越担心，这哪里像是农户人家的小子啊。

这些年，肇枝和二喜儿、小乐儿一起念书。杨家的学堂既是家学，也是义学，至善公亲自任教。同时念书的还有几个族人和乡亲的小孩，不收学费。肇枝有天分，读书很有长进，至善从来不说让他去考功名，这个规矩是至善和黄云商量定下的，肇枝如果去考功名少不得在大明朝任官，既对不住张王，也怕露馅。

再过了两年，至善和夫人看着肇枝和小乐儿都长大成人了，肇枝又有出息，商量着把肇枝和小乐儿的婚事给办了。正在筹办喜事的时候，又遇到了大洪水年份。

这一年雨水特多，江水不断上涨，枝洲那些“豇豆子堤”根本挡不住洪水，洲内洲外一片汪洋。洲上大多数人逃荒去了，只有少数几个高台子上还留有人。

杨家台子四周都是水，很不安全，至善不放心，便让安洲把肇枝和二喜儿、小乐儿送到江北陆大和那里躲水。二喜儿不愿意到江北，她很不情愿见到小和，便说要在家里陪母亲。肇枝和小乐儿也不想去。至善说：“洲上的水没有十天半月退不下去，台子四周是水。再涨水的话，家里少留几个人跑起来也快些，你们都在家里我放心不下啊。二喜儿要在家里陪她娘，暂时不去也行。肇枝和小乐儿必须去，如果枝洲的水继续涨，我们随后也会过江来的。”

至善公知道二喜儿不愿意到小和那里去，没有勉强。他最重要的事情是必须把肇枝安排到绝对安全的地方。

安洲把肇枝和小乐儿送到江北陆家住下后，就和小和分别带着自家的船帮去运石头去了。枝洲的船只运石头主要是保枝洲堤，江北船帮运石则是保荆江堤，陆家船帮抛石地点在江陵观音矶。肇枝要求和哥哥一道去运石头，但安洲不同意，这是父亲交代的，不能在大水季节带肇枝上船。

肇枝和小乐儿在陆大和家住了半个月，眼看水已慢慢退了，离开枝洲的人也都在往回走，肇枝便想和小乐儿回枝洲去。陆大和在他们来了不几天就说出门有事一直没有回来，家里只有陆大妈和几个家人。肇枝给陆大妈说想回去，陆大妈说一定要等安洲来接或者是让小和把你们送回去，让肇枝和小乐儿搭别人的船走她不放心。而这时陆小和跑船没有回来，哥哥也不晓得几时来接，肇枝和小乐儿等得有些心焦了。闲来无事，肇枝便在院子里练习武功。每次练功，小乐儿都是唯一的观众。

这天傍晚肇枝到院子里练功，正好小乐儿身子有点情况，没有陪着。肇枝练了一遍正在收势，忽然身后一人拍了他的肩膀，轻声叫了一声："小王子！"肇枝吓了一跳，他转过身来一看，原来是小和。

"小和哥，我是肇枝啊。"肇枝听到陆小和叫他小王子，有点慌神，不过他还是强制自己镇静下来。"小和哥不是出船去了，什么时候回来的？你回来了就送我们回家吧。"

陆小和把肇枝拉进他的房间，轻声说："我晓得你姓张，是吴王的儿子。我应叫你小王子才对，是吧。"

"不，我不是什么王子。"肇枝矢口否认。

"小兄弟，我实话告诉你吧，我是白莲教的人。当年，我们白莲教和张王一样，在推翻元朝时流过血，卖过命。现在，朱重八那个流氓翻脸不认人了，到处清剿白莲教的人，杀了无数的好弟兄。"小和说。

"你说的我听不懂。"肇枝不相信陆小和会知道他的身世。

"白莲教消息灵通得很。自从那年你绊我一脚，我就晓得你不是一般的人，后来弄清了你的来历。不过你放心，我决不会透露你的身份。你不是我的徒弟，但是我的兄弟。当年张王被朱元璋害死了，现在朱元璋又在清剿白莲教。你们来躲水的那几天我爹还在家里，后来他到湖南参加白莲教的活动时被抓走了，活不见人死不见尸。"小和拍拍肇枝的头说，"你就别装了，我晓得你是谁。"

肇枝低头不语。自从逃离平江后，伏七心中就有一颗仇恨的种子。奶公交代他任何时候都不能暴露身份，伏七心中那颗复仇的种子一萌芽，他自己就把它灭掉了。可是，这芽子灭了又生，就像野草一样，烧不尽，灭不掉。

"我父亲对我讲过的，如果什么时候他被抓了，要我担起白莲教的重任，把白莲教在东江的人保护好，还要我把你保护好，一有机会就要报仇雪恨。我前天运石头到荆江时听说了一件大事，便赶回来准备。"小和说的大事，是关于朱元璋的十二子朱柏的。

朱柏被封为湘王后，因为年龄太小，加上还要在荆州修建藩王府，一直没有就藩。最近，朱柏将在荆州举行盛大的就藩典礼。陆小和准备在朱柏到荆州时把他抢走，要朱元璋用陆大和和被抓的白莲教人来换。

“啊？”肇枝有点吃惊。

“如果不成功我就杀掉朱柏！”小和说。

“我不懂。”肇枝轻声说。

“你懂！这次行动十分危险，我告诉你这件事情，并不是拉你参加我们的行动。我在行动之前找你，只是想告诉你两件事情：第一，反对朱元璋的人还在，心未死。你是张王之后，报不报仇是你的事情，我管不着。但白莲教和朱重八不共戴天。我如果出了事，将来你如果有能力，不要伤害白莲教的弟兄，那些人都是你的朋友。第二，我还要拜托你一件事情，请你告诉二喜儿，我知道她不喜欢我，所以这些年我们都没有提这事。但是，我真的很爱她，这话我一直没有对她说出口，请你帮我告诉她吧，能让她知道我的心我就心满意足了。我晓得至善公对我不太放心，二喜儿对我也不上心，我父亲也要我不要再提这件事。但是，二喜儿是我这一辈子唯一深爱的女人。我如果死了，请你替我保护好二喜儿。”陆小和说。

“你们什么时候出发？”肇枝问。

“明天一早，我们要在朱柏的官船到达前赶到观音矶。”陆小和说着拍拍肇枝的肩膀就出去了。

肇枝站在院子里，沉思好久，走进了小乐儿的房间。

陆小和在船上石料中藏了大量的硫黄、桐油和木材，不等天亮就要船老大撤跳板开船。正在撤跳板时，肇枝和小乐儿跳上了船。小和大吃一惊：“下去，谁让你们来的？”肇枝和小乐儿没有答话，直往船舱里走。小和本来不愿意他们同往，但时间很紧，只好让人把他们安置在内舱。肇枝昨晚把小和他们的计划给小乐儿讲了，小乐儿说，做人要讲义气，明天我们一起去帮帮他。她把爹的嘱咐忘到九霄云外去了。

陆小和把船停在观音矶上游，这里是抛石镇脚的地方，离码头只有两里路远，码头上的情景看得很清楚。陆小和打算在官船到达时，就点燃他们运石船上的柴火，顺流直下迅速冲向官船，在混乱之中抢走朱柏。他们一边佯装向江中抛石，一边观察动静。只见官渡码头到处是官兵把守，任何船只都不得进入。两条船的石头抛得差不多了，一直到晚上都没有见到官船的影子。陆小和心想只怕情况有变，果然不出所料，第二天清晨把守的兵也没有了。陆小和立即决定，船老大和肇枝在船上等候，自己和小乐儿扮着上街看热闹的小夫妻到城内打探消息，几个船工尾随其后见机行事。

天快黑时，小和和小乐儿还没有回来。肇枝正在着急，不知什么人朝船上甩来了一个小包袱。

肇枝拨亮马灯，打开小包袱，包袱里面有一块石头和一张纸条，纸条上只有两个字：速返。

肇枝急忙招呼船老大和伙计们起锚，扯满风帆星夜回程。

情况真的有变，朱柏的官船到达监利后，突然决定改走旱路，乘车到荆州。

朱柏从小就十分聪明，少年时常常读书到深夜，特别喜欢读一些兵书。长大以后膂力过人，善弓矢刀槊，驰马若飞，文武双全，深得朱元璋喜爱，将朱柏封为湘王，镇守荆州。朱柏被封藩王后又在南京待了七八年，一是要等到成人，二是要为就藩做准备。这次朱柏正式到荆州就藩，先走水道，后改旱路，实际上是出发前朱元璋就秘密安排好的，这个计划只有朱柏和几个贴身的人知道。荆州这一带过去是陈友谅的领地，大明统治后，陈友谅遗党的复仇行动从来没有间断过，加上白莲教在湖广一带也十分活跃，多次清剿却如割韭菜一样，斩不尽，杀不绝。朱元璋派朱柏到荆州就是想让他历练历练，当然也担心这个乖乖儿的安全。

小和和小乐儿在街上看到到处都是官兵，把小商小贩赶得鸡飞狗跳，街道上的青石板都用水洗过，道路两边隔一段就有人守着，把看热闹的人拦在大道两旁，猜想朱柏车队可能从这里到湘王府。他们来到新修的湘王府前，混在看热闹的人群之中。

夕阳西下，朱柏乘坐的马车进了城门，只见马车前面有人鸣锣开道，左右都有人护卫，车到湘王府前停下来，随从们安好下车板凳，官员立即下跪迎接。这时，有人扶着朱柏下车，陆小和一看，朱柏只不过是一个十五六岁的娃娃，虽是人高马大，但长得细皮嫩肉，稚气未退。陆小和一个箭步腾空跃过去拦腰抱住朱柏，用小尖刀顶在朱柏的喉咙口上，大喊谁都不能动，谁动我就杀死他。

事发突然，现场人们一时都没有反应过来。

朱柏很镇定，说："好汉，要钱还是要命，说出来好商量。"

"我不要你的命，只要你跟我走。"小和边说边推着朱柏进车。

朱柏一只脚跨上板凳，突然转身用另一只脚反踢小和下身，小和一晃，一个官兵从后向小和捅刀，小乐儿大叫一声："小心！"另一个官兵一棒子打到小乐儿头上，小乐儿来不及哼一声就倒地了。

官兵正要砍小乐儿，朱柏说："别杀她，拉进去，问他们是哪一路。"

小和身中数刀，倒地而亡，鲜血顺着石板路流得很远。

昏迷中的小乐儿被抓进了官府。

在湘王府对面的酒楼上坐着一位道士，见此情景便起身下楼上马，迅速向观音矶方向跑去。

这人正是黄云。

黄云当年离开枝洲回到莲花山，天天到温姑的坟头陪她，把伏七和迁七的情况讲给温姑听。黄云说："伏七找到好人家，你放心好了。可是温弼夫妇搬家了，住持说他们搬到温岭去了。我想到温岭去看看。"

温弼一家在黄云和伏七走后就迁走了，这是卞元亨安排的。黄云和伏七走后，卞元亨来不及安葬温姑就让住持去找温弼，告诉他们此地不可久留，要尽快迁走，走得越远越好。卞元亨知道，黑松林案发后，必然会牵连到温弼，迁七也会有危险。温弼得信后正愁着往哪里走，老家来人了，他们说温家圳待不下去了，那里是陈友谅的老窝子，要遣散。遣散不知会到哪里，不如先走。荆州温岭是他们的老家，属湖广范围，不会再驱散，相约温弼一起走。温弼夫妇二话不说，立即收拾东西，带着迁七随族人迁到温岭。

黄云来到温岭，打听到了温弼住处。他没有与温弼见面，看到温弼两口和迁七都还平安，也就放心了。黄云到荆州开元观出了家，这里离伏七、迁七都不远，他随时可以知道他们的消息。

朱柏到荆州就藩的消息，黄云也知道。不晓得是什么原因，他得到这个消息后一直心神不定，不由自主地来到观音矶码头。码头上没有看到朱柏的船队，却发现了附近有一条东江的运石船。他开始有些疑惑，在这个时候东江的船怎么在这里停留这么长时间？便在不远处观察。那天清早他又到码头上，远远看见船头有几个人讲话，一个好像是伏七，一个好像是小乐儿，还有几个男人他都不认识。多年没见，伏七和小乐儿都长大了，那模样还是认得出来的。一会儿小乐儿和几个男人走下船来，伏七回到了船舱。黄云见状大吃一惊，担心要出大事，他不敢惊动这些人，尾随着小乐儿他们进了城，在湘王府对面的茶楼上观察动静。他看到小乐儿被打昏抓进了府，那个领头的壮士和几个随从也中刀身亡了。一会儿湘王府前乱糟糟的，有人说是白莲教造反了。黄云跑到观音矶，把信投上船后躲在岸边的林子里，一直等船开走了才匆匆离开。

肇枝回到了枝洲。他自知闯下了大祸，一进门就给至善跪下。至善脸色沉重，朝肇枝摆摆手，让他别说了。

肇枝不敢起身。鼓起勇气说："我把小乐儿弄丢了，对不起杨家，闯下了大祸，没脸再待在这里了。"

"你要走？到哪里去？"至善公问。

"不知道。"肇枝说。

"你这个逆子！"这时屋里走出一个人来，声音很低，言语很重。"当初你娘在万险之中托我和你奶娘救出你们兄弟俩，是为了你们长大了白白送死吗？你这样做对得起你死去的娘吗？"

肇枝抬头一看，这个一身道人打扮的人是奶公。原来黄云在肇枝回来之前就赶到了枝洲，早已把情况告诉了至善。

至善说："既然我们有缘，你就是我的儿子。你从踏上枝洲的土地就不再是王子了。你认这一条，就在这里住下，不认这一条，任你远走高飞。今天你的奶公也在，你自己决定吧。"肇枝跪在地上不敢言语。

"你生在王府，我生在民间。你不知道，年年战乱，有多少百姓无辜丧命，家破人亡。这样仇恨下去，黎民百姓永无宁日！"说着，至善泪流满面拍打着肇枝的肩膀，"肇枝啊，你万万不可成为一个祸害百姓的王子啊。"

这时，内房传出哭声，是杨夫人和杨喜洲的声音。

喜洲扶着妈走出来。杨夫人一边哭一边对肇枝说："我已丢了一个女儿，不能再丢掉一个儿子。我儿你不能走啊！”

“小弟别走，小乐儿一定会回来的。”喜洲说。

“我要去救小乐儿！”肇枝说。

“胡说。小乐儿是死是活还不晓得呢，你去救她不是自投罗网吗？”至善说。

“恩公说得是啊，小乐儿吉人天相。”黄云对伏七说，“从今以后你可再也不能给老杨家添祸了！”

黄云越说越气，他从来没有对伏七这样讲话。肇枝看到奶公发火，就又跪在地上说：“从今以后保证听爹妈的话。”

“那就好。从今以后就老老实实留在这里做杨家儿子。”黄云说。

肇枝跪在地上说“再也不敢了”。

杨夫人拉起肇枝，和二喜儿一起进屋去了。

“真是对不起啊！”黄云说。

“这是命。”至善说。

至善与黄云谈了半宿。黄云说：“我在开元观出家，一旦打听得到小乐儿的消息，就会马上送信来。”

“认命吧。”至善知道是凶多吉少。

没等天亮，黄云就离去了。

《张杨家谱》：当年百忍垂家政，此日四知袭祖风。我祖兄弟二人，无家可依，乃隐姓名以逃。一公逃于监利隐于温岭。温公待之如子，公认温公为父，子孙世袭温姓。今为监邑望族。一公逃于东江县枝洲龙船口，赘杨门即我祖肇枝公也。

第五章 千杨滩

自从小乐儿失踪后，亲友邻居不断有人上门来打听消息。家里人说小乐儿和肇枝坐船回来时溺水了，没救上来，回不来了。于是就有人劝解小乐儿娘说，小乐儿是龙王的女儿，上次龙王老爷就要收她，又把她放了，这次她一定是回去了。这话本来是安慰小乐儿娘的，没想到很多人都信以为真，有人说小乐儿是神不是人，还有人说夜晚在白果树下看到了小乐儿，她是小龙女，灵魂就附在白果树上。有好多人都到白果树下祭拜小龙女，白果树上挂满了红布条条。

肇枝做梦都想着小乐儿能够回来，一直想去找她。但是，奶公有交代，杨家有规矩，他不能离开杨家。肇枝也知道，就是到了荆州也不能到王府里去打听。爹爹把寻找小乐儿的事交给了安洲。安洲一回来，肇枝就要问有没有小乐儿消息，安洲总是摇头。过了大半年时间，一点音讯都没有。肇枝急，爹妈比他更急。

这一天，安洲跑船回来，肇枝又来问。安洲没有摇头，沉着脸一言不发。等到爹妈来问时，安洲才说黄奶公要他带信给爹娘，别找小乐儿了。

"死了？"爹问。

"奶公没有说，只是要我们别找小乐儿了。还说以后的事就按他与爹商量的办。我问他什么事，他说你这样对爹说就行了。"安洲说。

这本来是预料中的结局，但一家人还是接受不了。至善夫妇怕肇枝难受，背着肇枝流泪。肇枝怕爹妈伤心，常常独自跑到白果树下发呆。为了弥补自己的过错，不管是榨坊的事还是地里的活计，他都抢着干，放下扫帚捡杨叉，一天到晚没得空闲。进了榨坊能轧花榨油，下到地里会种麦植棉，杨肇枝成了"亦工亦农"全能把式。至善看在眼里，喜在心头，把安洲和肇枝叫在一起说："从今以后，安洲专心跑船做生意，肇枝帮着我管田产和榨坊的事情。"

这一年又遇上一场特大洪水，开始是淹了枝洲周边的小洲子，紧接着枝洲和周边的三个大点的洲子江水漫堤，洪水如猛兽一般卷来，横冲直撞，把老枝洲下部几个小洲子冲到江北，上部和偏洲、澌洋洲、羊角洲之间的小河都被泥沙淤积，和枝洲连成了一片。洪水退后，原先的南河变成了小河，北河成了大江。跑出去的人陆续回来，一看全傻眼了，一切都面目全非，房子没有了，庄稼没有了，有的户连地也冲得没有了，能种的地没种子，生活无着，只有再出去逃荒。

杨家的田还有一些，至善要安洲从外地收购荞麦和粟种回来，让肇枝带人复种秋粮。棉花绝收了，轧花机派不上用场了，安洲便在江北收购了一些棉籽和油菜籽榨油。杨肇枝看到那些流离失所的乡亲和即将荒芜的土地，心里十分难受。他对父亲说，现在最缺的是种子，我们如果能在江北多收购一些种子借给需要的乡亲们，他们有了种子下半年就有了指望。至善说你跟我想到一块了，就这么办，能救一家是一家。不过，我们绝不放贷，借多少还多少。乡亲们得到这个消息后都到杨家借种子，把肇枝忙得脚不沾地，像个陀螺转得飞快。这天肇枝跟父亲说借种的人越来越多，马上就要借光了。至善说我们也只能尽力而为了，借光为止，不留一颗。

正在这时，有个陌生人进了屋，说是来找至善公的。

至善和肇枝把客人请到堂屋里坐下。客人进屋取下了头上的斗笠，一看也就三十岁上下，黑脸大眼，身体壮实，穿一身土布衣服。说是个农家人，又比一般人穿得干净一些。说不是农家人，脸又晒得像锅底子一样黑。

"至善公，我叫龚春台，是偏洲人。今天冒昧来找您，是有件事情要当面请教。"至善一听就晓得这是个读过书的人。

"请讲，这是我小儿子杨肇枝。"枝洲人上门做女婿改姓后，父母一般都以儿子待。龚春台忙向着肇枝点点头说："久闻大名，今天幸会，不胜荣幸。"肇枝点头还礼。

龚春台从紧包袋子里掏出一幅枝洲和附近几个小洲的手绘地图，摊在桌子上说："枝洲和临近几个大点的洲子，过去都是分散筑堤，这些堤都像豇豆子，洪水一来各顾各，巴不得别人的堤破了装水保住自己的垸子，结果是一个都躲不脱。我原来就有把枝洲和附近三个小洲连起来修一道堤的想法，但洲子之间有一些河汊，工程量太大，不敢动议。这次洪水之后，枝洲和三个小洲之间的河汊被泥沙填得差不多了，四个洲连成了一片。这是天赐良机，我们四个洲子如能齐心协力，将各自小堤连接起来，加高培厚，既能防洪又可以增加不少可耕地。”

至善一听这话很高兴，他看了看图纸说：“现在枝洲和其他三个洲都连到一起了，正是联合修堤的好时候。可是哪来的钱粮呢？”

“我也是愁钱粮才来找您讨主意。”春台说。

“我家里的粮食也不多，钱还有一点，但用来修堤是杯水车薪，无济于事啊！”至善说的是实话，要修堤他出一些钱是当仁不让的，但确实拿不出很多。

“我有个想法不知行不行得通？”肇枝说。

“你说说看。”至善和春台都迫不及待地想听听肇枝的主意。

“刚才春台兄说把四洲的大堤合围之后可以造一些新地，我们就用粮换地。可以算个账，看出多少粮能得多少地，好处是要给人的，不给好处没人来。”肇枝说。

“好是好，但我们枝洲和三个小洲子能拿出钱粮的大户还是不多啊。怕是不够。”至善说。

“这个不要紧，我们的种子都是从江北购来的，江北这几年没大灾，粮食多，大户也多。江北家公不是说我们如果有困难就去找他们吗，我去找家公，动员大户人家以粮换地，不晓得行不行？”肇枝说。肇枝说的“家公”就是二喜儿的外公，枝洲一带把外公都叫家公。

“好主意。我怎么就没有想到这一点呢。我只听人说杨家有个少爷是神童下凡尘，今日得见，方知果然奇才。”春台激动得站起来朝肇枝拱手。

“别客气，他这也不过是纸上谈兵。”至善口里这样说，心里也在想，这兴许是个好主意。如果能这样，还可以弄到一些种子，枝洲的百姓今年只要参加修堤，家里就有了口粮，还有种子种上秋粮。

“杨老爷，既然有了办法为什么不试试呢？”春台说。

“那行，可以把各洲头人和里长请来商量一下，如果大家都赞成，我们就试试。”至善说。

“事不宜迟，田里等种，饥民等粮，我马上去联络各洲头人和里长，让他们到这里来商量修堤的事情。肇枝兄弟到江北跑一趟，请家公在江北找一些大户商量以粮换地的事。”春台说。

“行，就这么办。春台去联络各洲，肇枝到江北请家公家出面，以粮食换洲田，先给粮后得地。他们如果不放心，就赊一些钱粮和种子回来，秋后连本加利偿还。”至善拍了板。

至善对春台说：“你把各洲头人、里长和乡绅们都请来，尽量多请，这种事人少了可搞不成器啊。”明初一百一十户为一里，那时的枝洲和附近的几个小洲，官府不大管，除枝洲有几个里外，其他都只有一里，有的连里也没有。丁粮多的大户为里长。各洲不分大小，可以没有里长，但一定会有头人，头人多由族长或者名望高的人士担任。

龚春台比杨肇枝大上十岁，是偏洲大户龚老爷的大公子，自幼读书，但一直没有考上功名。后来就在家里帮助父亲料理家产，家中的土地常常被水淹没，做梦都想合洲修堤。龚老爷去世后，龚春台掌管了龚家，成为偏洲头领。

春台到各洲通报情况，大家都深受洪灾之苦，听龚春台说要联合修堤，而且还有一些筹粮办法，可以解决当前缺种的燃眉之急，都举双手赞成。他们约定时间，一起来到枝洲杨家商议修堤大事。

第一次会商会在杨家举行。大家一致推举杨至善为总领，工程施工由龚春台负责，筹款筹粮由杨肇枝负责。大家一致同意，大堤修好后，新洲名称统一叫枝洲。

分工之后，至善对大家说：“这是四洲合一后的第一道堤，大家都同意修，还推举我来总领。我虽然难以胜任，但又却之不恭，况且这是造福后代的大事情，人人有责，自应全力以赴，哪怕倾家荡产在所不惜。但是，在这么坏的年景下完成这么大的工程，难度之大，各位心中有数。既然我们要干就得干成，要干成还得有个章程。我提出几条看各位意下如何。”说着就讲了以下几条：

一、按照龚春台绘制的图纸，各洲首先复修可以利用的旧堤，连接各洲的新堤由相邻两洲共同修筑。

二、凡是洲内原来有田而且能够继续耕种的，都必须出工参加修堤，按每亩田五十个土方计算，不完成土方的视为放弃耕种土地，要重新分配。

三、凡是捐粮捐款的，无论洲内洲外，均按捐款数额分配新淤可耕地和因不出工而放弃的可耕地。

大家一致同意至善的意见，立即到各洲进行动员，推荐分总领和相关人员。

此法一出，果然奏效，凡是有点积蓄的户都愿意把积蓄拿出来，一是积功德，二是得土地。肇枝到江北筹粮筹款也顺当得很。江北没有闹大灾，大户也多，听说出了钱粮可以在洲上得地，都晓得洲上的地收一年就是金子环子，可不得了。时间不长就筹得大量种子和粮食。安洲把船队调回来，洲上其他船队也都调回来，上十条船从江北运粮运种子，四洲百姓都来借种、借粮，其代价是完成相应的修堤土方。借种借粮的人越多，上堤做工的人就越来越多。四洲沿江很快就出现了一个热火朝天的修堤景象。

至善让肇枝把没有分完的粮给那些没有劳力的户送去，帮他们渡过饥荒。这一年，枝洲很少有人出外逃荒，一些出去逃荒的人闻信都回来了。

大堤像一根红线，串联着枝洲人的新希望。

希望像一团火，燃烧在枝洲人的心中。

枝洲的灾荒年成了修堤年。

大堤是农历七月动工的，到了腊月，几千人上堤不分日夜苦苦干了四个多月的时间，各洲将可以利用的旧堤修修补补，又将各洲堤连接起来成了一道新堤。新堤有一百多里长，号称百里长堤。

眼看春节就要到了，这一年洪水退后赶种的荞麦和粟谷大丰收，枝洲百姓家中有粮了，家家喜气洋洋。江北家公组织出粮的大户到枝洲丈量土地，看到那如油膏一样的地，人人兴奋异常。家公表态，第一年他的地上收的租粮，全部捐献给枝洲用于修堤，很多大户也都表示愿意这样做。

肇枝和春台到堤上检查，在一些需要加固返工的地方都一一插上标记，让各段组织人员返工。

肇枝说："老堤堤身单薄，新堤也不牢实，经不住太大的洪水。"

春台说："一开春田里活计就会多起来，再过几天修堤的人就都要回去过年，要加固加高只有等到来年的秋冬了。"

走在单薄的堤上，肇枝想起老家范公堤边的防浪柳林。

苏北沿海范公堤是宋代范仲淹主持修建的。宋仁宗天圣元年（公元1023年），范仲淹二十六岁中进士后，初任苏北东台的小镇西溪做盐官，每逢海潮泛滥，田户淹没，亭社被毁，民不聊生。范仲淹上书建议重修捍海堰。仁宗任命范仲淹为县令，主持捍海堰工程。范仲淹在勘测手段不发达的北宋时期，因地制宜，用稻壳测潮位线，确定了堤址和堤坝高度。他顶风冒雨亲临工地，捐出官俸作为筑堤经费。在他的感召下，民工不畏艰险，工程进展很快。至天圣六年（公元1028年），修成了底宽三丈、面宽一丈、高一丈五尺、长近百里的大海堤，堤边种植草皮，堤脚海滩插栽柳树。每逢涨潮，柳树就形成了一首绿色屏障，防御风浪，保护大堤。建成大堤一个月，就有千余户农民和盐民恢复生产，三千多户农民重返家园。

人们为了纪念范仲淹，将捍海堰称为"范公堤"。

"参差万柳障遥天，翠拂芳堤捍海边。"海水退潮后在柳公堤脚柳林中捉螃蟹捡海螺，是肇枝童年最美好的记忆。他想，在枝洲百里长堤沿河滩涂种上枝洲的杨树，也一定会起到防浪护堤的作用。他对春台说："春台兄，如果在堤外滩上种上杨树，明年洪水季节就能成活发枝，杨树可以防风浪，对堤起到保护作用。"

"好主意，你是怎么想到的啊？"春台很兴奋。

"胡思乱想啊。"他不能讲范公堤的事情。

"走，我们去给老爷说说，趁现在正好栽树，动员大家在堤外种杨树，谁种谁受益，一定会有人干的。"春台懂得如何才能把人调动起来，那就是"无利不起早，有利扯起跑"。

至善对春台和肇枝要在堤外种杨树的主意很是赞成，马上请来各洲和各堤段头领、里长，商量在堤外种杨树的事情。大家一合计，决定全体洲民只要洲内有地的，都要在江堤外认种杨树，谁种谁管。杨树长大后植树人可以剔枝作柴火，但不能砍伐树木。枝洲这个地方烧柴奇缺，在河滩种杨树不仅可以防洪，每年砍枝还能解决烧柴问题，各家各户都乐意。

枝洲家家户户房前屋后都种有杨树。杨树不需要育苗，在老杨树上砍下酒盅粗的树枝，把下部削尖，像打桩一样打进沙地里，地上留三四尺高，枝洲人把这种种植杨树的办法叫"打杨筒"。杨树好活，不怕水，只要打进了土里，一年就会长出一大棚枝条来，就是淹在水里也不会死。

至善家带头认种一千株杨筒。安洲在外跑船，至善和夫人年纪大了，肇枝成天在堤上张罗，家里只有二喜儿带着几个伙计，日夜砍杨枝，打杨筒。肇枝只要有一点点空就回来帮忙。

"姐，你歇哈，我来干。"肇枝一到堤边就要从二喜儿手中接过挖锄，一干就是半天。二喜儿也没有歇着，忙着给肇枝和伙计们送水送饭。肇枝有事让人叫走了，她就捡起锄头干起来。肇枝回来看到二喜儿的手上都磨出了老茧，很不忍心。

"姐，你不用干这种重活儿，留给我们干。"肇枝说。

"不行，我们家不能挪在后头。你忙你的，这里的事姐能做。"二喜儿说。过年之前，杨家的杨筒打得差不多了。

腊月三十早上，肇枝和二喜儿又去打杨筒了。安洲娘做好了团年饭等着肇枝和二喜儿回来，今年安洲不在家里过年。

安洲前两天回来了，还带回了两位稀客，可是回来后又跟着客人走了。

年前，安洲跑船时在虎牙滩附近遇到了旋涡风，有条船眼看有卷进旋涡的危险。这种风在江上极为少见，船老板叫黑煞风，谁倒霉遇到旋涡卷进旋涡就没得救了。安洲在船上看到这条船要出事了，连忙招呼伙计们小心靠近那条船，甩出缆绳。安洲和伙计们拼命地将船拉出旋涡进入安全水域。

遇险的船老板姓于，家住在陆城龙窝，人称于老大。据说他们老辈子是北方人，是敕勒后裔，属鲜于姓的一支。于老大只晓得自己姓于，生在龙窝，从小就跟着父亲跑船。于老大的父亲年龄大了做不动了，上了岸，于老大两口子接过舵把子，继续在江上跑单帮。他们有一个独生女儿叫巧儿。巧儿从小就跟着娘随父亲跑船，现在已经是十七八岁的大姑娘了，虽然在船上风吹日晒，皮肤黑里透红，但是健壮的身体显得格外匀称，乌发辫子缠在头上，高个子，大眼睛，高鼻梁，很有点像传说中的波斯美女。每当于夫人上岸打理家务时，就把巧儿留在船上照顾她爹，这次出事时于夫人不在船上。

于老板获救后硬要拉安洲上岸喝杯酒。于夫人一见到安洲就眼里冒光，哈哈连天，心里说："老天爷啊，你真是有眼啊，把这样一个好娃子送到我这里来了。"于夫人把心里话对于老板说了，于老板当然高兴。于夫人又给巧儿说，巧儿也含羞点头。于夫人再对安洲说，安洲却不敢答应，说这要爹妈做主呢。于夫人一听觉得有理，便要于老板带着巧儿送安洲回去，一是谢救命之恩，二是上门"倒求恳"。这一带娶媳妇要由男家到女家带着厚礼去"求恳"，女方到男方去当然就叫"倒求恳"。

至善和夫人见稀客进门，自然是热情相待。看到巧儿，杨夫人竟然和于夫人一样的感觉，心想："观音菩萨显灵，给我儿子送这么好的姑娘来哒，好歹都不能放过。"酒席间于老板谈到儿女的事情，一拍即合，两家就把亲事定下来了，打算过了年就办事。

于老板当天就告辞，回家准备嫁姑娘。

至善夫妇准备了一些打发，于老板硬是不要，说我们空手来，还带东西回去不像话。至善没办法，就让安洲把于老板和于姑娘送回去，也算是讲了礼性。杨夫人还特意交代安洲，年前赶不回来就不要回来了。于老板一听这话高兴得不得了，巧儿也是巴不得。然而安洲是又想去又不想去，他知道这几年杨家最怕的就是过年，过年时大家就会想起小乐儿，他不在家里就更加恓惶了。娘看出了安洲的心思，对安洲说："去吧，都几年了，家里还有肇枝和二喜儿呢。再说，你今年到巧儿家里去过年，明年巧儿就在我们家里过年了，巧儿爹娘可只有这个独姑娘啊。去吧，去吧，乖一点啊。"说着就把巧儿搂在怀里直说"我的心肝吔"舍不得放她走，久久不松手。弄得巧儿满脸通红，眼泪哗哗地流下来。

安洲看到爹妈这么高兴，也就放心地随于家父女去了。

枝洲人说叫花子都有三天年。腊月三十团年拜祖宗、正月初一拜父母、正月初二拜丈母。杨家的几个帮工腊月二十八就放假回家过年了，树还没有种完，肇枝和二喜儿继续种。腊月三十早上，二喜儿娘就要肇枝和二喜儿不要去种树了，在家吃了团年饭再去。肇枝说只有最后几十根了，杨筒已准备好，用车子推去，不要好大会就栽好了，赶在今年栽完，过了年好忙堤上的事情。至善说让他们去吧，早点回来，今年安洲不在家，肇枝要和他一起敬祖宗。

肇枝下台子推起一堆车杨筒，二喜儿扯起车前绳子喊一声“走”便出发了。

枝洲吃团年饭和北方人吃年夜饭不一样，是中午吃的。中午团年饭后，信佛的人就出发去拜佛，枝洲人去得多的是鸣凤山，人称“小武当”，是个道教圣地，这一带过年到鸣凤山敬香叫“朝鸣凤”，从枝洲到鸣凤山几十里路都是步行去的。近的还有朝弥陀寺的，远的也有朝武当的，朝武当的一去就是十天半月才会回来。娃们想过年，为的是有好吃的，团年饭最丰盛啊。可是，对于大人来说，这一顿饭不只是吃，最重要的是敬——一是敬祖宗，二是敬土地神。做饭是女人的事，敬祖宗和土地神是男人的事，由家里当家的男人和长子长孙敬。杨家每年都是安洲陪着父亲敬祖宗和土地神，今年安洲不在家，至善要肇枝和他一起敬。

肇枝和二喜儿种好了最后几十根树，站在堤上一看，嘿，那新种的杨筒像一个个士兵，横成排，竖成行，守卫着新修的大堤。两人望着士兵列阵，像凯旋的将军一样自豪。肇枝说：“姐，我们给这里起个名吧。”“起什么名？”“姐说起什么名？”“我说不出来，还是弟的学问好，你起吧。”“叫千杨滩好吗。”“好，真好，就叫千杨滩。”二喜儿拍拍巴掌。

千杨滩的树和千家万户的树连成一片，成了百里长堤的绿色屏障。肇枝对二喜儿说：“姐，等到杨树长成，一定是‘杨堤烟雨抵横流’的景致。”

“是咧，那时就是‘枝洲千杨滩，烟雨抵横流’。”二喜儿接着说。

“哈哈，我姐还真是个才女呢，出口成章啊。”肇枝笑着说。二喜儿真是有才，她从小就跟着父亲读书，不仅会作诗，还写得一手好字。

“别笑我了，快回去敬祖宗吧，爹还等着呢。”两人说着笑着回到家里，娘让肇枝洗了手，换件干净衣服，把已煮熟的猪头端上供桌，点燃蜡烛，至善带着肇枝跪在祖宗牌前，点香烧纸，然后肇枝起身端来一杯酒，递到爹的手里，至善高声请列祖列宗回来享用，便把酒洒在地上。肇枝点燃天井里的长鞭，鞭声响起，至善和肇枝再次跪在祖宗牌位前烧起了纸钱。祭祖后，至善走在前面，肇枝用筛子端起猪头跟在后头往大门外走，一直走到门前的桂花树下。这里早就摆好了香案，肇枝把猪头放在香案上，跟着爹朝那宽广的田野下拜。这是枝洲的习俗，过去是到土地庙拜，土地庙不像其他的庙，说是庙实际上是在田头修的极小的小屋，里面放一个极小的土地菩萨，有的就是放了一个土块。一般人家过年不到土地庙去，都是在自己家道场里或者自家田头拜。这叫拜土地神。

拜过祖宗和土地神后开始吃团年饭。方桌上首是长辈，当然是至善夫妇坐。下首是儿子，理应安洲和肇枝坐，安洲不在家就是肇枝一个人坐。旁席是姑娘和媳妇，小乐儿在时，二喜儿坐东边，小乐儿坐西边。今天，西边的桌子上还是放了碗筷，二喜儿在西边的桌子下烧了几张纸钱，说声“妹妹回来团年”便泪如泉涌。

“二喜儿，今年我们不哭。”娘每年过年时都要大哭，今年却叫喜儿不哭。

“是啊，今年我们不哭了。从小乐儿走了后，我们就没有过一个好年，从今年开始，我们不哭她了。肇枝，给我们把酒倒上。”至善说。

肇枝走下座位，恭恭敬敬地给至善夫妇斟酒，双手将酒杯递到至善夫妇手中说：“爹，娘，肇枝给二老敬酒了。”

至善一饮而尽。

接着是二喜儿给爹妈敬酒。

肇枝给姐姐敬酒，二喜儿给弟弟敬酒。

妈和二喜儿不会喝酒，每次都只做了个样子。敬完酒后，就是肇枝陪着爹喝。两父子喝了几杯，至善让二喜儿给他和肇枝斟酒，肇枝站起来说：“姐给爹斟吧，我自己来。”

“不行，让你姐给你斟一杯，喝了这杯酒，我和你爹有话对你讲。”妈说。

至善和肇枝一起喝下了二喜儿斟的酒。

妈开口了：“肇枝，你姐待你如何？”

“妈，我只有一个姐，她不疼我哪个疼我呢？”肇枝的话说得爹妈和二喜儿心里都很高兴，他说的也是真心话。

“你喜欢姐吗？”妈又问。

“怎么不喜欢呢。”肇枝不假思索地说。

二喜儿的脸红了。

肇枝话一出口，也觉得有点难为情。今天这阵势肇枝也想得出，爹妈一定有什么话要说。

“肇枝，小乐儿走了两年了，奶公去年来信，说小乐儿不在了。人死不能复生。现在，我和你娘想做主，让你和二喜儿成亲，安安稳稳地过日子。你愿意么？”至善说出了口。

二喜儿一听这话，脸上一阵热，心里一阵酸。

“姐姐待我如亲弟弟，我怎么能？”肇枝说。

“如何不行？自古以来，这不是什么稀奇事。不说小乐儿没和你成婚，陆小和也没和二喜儿定婚，就是成婚了遇到变故也是可以的。二喜儿的主我们做了，你的主意自己拿吧。”至善又喝了一杯酒。

肇枝一听这话，立马站起来，给爹敬上一杯酒说：“爹，妈，我是你们的儿子，为什么不给我做主呢？”

“我的乖乖，你这么说我心里就踏实了。”妈高兴得抹起眼泪。

“这事那年我和奶公商量过了，万一小乐儿回不来，就让二喜儿和你成婚。”至善告诉肇枝。

“只是让我姐委屈了。”肇枝说。

“瞎说！”二喜儿瞧着肇枝小声说。

“安洲也要娶媳妇了，你们就不用再定婚了。我和你们妈商量过，你们和哥哥的婚事一起办，过了年就把喜帖送出去，我看过了，头端阳前一天是个吉祥日子，就选在这天过客，第二天划龙舟。”至善说。

大年三十一过，到至善家拜年的人就不断，肇枝和二喜儿定婚的事很快就传开了。

“喜姑娘，什么时候请我们喝喜酒啊？哈哈。”一些正在修堤种树的人同二喜儿开玩笑。

“别打哈哈，把堤修好把树栽齐请你们喝喜酒。”二喜儿大大方方地回答。

“我们可没得钱送礼哒，有力气你要不要？”几个后生说起了疯话。

“狗嘴巴吐不出象牙来。你有力气就多挑几担土多栽几棵树嘛！只要能修好堤，我爹说了，不要你们上人情，请你们喝酒。”

“你说话要算话呢！”

“我哥说了，他要多买些好酒好肉犒劳你们呢。”

“是安洲说的，肇枝说没？”

“都说哒。你们就等着吧。”

其实人们并不是为了去喝酒，只是和二喜儿开开玩笑。二喜儿也晓得，美美的笑容和甜甜的声音，让大伙比吃了鱼肉还舒服。

杨家办喜事那天，杨家台子上披红挂绿，锣鼓喧天，鞭炮声一阵接着一阵。至善让春台把各洲头人和里长都请来了。

杨安洲和于巧儿，杨肇枝和杨二喜，双双拜堂。

开席时，至善端起酒杯说：“各位亲友，各位乡贤，各位高邻，今天不只是我儿子成亲，姑娘圆成，还是庆贺大堤竣工，环堤杨树林栽种完成，我杨至善备一杯薄酒，请大家尽兴！”

这时，有人进来对至善公说：“刚才来了一个道人，要我把这个信封交给您。”

至善打开信封一看，一张红纸上写着十三个字：儿子杨，姑娘杨，都是杨家好儿郎。

至善一看便知道谁来了，他直奔堂外，吩咐人们赶紧去找那个送信的贵客，已经无影无踪了。

肇枝和喜洲给客人们敬酒后，回房换一套素装，带上一些供品，来到千杨滩。

摆上供果，点燃香烛，烧了纸钱，肇枝和喜洲望东跪拜。

肇枝说：“父母大人在天之灵在上，伏七蒙难，得贵人相助，始得平安。现在枝洲与杨喜洲成亲，将一生一世孝敬杨家父母，一生一世不求功名，一生一世不记仇恨，一生一世行善积德，望父母英灵保佑我和杨喜洲永结同心、百年偕老，保佑杨家子孙瓜瓞延绵、平安顺遂，保佑黎民百姓不再有战乱灾祸、安宁吉祥。”

喜洲说：“小乐儿我的好妹妹在天之灵听姐姐诉说，从你离开我们，姐姐无时无刻不在想念妹妹。现在，我替妹妹照顾肇枝，一生一世永不分开，望妹妹成全，保佑杨家香火永续。”

肇枝说：“奶娘在天之灵听着，伏七已经安家，我和二喜儿给奶娘磕头了。奶公护我佑我，一次次救我，我今天没见到奶公，但我知道他时刻在我身边，我会永远谨遵嘱咐，好好做人！”

这时，天空中飞起一群白鹭，一叶小舟在江心飞驰急下，直到江东远处。

《张杨家谱》：儿子杨，姑娘杨，个个都是好儿郎。大扁担，小扁担，担担担着四知堂。

第六章 武当山

肇枝和二喜结婚后，负责打理田产和榨坊的事情。巧儿在船上长大，婚后当然和安洲一起在外跑船。一家人和和睦睦，其乐融融。老娘成天盼着得孙子，每天拜佛时一是求佛保佑小乐儿，二是期盼早早得孙儿。只要安洲和巧儿回来，父母第一件事就问有没有小乐儿的消息，安洲总是摇摇头。时间长了就不再问了，把思念和痛苦放在心里。

不问了却有了消息。安洲和巧儿回来，说小乐儿还活着，还做了湘献王朱柏的王妃。

“不能瞎说，小乐儿怎么会做朱柏的王妃？他把娘老子都忘记了？”至善不相信。

“我也不相信。前些天朱柏在太晖观开建灵坛，斋醮诸神，我们的船停在码头上装货，没事便去看热闹……”

安洲说到这里，巧儿插话了：“瞎说，不是看热闹。”安洲忙说：“是，是，不是去看热闹，是去求观世音菩萨保全家平安，还有……”媳妇脸红了，轻轻捶了安洲一下，安洲接着说：“我们想去求个儿子，您媳妇说要让俩们早些抱孙子。听说那天王妃要亲自祈福，我们就去了。”

“你们说远哒，到底看到小乐儿没？”妈听说他们去求子，心里高兴，但最想知道这事与小乐儿有什么关系。

巧儿接着说：“妈，您别急，听我说。我们到观里见到菩萨就下跪求神灵保佑。这时有人说王妃娘娘来了。我抬头一看，那王妃长得真漂亮，慈眉善目，像个活观世音。我正在许愿，安洲拉起我要走，我不愿意。安洲不容分说，拉起我就往外走。一直到船上他才说话，那个王妃是小乐儿。我说他看错了，不相信。”

“小乐儿我哪里看得错啊？！开始她来到观里时，我一眼就看出来是她。我怕看错了，又怕她看到我，就躲着看，王妃转身的时候，我看到了小乐儿脖颈后那一小块红胎记，俩们说这还会错吗？”安洲说。枝洲人对长辈不能说“你们”，说“俩们”表示尊敬。

“那就肯定是我的小乐儿。”小乐儿娘说。

“我还是不信，我们的小乐儿怎么会给朱柏做王妃呢？”至善摇头。

“我看的确后，就故意挤到王妃不远的地方，让她看到我。”

“看到了吧？”

“肯定看到了。”

“她有什么表情没？”

“没有。好像完全不认得我一样的。”

“那是她装的。”

“不对，好像是真的不认得。王妃还与一些陪同的人讲话哩。”

“这到底是怎么回事情呢？”至善两口子越想越迷惑。

“我那天还看到黄伯伯哒。黄伯伯和一群道士在打醮念经，我不好去打扰。”安洲说。

晚上，至善和夫人睡不着，总想着小乐儿。他们希望小乐儿还活着，但怎么也不相信小乐儿会给朱柏当王妃。两人在床上翻来覆去，一会儿躺下，一会儿起身点灯对坐。折腾了大半夜，至善有主意了。

“这事，看来不能瞒肇枝和二喜儿。明天我跟他们说说，让肇枝到奶公那里去一趟，问个实信。”至善说。

“好是好，我担心肇枝听说朱柏占了小乐儿，只怕会找朱柏拼命了。”夫人说。

“不会的。我给他讲明白。现在，他也是有妻室的人了，小乐儿要是当了妃子，也回不来了。再说，肇枝都是快当爹的人了，哪会乱来呢？到了那里，黄亲爷也不会让他乱来的。”至善说。

他说的黄亲爷是黄云。

“不能让别人去？”夫人还是不放心。

“别人去不对黄亲爷心思，肇枝去了有什么情况，黄亲爷一定会告诉他。想必黄亲爷一直在太晖观，不会不晓得真实的情况。”至善说。

“那就依你吧，好歹要打听出一个实信，我这心才放得下哩。”夫人说。

肇枝和二喜儿听到爹妈说小乐儿还活着，两个人半天都说不出话来。

“你们也别往别处想，人嘛，都得认命，这是命。我们让肇枝去看看，也就是想弄个明白。”至善对他们说。

“那我也去。”二喜儿说。

“算哒，你身子重就不去了。明天肇枝就坐家里的船去吧，我给安洲和你嫂子都说了，让他们好好照顾好肇枝，千万不能出事情，你也放心。肇枝找到你奶公问清楚了，不管小乐儿是死是活一定要快快回来。”夫人说。

二喜儿把肇枝送上船，又和嫂嫂讲了几句话，要嫂嫂一定要把肇枝安置好。巧儿笑着拍拍二喜儿的肚肚说，你娘俩放心，我把他带走了一定会把他好好地送回来的。

肇枝来到荆州，径直来到太晖观，跨进大门，只见殿内雕梁画栋，熠熠生辉，心想，遍数琳宫，独此雄甲荆楚，怪不得人们都把新修的太晖观叫作“小金顶”、“赛武当”哩。他向几个小道士打听黄道人，小道士把他引到经堂，黄道人正在和道士们一起做法事。等法事做完，黄云和道人们一起出门，见到肇枝大吃一惊，马上镇定下来，轻声说，晚上到宝塔下等我。

好不容易等到傍晚，黄云来了。

“你来找我，爹妈晓不晓得？”黄云问。

“是他们让我来找您的。为的是小乐儿的事，他们想知道小乐儿的下落。”肇枝说。

“小乐儿没有死。在朱柏就藩以后不到半年，我就听说他娶了个王妃。王府里传得很神，说王妃是天仙，既漂亮，又贤惠，但谁也不知道她的过去。都说是天上掉下来的。”黄云讲了小乐儿的事情——

我参加修建太晖观时，有一天朱柏带着王妃来察看，我一看王妃，吃了一惊，这不是小乐儿吗？我想回避一下，没想到王妃还直朝我们点头微笑，从我的面前大大方方走过去了。那样子是和我根本不认识。我想是我认错了。

后来，我就留了个心眼，和王府里一个服侍朱柏的小厮混熟了。这小厮叫刘五，是朱柏从南京带来的心腹，他和朱柏一样信道教，常来求个签，画个符，得空时我就有意和他聊起王妃的事。

刘五说："湘王就藩时遇到了刺客，这你们都晓得。为首的男的和几个随从都当场死了，有个女子不晓得是不是同伙，反正被打晕抬进了王府，为的是弄明白到底是什么人。这个女子进了王府后，经过调治真的醒过来了。湘王要亲自审她，看押的人就把她带到湘王面前。没想到湘王一见到这个女人，脸都变了，立即要人给她松绑，带下去沐浴更衣，好好照顾，择日再审。后来大家才晓得，眼前这个女子，和湘王前一天在梦中梦见过的天仙一模一样。不知是真是假。反正当时就没有审问，直接给这个女子换了衣裳，换了住处，每天都有人细心照料。这女子很是感动，问照料她的人是谁安排的，他们说是湘王亲自安排的。

"一天，湘王让人把这个女子请来，问起她的身世，女子一无所知，连姓名都不知道。开始湘王以为她是装的，后来试了多次，确定不是装的，她真的什么都记不得。湘王自幼笃信道教，道号'紫虚子'，对神仙深信不疑，认定这个女子绝对不是刺客一伙，而是神仙下凡，那些刺客不过是天神派来给他送仙女的，送到了就回去了。

"湘王给仙女赐名丝萝，立为王妃。

"丝萝王妃对自己的身世不记得了，但对文字、歌舞的悟性特强，见什么会什么，尤其是对道家的一些知识，她总是过目不忘，触类旁通，让湘王更是惊奇。王府的人对湘王的说法原来根本就不相信，现在也都深信不疑了。天仙神助，大家都是这么说。"

黄云听了王妃的故事后，心里想小乐儿是个硬性子的人，怎么会就这么简单地嫁给朱柏，难道她把肇枝都忘了吗？便想亲自试探一下。有一次朱柏带着王妃到观里来拜菩萨，正好与黄云对面，黄云找个机会问："王妃是不是认识一位姓杨的人？"丝萝王妃冲黄云一笑说："我身在王府，什么姓的人都见过，姓杨的也认识几个，不知法师说的是那一个？"黄云说我也说不上名字，便搪塞过去了。

黄云说："那时我才晓得，小乐儿对过去的事情是完全失忆了。我想，站在我面前的不再是小乐儿，而是丝萝王妃。不是杨家的姑娘，而是天宫的仙女。于是我让安洲带信说小乐儿死了。在我离开枝洲时就和至善公商量过，如果小乐儿死了，就让你和二喜儿成婚。你们也不要怪小乐儿，她记不住你们这些亲人了。好在现在的丝萝王妃过得很好，你告诉你爹妈和二喜儿，别再想着她了。小乐儿不是那个人了，她回不去了。"

听完黄云的话，肇枝含泪望天："天哪，这是为什么？"

黄云知道肇枝在想什么，轻轻摸摸肇枝的头说："孩子，我们奔到这里不容易，你们兄弟活下来也不容易，小乐儿不是朱柏从你手里夺去的，这是天意不可违啊。你就认命吧，不要再去想她了。"

"奶公，我经过了这么多的事情，不再是伏七了。我只是想再见小乐儿一次，只见一面就行。我此生不见她一面死也闭不上眼睛，我放不下啊！"肇枝拍着脑袋，泪水湿衣，跪在地上，仰天长啸："我放不下啊！"

黄云理解肇枝的心情，他也不敢相信有这种事情。

"行。丝萝王妃这几天随朱柏到武当山去了，湘王要到那里访张三丰。昨天王府来人说，湘王没有见到张三丰，要在武当大醮五天，要我们太晖观派几个道士到武当去参加大醮，你今天找我时我们正在做起程法事。我给道长说说，你就作为信众随我们去帮忙吧。多的话我就不说了，你无论如何都只能见她一面，其他的任何事情都不能做。"黄云说。

"行。我今晚到船上给哥哥嫂嫂说说，明天就随您一起到武当。"肇枝回到船上给哥哥嫂嫂一说，于巧儿不同意了，说："不要见了，见了麻烦还多些。"

"嫂子，我是不到黄河心不死，不见棺材不掉泪，就让我去见一面吧。"肇枝说。

安洲想肇枝跟着黄伯伯一起去也没有什么不放心的，便说："巧儿，让他去吧。"嘱咐肇枝快去快回，千万不能惹事。

肇枝随着黄云到了武当，开始四昼夜大醮，黄云每天去念经打醮，肇枝一边做些杂活，一面等消息。第四天晚上，黄云对肇枝说："明天湘王和王妃要亲自将玉简投放在紫霄宫前赐剑台下，你可以见到她。看见了什么都不要说，什么都不能做，不然你和小乐儿就都没命了。”肇枝点头称是。

第二天，肇枝和黄云一起到了紫霄宫赐剑台。黄云当然是做法事，肇枝也是做一些打杂的活。一切准备完毕，湘王带着王妃出场了，湘王宣读亲自撰写的玉简铭文：“愿神愿仙：长青度世，飞行上清。五岳真人，至圣至灵。乞消罪录，上名九天。请诣灵山，金龙驿传。”

肇枝哪里顾得听湘王念铭文，他死盯着王妃，那正是小乐儿。正在做法事的黄云瞟着肇枝，示意他不能有任何行动。

肇枝内心激动但仍不露声色，他把燃起的高香双手托到香炉前插好。

站在湘王旁边的丝萝王妃看见了肇枝，“啊”的一声，昏倒在地。小乐儿在见到肇枝的一瞬间，脑子里像电闪雷鸣一般，伏七和她在观音矶话别，截堵朱柏的场面都在她脑子里浮现出来，她在电闪雷鸣中昏倒了。

湘王连忙亲自扶起，一旁的随从们端茶倒水，忙个不停。一会儿王妃缓过来了，镇静地对湘王说：“不妨事，照常进行吧。”她心想这个时候千万不能慌张，不然肇枝就没有命了。

道长宣布请湘王和王妃玉手投简。玉简由湘王和王妃共同拿着，湘王轻说一声“投”便放了手，丝萝王妃抱着玉简跳下了赐剑台。

“王妃！”湘王大叫。

所有的人都大叫，眼看着王妃抱着玉简落入万丈深渊。

黄云挡在肇枝面前，像一堵墙。

肇枝强压悲痛，跟着黄云回到了荆州，黄云送肇枝上船。

“是我害了她。”肇枝对黄云说。

“是命。”黄云说。

“我对不住她。”肇枝说。

“别给爹妈说小乐儿死了。”黄云说。

“这个我晓得。”肇枝说。

肇枝回到枝洲不久，二喜儿生了个儿子，取名思乐。

《张杨家谱·世系歌》：仓前杨氏本姓张，元末姑苏来此乡。肇枝入赘杨氏母，承户闻基生思乐。

《张杨家谱·族联》：姑苏肇祀渊源远，枝洲开基世泽长。

卷二

载洲

时间像江水一样流淌，流到了清康熙年间。张杨家族在枝洲传承了三百年，历经十二代，《张杨家谱》出现了一个“至今无替”的人物：“杨载洲，岁进士，选大冶县儒学训导。著四书讲章一部。与路飞霄等重建洲堤，举册正总甲。至今无替。载县志。”

穿越时空，回放杨载洲的故事，还得请他的父亲杨琨先出场——

第一章 清修寺

杨琨心急火燎，口里长满了燎泡，生疼生疼。他在床上翻来覆去，夫人知道他心里有事着急上火，怕惹他烦，其实她心里也是黄连一样的苦，眼泪湿了枕头没有干过。天还没大亮杨琨就对夫人说出去有事，便匆匆出门。夫人让四太公跟着，杨琨对四太公说不用去了，他去去就回的。四太公没理会，跟着他下了台子，杨琨执意要四太公回去，说是到清修寺月堂住持那里去，一会儿就回来。

四太公听说是到清修寺月堂住持那里，没言没语转身爬着江踏子（台阶）一步一拐上了台子。四太公高兴时走路飞快，年轻人都跟不上。心里烦闷时走路就有点拖步，后脚跟不上前脚。不知是脑子跟不上还是脚步跟不上。

清修寺在离老杨家不远的庾信台上。相传南北朝时庾信在这里设台讲经，也叫讲经台。庾信台的地势高，枝洲老人说，无论涨多大的水，庾信台都不会淹着，江水涨高，庾信台也长高。枝洲仓前一带只有一处可以和庾信台比，那就是杨家老屋。杨家老屋建在仓前杨家台子上，离庾信台不过二三里路，地势高，很少淹水。在这一带，每逢大水，庾信台和杨家台子就是乡亲们的躲水去处。

清修寺的住持月堂是枝洲人，姓张，叫张友林。杨琨小时候和友林一起上学读书，是很要好的娃娃朋友。后来，友林在玉泉寺出家，法名月堂。月堂受到莲月禅师点悟，曾到江南遍访高僧求法，在荆州城东华楼参禅。那一年，清修寺的住持了空不辞而别，不知踪影，杨琨便亲自到荆州将月堂请回枝洲，出资让月堂维修清修寺，给荷叶殿木身佛像刷金，还在木佛左右增加了两尊铜佛。右边一尊是杨琨母亲拿自己的体己钱造的。母亲谢世后，杨琨每次到清修寺都会专门到这尊铜佛前烧一炷香。

清修寺维修后，香火很旺。月堂在枝洲购了几十亩地作为庙产。这样，寺里日常开销除了香火钱之外，还有庙产作为保障，近几年香火越来越旺，包括义工有了上十人。

杨琨一进寺门，月堂就迎上来，他晓得琨老爷为儿子着急。杨琨在铜佛前敬香后和月堂一起来到客厅。杨琨一落座就说："昨天有人传言说羊角洲的吴三桂军卒拦了一条下水船，船上都是到省府参加乡试的生员，不知是真是假。"

月堂也听到了这种传言。吴三桂和清军隔江对峙已有几个月了，从丹阳到江陵一直不能通航。今年是乡试年，眼看大考时间就要到了，考生们都着急，过了今年又得等上三年，弄条船冒险闯关赴考也不是不可能的。

"吉人自有天相。吴三桂的兵在羊角洲虏船的事是经常发生的，至于是不是运考生的船没得准信，料想载洲也不在船上，从纯公是不会让载洲去冒这个险的。"月堂宽慰杨琨。

"唉，但愿如此吧，其实功名算个什么东西呀！"杨琨说。

"琨公，皇帝虽然年轻，但在与吴三桂隔江对峙的危急时刻还坚持开科取士，这是好事啊。不管哪朝哪代，老杨家都是人才辈出。明末乱政时你不得已退隐回乡，现在改朝换代了，载洲的才学非一般人可比，有机会还是让他出去闯一闯好。"月堂劝杨琨。

"不晓得这仗还得打多久。"杨琨长长打个嗨声，两人便讲起了时局。

吴三桂举兵北上，占领了东江县城丹阳和松枝县老城。松枝的县令率部抵抗吴三桂，丢了性命，受到皇上表彰。而东江县令白其行贪生怕死，吴军一到，迎风而降，当了个傀儡县令。吴三桂的军队在江南扎营，用大象开道，试图从羊角洲渡江，继续向北推进。大象披着铁盔铁甲，背上的木笼子也就是相当于车厢里站着拿着长矛的武士。大象队一字排开，上船过江作战。没曾想到大象面对浩浩江水，死都不肯挪步上船，这些在热带丛林中长大的庞然大物居然怕水。吴三桂的将士无可奈何，望江兴叹，悻悻而归。这年三月，吴三桂在衡州称帝的消息让年轻的康熙皇帝震怒，他调重兵在北岸以荆州为据点，沿江集结了数十万大军，要与叛军决一死战。两岸剑拔弩张，江心岛枝洲到丹阳城水旱两路不通。杨琨的儿子杨载洲在丹阳念书，几个月不通音讯，现在临近乡试，杨琨怎能不急呢？

“自古顺势则昌，逆势则亡，想必吴三桂的胳膊拧不过大清朝的大腿。载洲业已成年，聪明好学，刚强善变，就是遇到什么事情也能逢凶化吉，安然无恙。再说，凭从纯先生在丹阳城的威望和雨儿娘俩的关照，您尽可放心。只是功名要耽误了。误了就误了，留得青山在，还怕没柴烧啊？”月堂说。

月堂说的雨儿，是从纯先生的爱女，比载洲小两岁。载洲在县学念书，师从雨儿的父亲阳从纯，住在从纯公家里已有三年。在这几年里，雨儿成了载洲的“跟屁虫”，天天跟着，处处护着，连从纯先生和夫人都觉得这妮子太那个了。不过，他们都喜欢载洲，心里也有那么点意思，觉得将来雨儿嫁给载洲是一件很好的事情，就没有多管，随她去。雨儿大大咧咧，载洲却是一本正经。前年，杨琨到县上拜望从纯先生时，师母提到过载洲和雨儿的事。从纯与杨琨商量，等到载洲乡试后再定亲。

“能不能去参考是命，顾不得这么多了。只指望能早些结束战争，让我儿子早点回家，我们老百姓只盼着过几天安稳日子。”杨琨听月堂一说，心里踏实一些了。

正说着话，一个小和尚来报，有人要见住持。

“让他进来说话。”月堂说。

一个被捆着的半大小伙子被杨家看田的小二带进来。

“小二，如何要捆人？”杨琨看到是自家看田人就变了脸。

“老爷，这娃子在地里偷花生。我们逮到他连个错都不肯认，还动手打人，我就把他捆起来。他要见清修寺的和尚，我就把他带到这里来了。”

“我让你们看管农田，是怕有狗獾子。一个过路的扯几棵花生算得什么？快给松开！”杨琨有点生气了。小二连忙给松了绑。

“先去吃点斋饭再说。”月堂让小和尚把人带到斋堂吃饭，继续和杨琨讲话。

不一会，那小子进来向二位行礼道谢。

“听你口音不是本地人，怎么到这里来了？”

娃子哭着说：“我是来找爹的。”

“你的爹叫什么名字？”杨琨问。

娃子边哭边说："我爹姓路，叫路广年，和白二叔是结拜兄弟。好多年前白二叔去应考，没有盘缠，我爹卖了家里仅有的一条黄牛，加上家里的一点积蓄都给了他。白二叔说只要有出头之日，就加倍偿还。后来听说他当了官，一直没得音讯。几年前我们家乡遭灾，我妈病倒在床，实在过不下去了，父亲打听到二叔在东江当了县令，就对妈说到东江找二叔想想法子，寻一条活路。我爹离开河南老家，一走就没得音讯。今年我娘的病越发严重了，对我说：'你爹说去后不管好歹很快就回来的，现在几年了还没有回来，想必是出事了。我等不到他回来了，我死后你把家里房子卖掉，到东江找二叔，找不到你爹就跟二叔讨个事做，万万不能在家里等死啊。'我娘过世后，我就把家里几间破房卖了，埋了娘来找爹。

"我一路要饭朝南走，在长坂坡听一个讨饭的老人说，丹阳城被吴三桂占了，不能过江，让我到弥陀寺看能不能过江到枝洲，听说那个白县令过去常到枝洲去，也不知是真是假。到了弥陀寺，一位老和尚听说我去找白县令的便收留了我，给我吃的，还给我换了衣裳，说有危险不让我走了，等能过江时放我到枝洲去。他还说你到枝洲后就到清修寺去找住持，他会帮你的。

"过了两天，我身体好些了就趁半夜出门，下河泅水，开始还行，后来又冷又累，看不到边，渐渐就不省人事了，醒来时搁在沙滩上，一位下河挑水的老人救了我。他听说我要到清修寺，就让我顺河边往上走。我走饿了就在田里扯花生吃，被这几个小哥抓到了，我怕他们打我就耍赖。他们要捆我，我就说是到清修寺找和尚的，他们就把我送到这里来了。"

"你知道白二叔叫什么名字吗？"月堂问。

"叫白其行。"

"阿弥陀佛。"月堂一听心里一惊，双手合十，"你找的人我知道，他的确是东江县令。白县令在丹阳城，现在去不了啊。"

杨琨问："你叫什么名字呢？"

"我的小名叫义生，是我爹和二叔三叔结拜时生的。后来，我三叔给我起了个大名，叫路飞霄。"义生回答。

杨琨说："好名字，他们希望你成大事呢。你三叔是什么人？"

义生说："他出家了。"

月堂心想，这娃子千里寻父，现在回也回不去，找人也找不着，怎么办呢？便问义生："你想做事吗？"

"我跟爹习过武，有点力气，只要有口饭吃，做什么都行。等到能到县城我就去找二叔。"义生说着就走到门外，把一只石凳举起来又轻轻放下。

"不如这样，我家四太公年纪大了，我儿子也不在家里，就让义生跟着四太公帮帮忙，等路通了再让他到县城去找吧。"杨琨说。

"阿弥陀佛，善哉，善哉！子曰善人吾不得而见之矣，得见有恒者，斯可矣。我算是真正的见到了善人！"月堂合十称颂。

杨琨回到家里，将义生的事一说，杨夫人听说义生是去丹阳找白县令的，便想起自己的儿子，说："这么长的时间娃子也没来个信，真是愁死人哪。"说着眼泪就掉了下来。

"快了，月堂住持说吴三桂就要败了。吴三桂一退，路通了儿子就会回来的。"杨琨没敢对夫人说羊角洲的事情。

"义生也真是遭孽，妈死了，孤身一人到东江来寻爹，落难枝洲，我想让他到我们家跟着四太公做事，你意下如何？"杨琨对夫人说。

"我哥还没回来，您还找个儿了回来哒。"白果在一旁嘀咕。

白果是杨琨的小女儿。那年夫人有喜后，每隔几天就要和杨琨老爷一起到清修寺进香。月份重了，杨琨不让夫人去。那次姨妈来看她，夫人趁杨琨不在家，要姨妈陪她去进香。没曾想一到白果树下，夫人就发作了，在姨妈的帮助下，夫人在轿子里生下女儿。杨琨闻信，又后怕又高兴，给女儿起名白果。杨白果生来白干白净，性情却像个男娃子。刚满十六岁，二八花季，白果长得越发漂亮标致，她走到街上就宛如一道亮光出现，过往行人的目光顿时聚焦在她身上。

"死妮子瞎说，不晓得你爹是个大善人哪，你爹一辈子就这样，见不得别人遭孽。"娘说。枝洲人说遭孽就是受罪、吃苦的意思。

"好哒，好哒，多个人还热闹些。人家不就是想哥吗。"白果说。

义生和四太公住在一起。四太公姓李，是枝洲李家坑的人，从小就在杨家做工，那还是载洲的太公止庵公手里的事情。开始叫老四，后来叫四哥，四爹，四大爷，现在都叫他四太公，一代接着一代，四太公的辈分就越来越高了。止庵公的两个儿子仁宇、位宇都到京城做官，就让四太公协助管家。后来止庵公和淡老夫人谢世，四太公按照止庵公的嘱托，管理老杨家的财产。直到位宇的儿子杨琨和母亲回来。四太公终生未娶，有人说他有毛病，也有人说他脾气不好，反正杨家为他的事没少操心。他说在杨家做事蛮好，一个人吃饱了全家不饿，有房住有衣穿，还有人疼，杨家的子子孙孙都把他当自家人看。四太公不是杨家的人，但是在杨家的地位很高。不只是做工的怵他，就是杨家的公子少爷小姐，也不敢轻慢。不过，四太公对杨家的事情，看得比自己的性命还重。义生来了，干活利索，对四太公特尊敬，就像四太公的亲重孙子一样。四太公很快就喜欢上了这个愣头愣脑的小子。他想，我在老杨家这么多年，人也老了，义生来帮我一下，将来把我的事情都接过手，那是多好的事情呢。于是，公孙俩每天同进同出，同吃同住，不分彼此。乐得四太公一天到晚都“义生长义生短地叫”，只差把义生别在裤腰带上了。

白果也渐渐地和义生混熟了。开始只是觉得多个人多一些热闹，后来觉得这个家里还真差这样一个男人。义生一讲话，白果就学着他的话说“中”，把义生逗得很不好意思。不过，男女有别是一层，东家和长工也总是有点差别的，义生晓得这个轻重。义生比白果大两岁，义生来后，娘就让白果叫他义生哥，让义生把白果叫妹子。有时白果要出门，白果娘就让义生跟着她，嘱咐义生好好保护妹子，义生俨然成了白果的“保镖”，一时引来了好多男娃子们嫉妒的眼神。

其实，白果小时候就定亲了。准姑爷是陈家垸子陈老爷家的公子陈小亮，小名亮框子。这一带人百姓说的亮框子就是纸糊灯笼。陈公子生下来很瘦弱，他奶奶捧在手里说，“哎哟，这娃儿像个亮框子”。意思是纸糊篾扎的东西经不得风雨，身体弱还得过细点养。

白果和亮框子定亲的事，是白果和她娘撒气时义生才晓得的。

那一天，白果娘对白果说：“听说亮儿病了，我得和你去看看呢。”

“我不去。现在兵荒马乱，我怕去得。”白果说。

“我带你去你怕什么，陈家垸子又没得兵。”白果娘说。

“您去，我不去。”白果犟起来。

“儿啊，不去不好咧。你怕就让义生陪我们去。”娘说着就流泪了。

“哪个去我都不去。”

“不想去就算哒。”杨琨在旁边吭了一声。

“还是我爹晓得疼我，我这一辈子就在家里陪爹妈。”白果说。

“不嫁能行哪？陈家媒人都来过好多次了。”杨琨说。

“那是俩们说的，我不嫁。”白果说。

“我们和陈家是老亲，你和亮儿拿的娃儿八字，从小就许出去了，悔不得的。好在陈家也是老门老户，亮儿的妈人也好，你去了吃不了苦。”白果娘就怕白果说不嫁人。

枝洲有个习俗，小孩成人之前，由父母做主，挑选相宜的家庭，互相交换小孩的生辰八字，如果相合便定下婚约，等孩子长大就过门成亲。白果出生后，陈家垸子表舅陈老爷和舅母来送祝米时，就议下了这门亲事，后来还请了定亲客。

陈小亮打小就是个病秧子，白果和他见过第一次就不想见第二次了，现在说要嫁给他，白果真是不愿意。白果的心思杨琨也看出来了，他心疼女儿，曾想到过解除婚约，但杨家陈家都是老门老户，好亲好戚，哪能做这种悔婚约的事情呢？说是这么说，真要把白果嫁过去，杨琨和夫人也是不放心。

这次白果真的就没有去。义生当然也没有机会去见到陈小亮。

白果没有去看小亮，陈家垸子却来人了。

这天杨琨不在家。四太公看到台子下前后都是人，忙叫义生去喊佃户和榨坊的伙计们来把这些人赶走。夫人说不要乱动，等老爷回来后再说，便马上差人到清修寺把老爷叫回来。

陈家垸子是枝洲南河和松枝河交叉口上的一个垸子，有几千亩地，百十户人家。这个洲子上的地大部分是老杨家的祖产，据说在还是陈家垸子和枝洲没有分离时，依据田抵河心的民约确认的。后来发洪水时把陈家垸子和枝洲分开了，中间隔了条小河，按照民约，垸子分开，田主不变。杨琨和堂弟芝田在陈家垸子都有田租给佃农种。

芝田是杨琨的二叔位宇的儿子。家谱载："芝田，太学生，好古力，学工诗。见县志。"位宇在京城任兵马副指挥使兼任北城兵马指挥使，芝田也在京城做一个小官。位宇过世后，芝田辞官，把老母妻儿留在京城，自己云游四方过着优哉游哉的士人生活。士人生活也要钱哪，没钱了就回到枝洲找杨琨拿。如果高兴就到庄户去看看自家的田，不是要看庄稼，主要是去找诗兴。去年他回来到陈家垸子去看田，在陈小亮家里喝醉了酒，说了些什么胡话自己也不晓得。

杨琨闻信就一路小跑回来，月堂也跟着来了。离家里还有一里路就听见吵吵声，越走近听得越清楚。

人们喊："见东家，见东家，我们要见东家！"

义生和佃户、乡邻一人拄一条扁担，把来的人们团团围住。

杨琨一来，大家都让出一条路。

"义生，千万别胡来。大家把扁担收起，回去！"杨琨说。

"我们不回，看看是什么事再说吧！"来的人好多都姓杨，怕杨琨吃亏。

"那好，你们把扁担放下，千万不要乱动啊！"杨琨说着就与义生走近台子脚下，这时听到四太公正在与来的人一问一答。

"你们到底要找哪个啊？"

"找芝田少爷啊！"

"芝田少爷早就走了啊。"

"那我们就找琨大老爷。"

"琨大老爷不在家里啊。"

"那我们就在这里等他。"

"我回来哒！都是稀客。怎么不上台子进屋啊？"杨琨说着一看，台子周边都是人，有老有少，有男有女，背包袱的，牵小娃子的，还有女人抱着娃子喂奶，没有奶水，娃子饿得哇哇叫。行人中间，还有几位年长的歪躺在地上。

这么多人哪门进屋啊，杨琨心里很难受。

"琨老爷，我们今天是专门来会东家的。"有人认出了杨琨。

“好啊。你们难得来，来之前也不告诉我一声，我也好有个准备。”杨琨说，“请年纪大和带娃子的女客到家里和祠堂里歇哈儿，青年人就到树林子里躲个阴凉，我先安排人给你们烧茶做饭。”杨琨说。

“饭不吃哒，我们要说话呢。”领头的张佃户说。

“好，好，好，你们找几个人到祠堂里等我，我一会就来好不好？”杨琨说完，就和月堂一起进了屋。

杨琨说：“一下子来这么多人，先得安排吃饭才是啊。”

月堂说：“那是那是，可这么多人怎么安排呢，你说怎么办吧。”

“去年收成差，今年青黄不接，好多人生活难着呢。我想这么办行不？”接着杨琨对月堂和夫人讲了他的想法。

月堂说：“善哉，善哉！这是连圣人都没有见到过的事啊。”

夫人说：“这办法好是好，只是一会儿难得凑齐这么多东西啊。”

“不要紧。请伙计和乡亲们都来帮忙，他们还在外头等着呢。四太公带几个人到街上张罗，杀几头猪，把所有能做饭的饭馆都包下来，把桌子板凳都搬到白果树下的大场子上，准备一二百桌，全部做七星饯席。我对乡亲们有话说。”

杨琨说的七星饯席是枝洲的习俗，一桌子有七个菜，有肉有鱼，讲究的还要打肉糕，今天这样的情况，打肉糕来不及了。

“来不及了就不打肉糕了，多上点肉。大家都熬到哒。”杨琨说熬到哒就是没得油水的意思。

“哪里要二百桌啊？”月堂问，“摆也摆不下啊。”

“把来帮忙的人都算上，只怕还不够的。客人们先吃，帮忙的人后吃。”杨琨说，“月堂主持和我到祠堂里看客人们有什么事，帮助出出主意。”

“白果娘和白果把家里所有的钱粮都清一下，能拿出来的尽量拿出来。义生去找一些族里的人，到库里去分装粮食，客人走时给每户一份打发。”杨琨说，“这些年，我一直想看看这些佃户们，没去成。这回正好了个心愿。”

张佃户带着几个人来到了祠堂。杨琨先给大家施个礼说：“得罪哒，不知什么事害得大家走这远的路来找我，我给大家赔礼了。”

“杨老爷，我们是被迫无奈才来找您的。”张佃户说，“听人说枝洲香积寺要掘堤放水，堤一挖开，大水就会直冲江南的陈家垸子，冲破了陈家垸子我们就什么指望都没得了。去年，芝田少爷去看田，我们答应今年交租的，堤不破我们都交不起，破了堤我们又要去逃荒。我们交不了租子，芝田少爷说种不起就别种了，要是不让我们种田就真没得活路了。今天，陈家垸子里佃户男女老少能动的都来了，还有些人不是杨家佃户也来了。手心手背都是肉，这堤千万不能挖啊！”

说着有的人就跪下了，连声说“不能挖啊，不能挖”。

“起来，起来！”杨琨急了忙请大家起身，他一听就明白是芝田乱说话惹出来的事。芝田是个五谷不分的人，听说大家种不起田，随口便道说那就不种了，并没有想收地的意思。这话杨琨去年就听人讲过，本来打算开春后就到陈家垸子去把话说明白的，可是一去就免不得要谈白果和亮娃子的亲事，白果又不情愿，左右为难，便拖着没去。现在，这么多人上了门，是应该有个说法了。杨琨也晓得，佃户们真正的想法不只是香积寺掘堤的事。掘堤放水，在枝洲不是什么前世有后世无的事情，过去也经常做。再说，枝洲香积寺掘堤怎么就一定会把陈家垸子冲垮呢。今年几个月的连阴雨，把枝洲下半部分的田都淹了。前朝修的老闸早已垮塌，不能放水，只有掘堤放水田里才能播种。河里水退了，洲内有内渍，掘堤把内渍放出去，然后复堤，是正常不过的事情，今年怎么会来这么多人会东家呢?

之前杨琨也听到香积寺的佃户来说过，本来早就要掘堤放水的，香积寺的贾道人说那里的堤是枝洲龙脉，万万不能挖。大家听贾道人这么一说，将信将疑，不敢掘堤放水，耽误了不少时间。后来说佃户们同意掘堤放水了，陈家垸子的人又来阻拦。杨琨想这事也必定与那个妖道有关。但眼下最为要紧的还是要把这些客人安置好。

“好，好，你们的事就是我的事，现在大家稍稍歇息，吃饭后再说好吧。”杨琨说。

“没得话我们吃了也不得走。”来人中不知是谁这么一说，陈家垸子里好多人跟着说“不走，不走”。那时有个说法叫吃大户，也就是到大户人家吃，直到吃光为止。陈家垸子人的说法有点像吃大户的意思。但他们不是来吃大户的，是来要个说法的。

“我当然要给个话，我本来是想等大家吃了饭再说的，既然都要我说我就先说。”大家安静下来，听杨琨怎么说。

“各位亲戚，现在大河里水还没有涨，枝洲下了这么长时间的雨，田还被水淹着，不掘堤放水枝洲这边大几千亩地什么都种不成。我这点租子没得说，算了，但枝洲这一带的乡亲可是惨了，一年没得收成，还得拖棍讨米。你们担心香积寺放水冲了陈家垸子，我在这里说个话，如果在香积寺放水冲破了陈家垸子，我负责补偿大家的损失。”杨琨说。

“怎么补偿？”杨琨的话还没有讲完，有人喊起来。

“我估算了一下，如果香积寺放水冲了陈家垸子，凡是租种杨家田地的佃户，不仅不收回租出的田地，还免交两年的租子，去年的不收了，今年的也不收了行不行。”杨琨说。

“不行，我们种的不是老杨家的田。”有人喊话了。

“我晓得今天来的好多户种的不是杨家田。不是种的老杨家的田，水冲了你们的田我也用钱粮补偿。”杨琨问。

“我们不相信。”又有人说话。

“我晓得你们不相信。你们现在生活艰难我晓得，今天我就给各位支一点钱粮，如果堤破了，我再想法子。”杨琨说。

“那有好多呢？”人们又急了。

“陈家垸子的杨家佃户每户给米三斗，银一锭。年成不好，我也拿不出来更多的了。”杨琨说，“陈家垸子里不是杨家佃户，每户先给两斗米。如果把你们种的地淹了，我再补偿。今天这点心意我本来是准备送上门去的，现在大家来了，就自己带回去吧。只当给我们老杨家帮了忙的。”

“该不会是天上下金子吧。”客人们都傻了眼。只听说枝洲杨大爷仗义，没想到这么舍得。

大家有点不相信自己的耳朵：“大爷不会是说错哒吧？”

“你们不信是吧。这是月堂住持，我专门请他来现场作证人。吃过饭后，你们到库房里领粮，我的内人和姑娘在那里等大家。不过，我有一个要求，领粮后大家都要一起到香积寺去看我们掘堤放水，一个人也不能走。如果放水冲了陈家垸子，按我说的办。不冲陈家垸子，今天送给大家的钱粮也就算送了，不用还。不过，今天在场的有一个算一个，不去掘堤现场的人，我下次可就不陪了。”杨琨说不陪就是再也不管了。

“各位施主，我是个僧人，话要说在当面。今天到的人多，要推出几位代表，和我们一起登记造册，照册发放。没有来的可以再来领，一户来了几个人的也不能多领。大家说行不行？”月堂说。

“行！”大家说。张佃户大声喊了几个人的名字，要他们负责参加登记造册和发放。张佃户说：“我也把话说在前头，陈家垸子里哪个搞鬼混钱粮，是个王八蛋！我们不得放过他，请杨老爷放心。”

月堂让寺里几个和尚和陈家垸子的代表负责登记造册，让四太公带几个人分粮。拿到钱粮的人都到白果树下吃饭。准备了二百桌没吃够，又赶了五十桌，一共吃了二百五十桌。

杨琨把发钱粮和招待吃饭的事情交给了夫人、月堂和四太公，带着义生先到香积寺，喊来一些青壮劳力掘堤。杨琨把掘堤口向下游推几十丈，这样既能放洲中积水，又会减少对陈家垸子的冲击。这时，贾道人带着几个地痞来了。他们打扮得奇形怪状，手持一些布条和“神器”装神弄鬼，胡诌什么“保护龙脉消灾祸，挖断龙脉不得活”之类的浑话。义生带着大家不管三七二十一就动手掘堤放水。

这时，从杨家祠堂过来的佃户们也都到了，贾妖道如同抓到了救命稻草，煽动佃户们阻止掘堤。没想到这些人把肩上的粮食口袋往地上一放，都来帮助掘堤了。

“疯了，你们都疯了！”贾道人在堤上乱喊乱叫。

水迅速下泄，陈家垸子没有出现险情，香积寺也没有淹没，贾道人的谎言不攻自破。

这时，大堤上响起震天吼声：“皇天后土，保佑杨家百子千孙，万代富贵！”江南佃户一人喊出，众人齐和，南河两岸都听得到。

杨琨向大家拱手行礼说："江南江北，自古一家，生死与共，同舟共济，请各位今后千万不要听信一些妖言。"

贾道人带着几个混混灰溜溜跑了。

杨琨这时才想起问张佃户："我亲家最近怎样？"

张佃户说："老爷不知啊，陈家公子前天殁了，正要派人来报丧，就听说我们千人百众要来见东家，陈老爷再三劝阻，我们没有听。陈老爷说，我儿子没了，耽误了杨家姑娘。你们还弄这么多人上门找麻烦，我无脸见人啊！"

原来，陈家老爷没有派人送信报丧，是怕与来见东家的人遇到一块引起误会。

"义生，跟我走！"杨琨说着就带着义生下河上船，去陈家垸子了。

《东江县志·杨孝子传》：杨琨平居待人接物必以古圣贤为法，则常曰谨言慎行一生，行之恐不能尽。令仆看庄，偶得盗稼者，急令释之，曰吾令尔看庄未令尔捉彼也。

《张杨家谱》：……时有千人来会芝田，四太公叫传佃户把二千条棍打，琨公忙出相会，摆二百五十桌荤素七碗，每人给米三斗银一锭，彼众去时，喊皇天后土保佑载之公百子千孙万代富贵。载《楚史·郡志》。

第二章　丹阳城

在长江主航道改道之前，丹阳聚就在老枝洲留巷附近的赫家洼子，是县衙所在地。长江改道后县衙迁到澌洋洲，后来又迁到了锦鸡山。锦鸡山下有条白水河，白水河入长江处有个小镇叫白水港，住着几十户人家。县衙搬到这里后，建了衙门，修了街道，将白水港更名丹阳城。丹阳这两个字在楚地像个流动的符号，在东江也是如此，县衙在枝洲时，叫丹阳，县衙搬到了白水港，也叫丹阳。现在老县城中学内还有一通刻有“丹阳”两个大字的石碑。

丹阳城在夷道县陆城和松枝县古城之间。陆城因三国陆逊驻扎而得名，是夷道县县城。古城是通往武陵古道的重镇，是松枝县县城。三座县城都在江南，邻近的相距只有几十里。地势从上到下由高向低，陆城最高，古城最低，丹阳居中，处于中间丘陵地带。江南被吴三桂占领后，用象开道过江没有成功。清军屯兵江北，准备长江汛期一过就发动总攻，来一场猛虎吞象，收复江南。吴三桂也不示弱，亲自到江南长江沿线督战，重整旗鼓，逐鹿中原。没曾想人算不如天算，吴三桂在督战时病重倒床了。虽然是最高机密，但再保密也有透风的墙，这风一吹，吴军的阵脚就开始乱了。

吴三桂病倒的消息，让东江县令白其行坐立不安。当初吴三桂的大军一来，这位县太爷二话不说，迎风而降，保住了性命，当了一个傀儡县令。现在，眼看吴军大势已去，清军即将过江收复失地，白其行心知肚明，他注定没有好果子吃。跟着吴军跑吧，吴军已乱，自身不保，各自在打如何保全性命的算盘，哪里顾得上他。再说，白其行手头也没有多少银两，跑到哪里都难得安身。不跑吧，等于坐以待毙。正在郁闷得恨不能钻地时，有人来报，说有个道人求见。白其行本无心情见什么道人，但又一想，这时候来个道人，说不准是天无绝人之路，不妨让他给我算算凶吉如何。便叫道人进来。

来找白其行的是从枝洲来的贾道人。他披头散发，骨瘦如柴，两个小眼中白的多黑的少，米粒大的眼珠子放出青光，脏兮兮的道服好远就闻得到酸臭气。贾道人在枝洲造谣生事没有得逞，怀恨在心，跑到县衙来告状，不整死杨琨心不甘。

“拜见县老爷。”贾道人给白县令恭敬施礼。

“你有什么事？”白县令在太师椅上盘起双脚，端起架子问。

贾道人抬头看这个白县令，五十多岁年纪，头发都花白了，铜锣大的脸上像抹了一层青灰，双眼珠子像青蛙一样突出，眼里不见白只见红，显然没有睡好。

“小人来告状。”贾道人说。

“都这个时候了，还告哪门子状？”白其行心里很不痛快，没好气地问，“你从哪里来的？”

“枝洲。”

“胡说，枝洲你来得成？”

“我是个道人，走山间小道没有人拦我。”

“状告何人？”白其行问。

“杨琨。”

“杨琨？你胆子不小，敢告杨老爷？”心想老子都不敢轻易动他，你算哪根葱？

“杨琨违旨掘堤，危害百姓。枝洲的大堤已被杨琨挖开了口子，老百姓怨声载道。我受百姓之托，翻山越岭，过数重关卡才到了县城。这个当口不是大事我也不会来打扰县太爷。杨琨趁战乱胡作非为，望大老爷为民做主，严加惩治！”贾道人说着，抬头偷偷看白其行的那张土灰色大脸。

贾道人原本是松枝县乡下的一个二流子，他排行老幺，人们就称他为贾幺子。为了混饭吃，哪家有丧事请道士给亡人“开路”时，他就跟着道士们背鼓架子。贾幺子把鼓架背在背后，道士在后面一边走一边敲一边念。后来，他找开路的道士要了件旧法衣穿上，学着道士模样给一些穷人家的亡人“开路”，混吃混喝。穷人家没得钱请道士就让贾幺子来鼓捣几下子，反正谁也听不懂，也算是打发了亡人。于是，这个贾幺子慢慢就变成了贾道人。松枝县的人晓得他的半斤八两，他也不敢在本地张狂，就到外地流窜，越搞胆子越大，越搞越邪乎。别看这个贾道人本事不大，但坏事做绝，凡是好人都是他的敌人，凡是女人都是他的猎物，凡是坏蛋都是他的同伙。惹是生非、仇善行恶是他的最爱。这两年他来到枝洲，在废弃了的香积寺支个铺，扮作道人行道士事。听说香积寺杨家的佃户多，就变着法子找老杨家要钱。开始杨琨还多多少少打发一点，后来看到他是个不正经的家伙就不再理他，四太公一见到他来就唤狗子咬。这次香积寺掘堤放水，他煽动陈家垸子的佃户到杨家面见东家，想搞一件大事，没想到杨琨一下子就摆平了。

贾道人心里不快，躲在庙里想破脑壳，生出了告状的念头。

白其行听得不耐烦，把眼睛眯上，哼了一句："知道了，把状子放在这里，滚！"

贾幺子没有走，他眼珠子一转厚着脸皮对白县令说："老爷，我其实也不是为告状而来，而是为老爷您而来的。"

白其行一听，眼睛睁开，故作镇静地问："怎么讲？"

"您死到临头了！"白其行一听浑身不自在，心想这是光脑壳上长虱子，哪个看不到啊，还要你来败老子。眯着小眼故作镇静说："大胆！本官没得事。"

"那我就走了。"贾幺子转身。

白其行把手一扬说："转来，你说咋办？"

"还是有办法的！"贾幺子看着那张灰脸，阴阳怪气地说。

"别放狗臭屁！有啥办法？"白其行骂道。

"我就是来替老爷逢凶化吉的。"不管白县令怎么想，贾幺子厚着脸往下说，白其行也就听着。

"我先说凶吧。第一凶事不在朝廷，而是仇人。您的仇人就要打上门来了。"白其行一听这话，有点子慌神，问"是什么人"。

"白老爷在河南老家借过人的钱吧，他儿子义生找来了。枝洲的杨琨把他留在家里，等到官军收复了县城后就来找你问他爹的下落，说要找你要人呢，要不到人就要命！"贾幺子的话一出口，白其行的铜锣脸一刹那由灰黑变得煞白。

“你胡说八道，我没有找人借过钱。”白其行慌里慌张说。

“嘿嘿，这事枝洲好多人都晓得呢，我打听过，那个义生是一定要来找县太爷的。我赶到来给您老人家送个信，让您早有个准备。信不信由您了。”贾幺子说完拱手，“贫道告辞了。”

这个消息对白其行来说真是雪上加霜，本来就没有出路了，又来了个讨账的，这段隐情一提起来他就浑身起风子疙瘩。

“别，别，别走啊。”白其行招招手说让贾幺子坐下。白其行两只手在身上乱抓，自言自语地说：“这可咋办呢？”白县令是河南人，说的是河南腔，“你有办法？”

贾幺子听到白县令的话便怪声怪气地说：“是啊，我沿路看到吴军已乱，清军即将过江，还有人要找老爷讨账，您现在是屋漏偏遭连阴雨啊！不过凡事大凶必有大吉。”

白其行把双脚从太师椅子上拿下来，欠身打量这个道人，腾出手来招招：“坐下说话。”

贾幺子坐下，继续说道：“老爷面前有两条路，一条是束手就擒，任凭人清发落，还要准备应付那个来讨账的；第二条是远走高飞，逃离这个是非之地。”

白其行一听，心中暗自说：“吴军撤了，官军一到，我是裤裆里一沱黄泥巴，不是屎（死）也是屎（死）。跑，老子有钱早都跑哒，还要你这个叫花子来教训老子。”

贾幺子看出了白县令的心思，不急不忙地说：“其实，银子说有就有，说没得就没得。只看白县令想不想要。”

“我没得银子，你莫瞎咧咧。”白其行不相信贾道人的话。

“我就是来给你送银子的啊。”贾幺子说。

“你没得病吧，你这样一身还有银子？莫在我这里胡扯。”白县令知道没有什么指望了，又想赶这个家伙走。

“有咧。您说东江谁有钱？枝洲谁最有钱？杨琨啊。前些时摆了二百五十桌请客，还给陈家垸子的佃户发粮送钱，您说他有好多钱。如果您找个由头把他抓来，人说枯竹子也能榨出四两油来，在杨琨这个肥羊身上还愁弄不到银子？把银子一搞到手您就来个遛金蹬，找个地方躲起不好啊。”贾幺子真是个头顶长疮脚底板流脓的家伙。

“杨琨可是有头有脸的人，莫说在东江，就是在本省哪个敢得罪他啊。我敲他的竹杠缺德不说，结怨的人不就更多了啊？”白其行说。

“哎呀，白县令啊，现在是什么时候啊，说句不好听的话，您现在是穷途末路，还顾什么缺德不缺德。钱到手就走路，哪个找得到啊。只是时间不等人，清军一过河您就完了。”贾幺子越说越有劲。

白其行被忽悠得神魂颠倒，摇摇晃晃站起来说中午就在这里吃饭。饭后对贾幺子说，我派人跟你去，如果搞得到钱，少不了你的。贾幺子一听这话精神头更足了。

白其行让捕快带几个人跟着贾幺子去抓杨琨。

“这是江南的路引（通行证），你们可以从江南走近道到老城，然后过河到枝洲把杨琨给我抓到县衙来。”吴军占领松枝和东江后用路引作通行证明，也就是现在的通行证，只有吴军内部和县衙的特别公务人员才能使用。

香积寺放水后洲上的田里都种了棉花和水稻，长势不错，杨琨带着义生看田，心想今年如果丰收了，枝洲的百姓也能过个好年。这时，贾幺子带着捕快来了，要把杨琨带走。

“凭什么抓老爷？”义生问。

“县太爷让我们来的，你是什么人？想违抗官府吗？”捕快推开义生。义生火了，一个回掌把捕快推了几丈远。跟班的上来和义生打，义生哪里会怕他们，来一个打一个。

杨琨见到这种情形立即对义生说道：“住手，义生，我又没有犯法，不怕他们。”杨琨接着问捕快：“你们想干什么？”

“县太爷让你到县里走一趟。”捕快说。

“县太爷？县太爷怎么会抓我呢？”杨琨摇摇头，他不相信白其行会派人来抓他。

“你跟我们走就是了，别啰唆。”捕快拿出县衙的文书，杨琨一看傻眼了。

“义生，快回去给婶娘说，让她找月堂住持商量，带些钱尽快到县衙来。”杨琨说着就跟着捕快走了。

“为什么抓老爷？”义生问贾道人。

“我也不晓得，是祸躲不过！”贾道人怪声怪气地说。

“贾幺子，如果是你作的怪，小心我抽你的筋剐你的皮！”贾幺子听义生这么说，晓得这是个惹不起的主儿，赶紧溜了。

义生跑回来找到白果娘，白果娘要义生把月堂住持请来。

月堂说事发突然，马上准备一些银两，尽快派人到县上打探老爷的消息。

“路不通怎么办呢？”白果娘说。

“您别急，我们一起来想办法。只是你们把银子都给佃户了，钱还没得着落，先想办法筹钱吧，照我想是钱的事。”月堂说。

杨家遭难的消息很快就传开了。乡亲们有的来送银子，有的来打听消息，都说要为杨老爷申冤。

陈家垸子的人闻信赶来了。

这次领头的还是张佃户。他一进门就说：“我们听说杨老爷被县府抓走了专门赶来的。打官司要钱，杨家把钱粮发给我们了，我们闻信就凑了一些银子，大帮小衬，算是我们的一点心意。”

“你们来得正好，这钱算杨家借的，老爷回来后一准会给大家还上。你们派两个人和义生一起到县上去吧。南边的路你们也熟悉一些，能不能找到去县城的近便路啊。”月堂说。

“能，能，这几天乱得很。大路不通走小路，小路不通爬野路。我们一定尽快把义生送到县城。”张佃户说的野路是打野猪的路。

“香积寺来人了。”四太公来报告。

“请他们进屋。”白果娘说。

香积寺的佃户也是派人来送钱的，他们还送来了一份万民书。万民书上按着密密麻麻的指印。月堂接过来一看写着两条要求：一是杨琨掘堤是为了排水播种，要求无条件放杨琨。二是要求将枝洲列为废洲。

香积寺的佃户们听说杨琨被县府里抓走了，猜想十有八九是贾道人搞的鬼。贾道人在那里煽过风，说杨琨违旨掘堤，是十恶不赦的大罪，非把他告倒不行。贾道人说违旨掘堤，是因县上有一个规定，枝洲如果遇到大旱大涝要掘堤灌排，必须经县衙批准，任何人不得擅自掘堤，如有掘堤者要重罚。这本是县里的一个告示，但贾道人说是圣旨，糊弄老百姓。枝洲大堤一直列为民堤，自建自管，老百姓还要交税。县里规定凡收税的洲都不是废洲。如果枝洲列为废洲，这个告示对枝洲就没得约束力了。为了救杨老爷，大家决定上万民书，以三利五害为由，要求把枝洲划为废洲。

月堂明知这个办法行不通，上方要的是钱，哪会允许将枝洲划为废洲呢。百姓万般无奈，除此还有什么办法呢？就让义生把万民书带上。

白果娘问月堂："这个管用吗？"

月堂回答说："管什么用哟，人家要的是钱。还是要准备银两，银子兴许管用。义生去后把万民书交给从纯先生，让先生斟酌着办，千万不要交给白县令。"月堂又对义生说："你们到县上后，一定要找到阳老爷，请阳老爷到县上交涉，先放人再交钱，钱不够让阳老爷想办法。一路上可得小心啊。"

义生和张佃户带着银两和万民书，连夜出发了……

义生和张佃户在路上，杨琨早已被带到了县衙。

杨琨一迈进衙门，白其行就迎上来假心假意地问："杨老爷近来可好？"白其行其实怕杨琨，不是到了穷途末路，他是万万不敢得罪的。

"不好。天灾人祸，哪有个好人？不晓得县令抓我来是什么缘由？"杨琨冷冷地说。

"你私掘江堤，被人告下了。我也是例行公事，不抓你不能平民愤哪！"白其行说。

"这是胡说八道。枝洲连续几个月降雨，内渍成湖，老闸又不能使用，再不掘堤放水，种子播不下去，老百姓就要喝西北风了。"杨琨说。

"私掘大堤，你胆大包天哪，为何不向我禀报？"白其行口吐胡言。

"封江封路几个月，我怎么向你禀报？"杨琨怒不可遏。

"你不经县上允许掘堤了要重罚！"白其行直奔主题开始要钱。他晓得吓唬杨琨的理由怎么都说不通。

杨琨说："是这样啊，要多少钱你说个数，我回去让人给你送过来。"

"本县令不是憨头包，放了你还有银子？现在你就写一封书信，我派人送到枝洲去。五百两银子一个子儿都不能少，有银子好说，没银子莫怪我不讲交情了。"白其行继续威胁杨琨，他巴不得现在就拿到钱。

杨琨提笔写信要家里送五百两银子到县上。白其行一看很满意，立马派人到枝洲送信。信送到枝洲时义生他们已经走了。夫人一看要五百两，对月堂说："没带这么多啊，怎么办？"月堂说："夫人别怕，白其行狮子大开口，少一点无所谓。我想他一个子都得不到。"给送信的人打发了几个小钱，说钱已派人送去了。

义生一行从江南走，手中没有路引，身上又有银子，生怕有个闪失。一路上五里一哨十里一卡，到处是兵，见到人不是和前些时一样先看路引，没有路引的一律抓起来做苦力。现在卡子根本不看路引，先搜身，把钱物都留下，然后把人赶走。义生他们带这么多钱，不敢走大路，一个卡子都不能过。遇到有人就得躲起来，既怕兵，也怕抢犯。张佃户是个老猎户，打野猪时把这里山上旮旮旯旯都跑熟了。他们白天爬山钻树林走野路，夜晚走小路，爬了好几座山，走了几天才进城。好在钱没有损失。

义生一行趁着黑夜进城，丹阳城一片沉寂，大街上很少见到人，偶尔有巡逻兵走过，好像是清兵，但天黑了看不清楚。

义生他们哪里晓得，就在这两天发生了一件大事情：吴三桂在衡阳咽了气，吴军撤了，清军过江收复了丹阳城。方知府奉命到东江代署几日，待新任县令到任后再回知府衙门。

方知府到东江后，吴三桂的部队已作猢狲散，来不及跑脱的都向清军投降了。

白其行被吓破了胆，想跑也来不及了。他被押进县衙，一进门便瘫作一团烂泥，尿从裤子流出来湿了一地。方知府和白其行是河南老乡，见白其行年老体弱，看来活不了几天了，心里有些不忍。对属下说："这哪是白其行啊，你们找这么个老疯子来敷衍我是何用意啊？"属下明白方知府用意，马上把白其行带下去，让他带领全家快走，走得越快越好，越远越好。

白其行带着家眷连夜渡江回河南老家去了。

义生一到东江，就到阳家见从纯先生，讲了杨老爷被抓到县衙关进大牢的事情。

阳从纯大吃一惊：“哎哟，怎么会出这种事情，坐下慢慢说。”听义生讲完后，说“天一亮我们就去找方知府”。

“我们带了些银两，还有一个万民折子。”义生说。

“银两放在我这里，交给雨儿娘保管好。折子我们带上。”从纯一大早就和义生一起去找方知府。

从纯来到县衙，到处乱糟糟的。几经打听，才知道方知府今天到江边码头查看流民去了。丹阳城的船码头是长江上游与中游结合处一个重要的港口，由于战乱封江，好多船只一直泊在这里不能通行，上下游的船只也不能进港。吴军撤出之后，逃难的有的要回来，有的要过江。码头上寻找亲人的呼喊声、讨饭的哀求声、小孩儿的哭闹声和士兵的叫骂声混成一片。只要有船靠岸，人们就蜂拥而上，眼看船压得快进水了，船老板用撑篙乱打，大喊“抽跳、抽跳”。有胆大的往船上跳，直接跳到河里去了。从外地和对河开过来的船上也都是人，他们隔在外面的时间很长了，拖儿带女，急着回家。岸上的半边街边，刚刚设的几个粥棚前排着长队，几个兵丁在那里维持秩序。

方知府看到这情景，让人再加几个粥棚，尽量让过往的难民们能喝上一碗粥。

从纯好不容易在望江楼上找到了方知府，方知府正在这里与几位地方绅士们商量筹点粮食增加粥棚的事。听说从纯公求见，便让人请到楼上。

从纯一进门，方知府就站起来说：“阳先生，我初来乍到，事务太多，未去拜访，您老亲自来找一定有什么大事吧。”

阳从纯把杨琨的事给方知府讲了一遍，请求放人。

方知府当然也晓得杨琨，听了从纯的话后说：“杨老爷受苦了。我只是奉命在这里代署几日，新县令一到我就离开。当务之急是安民，各县公务一律等新任县令到任后再办理。”方知府又告诉从纯公，“东江新县令田禹禾已从天中出发，正在赴任路上。这事我一定专门给他讲，让他快办。”

方知府说的也不无道理，在这样的情况下，所有的事都大不过安民。但是，等到新县令来又不知是哪一天，杨琨还要受多长时间的罪啊。想到这里，从纯拿出枝洲百姓的万民折子，递给方知府。知府一看，有点不高兴了，把折子往桌上一扔，说：“废洲？枝洲都成了废洲，钱粮找谁收？现在百废待举，岂能将沃土变为荒野？不成，万万不成！”方知府对枝洲的情况十分了解，这是一个只要有收成就是金不换的地方，官府是万万不能放弃的。

“这也是被逼无奈。”从纯说，“民众之心，知府大人也需权衡啊！”

方知府知道，杨琨的父亲和叔叔都曾在京城为官，他也是从京城回来的，在本地有着不同一般的影响力。这事如果不妥当处置，传到京城说他这个知府袒护白其行，只怕会吃不了兜着走。就是没人去告状，枝洲的百姓到县上和府上闹事，搞出了大乱子，他这个知府也脱不了干系。对于枝洲老百姓的胆量，他是领教过的。想到这里便对从纯说：“那就这样，让杨老爷先回去，案子暂时挂着，等新县令来后再结吧。请从纯先生转告杨老爷，我最近太忙，不能亲自与他叙谈，以后我会亲自到府上拜访的。”

方知府是个会事的人，压根儿没再说官司的事，写个便条让人去把杨琨放了。

义生随县里听差赶到大牢，听差向衙役出示方知府的手令，放了杨琨。义生扶起杨琨上马车坐定，径直到阳家。

杨琨在从纯家里洗了澡，换了衣服，和从纯坐下喝茶。义生讲了月堂住持和婶娘让他带银子和万民书来营救老爷的经过。义生自从进了杨家后，就把杨琨叫大伯，把白果娘叫婶娘。杨琨听后说，真是难为乡亲们了。

雨儿出来给杨琨倒茶，杨琨看到雨儿已然长成大姑娘了，问雨儿最近读什么书做什么功课啊，雨儿说正在跟载洲哥哥学写诗哩。

“载洲到哪里去了啊？”杨琨问。

“哎哟，你看看，我都弄糊涂了。载洲昨天就上船到省里赶考去了。毓真早就请人带信来，让载洲到省里报名参加今年的乡试。可是那时人过不来，前几天路通了才专程送来，我一看报名的时间早过了，考期临近，一天都等不得。水路一通我就四处托人帮忙，昨天恰好有条下水船到武昌，载洲搭船去赶考了，还不晓得赶不赶得上。”从纯说。

“那就好，白果娘愁死了，真是让你们费心了。”杨琨说。

“这是什么话啊，这儿子有我的一半呢。”阳夫人笑着说。

阳夫人的女儿雨儿比载洲小两岁，特别喜欢载洲哥哥。前些年总是跟着载洲玩耍，这两年长大了，省事了，有点害羞了，心中也更离不开这个哥哥了。载洲也喜欢雨儿，时时像大哥哥一样照顾着小妹妹。雨儿娘和从纯更是喜欢载洲，早就有心让载洲与雨儿长大后成亲。这事过去两家大人说过，相约等娃们长大一些了，载洲学业有成时，就把这件大好事办了。

“那是，那是，白果娘恨不得插翅膀来会你呢。”杨琨心想不管载洲考得如何都该是提亲的时候了。

阳夫人听了直打哈哈：“我就伸起颈项等啊，我把眼睛都快望穿哒。”

义生站在旁边，看到大家都高高兴兴地说话，先是陪着笑，笑着笑着泪水就流了一脸。雨儿问义生哥怎么哭了。

义生止不住哭出声来，对杨琨说：“大伯，我想去找白县令。”

“听说白其行回河南老家去了，你能找到他吗？”从纯先生不知道义生为什么要去找白县令。

“在您找方知府的时候我也打听过了，望江楼的老板对我说白县令带着全家老小连夜过江去了。我现在过江，一定可以追到他们。”义生说。

“也好。今天不早了，你在这里住一个晚上，明天一早就过江吧。”杨琨说，“你如果找到了白其行，找到了你爹，就给我带个信来。如果找不到一定要回来，枝洲杨家也是你的家。”义生一听这话，泪流满面，跪在地上说：“大伯，您和婶娘是我的再生父母，我一定听您的话，找到人问明白了，不管我爹在不在人世我都会回来的。找不到我也会回来的。”

“行吧，明天一早我们回枝洲，你搭对河船到北边沿着回河南老家的路去赶他吧。”杨琨说。

从纯让雨儿把窖藏陈年东江大曲取出来，和杨琨在堂屋里对饮。从纯对杨琨说：“大哥，没想到你遭这么大的罪，今天我们哥俩消消停停喝点，那些事就当风吹过了，免得闹心。”

“真是难为你们了。您这么关心载洲，我们一家何以为报啊。”杨琨端起酒杯敬从纯。

“别这么说啊。我教了一辈子书，有载洲这样一个好学生真是难得，我以后还要沾老杨家的光呢。”从纯端起酒杯回敬，接着对杨琨说，“载洲这娃子真是有天分，实在聪明，不仅读书有长进，他还收集了大量的资料，想续修《东江县志》。”

“这娃子就喜欢胡闹，县志是小小百姓可以修的吗。”杨琨说。

“当然，县志还是要县长领修。不过，载洲准备一些资料，将来兴许有些用处。”从纯说，“载洲的文章写得好，如果能赶上考试，一准得中，你就听他的好消息吧。”

“但愿如此。”

这时，雨儿一直跟娘磨蹭着，娘故意不理她。她死皮赖脸地拉着娘的衣裳，一扭一扭地。

“好了，我去说！”娘笑了。

雨儿娘提起酒壶，给杨琨斟了一杯酒说：“我来敬杨老爷一杯。”

“这那里领当得起哟。”杨琨要站起来，从纯不依，把他按在椅子上。

“杨老爷刚刚脱难，本不是说这话的时候，再说这话也着实不该我们说。但是我不说心里不踏实，就算是讲个笑话给杨老爷解解闷也就是了。”雨儿娘说。

“您讲，我洗耳恭听。”杨琨说。

“载洲在县里读书，承蒙您和夫人看得起让孩子在我们这里委屈了三年，我和老爷把他当亲儿子看。现在载洲和雨儿都长大成人了，原来我们商量的事情，现在是该办的时候了。”雨儿娘是个直率人，来不得许多拐弯抹角。

杨琨一听，喜上心头，这段时间的不开心一下子丢下许多。“怪不得老天爷让我受这个难呢，原来是先体罚我再给我送喜送福啊。我听师娘一讲，那些受难的事都甩到九霄云外去了。不过，我们就怕杨家的门槛低了。”杨琨说。

“哪个说的。我和载洲哥哥说好了，他不带我走，我就不放他回去！”雨儿说。

“哈哈，那可太好了，免得为你们操心了。”杨琨说。

“死妮子，你们说好了就成了？自古儿女亲事都是父母做主。”从纯说。

“爹，你该不会把我推到火坑里去吧。”雨儿说着，大家都笑起来。

“是不是等到载洲有了功名再说，免得雨儿受屈。”杨琨口不对心。

“有没有功名我不在乎。”雨儿小声说。

“小妮子怕嫁不出去哩。”雨儿娘听到了，笑着说，“您看我这没出息的妮子，听说载洲哥哥到省城赶考就有些急了，怕载洲飞了哩。”

“别急，载洲是我儿子，他飞不了的。你们既然这么说，我一回去就让人来提亲。”杨琨说。

雨儿一听这话，高兴得到屋里一个人乐去了。

“那就这么定了，您回去和弟妹商量，立马派人来提亲。”从纯说，“从此，我多了个儿子，你多了个女儿。我们就是一家人了。”

第二天一大早，杨琨和义生来到码头上，杨琨又给义生交代几句，让他速去速回。义生上了对河船，杨琨上了到枝洲的船。

从丹阳到枝洲是顺水，杨琨只大半天时间就到了。

《张杨家谱·载之公碑文》：公性仁孝，奉养太母，不求抚仕，家屡巨万，能秉礼自治，好善乐施，其盛德高风为时所推仰。

《东江县志·田赋志》：水停洲中，十月不消，二月麦无从播种。洲人共议下掘流店口以泄水势。时有妖道构衅，不曰掘堤放水，反捏违旨掘堤大情，谎控上台狱讼连年，被累者众，夫筑堤原以御水而水不能御，反受堤工之累，洲人共具下情，以五利三害告为废洲……

第三章 度门寺

杨琨一踏进家门，只见白果娘和白果哭得昏天黑地。

“老爷回来了，事情已过去了。”四太公一边抹眼泪，一边劝杨夫人。

“别哭了，没得事了。”杨琨说着把夫人扶到椅子上坐下。

“载洲呢？他怎么没回来？”白果娘问。

“他到省上考试去了。”杨琨说着，抬头看到白果发夹上缠着白线，心里又是一阵痛。

白果发夹上的白线是娘给她缠的，意思是要给陈家公子戴孝。东江一带，女子只要定了婚，不管是否出嫁，都算是婆家的人。男人死了，即使没有成亲，女人还是要戴孝守节。本来要戴白花的，但白果死活不干，娘怕人嚼舌头，就在女儿的发夹上缠了一根细白线，轻易看不到，说明老杨家还是讲规矩的。白果依了，她晓得妈也没办法，人活在世上，有时候就得让让步。

“你没有见到载洲啊？”杨夫人听杨琨说儿子到省里去了，边哭边问。

“没有，义生把我接出来时载洲就赶下水船走了。从纯先生说，考期就到了，今年考不成又要等几年，他还说载洲只要赶得上就一定能考中呢。”杨琨回答。

杨夫人听到这话，不再大哭了，抽泣着对白果说：“果儿，给爹打水去，让他洗把脸。”

“不着急，等你们哭好了我再给你们讲个好消息。”杨琨说。

“那好，我们不哭了，说有什么好事。”杨夫人等不得了。有时候人在黄连苦水中泡的时间长了，真想尝一口蜜的滋味。

杨琨把在从纯那里如何受到热情接待，雨儿妈如何敬酒，如何叫亲家，雨儿如何说话，都一一告诉了杨夫人。杨夫人越听越高兴，哭相变成了笑脸，嘴上却说："这个策巴妮子，以后只怕载洲照护不住啊！""策巴"是枝洲大人对女娃子明是贬实是爱的一种特殊语言。其中的深意只能意会。

"那你是不如意啊，我可要给雨儿爹妈回话了。"杨琨故意说。

"死老头子，哪个说不如意？我是说人家是城里人，门槛高，进我们这水窝子里小家小户，委屈雨儿了。"说话间的语气，好像雨儿现在就是她的儿媳妇，站在她面前了。

"不过，你不如意也不行。雨儿说，我们要是不同意，她就不放载洲回来。"杨琨说。

"瞎说！好，好，好，我们请个媒人，挑个好日子去提亲！"杨夫人话刚出口，想了想，又说："不行，我得自己亲自去。媒人是要有一个的，那就要白果她姨妈也一起去吧。"杨夫人说。

"我也要去，想看看我那嫂子长个什么样。"白果说。

"瞎……"杨夫人的话没说出口。她知道，白果正在为没过门的丈夫戴孝，怎么能去提亲呢？但是，她不能讲啊，这话说出来多伤宝贝女儿的心哪。

"行！"杨琨说，"雨儿就说她好想见小妹哩，雨儿娘还说白果去了要留下来和雨儿一起住几天啊，我都答应了的。"

白果是个灵通人，晓得父母的心思，不言语了，眼眶中的泪水不禁滴落下来，回自己房里去了。

杨琨对夫人说，阳家是书香门第，不信这些事，你别担心，让白果一起去，把白线拆掉。

"义生没回来啊？"白果娘想起了义生。

"白其行回河南去了，义生要去找他，我没拦，让他去了。"杨琨说。

"这娃子真是遭孽，不晓得找不找得到他爹。"白果娘说。

"只怕是难了。"杨琨又想起卞先生说的那段往事。

卞先生名方云，精通方脉，能取古法治病，据说有神明还春之术，是东江名医。东江一是把教书的老师称先生，二是把行医的郎中称先生。自从杨琨请月堂住持到枝洲后，卞先生就成了清修寺的常客，他和月堂谈佛论医，饮茶作诗。杨琨、月堂和卞先生三人投缘，用枝洲人的话说，那就像锅巴见到米汤，舒服得很。那天三人喝茶时说起义生，卞先生讲了早年发生过的一件事情。

卞先生说："杨老爷到京城给二叔位宇奔丧的那年，丹阳城起了一次大风，好多房子都被吹倒了。县里的衙门也被大风掀了顶盖，不得不进行维修。衙门维修期间，白县令带着一帮人来到枝洲住下。当时，枝洲清修寺的主持是了空。白县令和了空是同乡，交谊甚厚。白县令来后就住在离清修寺不远的庾信台客栈。县上有什么事情或者紧急公务，一律送到枝洲办理。了空把清修寺的大殿归置一下，作为白县令的临时公堂。白县令有公事时就到临时公堂里升堂办事，闲时就和了空聊聊天。其实这也不是白县令首创，东江县城搬到丹阳城后，县衙离枝洲比较远，历届县令都将留巷作为'陪衙'，每年总有一段时间到这里办公。为了方便，县里在庾信台设有驿站，相当于现在的招待所，后来县里来的人少了就改作了客栈。

"白县令是个虚胖子，病多得很，常常头昏脑涨，离不开药罐子，到枝洲时间不长就与我搞得很熟了。白县令还有一个毛病，就是一急就浑身长风子疙瘩，我有治风子疙瘩的秘方，一抹就好，但也断不了根。出事的前几天，白县令让我把治风子疙瘩的药粉子给他自己调。这种药是用时才调的，有一种粉子毒性大，见血封喉，万一弄错了就会出人命，我哪敢给他呢？白县令一听有点来气了：'你连我都信不过吗？'我不敢再说什么，就将药膏和药粉分装好给白县令。县令离开时他还嘱咐说一定不能把粉子弄到口里啊。'中，中，看你啰唆的。'白县令拿起药就走了。

"白县令在枝洲住的时候，有一位河南老乡来拜访他。这人姓路，长着一脸大胡子，听说有武功。白县令称路胡子为大哥，我也跟着称作路大哥。白县令开始对路大哥很客气，安排在庾信台客栈住下。后来客栈的张老板偷偷对我说，路胡子和白县令动气呢。听说他是来找白县令要账的，白县令拿不出钱来，说过几天回到县城后就给。路胡子不依。今天白县令升堂时路胡子闯进去大闹，是了空住持把他扯开的。白县令回来时气呼呼的，一路走一路说，他不讲情我也不讲义，要死一起死算了。

"我一听这话心里一紧，如果白县令要害姓路的，只要做一点点手脚把药粉放在酒饭里那就出人命了。我越想越不放心，当天晚上就摸黑到庾信台客栈，想给路大哥说一声，让他提防一点。我一进门就遇到在客栈酒馆里跑堂的侄娃子，侄娃子说白县令正在和路大哥喝酒。我问：‘有人陪没？’侄子说：‘了空主持在，今天包间里只有他们三个人。’

“我一听这话吓出了一身冷汗，担心从他手里拿出的东西搞出人命来。越往这里想就觉得越是有事，虽然此事与我并不关联，而且也没有人知道，但良心不忍。路大哥多好的人啊，看上去不是来打秋风的，要是在枝洲出了事情该多倒霉呢。我把侄娃子叫到一边，用木炭在他手心中画了一个 ×，让侄子在上菜时伸手让路大哥看见。我想，如果路大哥和白县令真的有过节，就一定会引起注意。如果没事，也无大碍。交代好后我就回到药铺里去了，等侄娃子的消息。

“第二天，侄娃子来告诉我，他送菜进去时，三人正在讲话。他把手掌给路大爷看，路大爷一看到便起身朝门外走，白县令和了空拉住他。路大爷推开他们，跳起来踢开窗户就跳出去了。那时天已晚，天又下着雨，外面伸手不见五指，白县令安排几个手下的人到外头去找，不晓得找到没有。”

卞先生喝了一口茶继续往下讲——

“我闻信就去客栈找张老板探听消息，张老板说路胡子跳窗后白县令派人去找过，没有找到，不知是掉到江里了还是到哪里去了。白县令今天一早就回县衙了。我转身就去找了空打听，清修寺里的和尚说师傅昨晚出门后就没有回来。

“从此，了空不知去向，白县令也没有再到枝洲来。这事在枝洲传得沸沸扬扬，我一直不敢说出这件事，怕是弄不好就会摊上大事。不过，人们传来传去，时间久了没得下文，也就过去了，再也没人去问这件事情。”

卞先生讲完这段经过对杨琨说：“您从京城奔丧回来，清修寺就没了住持，问我怎么办，我说了空可能不会回来了，您才到荆州把月堂法师请回来。”

杨琨点点头说：“白县令这人是个软骨头，为人不怎样，但不至于谋杀朋友。这事人命关天，又涉及县令，事情没有弄明白不能告诉义生。”

三人商量，等不打仗了就让义生找白县令去，只有他才说得明白。

现在义生去找白县令了，杨琨便对白果娘说出了“只怕是难了”这句话，不过白果娘也听不明白。

老杨家都在忙着提亲的事情，现在该让赶考的载洲出场了。

顺治二年（公元 1645 年），清朝继承明朝的科举制度开科取士。这一制度规定，以科举取士，每三年各省举行考试，叫作乡试，考中者为举人。次年，举人到京师考试，叫作会试。会试中后再行殿试，以定甲等。乡试由各省提学道提督学政主持，提督学政是皇上钦派的。

康熙亲政后，一度直接将朝廷的文臣派到各省任提督学政。这一年派到湖广的曹学政原是礼部郎中，是当时著名的词学家。曹学政不仅学问好，而且为人厚道，最爱贤才，一辈子为朝廷聚才无数，深得康熙赏识。杨毓真任佥事，也就是曹学政的副手和助理。

载洲找到了杨毓真。

杨毓真是枝洲人，是从纯先生的学生，论辈分和载洲是同老太公的兄弟。载洲把从纯先生的信交给毓真，毓真一看说："啊，阳先生的信。"展开一看，便知道载洲是琨大爹的儿子。

"哎哟，我给阳先生的信送出去都半年了，你怎么才来呢。"毓真说。

"信刚刚收到呢。"载洲给毓真讲了前段时间封江断航的情况。

"这个我也晓得，可是报名时间早就过了，马上就要开考了呀。"杨毓真遗憾地说。

"那可怎么办呢？"载洲说。

"这也是时局不好，把你耽误了。"毓真说，"我给曹学政说说，看能不能想到办法。"毓真让载洲在他家里住下，等候消息。

阳从纯早年在武昌学堂里教书时，毓真是他的学生。毓真对从纯先生非常敬重，他知道从纯公亲自推荐的人一定差不了。毓真对载洲特别关照还有一层原因，当年毓真的父亲在京城里受到过仁宇和位宇的多方面关照，毓真的父亲去世前特别给他交代过，任何时候都不能忘记仁宇、位宇两位爷爷的恩情。现在仁宇爷爷的孙子来找他，怎么能不竭尽全力相帮呢。

杨毓真向曹学政报告，载洲是阳从纯先生的得意门生，他的爷爷、二爷爷和父亲一家三人都曾在京城为官。本应早来报名，因吴三桂祸乱封江没有能及时到达。曹学政一听是京官子弟，阳先生的学生，有意帮助。又听到载洲不能及时报名是吴军祸乱所致，十分恼怒。曹学政的胞弟在云南被吴三桂杀头，对吴三桂恨之入骨。但是考生名单已经定了，马上就要开考，临考擅自增加名额是违规的。曹学政想了想说："增加名额要报到京城，来不及了，看来只有推荐贡生一条路。那就先让载洲参加考试吧。"毓真一听惊喜异常，曹学政是想推荐载洲为优贡，那是多么难得的机会啊。

毓真知道，曹学政斯斯文文地说出将载洲作为贡生，看似轻松出口，其实有一个非常复杂的程序，在湖广也只有曹学政才有资格这么说。

康熙亲政后，为了广揽人才，一方面按照科举制度的办法选拔人才，一方面实行推荐制度，要求各地定期推荐优秀人才到国子监培养，然后参加殿试，有的直接放到中央各部门和地方任职。提督学政推荐的贡生叫优贡，这是很难取得的资格，不但名额极少，而且管理很严格。如果推荐的人并不优秀，或者进入国子监后表现不好，还要追究推荐人责任。由于没有规定指标，有很多学政不愿意惹这个麻烦，没得十足把握不会推荐。

曹学政让载洲参加乡试，主要是要考考他的学问，如果学问不行，他是绝对不会推荐的。载洲作为编外考生参加考试，其实只是曹学政对他一个人的考试。

考试结束后，载洲向毓真告别。

毓真说："载洲弟弟，我要先恭喜你了，曹学政看了你的试卷，多有称赞，说你是难得之才。"

"学政能把我定为贡生？"载洲问。

毓真说："按本朝规定，各省学政每三年可以推荐一次贡生。学政向上推荐前还要与总督商议，然后正式确定。这个时间一般在乡试发榜之后。"

载洲急着问："如果定下来了，什么时候可以到国子监报到呢？"

"这可说不好，按照以往的惯例，贡生报上去后，要等国子监通知才能进京，进京后国子监进行入学考试，合格的就成了监生。国子监的考试一年一次，如果名额满了就往后推。所以有的贡生等一二年才能去考。不过，按照规定，一旦被确定为贡生，就可以在当地县衙当差了。正式确定之后会通知江陵府和东江县安排的。”毓真说。

毓真说贡生可以当差是当时的规定，不管是优贡还是岁贡都能做官，不过官不大，不入品，还有些官衔是虚的，不管虚实都有俸禄。大名鼎鼎的蒲松龄先生七十二岁取得岁贡，才有了虚衔和俸禄。

载洲踌躇满志，踏上回乡之路。江陵籍同考刘国仕与他同行，刘国仕约载洲一起到当阳玉泉寺拜关公，说江陵考生考后都要拜关公，有求必应。载洲想那一定是考中的人说的，落榜了也不好意思说啊。人都这样，有了梦想就有了希望，菩萨祖师爷都是贵人。

当阳玉泉寺有一座关公庙，又名显烈祠，传说是刘备为关羽建的。庙不大，却是“天下第一关庙”。吴三桂兵临长江，为重振雄风打败吴三桂，湖广总督府拨款重建显烈祠。大败吴军后，湖广总督蔡毓荣受到朝廷表彰，为感念关老爷保佑，蔡总督亲笔撰写了《重建湖北当阳县显烈祠记》，刻石立于当阳显烈祠。

显烈祠重修后关庙香火更盛。载洲和国仕过珍珠桥，沿关庙台阶走进山门，第一眼看到的是刻着“天下第一关庙”六个大字的照壁，后面便是新刻的蔡总督的《重建湖北当阳县显烈祠记》。他们进殿拜了关公，在玉泉寺附近的旅店里住了一夜，第二天清晨两人告别。一个向东到江陵，一个向南到丹阳。

载洲雇了一辆车往南走。没走多远就见到路边躺着一个老人，破衣烂衫，朝过往行人缓慢地挥着手，但很少有人搭理他。载洲让车停下，掏出几文钱给老人。老人一抬头，载洲吓了一跳，这不是白其行吗？

“白老爷，你认得我吗？”载洲问。

“我是县令。”白其行摇摇头，答非所问，他遇到所有的人都这么说，谁都不信他是县令，把他当个疯子。

白其行不认识载洲，载洲却认识白其行。这就是名人和普通人的区别，名人露脸的时候多，好多人都认得。老百姓除了亲戚朋友和乡邻，被人认识的可能性比较小。

“您要到哪里去？”载洲知道白其行不认识他。

“度门寺。”白其行有气无力地说。

“好吧，把您送到度门寺。”载洲让车夫把白其行扶上车，自己到店里买了几个肉包子，让白其行躺在车上吃。

度门寺离玉泉寺只有几里路，是武则天为了表彰佛教禅宗北派始祖神秀大师的功德而敕建的。宋元以后，度门寺几经兴废。到清初，寺内仅存几间旧房和一座六角形九层楼阁式砖石塔。前些年来了一位河南口音的和尚，在度门寺收拾旧房住下，终日念经礼佛，才渐渐又有了一些香火。

载洲把白其行送到度门寺，找到了老和尚。载洲一见到老和尚又是大吃一惊，这不是了空法师吗？

载洲恭敬施礼：“了空法师，载洲有礼了。”

白其行听到“载洲”二字吓了一大跳，心里说道：“真是冤家路窄，怎么遇到他了？”他虽然不认得载洲，但知道杨琨有个儿子叫杨载洲在丹阳念书。

白其行心里乱蹦乱跳，头脑一片空白，不敢吱声。

了空住持也不知道是怎么回事，和载洲一起把白其行扶进寺内内室，让白其行躺在床上。

了空问载洲：“你怎么和他一起到这里来了？”

载洲把刚才遇到白其行的经过讲了一遍。

白其行闭着眼睛，佯装昏睡。

“阿弥陀佛，救人一命胜造七级浮屠。真是善有善报，恶有恶报啊。”了空说完，载洲就要起身告辞。

了空说：“有一个人在这里等候多时，你且等等。”说着就出去了。

过了不大一会，了空带进一个青年后生来，虎背熊腰，两眼放光。

“他叫路飞霄，白老爷应该是知道的。今天你们都来了，是天地因果，阿弥陀佛。”了空说。

白其行一听是路飞霄，魂魄就飞到九霄云外去了。

原来，义生过江后，在落马岭听人说白县令带着家眷连夜过江时翻了船，家里人都淹死了。白县令被人救了上来，流落在落马岭街头，这几天没看见，据说是回河南去了。还有人说，白县令是偷着跑出来的，有官军在追他，只怕被抓起来了。义生想，既然有人见到过，一定能找得到。他从落马岭一直向北，遇到流浪的人多，但都不姓白，也不是河南人。义生到了长坂坡后，打听有没有看到一个河南口音的老人，谎称那是他走失的爹。人们听说他是找爹的，便告诉他度门寺住持是河南人，好多河南来的人都去找他，你可以去问问。

义生来到度门寺，对老和尚说："听说您是河南人，我也是河南人，想找您打听一个人。"

"你叫什么名字？"老和尚问。

"我叫路飞霄，是来寻一个叫白其行的河南老乡的，他在东江任过县令，已经被革职了，说是要回老家去，我想找他一起回去。"义生说。

"阿弥陀佛，真是因果报应到了。"了空心想。

他让路飞霄进屋，说："既然是老乡，你就在我这里住下。我这里香客虽然不多，但东南西北的都有，河南老乡也有来的。你既然到我这里来了，就住下来我帮你打听吧。"

吴军退后，了空就晓得白其行完了，如果没死就会来找他。义生说白其行过了江，想必这几天会到的。

义生急着追白其行，住了一晚就要走。了空说："我会算啊，你走了就找不到了，你住下兴许还真找得到呢。"义生将信将疑却又不得不信，勉强留在这里给老和尚干杂活。

不出了空所料，白其行果然来了，但他万万没有想到的是载洲也来了。了空指了指床上的白其行说："义生，载洲施主，现在这屋子里只有我们四个人，我先讲个故事给你们听。"了空说。

义生一听，打了个寒战，问了空师傅："您咋晓得我的小名啊？"

"我知道。你的大名还是我取的呢。"了空说。

载洲和义生都摸不着头脑，不晓得在这时候了空讲什么故事。但看住持的意思是非讲不可，不容他们不听。载洲是个有教养的人，当然要听。

义生心里有事，说"我不想听"。

老和尚说："阿弥陀佛，不想听也要听，你晓得在床上躺着的是谁啊，他就是你要找的人。"

“他是白县令？”

“正是。”

义生要问话。

“不用问了，我都晓得。”住持说。

载洲示意义生不要说话。

“你是什么人？”义生问载洲。

“阿弥陀佛，他是杨载洲。”了空说。

义生听说是载洲，就要下跪。载洲拉住义生说“听住持讲吧”。

“好啦，我讲了。其行大哥，我说得不对的，你再说吧。”了空接着说——

“义生爹、白其行和我是娃娃朋友。穿衩裆裤时就一起上树捉鸟下水摸鱼。长大后我们结拜为兄弟，学刘关张立下誓言，做一辈子好兄弟，不求同年同月同日生，但求同年同月同日死。其行是大哥，义生爹是老二，我是老三。义生是在我们结拜后不久出生的，你爹才给你取了义生这个名字，路飞霄是我给你起的大名。

“后来，白其行到府里考试，身无分文，你爹卖了牛，给他出的路费，白其行感激涕零。我呢，新娶的媳妇被买羊皮的拐子拐走了，一气之下出家当了和尚。

“从此，我们三人，老大当官，老二种地，老三当和尚。我们分开时你还小，不省事呢，后来很长一段时间我们三兄弟都没能见面，没想到一见面就出了大事。

“白其行调到东江任县令前，我就在清修寺任主持。之前我本来是到度门寺来的，来了以后看到度门寺已门庭冷落了，我想把度门寺重振起来。这时玉泉寺的住持对我说，现在把度门寺弄好还不是很容易，枝洲清修寺前不久派人到玉泉寺请求派一个住持，建议我到枝洲去，以后有机会再回来重振度门寺。我想，度门寺一下子也确实难得修复，就应承下来到清修寺待一段时间，合适的时候再到度门寺来。这个度门寺是我的一个心结，我当初在洛阳天宫寺出家后，大和尚就给我讲了祖师神秀大师归葬当阳度门寺，我当时就想来。过了好多年我才到这里，没曾想度门寺是这番景象。我到清修寺一待就是十多年，白其行到东江后听人说我在清修寺，就趁着维修县衙的机会到枝洲住了一段时间。

“义生的父亲是我二哥，那些年河南老家连连受灾，都在打饥荒，义生娘又病了，义生才十几岁，给人打工拿不到工钱。日子过不下去了，二哥便只身来到东江，其实也不是来讨债，只是想找白其行想想办法。义生爹是个直把人，以为白其行当了县令，给几个钱度过饥荒，并不是难事。可是，白其行这个县令当得也真是窝囊，不说有什么油水，连个衙门都没得钱修。他在枝洲对你爹讲的也不是假话，手头真没钱。可是你爹很生气，好多次在白其行处理公事时就闯进去大吵，搞得白其行下不了台，脸上很是无光。

“那次你爹大闹后，白其行对我讲过，他实在拿不出钱。义生爹对我说，白其行不给钱的话，对他就不会讲客气。白其行对我说，这事闹下去，他这个官就做不成了，那样还不如死了好。我看到他们两人快闹恶了，弄得不好会出大事，除了我们三个人以外，人们都不晓得我们的关系。

“那天晚上，我把他俩弄在一起。我准备了一点钱，叫白其行也想了点办法，打算吃饭后第二天就送你爹回去，那时你妈还病在床上，不管多少好歹要把你爹打发回去救命啊。当天晚上只有我们三个人，开始还说得好好的，上菜后你爹不晓得是受了什么刺激，人吼一声就扑向白其行，先是要拼命，后是往外跑。我把他拦下让他好好说，二哥说姓白的要害我，我说哪能呢。他说你们是不是合伙要害我，发疯一样踢开窗户，不顾一切跳出去了。白其行和我都慌了，赶紧喊了几个人打着灯笼火把去找。

“那天夜晚天黑得伸手不见五指，庾信台客栈那个位置你们都晓得，窗子下去是个陡坎，陡坎下头就是大江。去找的人只找回来他的一只鞋子，可能是你爹慌不择路滑到江里去了。”

讲到这里，了空流泪了，用袖子擦一下又接着讲。

“白其行是个胆小的人，听说二哥掉到江里去了便吓得魂不附体，直打哆嗦，要回丹阳去。我也觉得这个地方实在太过伤心，便和他一起离开了清修寺。分手时我告诉他，以后如果要找我就到度门寺。吴三桂占领江南后，白其行这个软包竟迎风而降，清军一过江我就料到他离死期不远。没想到他还活着来了。”

白其行呜呜地哭着，用手拍打自己的脑袋：“我该死，我对不住二弟。”

“我在枝洲就听人说我爹是被白其行下毒药逼得跳江了，你怎么说是他自己落了水啊？”义生恶狠狠地说。天下没有不透风的墙，义生在枝洲时听到过这种风声。

“哎，我该死啊！”白其行说话了，“我确实在卞先生那里弄了鹤顶红药粉，那是给我自己准备的，心想老二要是再让他下不了台，就死了算了，那天晚上我真的没想要下药呀！”

白其行是不是会自杀，义生不知道，载洲也不知道。了空知道他不会，白其行是个特怕死的人咧，不然怎么会投降吴三桂呢？不过，那天他没有下毒倒是真的。

白其行看到大家都用一种异样的眼神看着他，觉得无地自容，突然爬起向床角的石柱子撞去。没气了。

“阿弥陀佛，阿弥陀佛，阿弥陀佛……”了空不停地念。

“天哪！”义生放声大哭。

“别哭了，跟我回去吧。”载洲说。

载洲告别了空，拉着义生上了车。一路上义生把白其行如何为了诈钱把杨老爷抓进大牢，枝洲百姓如何上万民书，杨老爷如何出狱，等等一切都讲给载洲听了。

载洲真没想到自己离开丹阳后竟发生了这么多的事情，恨不能插个翅膀飞回去。

《张杨家谱》：杨毓真，赐进士第，吏部观政。

《东江县志·杂志》：县令有同乡路胡子叩署索债，时新造荒衙无以偿之，居候多日，路口出詈言，寻其秽行恶之。县令设酒饯，路疑将鸠之，逾垣逃，落水而亡……当路之来枝也，其子尚幼。子成丁后只身走荆寻父……

第四章 流店闸

载洲到家后给父母讲了优贡的事情，杨琨很高兴，他本来是一个对功名无所谓的人，但此一时彼一时，儿孙有出息总是光宗耀祖的好事。杨夫人却有些心急了，如果选上优贡入了国子监一去就是多少年的事，得抓紧把儿媳妇娶进门才行啊。

杨琨请月堂选了提亲日期，全家人都忙了起来，置办彩礼，准备喜帖，一切一切都弄得妥妥帖帖。载洲没有参加这些活动，父亲要他在家里读书，说选为优贡不容易，如果到国子监考不上打回来自己脸上无光不说，还让曹学政和毓真也下不了台，老杨家实在丢不起那个人。杨载洲心里有底，他听毓真兄讲过，国子监入学时的考试比乡试容易，他一边学习，一边整理收集起来的资料，准备为东江的历史名人写传。

终于等到了这一天，杨家台子上一阵锣响，府上报录人登门报喜，载洲正式选为优贡。

接着，东江县县令的贺信也到了，通知贡生载洲到县衙报到。

东江县新任县令姓田，名大友，字禹禾，江陵人。江陵与东江的枝洲相邻。田禹禾考中进士后为官几十年，最高的官职也就是县令。田禹禾官职不高，官声却很好，最让人称道的是无论到哪里，都以治水减灾为要务，尽力解除农人之苦。他在天中任县令时主持修建水渠，让天中年年五谷丰登，被百姓赞为“大禹在世”。田禹禾虽然为官很有建树，却不得上司赏识。人说他“总是被‘纪录’，一直不升官”。“纪录”是清代对官员考核的优评。七品成了他的专利，从青年做到壮年，从壮年做到老年，在京城是七品，在地方也是七品。知晓内情的人说，这一切都是他“自找”的。他为官以杨震为楷模，清正廉洁，当了多年的官自己一贫如洗不说，上司从他那里也得不到丁点儿好处。

他这样的人，在那时官场中不遭陷害就是老天有眼了，升官是痴心妄想。田禹禾是个聪明人，晓得其中的奥妙但就是不同流合污。他到天中任县令时已年过半百，多次申请告老回乡，由于他清廉官声和治水功绩朝野尽知，皇上没有批准。吴三桂兵退之后，朝廷下旨调田禹禾任东江县令，这明显是一个吃力不讨好的苦差事。官油子们避之不及，哪里艰苦哪里上是他的命。

田禹禾日夜兼程赶到东江上任。离开天中时，好多官员和百姓都来送行，有几个人一直把他送到东江。田禹禾在外任官几十年，从不携家人至任所，夫人和儿孙都在江陵老家。每次调任，随身携带的只有几件衣服和几箱书。

田禹禾到任时，方知府说："禹禾兄啊，这几年东江天灾人祸，百废待兴，数万生民如在水火倒悬之中，一切都托付给你了。上任后有什么事情就差人去给我讲，我尽力支持的。"

"方知府请放心，我一定尽力。"田禹禾不愿多说，他知道知府讲的不过是几句官场话罢了，信不得真的。

"现在东江最大的问题是缺人办事。"方知府说，"吴三桂部占领东江后，白其行投降，随白其行投降的人现在多数不能再用。不愿意投降跑了的人，回来的人也不多。县儒学训导走了不愿意回来，我请从纯先生代理一段时间，他说年事已高推辞了，推荐他学生、荆州府学教授魏铉龄出任东江儒学训导，我是赞成的。不过此事还得报告省学政，估计问题不大，我回去后马上就办。魏铉龄不但学问好，也有从政经历，来后还可以帮帮你。东江还没有县丞，魏先生来了就让他暂时代理吧。"

"那太好了，谢谢知府。"田禹禾对方知府的这一安排很是满意，他知道魏铉龄这个人。

"我在这里代署了一段时间，府上的事情还都放着，松枝的新县令也刚刚到任，我得过去看看。禹禾兄资深名重，能回乡效力，是东江之幸事。这里的事就拜托你了。"方知府几句空话一说就拍屁股走人了。

田禹禾把设在锦鸡山上的县衙稍作整理，在书房门额挂上他亲笔题写的"禹稼堂"木匾。东江刚刚经过战乱和水灾，田禹禾深知这一带的形势比天中的水患更重，除了人祸外，水患是民不聊生的根源。所以他要把治水兴农作为头等重要的事情来办。

杨载洲走进禹稼堂，只见一位老者正在看公文。他穿着皂衫，头发花白，面目慈祥，眼神略显苍老。没等载洲开口，老者就站起来和蔼地问“你是杨载洲啊”，那音调就像老人对孩子一样亲切。“是，我是杨载洲，给县令大人行礼了。”载洲猜想这就是田县令。其实田县令也没见到过载洲，都是猜的。

田县令看着杨载洲，身材修长，眼中有神，透出英迈才气。不由得想起史书上说赵子龙“姿颜雄伟”四个字，差点笑出声来。

“坐下，坐下，我们说说话。”田县令要载洲坐在他的旁边，“你乡试前在哪里读书啊？”

“回大人，乡试前在丹阳学堂拜从纯先生为师。”载洲站起来答。

“坐下，别站了。名师出高徒啊，能拜在从纯先生门下那是一生的幸事啊。要不是那年他回家丁忧不再回省府，你们哪里有机会见到这等大儒啊。”田县令说着话锋一转，“你在读书之余做过些诗文没有？”

“写过一些习作，请县令指教。”载洲说着就把自己写的诗文抄本呈上。

田县令翻开看了几首，不禁念出了声：

春流添涨漾危堤，望入寒烟处处迷。

来往行人愁断绝，孤帆一片古城西。

“这诗是你写的？”田县令说。

“是小人的功课，请大人指教。”

田县令点点头：“写得好啊，‘来往行人愁断绝’，非亲见不可得此句。”

田县令从书桌上拿起一个本本，说：“方知府临走时对我说，枝洲杨琨的案子要尽快了结，那不仅仅是一个普通的民事案子，涉及枝洲的安危。我看了那个状子，关于你父亲的那些纯属诬告，只是这份万民书还得慎重处理，知府最担心的就是把枝洲变为废洲。”原来这个本本就是要求将枝洲定为废洲的万民书。

“这是老百姓逼得没有办法才这么做的。”载洲本想把父亲的冤情和枝洲的情况说说，但刚刚同县令见面，说多了也不太合适，就没有再说下去。

“好吧，这事以后再说。我初来乍到，现在差的是人手，正好府上通知说你已选为优贡到县里当差待命，你就先把主簿的事担起来，什么时候进京我再找人吧。”县丞是县令的副手，主簿相当于县令的秘书。田县令说先担起来就是说还不是正式的，是临时代理。

“府上来信说，儒学训导魏铉龄这几天要到任，你去安排一下，来后我要见他。”田县令给载洲安排的第一个差事就是接待魏铉龄。

载洲回到阳家，雨儿见他一个人来，心里有些不快，板着个脸。载洲看出来了，笑着说“离提亲的时间还有几天呢，我是田县令通知到县里报到的”。雨儿一听眼里放光，脸上迅速阴转晴，笑出声来。载洲心想，人说六月的天说变就变，雨儿的脸比六月的天变得还快些。

从纯听说魏铉龄来东江任儒学训导，心里也很高兴。东江本来是个出人才的地方，吴军占了东江后，原来的儒学训导走了，好多老师也走了，学生也走了，学校停课了。载洲在从纯先生家里继续念书，“县学”成了“私学”。“这下可好了，铉龄到东江来，学界就有指望了。”从纯心里踏实了。

雨儿拉着载洲问主簿是做什么事情的。

“县太爷让做什么就做什么。”载洲答。

“那不成了个小伙计，跟县令当伙计太亏了点吧。”雨儿说。

“瞎说八道，载洲还要进国子监深造的，现在县上只能安排临时的职事。”从纯在一旁听见了说。

“什么时候走呢？我能不能跟着去啊？”雨儿说。

“又瞎说不是？贡生到国子监深造哪有带家眷的，有了官职才可以带。”从纯正说着心里想，这事要去了才算得了数，有些人就在等待中搞黄了，嘱咐载洲千万不要荒废学业。

“您放心，我会努力的。”

县衙里没有住处，载洲还是住在阳家。到了提亲的这一天，载洲给田县令告了假。雨儿等得心里着急，在载洲面前晃来晃去，载洲看出了她的心思，逗她说：“你急了？”“我就是急着见白果妹妹嘛。”两人正在说笑，忽然听到外面有人报信：“老爷太太，贵客到了！”接着鞭炮就响起来了。载洲和雨儿跑出门去迎接，这时义生带着几个人抬着抬盒进了门。抬盒上扎着鲜红的绸子。

雨儿拉着载洲娘的手问："伯母，您老人家带这么多东西来干什么？"

"换人哪！"载洲娘笑着说。

"换什么人咧？"雨儿问。

"您看我这个苕姑娘啊！"雨儿娘对着载洲娘哈哈大笑，把雨儿笑得脸红了。

载洲拉着白果来见雨儿，雨儿一把抱住白果："妹妹，我真想死你了！"

"姐姐还记得我们？把我的哥哥霸到不让他回去了。"白果笑着说，"这一回我们不光要哥哥回去，还有一个人也跑不脱了。"

雨儿红着脸在白果耳边说："我就霸到他！"

两人说笑着进雨儿房间去了。

堂屋里宾主坐定。

载洲的姨妈开口了："亲爹亲妈，今天我们来提亲，没得什么好礼物。"亲爹亲妈是东江人对姻亲关系对方父母的称呼。

"这说的哪里话。自从琨老爷离开丹阳，我们就天天盼着你们呢。"雨儿妈说。

一家人欢天喜地，说不完的话。载洲妈说载洲娶了雨儿，让雨儿受屈了。雨儿妈说载洲人品好，打着灯笼都难找，雨儿享福了。姨妈说，两家都是老门老户，这才叫门当户对呢。

吃过晚饭，两家人商议什么时候办喜事。从纯说，载洲已是贡生，我听说明年下半年国子监才开考，明年春季就让载洲和雨儿圆成吧，请杨老爷定个好日子就行。东江人那时说结婚叫圆成，大概是花好月圆的意思吧。男家定了日子后还要给女家报期，这是不能少的环节。但大致时间必须先由女家同意，这叫求恳。这次白果娘来，又是提亲，也是求恳，两件事就一起做了。

"既是应了，我们就该改口了。"载洲妈说着，就对着雨儿妈叫了一声"亲家"。

"哎！亲家！"雨儿妈的声音更加洪亮，两亲家真的亲如一家。

"你们还要跟娃们说说呢。"从纯说。

第二天一清早，雨儿妈就把雨儿叫来说了昨天的事。

其实，昨天晚上姨妈就偷偷给她讲了。

雨儿心里高兴，却还是装着撒娇：“妈，不要把我嫁出去嘛，我可舍不得你们。”

“死妮子，恨不得这时就插翅飞了吧！”雨儿妈看着女儿，心里一阵酸，“心肝宝贝真走了，我该怎么过啊？”

雨儿看妈难过，说：“妈，我走不远。载洲哥在县里当职，我嫁出去后，这里还不就是我们的家。”

“瞎说。嫁出去了就要孝敬公公婆婆，可不准三天两头往娘家跑。”雨儿妈是个通情达理的人。

雨儿来到屋前的葡萄架下，载洲在那里等她。载洲对雨儿说“你把眼睛闭上”。雨儿说“为什么”。载洲说“你闭上才晓得”。雨儿说“闭就闭，料想你也不会吃人”。载洲说“伸手”。雨儿说“伸就伸”。

雨儿伸出手，假装闭着眼，看到载洲从袋里掏出一个精致的小盒子，取出一只碧玉镯子，给雨儿戴上。雨儿大叫“好凉好凉”，载洲拉起雨儿的手就哈气，雨儿顺势倒在了载洲怀里。

“这么好的东西从哪里弄来的？”

“我在武昌给你买的。”

“怎么今天才给我啊。”

“没得空啊。”

“谁信呢，你哄我。”雨儿越靠越紧。

第二天一大早，载洲来见田县令。

“听说你定亲了啊？”田县令说。

“是的。”载洲说。

“好啊，办喜事时告诉我一声。我可没得什么礼物送啊，送个对子吧。”田县令说着问起另外一件事，“魏训导后天就到，安排得怎么样了？”

“我已安排好了，县衙官舍里现在还没有房子，暂时住在文庙里，那里的房子也不好，只简单地修缮一下，不漏雨了。我建议训导来后要把县学和文庙都翻修一下，让训导就住在丹阳学堂里。”载洲说的丹阳学堂就是县学。

“是啊，县学是要翻修了，但是东江这几年战事不断，水患连年，百姓深受其害，苦不堪言，百废待兴，用钱的地方太多。不过，再困难县学还是得修。”田县令接着说了当务之急的几件事情：

一、免除灾户徭役，开仓放粮。县府库粮不多，要尽量多筹点，免除灾户徭役必须做到。

二、妥善安置投诚人员，不然会起祸端。投诚人员要分散安置到东江各地，所有安置人员都按灾户标准发放口粮；投诚将领可根据情况留在县府里当差。

三、要抓紧维修一些破毁的堤防，组织灾民开荒自救。

“吴军投诚人多，大多数不是东江人，按人头发粮只怕不够。”载洲说。

“要发，再困难也要发。现在投诚人员是造成社会混乱的主要问题，不把他们安顿下来，百姓不得安生。”田县令说，“你拟一个告示，马上施行。”载洲正要去拟写告示，田县令又想起一件事，让载洲坐下。

“你把枝洲的那件事给我说说。”田县令说。

载洲说：“枝洲是个好地方，就是水患连年，一遇水灾就民不聊生。明代在江堤下部流店尾建木闸。在江水上涨时关闭木闸，以防江水进洲。江水退下去后，开闸把洲内的内渍放出去。一旦破堤涨水，木闸就会淤塞，不能使用，必须大修或者重建。现在流店木闸被淤塞已有几十年了，需要重建，洲里报到县里，县里没人管。流店闸成了废闸，早就不能开启了。枝洲在内渍严重时就必须掘堤放水。”

“对，对，掘堤放水后把堤筑起来嘛。”田县令说。

“我爹那个官司就是这么引起的。人人都晓得只有掘堤放水才能播种，贾道人却说那里是枝洲的龙脉，不能挖。我爹做主挖开大堤放了渍水，地里才种上了庄稼。”

“怎么能说是违旨掘堤呢？”田县令问。

“那是过去东江县衙为了保护枝洲大堤做出的规定，没有县府批准，任何人不得掘堤。这本来是保护大堤的，但有人却用到了放水救洲上。您想，那些日子吴军占领着江南大部分地方，枝洲的人来不了县城，就是来了谁会管枝洲掘堤放水的事呢。为了不误农时，我爹就做主掘堤了。”

“好事嘛，掘堤放水救洲算什么违旨呢。”田县令说。

“违旨掘堤是那个贾道人糊弄乡下人的鬼话。乡下人把县里规章告示都以为是皇上的旨意，这当然是无知。但就是县里的规章，违反了也是可以追究的。其实，这里面肯定有些来由，为什么有人拿这事做文章我也不清楚，白县令想讹杨家的钱是真的。”载洲说。

“这真是糊涂官办糊涂事。不过，白县令也够惨的了，到头来害人没有利己，落得家破人亡，现在人都死了，你们也就放下了吧。”载洲点头称是。

“为什么枝洲百姓要写万民折子请求将枝洲划为废洲呢？”田县令问。

载洲说：“这话说来就长了。一般说来，江中洲是不是废洲，要以是否纳税为标准。纳税的就不是废洲，堤防就得纳入官堤。枝洲大堤在明代有段时间定为官堤，后来改为民堤，但税收一文钱不少。为这事不知打过多少次官司，从来没有赢过，百姓和官府打官司怎么会赢呢。当时枝洲百姓为了救我爹就重提这件事，他们以为划为废洲我爹就没事了。再说，如果真能划为废洲也不用交税了啊。”

“民心可鉴，你爹做得好咧。不过照我想枝洲肯定不能划为废洲，方知府也是这么说的。现在，要把枝洲的事办好，第一件事就是把闸修起来，一到内渍就掘堤也不是个办法。”田县令说。

“那是再好不过了。”载洲心里一喜。

“不是官堤，省上不会管哟，那钱又是个问题了。”田县令又添新愁。

“只要县上同意修闸，多少给一点支持，枝洲百姓自己也会修的。”载洲说的是实情，枝洲人盼着有人领头修闸不是一天两天了。

“好。你把魏训导安排好后，我们一起到枝洲去看看，想办法把闸修起来。堤不修患在无堤，堤既修又患在无闸。修堤不修闸，就像一个人肠子通了咽喉不通，那怎么行呢。只有咽喉关窍都通畅人才舒服嘛！”田县令说，“修闸可得有个内行人。”

“这个不难，刘功成就行。”载洲说。

载洲说的刘功成是枝洲人，祖辈负责管理流店闸。功成生在枝洲，他原想继承祖业，把废闸重修起来，但是没人管这事，一家人搬到丹阳城去了。

“刘功成懂得修闸？”田县令问。

“他家祖辈都是管闸的，我晓得他家里保存着枝洲老闸的图纸，还有他们几代人设计的新石闸图纸。功成拿起图纸到县里府里求助，没人重视，真是‘端起贡品找不到庙门’啊。”载洲说。

“那你把他找到，请他准备一下，过几天和我们一起到枝洲去。”田县令说。

田县令带着载洲和功成到枝洲察看堤防和老闸。杨琨陪同田县令乘船到流店尾废闸处查勘，一路讲述了近年来水患连连，堤破闸废，民不聊生的苦情，提出修闸筑堤的请求。

“为了枝洲民生，这道闸是非修复不可，不然大堤就没有什么作用，这样下去枝洲怎么能不成为废洲呢。修好闸，再加固大堤，这是一件好事，我是支持的。不过，我初来乍到，县上到处都要钱，现在能做到的就是下达修闸文书，派一百名精壮士兵来参加修闸，他们的口粮由县里在赈灾粮中划拨。除此之外，我可没有别的办法了。杨老爷和大家商量一下，觉得能修就着手准备，不能修就等等，我再呈报省上请求支持如何？”田县令说。

“我们枝洲各保都议过多次，只要县上同意修闸，就是一分钱不给，我们枝洲人砸锅卖铁也要把闸修好！”杨琨说。

“那好。这闸由杨老爷领修，功成负责工程上的事情，我也不可能经常到这里来，就让载洲做监理，小事载洲处理，大事向我报告。杨老爷，这事你就多费心了！”说完向杨琨作揖。

杨琨很高兴，多年来就想修闸，就是得不到允许，现在县令亲自来查勘，还说要支持人力，能不高兴吗？他站起来作揖说：“谢县令！杨琨一定尽全力修好石闸。不过有一个请求不知县令是否答应。”

“什么事只管说。”

“马上就要进入冬季，江里水位低，又是农闲，正是修闸的好时机，只要功成的方案拿得出来，我们马上组织人员抓紧施工，加上县上来的一百人，进度慢不了，争取在明年桃花水来之前完工。明年把闸修成了，恭请县令亲自来开闸。”杨琨说。

“好，不但我要来，我还要请方知府来，他交代我无论如何不能将枝洲划为废洲，现在修闸就是不废而立的事情，他能不动驾吗？”田县令说着又想起了一件事，“听说载洲要娶媳妇了，到时候一定要通知我来喝一杯喜酒啊。”

“闸不修好，我不娶媳妇。”载洲说。

“好！闸修好了，杨载洲娶媳妇，我一定来喝杯喜酒。”田县令高兴地说。

刘功成祖辈在流店闸附近居住，他的祖上几代人都是管闸的，枝洲人叫闸佬。这次田县令亲自请刘功成出山修闸，刘功成脸上有光，对田县令说：“我家爷爷当闸佬时，在一次洪水中木闸被冲垮了。当时他就请求复修，到死没有修成。我爹想复修石闸，画了好多图纸，跑了好多地方，最后连木闸都没有修成，到咽气都不闭眼睛。我在枝洲等了几十年，也跑了几十趟，还以为我们这辈子是修不了，离开了枝洲。现在遇到田县令亲自批准修枝洲石闸，为民之德将传之不朽，我作为闸佬后人当仁不让，一定尽全力修好这道民心闸！”田县令一听这话很是受用，便也发出几句“豪言壮语”：“枝洲人处在水深火热之中，难道他们不是大清的子民吗？我受朝廷大恩到这里来主政，难道能够看到百姓受苦，听到百姓哀叫而不顾吗？不管有多难，这石闸一定得修！”

刘功成在闸边生，闸边长，对这里地形十分熟悉，对爷爷和父亲修闸的方案也了然于心。这些年来，他人虽然离开了枝洲，但修闸的梦想如同一团火，在他心中从来就没有熄灭过。无论在哪里，他都在思考枝洲石闸的方案。这次和载洲一起回到枝洲，送走了县令就开始勘测地形，修改图纸，很快就拿出了修闸方案，新修的石闸地址依然选在流店尾。

载洲和刘功成招募了全洲手艺好的石匠，各保甲出一些劳力，田县令调来的兵士也快到了。

杨琨动员枝洲大户捐赠钱粮，购买石料，枝洲所有的船帮都动员起来到夷陵运石料。枝洲百姓听说要修石闸，踊跃报名投工，捐钱捐物。杨琨和大家伙商议决定十月初就动工，用半年时间修好石闸。

开工的时间就要到了，刘功成从工地上回来对载洲说：“载洲，出事了。”

“是缺人缺粮还是少材料？”载洲问。

“都不是。闸址确定下来后，这里有一帮人天天在流店尾闹事，说是修闸占了他们的地，挖了祖宗的堤，堤是枝洲的龙脉，修闸不但不会有好处，还会给枝洲带来灾难，有几个领头的说谁敢在流店尾动土就打死谁。”刘功成说。

“是哪个领的头？”载洲问。

“听说是那个贾道人煽的阴风。”功成说。

“又是这个贾妖。我本来就要找他算账的，这下好了，他自个撞上门来，别个怕他我不怕他。”载洲说。

杨琨掘堤时，贾道人捣乱的真实原因是怕掘堤时大水冲了香积寺。佃户们来了，吃了桌席，拿了钱粮，掘堤放水，喊着口号回家，让这个“假道人”很没有面子，于是又演了一出上县衙告状的闹剧。没曾想到，白县令很快倒了台，贾道人非但没有得到好处，还留下了一个笑柄。

刘功成告诉载洲，新设计的石闸方案涉及的堤外的排水渠道正经过香积寺大门口。闸修好后，香积寺必须得搬走，不然开闸放水时香积寺就会冲垮。

“不能绕过去？”

“不能，一绕工程量就大了，要保证闸室内外落差，这里是最好的。”

“香积寺本来就是个废庙，冲了就冲了，没什么了不起的。走，我们去看看。”载洲和功成来到香积寺。

香积寺其实很小，总共也就十几间房子，一间是前殿，供着神像，是香客们进香的地方。后面是十多间低矮的住房，是贾道人和寺院的人吃住的地方。

载洲和功成来到前殿，只见贾道人身着道服，手里拿着一炷香，面对一个少妇念念有词。

“神降枝洲，我体附之。”后面的话都听不清。

念完之后，贾道人把香插进香炉，对女子说：“你遇到了吊死鬼，吊死鬼要找到替死鬼才能托生，你被找上了。”

“求您救我。”女子说。

“我为你驱鬼，可保你平安。今天我给你画一道符，你明日到流店废闸沟里把我画的符烧成灰，将符灰用沟里水和着喝下去就会好了。”贾道人说。

“那就难为您了，我上香火钱。”少妇说着就掏出带着体温的几文铜钱。

“香火钱好说，不过符不能当着人画，也不能白天画，今晚你到这里来，我给你画符吧。你的运气好，再过几天，流店闸要重修，那条沟里的神水就没有了，你们再也求不到了。”贾道人说。

女人走后，刘功成上前给贾道人招呼：“道长，这位是杨载洲，是田县令派到枝洲督办修闸的，他要与你谈谈。”

“你是？”贾道人瞟了杨载洲一眼。

“我是田县令的代表，请你支持修闸，共同做好造福枝洲百姓的这件大事情。”载洲说。

“你是杨琨的儿子吧，莫拿田县令吓唬我。修闸是造福百姓啊？嘿嘿，只怕是造祸百姓，为你们老杨家谋利吧。”贾道人怪声怪气地说。

“是的，修闸对枝洲百姓有利当然对杨家也有利。这闸是县令定下来的，哪个都休想横场。今天我来只告诉你一句话，如果破坏修闸，天王老子都得坐牢！”载洲说着转身就走。

“我一个道人，任你怎么办吧。”贾道人口里硬，心里却发虚。

“好。我是先礼后兵，你等着吧。”杨载洲出了寺门，功成跟着出了门。

“载洲，你就是把贾道人镇得住，怎么能把那些老百姓说服呢？不把他们说服只怕还会闹事。”功成觉得在这里说几句狠话根本解决不了什么问题，关键是怎么让被贾道人煽动起来的人不再阻拦。

“我已有了办法了，今天晚上就把这个家伙收拾了！”载洲笑着说。

“你把他收拾了？”功成以为载洲要动武了。

“今天晚上我们打‘鬼’去！”载洲笑着说。

夜幕降临的时候，载洲、义生、功成带着几个壮士在香积寺周围埋伏下来。

入夜，少妇在一个老妇人陪同下，打着灯笼来到香积寺。

贾道人装神弄鬼，让一老一少两个女人跪在地上，在昏暗的灯光下又瞎念了一通，对少妇说，你随我来。

少妇跟着贾道人走进偏屋后的一间密室里。大殿和后屋之间的厢房有一偏屋，偏屋后头有一间密室，是贾道人“作法”的地方，不让外人进去。

载洲在偏屋后面的树下躲藏起来，听贾妖搞什么鬼。

“把衣服脱下来，我给你画符。”贾幺子说。

“不行，不行，我不要符了。”女子害怕，一边说一边要开门出去。

“出不去了，这门你打不开的。你不要符了？我要你！不要出声，不然我会把你弄死的。”贾幺子说。

接着就是女子的求饶声。

“打鬼！”载洲一声大叫，把贾幺子吓得一跳。

“什么人？”贾幺子怪声怪气地喊叫。

“打鬼的！”义生带着几个人一起冲进密室，把贾幺子痛打一顿。

贾幺子直喊载洲爷爷饶命。

“老子看你是神还是鬼？是真道人还是假道人？”义生边打边说。

“路爷爷，我是人，不是鬼。我是假道人。”贾幺子抱头往外跑，义生带着人去追。

“让他去吧。”载洲让义生不必追赶了，他怕义生把贾道人打死了，老百姓弄不清原因，事情就复杂了。

贾道人跑了，几个小道士也要跟着跑。

载洲大声对义生说：“哪个要跑，就把他抓到捆起来！”

要跑的几个人闻声就像被下了定身法，不动了。

“香积寺的道士和杂役统统在院子里集合。”载洲说。

不一会，除贵道人外，寺里人都到齐了。

载洲问他们：“这种事不是今天才发生的吧，你们为什么听凭这个假道士害人？”

“我们都是被逼无奈，晓得他是一个见钱眼开见色起心的假道士。”一个姓张的杂役回话。

“受害的女人怎么都不吱声？”

“这事谁能说出去？再不要脸也说不出口嘛。”

“你们晓得贾妖害人，怎么还给他做事？”

张杂役说：“我们都是南边的人。他说跟着他有吃有喝，如果把他的事说出去，他就会用法术弄死我们。您说我们哪个不怕死呢？再说，他管饭管住，每个月还给我们一点钱，我们胆小怕事，宁可得罪亲爹娘，也不敢得罪假道士，他缺不缺德也不关我们的事。”

载洲说：“那行。今天晚上谁也不准离开这里，也不要说贾道人跑了。明天一早香客们来后，张杂役把今天对我说的话对大家说一遍。如果你们谁跑，义生他们的拳头是放不过的。”

人们都晓得义生是个有武艺的人，小道和杂役们都不敢抬头正眼看义生，吓得直打哆嗦。

第二天一早，南北香客陆续来进香求佛，等到人多的时候，载洲对香客们说：“各位香客听着，有件事张杂役给大家说说。”

张杂役一五一十把香积寺贾道人乱七八糟的事都讲了，香客们一听，才晓得贾道人是个王八蛋，一边骂一边散去了。

载洲之所以要这样做，是要让这些人出去传话，也算得上是一种舆论宣传。不然，谁也不知道内情，以讹传讹，贾道人就还会有市场。

“你们也都散了吧，把香积寺腾出来让县里派来的兵士住。你们怕贾道人报复也可以不回去，就在这里帮忙做饭打杂，为修闸出点力。”载洲对几个小道士和杂役说。

贾道人被载洲打跑的消息很快传开了，流店尾再也没有人敢来闹事了，工程很快就动了工。

《东江县志》：邑侯田公奉命来宰枝邑，甫下车即召集合邑绅衿父老征民间疾苦而亲问之，于是洲之士庶里老咸以堤溃闸圮江水为害告公，曰此垫溺者非吾民也乎哉，吾为朝廷宰兹土，抚兹民，忍听其哀鸣嗷嗷乎。爰是命驾循视水涯，相其高下缓急而先后施工焉。

《东江县志·妖异篇》：时年有妖民贾姓者，伪言神降于东江，附在己身，能预以祸福告人。一时烧香祈福者日千百人，贡生载洲率人以杖击之，其人夜遁。众始知为伪。

第五章 白果树

留巷是枝洲最大的集镇，相传南北朝时有一位叫刘凝之的高人在这里居住过。有一天邻居看到刘凝之穿一双半新木屐，说这双木屐是他的。刘凝之说：“这双我穿旧了，给你赔一双新的。”后来那人的木屐找到了，要把刘凝之的木屐还给他。刘凝之说：“我本来就是想送给你的，还给我做什么呢。”

后来，刘凝之一家离开了枝洲，他住过的街巷便叫作留巷，料想是刘凝之走了，他独善其身的仁德和善良永远留在了这里。

留巷庾信台附近有棵白果树，肇枝公来枝洲时就长得很高了。也有人说老白果树在小乐儿死后就死了，现在这棵白果树是肇枝公亲手种下的。这棵树神得很，每逢战乱和灾年，不发芽，不开花，不结果，人们以为白果树死了。天下太平，五谷丰收，这棵树便枝叶茂盛，花果满枝。有人说，战乱和灾年，白果仙子忙于救人于水火之中，顾不上开花结果了。

杨白果是在白果树下生的，她喜欢这棵白果树，每到白果成熟的时候就到树下捡白果。每次去捡白果，义生都会一起去。义生一到树下，看到地上落了一些白果，就提着篮子和白果一起捡。如果不多，义生就三下五除二攀上大树，摇动一根树枝，白果和白果叶便如下雨一般，洒满一地。这时，白果连声喊：“别摇了，地上的都捡不完了，义生哥下来歇歇吧！”

白果叶给大地铺上一层金色地毯，白果捡累了，斜躺在金毯上望着天空发呆。义生在树上往下一看，只见点点阳光从浓密的树叶中穿过，像无数的细光射在白果身上，就像落下了无数的宝石，一闪一闪。义生怕惊扰了白果姑娘，悄悄躺在一根大树枝上，看着白果，眼前出现了幻觉，白果像仙女一样在金毯上翩翩起舞，不禁说出一句“真是好看”来。

“你说什么。”白果发现义生在看她。

“没说什么。”义生说。

“你说我好看么？”

“好看。”义生跳下树来，看见白果手中握着什么。

“你手里拿的什么玩意儿？”义生问白果。

白果摊开手掌，是两颗玛瑙石。

“这东西你还留着？”

“我一直放在身上。”

这两颗玛瑙是义生来寻爹时在玛瑙河捡的。两颗玛瑙都只有豌豆大小，一颗是红色的，里面有白色花纹；另一颗是白色的，里面有红色花纹。后来到丹阳救大伯时，他想如果见到白县令，兴许就回不来了，离开时把玛瑙送给了白果。白果把两颗玛瑙当宝贝，绣了个荷包把两颗玛瑙装上，一直带在身上。义生偷偷看见装玛瑙的荷包，那上面绣的是一对鸳鸯，心里热热的。

白果说：“义生哥，你没想成个家？”

“哪个肯跟我？成什么家。”义生说。

“你看我行不？”白果说。

“你说笑话的。”义生说着。

“我晓得你是怎么想的。你觉得我是没过门的寡妇，嫌弃我不是？”白果生来胆子就不小。

“不是，不是，我是个穷苦人，是大伯收留了我，怎么能胡思乱想啊。好妹妹不要笑我这个苦命的人啊。”义生怯生生地说。

“只要你有心，我不怕爹妈不同意。大不了远走高飞，哪里不是个活。”白果说。

“那不行，万万不可，我不能做忘恩负义的事情，让大伯婶娘伤心。”义生说。

“如果我爹妈同意了你怎么办？”白果问。

“你说呢。我从一进杨家的门，就……”义生没说出口。

“你说出来呀。”白果急了。

“就喜欢你。”义生说。

“这就对了。”白果突然抱住义生亲了一口，提起白果篮子飞也似地跑回去了。

新闸动工后，一切都很顺利，到第二年清明节前就基本完工了。田县令闻信非常高兴，决定将修闸的兵士们就地安置，将枝洲的部分官地分给他们耕种。这些兵士都是吴军投降后收留下来的。至于住处等等一些杂事，都由枝洲各保负责安排好。田县令还专门要求载洲负责把降将一只虎安排好，别让他回县城了。

一只虎姓韦，叫韦阿虎。在打仗时弄瞎了一只眼，成了独眼龙，人们便称他为“一只糊”。是说只有一只眼明，另一只糊了，叫顺口了听起来以为是“一只虎”。韦阿虎听人这么叫并不恼，管他是错是对，反正他觉得自己是“一只虎”，好威风啊。吴军占领了江南后，一只虎任驻扎东江县的副将。因与主将不和，吴军撤退时他没有走，投降了清军。载洲在留巷给韦阿虎找了两间房子，让他带着两个随从住下，县上按月发给生活费。因为修闸出了力，杨琨还资助韦阿虎一点本钱，让他在留巷街上做点小生意。一切安排好后，载洲和功成商量，由功成负责尽快把收尾的事情做好。载洲回城向县令汇报，确定开闸的时间。

常言道，江山易改，本性难移。一只虎在留巷住下后老病复发，成天就是吃喝嫖赌，钱花光了就要两个随从带一帮混混抢百姓的财物，有时还跑到杨琨家里去要，杨琨每次多少都给一点。夫人晓得一只虎的德行，只要听到一只虎来了，就让白果躲起来。有一次白果没来得及躲避，被一只虎瞧见了。一只虎一见到白果，一只眼就直了，腿都挪不动了。他知道杨家有个姑娘叫白果，还没过门女婿就死了。听说人长得标致，但就是没见到过。他心想老子还真没见到过这么美的人儿，要是把她弄到手当老婆多好啊。但他也晓得，老杨家哪里看得上他这个一只糊啊。

一只虎跑杨家更勤了，不只是为了要钱，而是变着法子打白果的主意。白果是多灵动的人啊，一只虎的几根烂肠子她还看不出来？但又不好当面得罪，总是和他周旋。杨琨看在眼里，急在心头，时时嘱咐白果小心一点，不要上他的当。

石闸竣工典礼定在四月初八，载洲的婚礼定在四月初九。四月初七这一天，家里都在忙着办喜事。当天下午，田县令要到枝洲来出席新闸竣工典礼。吃过午饭，杨琨带着人到河码头接田县令去了。义生和四太公张罗着贴对子，挂灯笼。白果和姨妈布置新房。姨妈说新房里还差点小东西，白果说她上街去买，抬脚就一阵风似地飘走了。这时太阳正偏西，白果从街上回来走到白果树下，看到一只虎带人走过来了，便闪在树后面。一只虎和随从不知在哪里喝了酒，醉得歪歪倒倒，两个随从把他扶着，口里还叫着“老子们下力，他妈的杨载洲风光”。一只虎看见了白果，挣开随从的手，径直转到树后面朝白果走过来。

“嘻嘻，白果姑娘。”一只虎说着就抱住了白果，“我是说今天老子有喜呢。”

“你搞什么？放开我！”白果慌了。

“放开你？今天老子就不放开。”一只虎以疯作邪，“我要和你……哈哈。”

“你放开我！”白果叫道，但她挣脱不开。

两个随从大笑：“白寡妇，你就从了吧！我们没看到，闪达！哈哈哈。”说着就佯装往远处走。

“救命啊！”白果大喊。

“老子就不放！”一只虎一只手捂住白果的手，一只手撕扯白果的衣裳。

“住手！”一个人从树后冲过来，三拳两脚把一只虎打在地上。

一只虎抬头一看是义生，吓出一身冷汗，清醒了许多。一只虎虽说叫一只虎，但他胆子大本事不大。随从们想过来帮一只虎，义生把一只虎压在胯下说：“哪个敢上前我就要了他的狗命！”随从一听这话都不敢动了，他们晓得义生有武功，不敢和他交手。

“饶命，义生爷饶命！”一只虎乱叫。

“老子早就想结果你，今天就送你上西天！”说着就捡起一块砖头朝一只虎头上砸去。

“别砸！”白果声音未落，石头已砸到一只虎的头上了，一只虎瘫在地上，血从伤口处流出来。

“义生哥，你怎么来了？”白果哭着问。

义生告诉她，看到白果出门后好大一会还没有回来，就出来接她，听到白果的叫声就跑过来了。

义生知道那两个随从没走远，喊一声：“王八羔子们出来！”

两个随从殃殃出来了。

“把他背到卞先生那里去！”

随从背起一只虎，送到卞先生的药铺里，义生和白果跟在后面。

卞先生一看，还有一口气。

“下手哪这么重呢？”卞先生说。

“他气死人咧，不打死他不中！”义生说。

“不会死吧？”白果问，她怕义生摊上人命官司。

“好在没砸到伤命的位置，死不了。”卞先生说，“你们放心吧，把他丢在我这里，我晓得怎么办。”卞先生晓得杨家要办喜事，新闸要竣工，一只虎这时候既不能死，也不能动。

载洲陪着田县令下船，杨琨上前迎接，请田县令上马。这时，只听见有人跪在地上喊冤：“田县令啊，不好了啊，副将被人打死了！”两个随从知道田县令今天要来枝洲，他们把一只虎送到卞先生那里后，就跑到码头喊冤。

载洲摸不着头脑，对那两个随从说让县令住下来后再说，如果副将真被人打死了会有说法的。

田禹禾听说是一只虎被打死了，怕引起降兵闹事，便对随行的人说：“你们去把打副将的人带到清修寺，把几个当事人都叫来，你们两个也来。”

田县令来到清修寺，月堂住持在那里迎候。田县令坐定后，让人把那两个随从叫进来，随从只说一只虎被人打了，前因后果都没敢说。

“谁打的？”县令问。

“我！”义生站出来。

“你为什么要打他？”

义生把一只虎如何欺负白果的事讲了一遍。

“你讲的当真？”

“不敢有假。”

“传白果。”

白果进来把她上街回来怎么受到一只虎的欺负，义生如何救她的事讲了一遍。

“人死了？”田县令问。

“没有，正在卞先生那里治呢。”白果说。

“把他传来！”田县令说。

“他走不了。”

“抬来！”

留巷的百姓听到这个消息也来了，百姓在清修寺大门前齐刷刷下跪，哭诉一只虎为害乡里的种种劣迹。要求县令严惩恶人，对打一只虎的勇士进行嘉奖。

随从抬着一只虎来到大堂。

“你有话说吗？”田县令问一只虎，一只虎不吱声。

“你们有话说吗？”田县令问一只虎的随从。

“嗯，没有。副将有错，但义生把副将打得半死也不能说没有罪吧。”有个随从憋出一个屁来。

“嗯。”田县令瞟了一眼那个家伙说，“韦阿虎身负官府之任，本当为民造福，却欺负民女，行为不端，本当重处，但念其修闸有功，加上身负重伤，先治伤，后问审。打伤韦阿虎的人，先行关押，等候处理。”

留巷的百姓对田县令的判决十分不满。“这是什么话，黑白不分，是非不明，简直是糊涂官。”有人嚷嚷。

“话不要这么说。”杨琨给大家耐心地解释说，“县令有县令的道理。”说完就请田县令到家里去休息。

田县令来到枝洲，不住庾信台客栈，而是住在杨琨的家里，这对于杨家来说也是一种荣耀。

田县令一到杨宅高台子下，鞭炮齐鸣。田县令下马，在杨琨陪同下拾级而上。这时，杨家老小在门口迎候。

杨家的四知堂里里外外装饰一新，张灯结彩。

“恭喜！恭喜！”田县令满面春风。

“稀客！稀客！”杨琨拱手致礼，“请县令堂屋里上座。”

田县令在杨琨陪同下，穿过厅屋，走过天井，来到堂屋落座。

这时，白果换好衣裳，端着茶盘给县令敬茶。

“你是？”县令问。

“这是我的小女白果。”杨琨说。

“是不是刚才被一只虎欺负的姑娘？”田县令问。

“正是，他是我妹妹。”载洲说。

“你先怎么不对我说？”县令问。

“让县令秉公执法呀。”载洲说。

“打韦阿虎的是什么人哪？”田县令问。

“那是我收养的义子，叫路飞霄。”杨琨答。

县令笑起来：“杨家真是文武双全哪！不要让那个一只糊败了我们的兴，快去让路飞霄回家帮忙吧。”

坐定喝茶，功成先向田县令汇报了修闸的情况。听打贾妖道的事时，田县令哈哈大笑说：“我就哓得载洲是个不怕鬼的家伙，打得好啊！不过，韦阿虎可不是贾道人啊。”

大家看着田县令，一时都不明白。

“韦阿虎是个投降的副将，要处置他还不是一句话的事情吗。可是，他带的一百多降兵都在枝洲，要提防他们在新闸竣工大典上闹事啊。载洲啊，一定得让卞先生负责把一只虎看好，治伤期间任何人不得接近。还要把那两个随从盯紧了，千万不能让他们去四处联络。明天方知府要亲自来的，我们必须保证活动的安全。大典过了，我自会收拾他的。”方知府来参加竣工大典的消息让大家很兴奋，人们似乎也明白了田县令今天为什么要这么判。

第二天一早，杨琨、载洲和功成在田县令带领下，到南河接方知府。方知府和田县令一起参加流店新闸竣工典礼，一切都平安无事。典礼后回到杨家，载洲则带着娶亲的人乘船到县城接雨儿去了。

方知府参加典礼后面带喜色，一坐下就高兴地说：“新闸竣工，万民欢腾，喜气洋洋，世道太平啊。真没想到你们这么短的时间做了这么大的事情，我要向省上给你们请功啊。”

“谢过知府。这功劳是琨公和载洲、功成的，他们筹钱筹粮，为百姓办了大好事。今天你看到了，百姓们还立了碑，只是不应把功记在我身上，他们才是真正的功臣呢。”田县令说。

“琨公为这件事受了委屈。禹禾兄上任就用行动为琨公平了反，修好了枝洲石闸。真不愧是官场楷模啊！”方知府说。

田禹禾说：“谢知府夸奖。”心想什么楷模，在官场只不过是个二百五罢了。

“还有一件难事向您报告。”田禹禾对方知府说。

“什么事，讲来听听。”方知府说。

“昨天我来时枝洲发生了一件事。降将韦阿虎欺压民女，被一义士打伤了。”田县令讲了事情经过和处理的情况。

方知府听说吴军降将作恶，不禁怒气上涌，说：“就地正法！”

“那只怕使不得。还有许多投降兵士都安置在这里，弄不好会闹事的。”田县令说。

“有多少？”

“一百人。”

“行！先不杀，但要严加看管，以观后效。这家伙如果再闹事就不要讲客气了，杀一儆百嘛！翻不了天的。”方知府说，“你这个田县令啊，你向来敢做敢为，怎么被那个什么虎吓倒了。嘉奖那个见义勇为的路飞霄，不然，正气如何伸张？现在乱世刚定，不能让坏人得逞！”

“好，正合我意。知府放心，我会有办法的。”田县令说。

“我替路飞霄谢知府大人，嘉奖就免了。”杨琨说。

吃饭的时候，方知府看到白果，便问杨琨：“令爱还在闺中？”

杨夫人在一旁听到这话，不禁悲从中来。

田县令看出来了，又问：“是不是有什么难处？”

“白果姑娘没有出嫁男人就殁了，正在家中守节呢。”田县令说。

方知府也是喝了几杯酒，一时兴起，说：“那好啊，我们府上正在推选贞女节妇，杨白果算一个，我们报请皇上，在枝洲给白果立一个贞节牌坊。这也是为杨府增添荣耀嘛！”

一听这话，杨琨吓得出了一身冷汗，杨夫人也傻了眼，白果跑进房里伤心落泪。

“好了，今天也不早了，你们都歇息去吧。我还有些事急着办，明早就走了，载洲的婚礼我不能参加，田县令代我喝杯喜酒吧。”方知府说罢起身安歇去了。

第二天一早，杨家人和田县令送走了方知府。

下午，娶亲的队伍吹吹打打下了船，前后只怕有半里路长。花轿到了四知堂台子下面时，土铳连发，鞭炮齐响，唢呐吹得震天响，十里开外都听得见。杨家少爷娶媳妇了，新娘子进门了，还是城里的姑娘呢，大家传来传去，近一点的都跑来看热闹。按规矩，白果是要陪着娘出来接亲的，一时找不到白果的人。杨夫人只好在姨妈的陪同下来接亲。杨琨请田县令上坐，他和夫人坐在另一边。新郎新娘拜过天地，就要拜父母。杨琨说：“慢着，先拜县令，田县令是我们的父母官，是载洲的恩人。”于是司仪大声宣布拜父母官。

田县令让人展开他亲笔手书的大红中堂“双喜临门”，杨琨恭敬地接过来，让人挂在堂屋正中。田县令说：“我为什么要送双喜临门啊，昨天枝洲闸成，洲人平安。今天载洲大婚，杨家兴盛。我代表方知府给你们道喜了！今天我喝了你们的喜酒，明年我可要来吃红蛋了。”吃红蛋也是东江习俗，生了孩子，亲朋好友要来送祝米，吃鸡蛋，鸡蛋壳子都染成了红色，叫红蛋。田县令几句话把大家说得大笑起来，被红盖头盖着的雨儿脸上也飞红，有点不好意思了。

夫妻对拜后，载洲和雨儿入了洞房。

揭了盖头，雨儿的脸还是红彤彤的。枝洲的规矩是新嫂嫂进门时，小姑子要给嫂嫂端一盆洗脸水，嫂嫂给一个红包，叫利市钱。可是白果迟迟没来。

载洲说：“雨儿，没见到白果呢，只怕没人给你打洗脸水了。”

“白果到哪里去了？”雨儿一听这话，连忙问。

“不晓得哩。我昨天出发时她还好好的，还说要我早点把你娶进门，她要给你打洗脸水，还要讨利市呢。”载洲说。

“她没有来呀。”雨儿说，“不行，我们出去应付一下后就回房里来，换件衣服去找妹妹。”

载洲和雨儿出去给田县令和客人们敬酒。敬酒之后，两人回房换了件衣服，和载洲一起从后门溜出去寻找白果。

白果从昨天方知府说了那要给她立牌坊的话，哭了一夜，早上起来，枕巾湿了，眼眶肿了。今天一早，她本来要去接嫂子的，但对着镜子一看，实在不敢见人，一个人躲到白果树下，靠在树上不知不觉睡着了。

在鞭炮和唢呐声中，白果好像看到哥哥和嫂子走进堂屋要拜天地，不知为什么，一会儿又成了她和义生走进堂屋，也要拜天地。

载洲知道白果喜欢在哪里，和雨儿来到白果树下，看到白果坐在树下靠着树干睡着了，口里还在说着什么。雨儿轻轻摇醒白果：“妹妹！”

白果睁开眼，看到哥哥和嫂嫂，抱着雨儿大哭起来。载洲和雨儿不知发生了什么事情。

载洲问：“白果，出了什么事吗？”

白果不哭了，摇摇头说：“没事，我困了，不知怎么来到这里睡着了，没有接嫂子，俩们不要生气啊。”边说边擦眼泪。

雨儿是个机灵人，心里知道一定有什么事情，但现在不是说的时候，就拉着白果说：“家里还有好多客人，我们出来时间长了，爹妈会着急的。”

白果跟着哥嫂回家。

《东江县志》：投诚副将生事扰民，抢夺行劫欺男霸女，人莫敢撄，飞怒以石击之……知府大加称赏。

第六章 福星山

儒学训导魏铉龄到任后不久便开始维修丹阳学堂，载洲回来时，讲堂已修缮一新，讲堂大门牌匾“明伦堂”三个大字是田县令亲笔书写的。阳从纯被聘为丹阳学堂主任教席，同时还聘了几位名师授课。丹阳学堂开课以后，一时学生云集，书声琅琅，丹阳城平添了许多生气。

田县令到任以后，查看了东江县的一些历史资料和老县志，觉得缺漏和错误之处太多，有意编修一本比较规范的县志，苦于没有人手。有一天他和魏训导谈到这件事，铉龄说：“我听说载洲一直在收集关于县志方面的资料，有些还进行了整理。可以先让他负责，组织一个小班子先做起来。”田县令闻之大喜，立即把载洲叫来，说：“听说你对编县志有兴趣，还收集了一些资料啊？”载洲说：“我只是对东江的历史资料有兴趣而已。”县令说：“那行，给你加一个担子。”

“县志应当是县太爷主持编修的大事，我哪能修县志啊？”载洲说。

“不妨事的，我想好了，我主修，魏训导协修，你担任编纂。还需要什么人，可找几位教席、训导、县学廪生和生员做嘛。编纂地点就放在明伦堂。”田县令说。

“那——”载洲支支吾吾。

“我晓得你想说的话，府上来了公文，国子监监生入学考试时间推迟，让你继续在东江县衙当差。”田县令说。

载洲低头不语，心想这件事会不会黄了。

“其实啊你要想明白，莫说举人，就是会试考上了进士也就当个县令，有的还是候任，候一辈子的都有啊。你现在在县里当差，边做边学，加上家里还有一些事情，过一段时间去还好些。”田县令只差说你看我这个进士有什么好啊。

载洲知道县令的意思，说实在话，他还是很想到京城去历练历练的。不过事已至此，也只好这样了。

载洲向县令和训导请示后找了两个帮手，成立一个编写小组，广泛收集资料，采集民间传闻，删除老志书上过于烦琐的内容，增加当今的重要事件和人物故事。进入写作阶段后，每写一部分就送给魏铉龄审阅，最终送田县令定夺。田县令并没有当甩手掌柜，得闲时也常来到明伦堂，翻阅新修县志的文稿，提出一些修改意见。

这一天，田县令来到明伦堂，魏训导高兴地拿出一沓新稿呈到县令面前说："这是载洲新写的东江名人传略，他还给每位名人作了一首诗，请你过目。"

田县令接过书稿，边念边评。

"幼宰清约，旷世所无。身秉机衡，家乏担储。安汉定蜀，边筹庙谟。慎乃俭德，惟怀永图。"这是写蜀汉大臣董和的。

"尚书忠尽，丞相所推。宫中之事，悉以咨之。昔于参署，广益集思。前徽不坠，补阙无遗。"这是写董和之子董允的。

"仲邈忠义，天日可揭。丧元遗恨，城不可得。北门葭萌，金汤业业。昭哉汉臣，千古惟烈。"好一个"金汤业业"，这是写霍峻的。

"庶子献替，古云遗直。不导以喜，而规以德。僖伯阻鱼，长卿荐猎。愧彼洗马，终焉默默。"这是写霍峻之子霍弋的。

田县令拍案称妙："好啊，东江代有名人出，你看董和董允，霍峻霍弋，都是父子啊，真可谓代代出英雄，父子皆豪杰。"

魏训导见田县令高兴，说："当今也有父子啊，杨琨和载洲就是咧。"

田县令哈哈大笑，连说"有道理，有道理"。

载洲知道他们是在鼓励他，有点不好意思。

离开明伦堂时，田县令对魏铉龄说："魏先生啊，载洲这个人才华出众，文笔得史圣司马之神，驰骋纵横于唐宋八家之内，写的传记亦详亦要，他日为国家史馆记事记功记言，不可少其人。他呀，三年不飞，一飞千里，必定不在你我之下。你和从纯公要好好教导才是。”魏训导高兴地说：“好啊，好啊，教导不敢当，但愿他能飞得更高一些吧。”

载洲在一旁听到他们夸赞，便起身说：“感谢长辈们的栽培。”

这时，一个县吏送来夷陵州急件，田县令拆开一看，内容是川江洪水凶猛已过三峡，要求沿线府县迅速组织抗洪。

水火无情，田县令立即和载洲回到县衙，集合各方人员上堤抗洪救灾。这时，滔天洪水已经席卷大量浪渣和死人死畜汹涌而来，一路咆哮，经过丹阳城，直扑枝洲。第二天洪水就把枝洲大堤拉开了十多处口子，新修的石闸轰然崩塌。无数房屋顷刻消失，哭爹喊娘的声音由大到小渐行渐远，直到淹没在涛声中。

杨琨让四太公和家人分别划船，将洪水中的老人孩子转到杨家台子上。杨家台子上顿时挤满了人，白果娘组织家人用大锅煮粥，一盆一盆又一盆端到桌子上。楼上楼下铺好稻草，让吃饱了的老人孩子们休息。

傍晚，天已渐渐黑了，杨琨听说卞先生忙着给人治病，困在药铺里没人接，便让义生划船，他和义生一起去接卞先生。回来时水已到台子边沿，船靠在最后一级石阶上，卞先生招呼杨老爷下船，杨琨歪在舱里没有动。义生连忙去搀扶，喊了几声大伯也没有回音，伸手就要把老爷背下船。“别动，别动，千万不要动啊！”卞先生取出银针，在杨琨头上人中和几个穴位上扎了好几针。杨琨慢慢缓过气来，卞先生让人小心地把他抬回屋里，躺在床上。

杨琨人是缓过来了，但动不了。卞先生对夫人说：“杨老爷的病情很陡很重，耽误不得，马上送到县上去治！”卞先生说。

义生闻声就去把一条大船收拾好，增加了几个划桨的壮汉。杨夫人拿了几床棉被铺在船上，人们把杨琨抬上船。卞先生和白果、义生负责护送，杨夫人和雨儿留在家里。

“风大浪急，你们小心一点，过江到了古城后就雇辆马车，连夜把老爷送到丹阳，让载洲找医生治。一定要把老爷看好啊。”杨夫人流着泪再三叮嘱。

“白果，到后把爹安置在我娘家住，要我爹一定要请最好的医生治啊！”雨儿对远去的船喊。

杨琨躺在从纯家里的床上，要动不得动，想说不能说。载洲请来县里最有名的张郎中和卞先生一起给杨琨治病。张郎中把脉后说，杨老爷的病是急火攻心，因忧思和劳累过度引起阴阳失调、脏腑气偏、气血错乱所致。刮痧是张郎中的当家本事，立即给杨琨刮痧、开方取药。

田县令听说杨琨为救灾民病倒了送到丹阳治疗，立即带着马神父到阳先生家里来看望。马神父会西医，他一看就知道杨琨是中风了，马上给杨琨打了一针，让他服了西药，中药西药一起起作用，没几天杨琨的手脚稍稍灵活了一些，眼睛也可以睁开了。田县令闻信再来探望。

杨琨一见到田县令，就要载洲扶他坐起来。站在一旁的马神父说千万不要动，不要动。

杨琨老泪纵横，断断续续地说："田县令，这下枝洲完了。"

"琨公放心养病，我们一定会救枝洲的。"田县令说。

"没想到啊，我们费了这么大的劲修的石闸被冲垮了。"杨琨越说越伤心。

"我听说了，石闸只是闸门崩了，水退后再修还是有用的。"田县令已听到义生讲了。义生说洪水只是把闸门冲垮了，可以维修。

"我晓得这次病很重，只怕是顶不过去了。求田县令一件事情，无论如何县上要帮枝洲把大堤修好，只修闸不修堤，闸也不管事啊。修闸修堤，才能保护枝洲和枝洲百姓。"杨琨说着想起身来给田县令行礼。但是，他动弹不得。

"琨公不要动，这次不仅要修复石闸，还要修堤。"田县令说。

加固枝洲的大堤，田县令早就有这个想法，多次向上峰报告过，但苦于枝洲大堤是民堤民垸，不能纳入岁修计划，所以他在答应杨琨的请求时心里并没有底。

"哎，我晓得您也有难处。"杨琨说。

听到杨琨这话，田县令把心一横说："琨公放心，只要我当县令，上面不给钱，我愿带头捐俸，上下一心，一定把枝洲大堤修好，让百姓能过上安稳日子。"

杨琨泪水直流，说："这样，我死也闭眼了。"

说着又招呼载洲说："载洲啊，一定要修好大堤，把闸门安好啊。"

载洲说："爹您放心养病，我们还要等您好后带着我们修堤。"

"只怕等不到了。大堤修好了，闸门安好了，给我烧张纸点炷香，让我晓得就行了。"杨琨说。

杨老爷没能逃脱厄运，病情恶化，撒手归天。田县令安排在明伦堂设置灵堂祭奠杨老先生。那时候人死后是不能放在别人家里的，但从纯一再坚持，棺木必须停在他家里。他说，我的家就是杨老爷家，谁也不能把杨老爷放在别处。

田县令听说后很受感动，但他提议，杨琨为救灾民而死，洪水过后，县里要进行公祭，还是在明伦堂设置灵堂较为妥当，以便人们进行吊唁。从纯只好依了。

雨一直下着，明伦堂吊唁活动持续了七天。丹阳天气闷热，杨老爷的遗体在棺内放的时间不能太长，从纯与载洲娘商量："老爷归天，入土为安。现在把老爷送回枝洲，一挖一坑水，不好下葬。我意在福星山上看一块地临时安葬，然后择时迁回枝洲如何？"

杨夫人说："就依亲家，载洲和雨儿、白果都在县城，我们一起送他爹上山，以后再把他请回枝洲吧。"

出殡那天，县学里外都站满来为杨老爷送行的人。田县令亲致祭文。祭文念毕，鞭炮齐鸣，哭声震天，十六条大汉抬重，载洲、义生、白果、雨儿披麻戴孝，几班锣鼓家什送行。沿路都是杨家宗族和亲朋好友的祭棚，烧香烧纸，送杨老爷最后一程。送葬队伍到达白水桥时，两边跪着几百人，哭声动天，载洲连忙去施礼致谢，一看才晓得是从枝洲和陈家垸子专程赶来为杨老爷送行的乡亲们。

"各位父老乡亲，叔子伯爹，兄弟姐妹，现在家家户户都淹水了，窝都没了，还奔到这里来送我爹，谢谢了！谢谢了！"杨载洲跪在地上边喊边哭。

卞先生拉起载洲说："载洲啊，看这些可怜的乡亲们的份上，你尽了孝道可还得回去治水啊！"

载洲站起来，大声吼道："叔子伯爹，兄弟姐妹，父老乡亲，我爹没有走远，我的话他一定听得到。我对天发誓：继承父亲遗志，和乡亲们修好枝洲大堤，重建石闸。天地可鉴，不把枝洲大堤修好，决不离开枝洲！”

轰隆隆一声巨响，福星山上挂起一道彩虹。

半月之后，洪水终于退去了。

田县令、魏训导和载洲一起商议枝洲赈灾和修堤的事。

“我有一个请求，请田县令考虑是否可行？”载洲说。

“你讲。”田县令说。

“我想回枝洲去组织洲民修堤。现在洪水已退，洪水在一些高地和未倒的房屋上留有痕迹，我们可以按照这个印记确定大堤高度。一方面先把冲破的堤口补起来，再按这个高度把堤加高加厚，同时维修好石闸。现在，洲民刚刚经过灾荒，田地不能种，家中无粮，县里要给灾民发放赈灾粮，凡是领赈灾粮的家庭中能上堤的都要参加修堤。只要县上支持，有人领头，一定会把堤修好的。”载洲说。

“好是好，只是钱粮不够。县里赈灾粮可以给枝洲一些，但也不够。枝洲大堤一直是民筑民修，今年省上已经同意将枝洲大堤列入沿江堤防岁修计划，但名列最后，岁修银两还未落实。此事我已向知府报告多次，水患后我们又呈了报告，知府同意酌情支持。”田县令说。

魏训导问：“枝洲受灾最重，如何不列入沿江堤防重点进行岁修？”

“前明龚春台和本家先祖杨肇枝领修大堤，有段时间曾纳入官堤，后又改为民堤。”载洲把给田县令讲过的话又说了一遍。

“枝洲这么多的地，这么多的人，官府只纳粮不修堤，这是哪里的规章啊？怪不得枝洲百姓要求改枝洲为废洲呢。”魏训导愤愤不平。

“可不能这么说啊，改为废洲是不行的。”田县令说，“现在方知府呈请省府同意将枝洲大堤列为官堤，哪怕是最后一个，也算是列入了。虽然列入官堤，但真正要能得到修堤钱粮，还得很长时间。即便拿到了也是杯水车薪，不可能很多。我想过了，如果下决心修筑枝洲堤防，还得用当年肇枝公、春台公的办法，动员民众有钱出钱有力出力。除枝洲百姓外，县里的官员都要尽力支持，我带头捐出一年的俸银。钱不多，是个心意。”

“不行，你的俸银不多，还得养家糊口，万万不可捐。”载洲说。

“我不捐谁捐？你难道忘了枝洲‘三公堤’么？”田县令说。

田县令说的是明万历年间的事情，当时枝洲垴上一遇大水就破堤，民不聊生，知府胡一鸿、知县赵善鸣和县推官胡志伟三人捐出俸银二百二十二两，在垴上修建起一道防洪横堤，这道堤大大提高了枝洲的防洪能力。枝洲百姓把这道横堤称之为“三公堤”。

“明代知府知县能修‘三公堤’，我们为什么不能再修一道‘百公堤’？让县里的官吏，枝洲的大户，凡是能出钱的都来帮衬，修一道‘百公堤’如何？”田县令说。

“我带头响应，除捐赠我的俸银外，我愿以家父名义，捐赠全部家产支持修堤。”载洲说。

“我出不了大力，捐俸银也把我算上。”魏训导也表示认捐。

“大家都赞成修堤，载洲和功成就到枝洲去准备，尽量早点动工，先堵口复堤修好石闸门，然后每年进行加固，争取用三年时间把枝洲大堤修好。”田县令说着又看着载洲说，“你先干一段时间，一旦有通知上国子监，我马上安排人来，你得按时进京。”

“我正想对您说这事，那天送我爹上山时我就立了誓，枝洲大堤一天不修好，我一天不离开！”载洲说。

田县令拍拍载洲肩膀说：“好啊，好啊！载洲，载洲，载起一洲，这副重担我就压在你肩膀上了。杨老爷在天有灵，得知你的决定一定会含笑九泉，保佑我们尽快实现枝洲修堤复闸大业！”

《张杨家谱·琨公碑文》：公性仁孝，奉养太母，不求入仕，秉礼自治，好善乐施，捐金修闸，济粮赈贫，独建庚台山清修寺后殿。其盛德高风，为时所推仰。是年大水，公驾舟救人，过劳成疾，卒于丹阳。临终不忘治水，其情感天动地。迫于水患，寄殡于丹阳福星山。山峨峨，水悠悠，与日月长，与天地寿，百千万亿，永昌尔后。

第七章　九总会

清代东江县县以下建制为“总”，“总”的职能与乡相似，不过是叫法不同而已。同时期全国很多地方县以下都是设乡，唯有东江和临近几个县设“总”。枝洲共有九个“总”，一个总辖几个保，“总”的头领由各保保长推举，或是轮流担任。杨载洲受田县令委托，召开枝洲堵口复堤会商会。参加会商的有全洲九总头领和三十六保保长。会商会在杨家祠堂举行，主要内容是修复石闸和大堤，九总头领和各保保长听说县上同意支持枝洲修堤复闸，县令还亲自捐款，个个都像打了鸡血一样来了精神。

“还有一个更大的好消息，田县令说省里已同意将修复枝洲堤闸列入全省堤防岁修名单。”载洲的话又引来一阵欢呼：“好啊，好啊，等了几辈人的事了，总算是有个盼头了。”

“是啊，有个盼头了，现在我们要先动手，不能等啊！”载洲说，“田县令为了支持枝洲修闸，派我和功成来协助大家。”

“好，好，我们拥护！”那时乡下人不晓得鼓掌，只会大声喝彩，表示态度。正如看戏，看到精彩处就大叫“好好好”，有钱的还向台上打赏钱。不过今天只喊好不打钱，因为不是唱戏。

“载洲为了修好枝洲大堤，国子监都不去上了啊！”功成说。

“那哪行呢？你带着我们干一段时间，通知来了还是要去，这是大事呢。”大家说。

“再大的事也没得修堤复闸的事大，修堤复闸是天大的事，大堤一天不完成我一天不进京城。”载洲说。

“好啊，好，有你这话，我们也表个态，只要是修堤复闸需要的，我们拼命干，哪个有二心是个王八蛋！”庚信总头领姚容说话有点粗，但做事很细致，在所有的保长中很有影响力和威望，今天也是心急了，赌咒发誓。凤口总头领常琼士、凤凰总头领胡勤和其他各总头领都表了态。

“那我们推选修堤总领、副总领吧。”载洲说。

众人一致推载洲为总领，刘功成为副总领，负责工程设计和施工，姚容、常琼士、胡勤等各总头领分别为各段分总领，负责各段施工及各项事务。功成提出，枝洲堤长百里，现在是千疮百孔，一旦动工，事无巨细，要保证施工正常进行，各段还需要增加工程督导，总部也要设一名总督导。总督导要带领各段督导督促各家各户钱粮劳力到位，督导工程按计划进行。总之，要负责督促解决一切需要解决的问题。总督导是个最难的差事，不只是要吃苦耐劳，还要不怕得罪人，大家想想谁能出任这个总督导人选呢?

是啊，这可是重要岗位，谁能担任呢?

正在为难之时，路飞霄站了出来向大家拱手说：“各位大人，叔子伯爹们，我义生从河南来到枝洲寻父，是大伯将我收留。现在，我大伯死于水灾，他老人家最大的愿望就是修好枝洲大堤。我义生没有大本事，只要能修好大堤，当牛做马我认了，吃苦耐劳我不怕。总督导这件事我愿意承担。载洲哥哥说一天不修好大堤，一天不进京城。我也发个誓，从今天开始，枝洲堤闸不修好我不剃头、不洗澡、不回家。堤不成，闸不复，死不瞑目！”

“同意！同意路飞霄出任总督导！”路飞霄的话引起一片喝彩声。参会人员端起酒杯，齐声高喊：“堤不成，闸不复，死不瞑目！”一饮而尽。

接着，功成宣布枝洲修堤复闸方案。第一阶段用一年时间修复溃口，将现有大堤连成一体，修复石闸，确保明年桃花水前完工。第二阶段是用两年时间，对全部大堤进行一次整体加高培厚，有些段面还要改道，形成超过最高涨水线一尺的大堤。

枝洲大堤复修总部设在杨家祠堂，载洲说这里暂时作为九总议事之所，就叫“九总会”吧。大家一致赞成。当天晚上义生在祠堂里转来转去，一个个房间派上用场，夜深了也没有回去，躺在偏屋的草堆上迷迷糊糊睡着了。这时听见有人敲门，义生开门一看，是白果提着篮子送饭来了。

“今天就不回去哒，饭都热了几次，等不回来我就送过来了。”白果说。

“劳烦了，劳烦了，我真不懂事，心想今天要回去拿铺盖来呢。”义生说。

“你真不回家了？”白果一边问，一边把篮子里的饭菜拿出来摆在一块木板子上，还有一壶酒。

“吃吧，吃了好好给我讲讲。我哥给我说了，说你修不好堤不剃头、不洗澡、不回家，是不是有这事啊？”白果给义生倒了一杯酒递过去。

“是有这事。”义生喝下一杯酒说。

“不回家，你没家是不是？”

“是，也不是。”

“你是为了报我爹的恩是吧，如果我爹在世会抽你的耳巴子的。”白果说。

“我是为了报恩，也不只是报恩。哥哥连国子监都不去了，你说我不打头阵对得起谁啊？你不会不依吧。”义生说。

“怎么连家也不回了？”白果给义生又倒了一杯酒。

“这里要人守啊，开工后好多事情，你说我哪里有时间回家呢？好在你和雨儿嫂子都能照顾好娘，四太公身体也还好，哥哥住在家里，有事我就去找他，或者要他到这里来。你看这样行吗？”义生干了第二杯酒。

“行是行，你回不了家，我给你送饭就是了，你修堤我不会拦你。你是哪根筋扭到了，赌咒发誓做什么嘛，什么死不瞑目，你好伤人的心呐！”白果擦一把泪，又给义生倒了一杯酒。

“白果妹妹，我不是个实心苕，你的心思我晓得，我的心思你也晓得。方知府那天说要给你立牌坊，我听到后和你一样，像下油锅一样难受。我想了好长时间，总觉得什么时候都不能给老杨家抹黑。”义生是个直爽人，加上喝了两杯酒把心里话端出来了。

白果扶着义生的肩膀，号啕大哭。

“义生哥你好糊涂啊。白果这一生，除了爹和哥外，心中只有你一个男人。这你不会不晓得吧。亮框子是个好人，但不是我的男人。不说他去了，就是不去，我也不会嫁的。我要等你呢。没想到你心里根本没有我。”白果哭一声，说一句。

“不是我心中没有你。现在官府要给你立牌坊，我想过了，宁可出家当和尚，也不能让人说你的闲话，败坏杨家的门风。”义生说着把第三杯酒喝了。

“义生哥，今天只有你和我两个人。”说着就把壶酒提起来，“这壶酒今天我们两个喝下去，你说堤不修好不回家，我支持你。但你给我一句话，堤修好了你娶不娶我？”白果说着就拿起酒壶，一人倒了一大碗，她拿起一只碗就咕咕地往嘴里倒。

义生抢过酒碗，酒都洒到了地上，酒香一下子把偏屋填满了。

白果生气了，一边哭一边捶着义生的背：“你这个没良心的东西，你不答应我，我死也不放过你。”说着就跑出门，义生跟着赶出来。白果在月光下边跑边哭，被竹林柏树下的一块石头绊倒了，重重地跌在地上。义生连忙去扶白果，只见白果脚下那块石头发出淡淡的紫光。

“这是什么？”义生说。义生弯腰扶白果，白果坐在地上还没有完全起身，两个人的眼光一起聚焦在放光的石头上。

借着月光仔细一看，那是一块被大水冲出来的石头。在如水的月光下，竹柏影子像水中的水草一样在晃动，石头紫光闪闪就像一条游动的金鱼。

“我去拿锹挖出来看看。”义生说着就进屋去取了一把铁锹，两人把石头挖出来，原来是一块宽不过一尺，高不过两尺的石碑。义生和白果把刚才的事忘得一干二净，两人把石头抬进屋里，白果打一盆水来，把石碑冲洗干净，辨认出石碑上的字：

仓前杨氏本姓张，元末姑苏来此乡。

或蒙天鉴子孙见，自当含笑九四郎。

义生和白果看不懂。

“你回去后告诉哥哥，让他来看看。”义生对白果说。

“你今天不回去了？睡在哪里啊？”

“还有好多事呢，只怕睡不成了。”

“不行，你得送我回去。明天一起来，以后听你的。”白果说。

“好，我送你回去。”两人走着，白果又想起刚才的事情来，对义生说：“义生哥，我可跟说好了，你督导修堤，我负责送饭，堤修好了，我们办自己的事情。不许你再有什么花花肠子，什么门风不门风的，到时候我给娘和哥说，我不要那个鬼牌坊，就要你的人。你记住，我杨白果可就盯到你了！”一席话把义生说得热血上涌，恨不得抱起白果，把她吞到肚子里去，但他不敢，只是傻乎乎地走着，笑不敢笑，哭不能哭。白果心里想：“该死的月亮也不晓得避一下，让这个苕货抱抱我。”

第二天一清早，载洲、义生和白果就来到祠堂，载洲仔细看了那方石碑，是一块像琥珀一样的玉石，石碑一面刻着诗，另一面还刻有小字：

杨氏肇枝，本姓张，乳名伏七，姑苏人，先是大元失政，中原逐鹿。祖公张士诚，据苏杭二州，称吴王，国号大周，与陈朱三人并争。洪武得帝，祖公士诚，虞遭剪除，奶公携伏七藏匿枝土，至善公收为东床，不啻亲生，更名肇枝。一时难以明著，则铭石遗后庶，几可垂久远。

“这可是一件宝物啊，祖宗留下来的。现在这通碑在修复大堤的时候出现，是大吉兆。”载洲高兴地拍拍义生的肩膀说，“义生为老杨家又立了一个大功，堤修好后我们要重谢哩。”

“哥，你还是没把义生哥当家里人。”白果不高兴了。

“好好，义生是我的好兄弟！”载洲的话把大家都逗乐了。

载洲让义生把玉碑好生保管，暂不示人。他知道其中有一个事关家族根脉的大事，还没弄明白不便对义生和妹妹说，打算把堤上的事情安排好后，抽时间去请月堂住持来看看。

月堂得知载洲和义生领修堤闸后也很高兴，他天天打坐念佛，为枝洲祈福，在心里和杨琨说说话，告诉他这一切。一天，月堂正在荷叶殿打坐，忽然听到一个声音：“月堂住持别来无恙？”

这分明是杨琨杨老爷的声音。

“杨老爷。”月堂连忙起身。月堂心想，杨老爷分明已经归天，如何今日来到莲花殿？

杨琨笑笑没有答话，轻步走到右边一尊铜佛前，拍拍铜佛左股，一只獐子从铜佛后跳出来，冲到月堂面前。

月堂大惊，原是一场梦。

月堂轻揉双眼，起身来到右边铜佛前，他知道这尊佛是杨琨的母亲曹老太的功德钱铸造的，铸造时在左股下用阳文镌刻一行文字，月堂记得是“故文林郎京卫经历杨仁宇之妻曹氏”。月堂借着烛光再看，在“杨”字前面多了一个“张”字。这个张字是何时加上去的，月堂不知道。梦中有“獐”出于佛，月堂心想这个“张”字定有玄机，但一时也悟不透。

正在疑惑时载洲来了，载洲给月堂施礼问安说：“最近实在事情太多了，没有来看您，心里一直挂念着呢。”

“我知道，你们干得好啊。你爹盼望的事情你和义生带领大伙干起来，一个要辞学，一个要‘三不’，这是发上等愿，立千秋业，是大功德啊。阿弥陀佛，老僧天天给你们念经祈福，只望此等大事早日如愿。枝洲平安，万世太平。”月堂说，“你来得正好，我刚才做了一个梦，梦见令尊了。”接着把刚才的梦讲给载洲听。

“张字是老夫人加的，还是杨老爷加的，现在也弄不清楚了。我知道杨家有儿子杨姑娘杨，但都是姓杨。为什么要加张字，我也不是太明白，不知他们对你讲过没有。”月堂问。

“没有。过去只听说有一些传闻，最近还真有件事与这个张字有关，我早就想来讲给您听，一直没时间，今天下雨得空，我就跑过来了。”载洲把义生和白果在祠堂发现石碑的事讲了一遍。

“看看去！”月堂和载洲径直来到杨家祠堂，月堂把那块石碑看了又看。

“这种玉石只有荆山一带才有，不是琥珀，但有琥珀的光亮，不是玉，但有玉的质感。这种石头俗称琥石，是类琥类玉的石头，是很少见的。”月堂边说边读文字，越看越激动：“琥石再珍贵，也没有上面记载的史实珍贵啊。有了这方琥石碑，就说明你们是张士诚张王之后。琥石惊现，铜佛跃獐（张），一切皆是天意啊。枝洲杨家有儿子杨、姑娘杨之说，人人皆知。但是，姑娘杨的来历从来没有人提及过，你父亲给我托梦是希望你们要记住自己的祖先。如果琨公在世，他能亲眼看到这方琥碑多好啊。”

“是啊。大堤修好后，我们在祠堂里加立张杨始祖牌位，张杨并祀。”载洲说。

“甚好甚好。”月堂说，“这些吉兆，是修堤复闸的天象啊。天时地利人和，你们就大胆地去干吧。”

载洲请月堂在祠堂后厅喝茶。月堂坐定问载洲：“你真不去国子监了？”

“不是不去，是不修好堤不去。”载洲说。

“你爹其实不太想让你去求功名，是我劝他让你去考的。你现在不去是对的，我还听说毓真带话来了，曹学政说你如果不去国子监，三年后也可以直接参加会试，这件事他能办到。有这事不？”月堂问。

“事是有，但是变化也多，到时候曹学政在哪里也不晓得啊。不作指望了，万一不行，我还是在三年后参加乡试，中了就参加会试。那样可能还名正言顺一些。再说，就是考不上也无所谓，我现在最关心的就是修好枝洲大堤。”

“善哉！善哉！有什么事情我能帮上忙的就找我，要像你的老子那样哟。”

载洲送走月堂法师回到家里，雨儿端来饭菜，看着载洲狼吞虎咽地吃。

“你呀，只顾忙这忙那，饭都顾不上按时吃。”雨儿心疼地说。

“这年头，有口吃的就行。还不晓得义生在堤上有饭吃没有呢。”载洲扒一口饭说。

“你不用操心，每天妹妹都要去送饭的。义生不让送，白果不理他这一套，硬是天天送，义生走到哪里她就送到哪里，有时一天走几十里路找义生啊。”雨儿说。“那就好。”载洲回应道。

载洲说着好像又想起什么，问：“白果最近心情如何？”

“不是很好，不大讲话，说话也是有一句无一句，心思重呢。”雨儿说。

“也难怪她，陈家公子没了，本来再找个人家没什么大事，可偏偏方知府又说什么立牌坊，那不是把白果推到火坑里去了吗？老杨家是老门老户，妈又是个极讲脸面的人，让人为难呢。”载洲说。

“你是真看不出来还是装作不知道？白果这妮子的心在义生身上呢。”雨儿边收拾碗筷边说。

“我不是看不出来，是怕出事呢。那天义生在祠堂立誓后，白果就变了一个人，看到我都不正面望一眼，她是在怪我呢。我不是说义生配不上白果，是担心方知府真的给白果立了牌坊，那该怎么办啊？”载洲说。

雨儿是个不怕事的人。对载洲说：“好大个事嘛，你到县里去一趟，当面给田县令说把牌坊辞掉，我们不要那个狗屁的玩意儿。”

“这是什么话，怎么能说得出口？”

“怎么说不出口，先是千恩万谢，再是磕头作揖，然后请罪。我们不要那个花架子，料想县令也不会责怪。”雨儿说。

“老娘那里怎么说？”载洲说。

“这个你不用管，我去说，天大的事没有女儿的终身大事大，妈是明了人，不会阻拦的。”雨儿说。

小两口正说着话，四太公在外面喊：“载洲，田县令派人送信来哒。”

载洲连忙到客厅把信打开。一看傻了眼。

这信是田县令亲自写的，先是问了筑堤情况，然后说皇上恩准在枝洲为杨白果建一座贞女牌坊，款项由省里拨。

“修堤的银子没得，修牌坊的银子倒有了。”载洲说，“这可怎么办啊。”

载洲和雨儿正在为难，白果回来了。

“你们在说什么？”白果问。

雨儿不答。

“你们在说什么？”白果问哥哥。

哥哥也不答。

“肯定在说我的坏话。我不怕。我不是寡妇，你们是不是听到那些混账东西的嚼舌根子了？”白果最烦别人议论她和义生的事，一说话就伤人。

“不是的，白果你误会了。我和你哥哥是在说你和义生的事，今天县令送来信，说皇上要给你立牌坊。我们怕你听到了伤心，才不好对你说的。”雨儿拉着白果的手说。

“我不要那个花架子，有银子先用到堤上去。哪个要追查叫他们找我。”白果流泪了。

“白果不着急，我们想想办法。”雨儿说。

“拖！拖到大堤修好后再说。”载洲说。

“只是拖也不行，还要拖得掉，拖得脱。”雨儿说，“你立马到县衙去谢恩。说杨家感谢皇上大恩大德，但大堤尚未修好，小妹愿将修牌坊的钱捐出来修堤。不再立牌坊。”

“这个主意好。”载洲很高兴。

“我不管你们有什么主意，大不了一死。我跟你们说，要他们不要逼我，谁逼我，我就生个娃子给他们看看，看他们还立不立牌坊。”白果使横，载洲和雨儿都害怕了。

“使不得的，妹子。我和你哥不会把你往火坑里推。”雨儿把白果拉到房里，私下说些悄悄话，让白果宽心一些。“不过，这事你先不要跟义生说，让他一心修堤，等过了这段时间，我们自会想到好主意。”

“嗯。我是说气话，嫂子放心，白果晓得哪门做人。”白果依在雨儿身上说。

“好咧，早早休息，明天再送饭去！”雨儿笑着说，把白果送出门，又进了婆婆的门。

载洲娘一见到雨儿就高兴，拉到媳妇坐在身边，问：“什么时候让我抱孙子啊？”

雨儿脸红了，说：“妈呀，您还愁没有孙子吗，他在路上跑呢，边跑边喊婆婆。”

“我的乖乖儿会说话，不让我孙子跑哒倒。”载洲娘笑着说。枝洲人说摔倒是哒倒。

“好，好。”雨儿说着便把话转到白果的身上，“妹妹的心思很重呢。”

“我晓得。”娘脸上的皱纹都在抖动，她一提到白果的心事就像有蜈蚣在心里爬一样。

“妹妹对义生有意思呢。”雨儿说。

“我晓得。义生是个好娃子啊。可是皇上要给白果立贞女牌坊怎么办呢？真是愁死人了。”载洲娘眼泪顺着皱纹往下流。

“是我不好，又让您老人家伤心了。”雨儿说，“不过，我想如果让载洲到县上和府上去辞掉这个牌坊，您不会生气吧。”

“辞得了吗？”娘说。

“就说白果要求把这钱捐出来修堤。拖一段时间也好嘛。”雨儿说。

“行咧，只要能过了这一关就好，我是怕人戳背脊骨哩。”娘说。戳背脊骨就是背地说闲话。

雨儿一听这话放心了。

“义生是个好娃子，如果能成了亲，就留在家里，能给你们做个伴，我死也闭眼了。说句你不见外的话，如果那样，你该不怕他们分家当吧。”娘说。

“哪里的话呢，我高兴还来不及呢。再说，我们家里就差义生这样的男人，载洲在县里当差，以后还说不准在哪里呢，家里有义生多好啊，我们放心。”雨儿说。

雨儿把娘的话告诉了载洲，载洲很高兴，他就怕娘不同意白果和义生好，现在娘同意了，载洲决定到县城去一趟。

载洲给田县令汇报了工程情况，田县令很满意。只是钱的事情省上还没得消息，田县令晓得载洲他们很困难，对载洲说：“这次修堤复闸什么都差，又是灾年，老百姓连饭都吃不饱，哪有力气修堤啊。但是，如果不修，这苦难哪有一个头啊。我们咬咬牙，挺过当前这一关。”载洲说今年实在是难，今年枝洲百姓把钱粮都抖落空了，过年都成问题，弄不好又会有人出去逃荒，人一出去，修堤就会半途而废。“我还是打算找大户们想办法，万一不行，动员大户到江南江北亲戚朋友家里借粮，借了明年我们还。今年的麦子长得好，只要明年春上能开闸放水，麦田不内渍就一定有个好收成。下年的棉花和稻子一收就有办法了。”载洲的话让县令悬着心稍稍放下一些。

“我还有一件事要请求您关照。”载洲说。

“什么关照不关照，你有事快说，只要我办得到的，一定办到。”县令说。

“受皇上大恩要给我家小妹立牌坊，我小妹说了，牌坊不立了，把这钱用来修闸。请大人呈报，请求恩准。”载洲说。

田县令一听就晓得是怎么回事情。他一挥手说：“这是好事，暂时不修牌坊修石闸，我亲自给方知府去讲，让他们去往上送吧。”

第二年桃花水到来之前，闸修好了，溃口堤也全部堵上了。堤虽然不牢靠，但比原来强多了。这一年天也帮忙，河里没有涨大水，洲内积水通过石闸及时排出。枝洲只要不淹水，是个插根筷子就能发芽丢颗石子都能结果的地方。日晴夜雨，陈谷烂米，真是个多年不遇的好年景。春粮大丰收，秋粮和棉花又是大丰收。

枝洲重生了，老杨家也添喜了。秋天，雨儿生了个胖小子，全家人乐得脚不沾地，忙着给娃子“洗九”。“洗九”是枝洲的习俗。孩子出生第三天叫洗三，是婆婆（枝洲人管奶奶叫婆婆）给孩子洗。孩子出生第九天则由家家（枝洲人管外婆叫家家）来洗，称之为洗九。洗九也不一定是第九天，但一定要选一个吉日。这一天，家公、家家、舅父、舅母、姨父、姨母都要来“送祝米”。亲朋好友当然都要登门祝贺，这是孩子出生后第一次最重要的庆典。

九月初九这一天，杨家张灯结彩，堂前贴着田禹禾亲自书写派人送来的大红对联。上联是“姑苏肇祀渊源远”，下联是“枝洲开基世泽长”。田禹禾也知道了枝洲张杨家族的来历，作了这副对联送给杨家。后来，这副对联成为张杨家族的族联。

快到中午，从纯夫妇在留巷码头下船后，上了杨家来接的椅兜子。后面是一班锣鼓家什，紧随是四个双人抬的亮盒。亮盒漆得红亮，三层木盒镶嵌着玻璃，中间一根木杠供两人抬。第一抬是富贵有余。盒底层装糯米两斗，中层油条二百根，上层装的绸缎衣料，盒顶用红绳子拴两只母鸡，外面用红纸贴封。第二抬是长命百岁。盒底装精面二十把，中层装喜饼二百个，上层装着金银项链、长命锁，盒顶是两支特大的猪蹄膀，也用红绳子拴着。第三抬是金玉满堂。盒底装糯米酒二十瓶，中层装鸡蛋二百个，上层装着小孩的四季衣裳、鞋帽和拨浪鼓、布娃娃等玩具。盒顶用红绳子挂着一对大鲤鱼。第四抬是双喜临门。盒底装的是莲米、薏米各十斤，中层装的是红糖二十封，上层装的是文房四宝，镶银算盘和装裱精致的从纯先生亲自撰写的贺词。盒顶挂着松柏二支，也用红绳子绑着。意思是祝福杨家像松柏一样长久不衰，也期望杨家清白家风世代永传。

从纯和夫人坐上椅兜子，椅兜子是两人抬的一种简易轿子，两根长竹杠子中间绑着一把太师椅。在枝洲，家公、家家来给孩子洗九都得坐椅兜子，坐在椅兜子上一路上的人都能看见，很风光。这也表示婆家对娘家人的尊重，但坐惯了轿子的从纯夫妇来坐这种椅兜子还真是不太习惯。椅兜子一直抬到大门口，抬椅兜子的都是老手，他们能够平稳地把客人抬到高台子上。椅兜子前面抬的人踏上第一步江踏子，台子上就大号吹起，鞭炮齐鸣，迎接娘家来客。载洲娘和载洲把客人迎进门。雨儿娘迫不及待地抱起外孙子亲了又亲，对亲家说：“这孙子归我了，满月了我就把他带到丹阳去，您要他们再生一个。”

载洲妈不让了：“亲家说哪里话，再生一个算是您的，这小子你别想呢。孩子还等着家家起名字呢。”

“就叫杨阳，把两家的姓都带上。”雨儿妈说。

“这好这好，不过木易杨可得放在前头啊。”载洲妈哈哈一笑说。

雨儿妈一听乐了：“在枝洲木易杨在前，在丹阳太阳的阳就在前头。”雨儿妈还精灵些。

两亲家打嘴仗，心里不知有多甜。“说是这么说，我们起的都是个小名，大名还要家公起呢。”载洲妈说。

其实从纯先生早已起好了。他让载洲从第四抬中把他的贺词卷轴取出来，展开一看，大红布上绣着一个金色大字——“骦”。

我外孙子是之字辈，就叫杨之骦吧。骦是千里马，愿他弘扬四知家风，再续枝洲传奇。

“好名字，好名字！”人们抬头一看，是月堂法师来了。载洲忙去迎接。

月堂对阳先生双手合十：“阿弥陀佛，阳先生好！”

阳先生恭敬还礼：“师父请坐，您能到来，我外孙子是福星高照啊。”

“哈哈，我今天来一是为了小，二是为了老。小是杨之骦，老是阳从纯啊。我来要看新朋友杨之骦，还要看老朋友阳从纯。”月堂说，“你刚才起的名字好啊。”

阳先生望着月堂笑着说“见笑了，见笑了”。

“您期望外孙子成为千里马，我们想到一块去了。”月堂说着取了一件东西递给阳先生，“您看看，这是我送给之骦的礼物。”

阳从纯接过来一看惊呆了。那是一个通体透明的和田玉雕成的长命锁，一面刻着骏马，另一面刻着两排字：“姑苏肇祀渊源远，枝洲开基世泽长。”

载洲跪在月堂面前，月堂也不推辞，捧着玉锁对载洲说：“载洲啊，你不是跪我，是替你的儿跪这块玉。这是我请一位玉雕大师在荷花殿当着你奶奶留下的佛像，在你父亲给我托梦的地方精雕细刻的。大师一边刻我们一边诵经，整整做了三天三夜法事，昨夜才礼成开光的啊。为的就是今天送给之骈，让他记住从哪里来，知道向何处去。愿此锁保佑之骈一生平安，传之万代。阿弥陀佛！”月堂说完把千里马长命锁轻轻放在载洲手心上。

《张杨家谱》：杨载洲，进士，选大冶县儒学训导。着《四书讲章》一部。与路飞霄等重建洲堤，举册正总甲，至今无替。载《东江县志》。

第八章 生祠庙

枝洲大堤复建遇到了九九八十一难，闯过了九九八十一关。路飞霄也脱了九九八十一层皮，吃了千般苦，受了万种罪，眼看只要一个冬春就可以大功告成了。从动工之日起，义生既要督导筹粮筹款，确保工程之需，又要督促劳力上堤，确保工程进度。有的财主不出钱，他上门跪求。有的人家有劳力不出工，他上门动员。挨打受骂，恶狗咬伤，对义生来说是常态。载洲和功成要他不要这样，他总是笑笑说没什么。功成有时把义生锁在九总会小偏屋里强迫他休息，他也要想方设法逃出来。各总头领看到义生太辛苦了，哪个和义生过不去，他们总是抢着去摆平，不准有人为难义生。义生到那个总，只要头领知道了总要弄点好吃的送来。义生坚持不吃好的，最多只吃几个粑粑了事。姚容他们有办法，在粑粑里掺肉末，义生吃出来了，让他们别这么做，把钱留到修堤。

义生这样做，最放不下的还是白果，她心想你不回家也就算了，反正现在也说不上那里是你的家。不剃头也算了，头发长就长吧，长得像个猿人我也不放过你，反正有一天要给你割掉的。到了夏天，白果就要功成、姚容他们约义生一起到河里探水堵漏，强迫他洗澡洗头，免得长虱子。后来，冬天也要他下河去，义生不愿去，功成对他说："你搞得一身腥臭，别人怎么和你说话呀。你是在干大事，不是当叫花子呢！"这话他听进去了。也是啊，天天要与分总领、保长甲长和乡亲们打交道，你为什么非要脏兮兮的呢。义生却还是坚守着自己的誓言。除下河探漏外不洗澡，头发硬是没剃，家也没有回，过年时载洲要他回去他也不回。白果娘只要听到说义生到九总会了，就一定要煮几个鸡蛋去看望。四太公每年都去陪义生过年。

在那些日子里，义生的长发像一面旗帜飘扬在枝洲的大堤上，那是他的宣言，也是枝洲人民意志的象征。

义生日夜在堤上拼命，白果也没有少累一天。无论天晴下雨，只要义生到工地上，她就背着包袱给义生送饭，什么时候找到他就要他什么时候吃。有时候几天也找不到人，白果急了，看到义生就恨不得咬他一口。义生也觉得对不住白果，每次送饭时就说好下次在什么地方会面。义生怕白果跑路，尽量回到九总会或者是离这里不太远的地方会面。

转眼又到了隆冬时节，这是修堤的第三个冬天。这个冬天，枝洲枯冷枯冷，江心之洲，无遮无挡，寒风从江上吹来，发出阵阵呼啸声。这天义生没有按时来到接头的地方，白果便背着干粮行走在大堤上找义生。寒风像刀子一样刮在白果的脸上，把脸吹得赤红赤红的。白果身穿黄色布棉袄，那是秋天白果树叶的颜色，腰间缠着蓝印花布围腰，头上包着蓝印花布包头，脖子上围着一条雪白羊毛围脖，像一朵彩云飘动在大堤上。修堤的人大多数都认识白果，不用她问，人们就会主动告诉他今天在哪里见到过义生，有些后生还喜欢和她开玩笑。

“白果姑娘，义生一会儿就会到这里来，你把饭就放在这里回去吧。”一个叫狗娃子的后生笑着对白果说。

“狗哥哥，我没得这么苕，你唬我的，我一走你们就吃哒，你怕我和你一样是个憨头啊。”枝洲人把傻叫苕，把傻子叫憨头。其实狗娃子不苕，更不是傻子，枝洲人喜欢给娃子起一些粗鄙的名字，说是好养活。其实也没有人真是要吃义生的饭，只是和白果开个玩笑，乐和乐和。

白果还是走她的路。

“白果，义生的头发有几尺长了，你给他剪一下，我们会把堤修好的。”一个叫柱子的男子对白果说。

“柱子哥，这可不行咧，他立了誓的。就让他这样吧，你们把堤快点修好，让他剃个头洗个澡换身衣服吧。”白果对柱子说。

“白果，听说义生前些时到古家大屋筹款时险些被狗子咬了，得许他跑得快才跑脱了。”一个人称叫花子的老男人走到白果跟前轻声说，“听说这事让大力晓得了，当晚把古家的狗子打死丢在古家茅坑里了，枯见扒还以为是狗子不小心掉下去了呢。你要义生小心那个‘枯见扒’啊。”

“枯见扒”是枝洲一句骂人的话，就是凡事都要对着干，不近情理的人。叫花子说的“枯见扒”是南河口一个姓古的财主，本来叫古先发，人们背地都叫他“枯见扒”。

“叫花子大爹，感激您提醒呢。义生是个为修堤命都不要的人哪，哪个说的话他听呢。你们帮忙多看着点儿，堤修好了请你们喝酒。”白果说着，从包袱里掏出个烧饼递给叫花子大爹。

叫花子大爹接过烧饼悄悄地对白果说：“我要的是喝喜酒。你不能信那些鬼话，立狗屁牌坊，都是作贱人的。哪个要给你立牌坊，老子半夜起来掀到大河里去。”叫花子大爹说。

白果听这话很受用，脸上泛起红光，用感激的眼光看了花子大爹一眼，还继续赶她的路。

“白果，听说南河新堤要完工了，枯见扒又在搞鬼呢。我看到义生到那里去了，你到那里去找他吧。”白果听到这话就直往南河奔去。

南河堤上打硪的号子吼得震天响。打硪的四个人一班，一人扯一根绳子，随着号子声，石硪一上一下，有节奏地把土夯实。

“呦也嗬，嗬嗬呦，打石硪呀呦也嗬。”领头的人唱。

人们一起和着：“打石硪呀，呦也嗬。”

“呦也嗬，嗬嗬呦，幺妹来哒呦也嗬。”打硪的歌就是随口便道。

“在哪里呀，呦也嗬。”人们一边和一边停下手中的活，朝白果看来。

“呦也嗬，嗬嗬呦，歇会着呀呦也嗬。”随着这一声唱，人们放下了手中的绳子，走到白果这边来。

“白果妹了，义生刚走呢，前头有人送信来说，林家垴要开打式啦。”领头的对白果说。

南河林家垴段大堤在冲口上，崩溃多处，堤脚都掏空了，仅仅堵口是不行的，只能“退挽月堤”。“退挽月堤”就是在堤内修一段新堤，新堤和老堤之间便形成了一个月牙形的缓冲地带。堤内修堤必然要占地，过去修月堤，一些有钱有势的通过“打干”（送钱），堤差“拖堤脚”（打灰记）时，“硬的拖锹过，软的挖成河”，在“打干”的地头弯一步，绕道走是常事。民间对此深恶痛绝。“只要顺压，大家无话。弯线强压，天塌不怕。”哪个坏了这个规矩，就会打得头破血流，伤人死人的事都发生过。

今年画线，常保长请功成到场。地主古先发先是请功成喝酒，功成不仅没有去，还下了死命令，今年哪个“打干”说情，哪个弯线强压，就罚他一百个工。画线时，古先发说线歪了，死活不让在他的地上划堤脚线。功成心思活泛，他对古先发说，修堤占哪家的地都心疼，不妨来个听天由命。说着就让人牵来一匹马，让马拖一个石灰盒子，石灰盒子下面有个洞。功成说，我们从林家垴大杨树起头，到大柳树收尾，放马在滩上跑，不管经过哪家的地，把马跑的石灰印拉直就是堤脚线。放马的第一鞭子由古老爷打好不好？这主意乍一听都觉得有点荒唐。常保长却哈哈大笑说，这主意好，就这么办。他明白，这马一定是功成早就选好了的，而且在新堤线和起止点上做了点什么手脚。古先发是捏到一尺不放一寸的小气鬼，听说让他打鞭子，也就点了头。功成让人把马牵来，调好位置，让古先发在马屁股上抽了一鞭子，马惊叫着拖着石灰盒子往前跑，划出一条长长的白色直线。后来枝洲有了一句歇后语：功成拖堤脚——将马游洲。这事不知是真是假，时间长了，民间流传，姑且就这么一说。但“退挽月堤”是真的，很多文献上都有记载。

堤修到古家的地上，只见有十多人拖着粪车挑着粪桶在地里上粪，哪个到古家的田里去就往哪个身上泼。古先发站在那里哈哈大笑，对来修堤的人喊叫：“你们弯一步，粪瓢没长眼睛。”他的两个打手二黄、八吊站在两边，四只眼瞪得像猪卵子，就像要吃人。

“王八狗日的，老子来哒！”只听得炸雷一声，一个黑汉冲到田里，“哪个胆子大敢往老子身上泼！”

黑汉叫常大力。大力也真是有力，一个人可以挑二百多斤的担子走几里路不歇。

古先发见是大力，直流冷汗，假笑说：“大侄子，这里没你的事。”

“枯见扒，哪个是你的侄子，老子是你的爷爷，今天请你吃屎！”大力把古先发的裤带子一提，古先发双脚腾空乱蹬，大力要把他往粪桶里甩。

“住手！”路飞霄边跑边喊，大力把古先发放下来。

古先发趴在地上，猪头煮熟了牙口还是硬的，问：“你们怎么就要压我的田？”

“好生说话！”大力一声吼，古先发不敢再吱声了。

路飞霄看这架势弄不好就要打起来，这时常保长和白果也赶来了。义生对常保长说：“这里的事您先管管，暂时都不动。我今晚去和古老爷谈。”

“古老爷，事闹大了都不好，今天晚上我到你家里和你谈谈，谈妥了我们再修好不好？”路飞霄说。

古先发知道这是路飞霄让他下台，也知道打起来他讨不到好，说：“这还像个话。不过话说在前头，我不同意，哪个敢在我的地上挖一挖锄，老子就找他拼命！”

“行，你回去。”路飞霄说，“我晚上来，在你家里谈。”

“你要小心点啊，他可不是什么好东西，千万不上当，有什么事就喊我们一声啊。”常保长是个精明人。

“我晓得，您放心吧。”大家依了路飞霄，各自散去了。

白果看到义生处理这件事情，心里蛮高兴。看到义生头发胡子一把糟，灰头土脸的样子，心里又生疼生疼。义生在一个窝棚里吃饭，对白果说：“今天不早了，料想这件事我说不好，你回去告诉哥哥这里出了事情，让他和功成明天来一趟。我今晚就去找姓古的谈，谈妥了就好，谈不妥就请哥哥来拿主意，不管怎么样，一定要尽快施工。”

“天气这么冷，小心冻着。”白果说着扯下自己的羊毛围脖给义生围上。

“好咧，放心吧，我有办法。就这么说吧。”义生虽然累，但精神头很足。

“我留下给你打伴。”窝棚外是大力的声音。

“你怎么没有走啊？”义生问。

“我怕那个狗日的害你。”

“不会的，人心都是肉长的。他只是怕占地，怎么会害我呢？”义生说，“你帮我找个车把白果送到留巷去找哥哥吧，她一个人走夜路我不放心咧。”白果今天要连夜赶回去，义生请大力弄车送。

“好，我自己赶车送白果姑娘回去。”大力说。

“那我就放心了。”义生说。

白果和大力走到半路，天就开始下雪了。

白果回到家里已是深夜。载洲听说后，马上通知功成，一起连夜到南河口。

雪越下越大大，载洲要白果留在家里，说去了就回的。白果哪里肯依，不由分说爬上马车喊“快走呀”。

来到古家门前时，天刚刚放亮，眼前的情景让他们惊呆了。

古家大门前跪着一个人，像雪人一样一动不动。白果认出来是义生，一边脱下棉袄一边扑上去披在义生身上，把义生搂在怀里。

义生结结巴巴说：“别——怕，我——还——没死。”白果直流泪。

“开门！开门！”大力使劲拍门环子。

邻居们闻声赶来，看到这里情景惊呆了。

“开门！”大力一脚把门踢开了。

白果扶起义生，可义生迈不开步子。大家把义生抬到屋里，有的弄热水，有的弄柴火。常保长闻信赶来了，连忙说：“不能烤，不能烤啊！用雪搓，用雪搓！”让人叫来几位有经验的老人，和白果一起照料义生。

“哎呀，你什么时候来的，我怎么没听到啊？”古先发睁眼说瞎话。

“你——好狠毒啊，要——冻死——我。”义生说着说着就没声了。常保长让人把他抬到室内的床上，说“先让他睡一会儿”。

“我真的不晓得。”古先发还要狡辩。

载洲把桌子一拍吼起来：“我今天来不是来和你扯淡的！我立即派人把你押到县衙里，这一回老账新账一起算！”

古先发还有些嘴硬：“我没得什么账算，懒怕得。”

载洲站起来说：“我告诉你，我是田县令亲自派到枝洲来的，路飞霄在我手下当差，也是官府的人。他在你的门前跪雪，如果有个三长两短，你别想活命。如果路飞霄的命大死不了，也得判你破坏堤防罪，让你坐一辈子大牢！”

古先发一听这话，硬不起来了，浑身打哆嗦：“千怪万怪，怪我的下人们没给我讲义生跪在门前。我要是晓得，早就开门把义生请进门来了。”

“胡扯！我要把路飞霄弄到留巷去治，你也跟我走一趟吧，多带点钱，先出药钱，然后把你押到县上去！”载洲说。

古先发一听这话，连忙跪在地上：“载洲爷，千万不把我抓走了。你们要修堤就修吧，我不再阻拦。药费应当我出。求你不把我送到县衙里去了。”

“我懒得送呢，县上自有人来带你的。”载洲说。

这时，有人告诉载洲，飞霄醒了。载洲走到路飞霄身边，拉着他的手说：“小弟受苦了。”义生说：“大哥，不碍事，只要古先发同意修堤就行。”

“你别管，我自有主张。”载洲说。

枯见扒假惺惺地对路飞霄说：“对不住了，我实在不晓得呢。你还要给载洲爷说几句好话，千万不把我抓到县衙里去了。”

义生想动一动，但脚还不听使唤。探起身子对古先发说：“什么话都不要说，修堤要紧。”

“好，好，我不再阻拦好吧。”古先发说。

大力恨不得一拳头揍死枯见扒，牙咬得嘣嘣响。

载洲对常保长说：“古先发破坏修堤，罪责难逃。现在他又加害路飞霄，罪加一等。我本来是要把古先发带走的，现在看来路飞霄不会有生命问题，古先发也答应修堤。我说个法子，古先发依了就这么办，不依我就把他带走，交给县衙处置。”

“载洲爷您讲，我都依。”枯见扒跪在地上，不住点头说。

“第一，古先发破坏修堤，耽误工期，罚修堤十丈，修这段堤的所有费用均由古先发承担。第二，路飞霄为修堤在古家门前跪雪冻伤，所有医疗费用都由古先发承担。如有其他情况，古先发承担一切责任。第三，修十丈堤时，古先发必须亲自跪在堤上谢罪，直到修好为止。此事由常保长督办。”

载洲说罢，众人齐声叫好。古先发也不敢违拗，只得连连应承。载洲正准备走，古先发对载洲说：“杨总领，您说的事我马上就照办，罚我出钱我认了，不让我跪在那里丢人现眼行不行啊。”

载洲说那得问问大伙行不行，众人都说不行。

载洲说：“我看古先发的身体也真不好，一直跪着也不行，修十丈堤期间，大家上工时和下工时，让古先发给大家跪跪如何？但是你要供大家一顿饭。饭菜不好你就继续跪。”

人们还是说不行，载洲说就这样了。

“我把十丈堤修好，您千万不能让县里来人把我抓走了。”枯见扒求饶。

“这个我做不了主，我看路飞霄不出大事还行，如果路飞霄有什么问题你还是难得逃脱。”载洲说。

大力抱来稻草和棉被铺在马车上，喊二黄和八吊把义生抬上马车，白果在车上打着伞给义生挡风。常保长和乡亲们把义生送了好远一程，一直上了大路，载洲再三请回，众人才打回转。

卞先生使出看家本领，还是没能保住义生的左脚大指二指。卞先生说，好在白果留下一条羊皮围脖把义生的头都包起来了，不然会比现在严重得多。义生左脚的鞋子磨破了，脚趾冻木了不晓得疼，冻坏了。只要伤口不“费事”（发炎），就不会出大事。

半个月后，义生可以自己下床拄着拐棍走路了。

一天早上，白果早早就给义生送早饭，床上的人不见了，问卞先生，卞先生说昨天晚上还在和他讲话，他说要上堤，我说再调养几天，现在已进入腊月了，天气更冷，过了这个年再上堤。他没有说什么，怎么今天一早就不见了？

白果一听就晓得他到哪里去了，拎起饭篮子就往南河奔去，走到半路就把义生追上了。义生拄着拐棍走得慢一些。白果一追上，不由分说，就把义生背到肩上。义生拼命往下遛，白果死死地把他抓住，脚下一滑，两人一起摔倒在地上。白果躺在地上哇哇大哭起来。这时风也小了，鸟也不叫了，太阳露出惨白的脸，照着泪流满面的白果。义生艰难地爬起来，扶起白果，眼泪哗哗地流下来，也哇的一声大哭起来。前后三年，在被人毒打的时候他不流泪，在恶狗咬伤的时候他不流泪，在风雪冻伤他的时候不能动弹时他也不流泪，今天他心中撕心裂肺一样的疼，三年的泪水像潮水一样顷泄出来。

白果害怕了，抱着义生的头轻轻安抚：“义生哥，别哭了，别哭了！我好怕哟……”

“妹子，我想到南河看看。”义生止住哭声对白果说。

“我晓得，去也要喊我啊，一个人跑了别人不着急啊。”

“我怕你们不让我去。这是最后一件事，南河月堤修好了，枝洲修堤复闸工程就完工了。”

“那你哭什么啊？”

“你说我欠你多少啊，我哪一点值得你这么牵挂哇。”义生说着又流泪。

“你不说些苕话，我不牵挂哪个牵挂呢？”白果掏出手巾替义生擦脸，摸着义生的长发说，“义生哥，你说不修好大堤不剃头，现在堤修好了，你怎么还不让剃头啊。”“不急嘛，南河月堤还没完工啊。”义生说。“南河月堤修好了你该剃头了吧。”白果看着义生。“我得看到月堤修好了才剃头。”义生说。

白果一听这话高兴了，接着问：“还有呢？”白果是想他说“就成家”，义生没有再说下去。白果以为他认了，她真巴不得这月堤快快修好呢。

“上车！”义生和白果吓了一跳。白果把义生扶着站起来，看到是哥哥赶马车来了，卞先生也来了，还带了个徒弟来。他们一起把义生扶上车。

“哥，我要到南河去。”义生说。

“晓得。”载洲不回头只管赶车。

“我去给你哥说你不见了，你哥就说你肯定是跑到南河去了。他说把你弄回去不容易，就送到南河去。你哥让我带个徒弟来，帮助白果在南河照顾你，每天都要敷药，你脚还肿着呢，不能费事啊。只要你配合，我保你没什么大事，就是以后走路不很利索了。”卞先生说。

“义生，你的心思我晓得，这堤就是你的命。南河月堤就要完工了，这是我们这次修堤复闸最后的工程，我要常保长安排你在他家住下来。你一定得听卞先生和白果的话，这次可不能到处跑啊。”载洲说，“我明天就到县里见田县令，过年前一定要把南河月堤修好。”

“那太好了。我一定按你说的办，配和功成一起抓紧最后的工程。”义生说着朝白果一笑。

白果本来是要把他弄回家去的，听到哥这么一说，义生一笑，她就晓得自己的算盘打错了，对义生说：“笑，笑，笑，哭也好，笑也好，就是不准乱跑。”

载洲到县城向田县令汇报了枝洲大堤复建的情况，田县令十分高兴。他告诉载洲，省府已批准将枝洲堤防费用按官堤标准给予补贴。

“还有一个好消息，毓真来信了，礼部正式通知你作为国子监监生参加明年的会试，你回去后把枝洲的事安排好，过了年就出发，这次别再耽误了。”田县令说着，声音好像有点沙哑。载洲递上茶杯，县令喝了一口，叹了一口气。

“县令有话说啊。”载洲问。

“你回来时我就不在这里了。”田县令说。

“是不是要升迁啊？”

“不会了。在东江虽然受到两次纪录奖励，那顶个屁。我以前也多次受到纪录奖励，可是我没有钱去打点，就是有钱我也不会去打点。现在，当年同科进士还在七品任上的唯我一人，有的当了大官，也有的升了官后革职，还有的下了大狱，掉了脑袋。这么一想我也算值了。现在我年龄也大了，不能再干了，是告老回乡的时候了。”田县令说。

载洲知道田县令是江陵人，早就打算回江陵养老。

“枝洲堤闸复建竣工您去不去？”载洲问。

“不去了，枝洲大堤修好了，闸也修复了，我就放心了。还有两件事情要办：一是修堤复闸的登记造册上报的事要有专人管，我看这事功成可以，你安排一下。二是要在九总会的基础上建立一个常设管理机构，全洲设总圩，各总设分圩。这事不弄好，这几年的心血可就白费了啊。这两件事做完了你就到京城去吧，不必再留了。”田县令说。

载洲回到枝洲，南河月堤通过验收，标志着枝洲历时三年的修复堤闸工程完工。义生剪去长发，洗了澡，换了一套白果早就准备好的新衣服，像变了个人似的，还是那么精神，走路不需要拄拐了，就是还有点瘸。

义生剃头的那天，载洲专门在凤口准备了一桌饭，请义生、功成、常保长和白果一起庆祝修堤复闸工程竣工，也是向义生表达敬意。酒席桌上，载洲端起一杯酒，泪流满面对义生说：“兄弟，从前年九月动工到今年冬月，一共两年零三个月的时间，在这些日子里，你不晓得走了多少路，给多少人下跪求他们上堤捐款，让地修堤。你不知有多少个日夜都睡在大堤上，身上长满了疥疮，连脚趾都丢在了枝洲的土地上，吃了哪个人都吃不下的苦，受了哪个人都受不了的罪。你不是枝洲人，但是枝洲的百姓人人都敬重你，你不是杨家的人，但你是杨家的好兄弟。我和功成、常保长给你敬一杯酒！”

义生端起酒碗，一干而尽。

功成站起来又给义生倒上一碗酒说：“这碗酒是我代表枝洲百姓敬的。我一辈子没有见到过你这样的好人，你一身武功，可是谁打你骂你，你从来就没有还过手还过嘴。你心中只有堤，只有闸。这辈子能够遇到你这样的人，不枉为一生。我和枝洲的父老乡亲敬你了！”

义生说句不敢当啊，把酒喝了。

常保长站起来，没有说话就大哭起来。一句话没说来就要给义生下跪。义生拉住，常保长泪水滴到酒碗里，端起就喝了。义生端起酒和常保长一起喝，放下碗两人就抱头痛哭起来。

白果也哭起来。载洲说：“今天是个喜日子，大家都不要哭了。我们高兴才是啊。”

大家擦擦脸，不哭了。义生站起来说：“我来到枝洲，大伯、婶娘对我的恩情天高地厚，我九死难报。哥哥和白果妹妹对我的关爱，我几辈子做牛做马都还不清。修堤复闸工程开工后，功成哥、常保长和所有参加修堤的人把我当亲人，我此生难忘。这碗酒我敬亲人们。”说着就把酒干了，大家也干了。

义生继续说：“现在工程竣工了，我想到度门寺去一趟，看看了空住持，他是我爹的结拜兄弟，我和载洲哥哥离开他的时候，他一再说要我时常给他个信儿，他一直挂记着我呢。这几天我老是做梦，看到我爹和了空住持还有白二叔在一起。再过几天就是腊月，转眼就要过年了，我一定要去看看他，看到他就看到了我爹啊。”义生说。

“可是你的腿脚还不方便，过河了离度门寺还有几十里路呢。”载洲说。

“这个不要紧，我现在还不是在走啊，我在凤口上船，到松枝口过河后就找个车，没事的。”义生说。

“我陪你去。”白果说。

"不行啦，我是去度门寺，你去不方便啊。"义生说。

"那你可得早早回来啊。"白果边流泪边说。

"你快去快回，我们等到你回来开会呢！"载洲说。

载洲和功成本来想再留义生，但想想也应当让他去了个心，也就同意了。第二天白果送义生上了船，一直望到看不见影了才转身回家。

进入腊月，义生还没回来。载洲说等不得了，决定腊月初八召开九总会全体会议，参加会议的人员还是三年前的那些人。载洲向大家宣布：省府正式批准将枝洲堤防报部岁修，同意枝洲将堤防修复用工造册，据实上报，按官堤标准给予补贴。

不知为什么，大家都不再像打鸡血一样兴奋。

载洲知道为什么。继续说："田县令对我说，没有堤的时候要修堤，没有闸的时候要建闸，有堤有闸了还要管好。他要求我们做两件事：一是设立一个总管机构，可以继续叫'九总会'，但职能要由建向建管转变，以管为主，负责管理堤闸。推选出圩总、分圩总，圩总人选要报县衙，分圩总由九总会定。在圩总领导下立一个章程。二是在圩总领导下估工造册，据实尽早申报。"

参加会议的人员议来议去，别的都好说，谁任第一任总圩总犯难了。最好人选当然是载洲，但一过年载洲就得进京。有人提到功成，功成说我家已不在洲上了，在这里当圩总不合适。大家想想也有道理。

"路飞霄！"不知是谁喊出这个名字，大家都喊起来。

到会的人都晓得载洲和功成在枝洲待不长，心里都是想路飞霄来出任，这可是最好的人选。可是人们心中都在担心，飞霄怎么一去不回啊？这些年来，他们几天不见到那个长发疯人心里就有空，有大空，什么都填不了。用他们自己的话说几天不见路飞霄心里就七慌八败，用现在的话说就是没了精神支柱。

"还有其他人选没有？"功成问。

"没有！"

"那我们来表决一下吧。"功成对载洲说。

"义生还没有回来呢。"载洲终于说出了口。

其实他心里像黄连一样的苦。义生走后没几天，船老大就带信说："路督导下船时让我给您带个信，他不回来了。”载洲交代这事不能对任何人讲，他以为义生就是说说而已，一定会回来的，义生要是真不回来白果怎么活啊。他怕大家猜疑，镇静下来说：“路飞霄回来之前，就请功成辛苦一些，代理一段时间好不好啊。”大家都同意。

功成知道载洲为难啊，他也隐隐感觉到义生可能不回来了。现在让别人来干千头万绪，载洲不放心啊。他二话不说，欣然领命，他和载洲是过命的交情，不用说当圩总，就是要他去上刀山下火海也没得二话。

功成拱拱手对大家说：“我尽力做，路飞霄一回来我就交给他，你们说行不行？”

“行！”大家一致赞成。

散会后载洲没有回家，径直来到清修寺。

月堂住持说：“我想义生早就想好了这步棋，他一心想报杨家的恩，报枝洲的恩。现在大堤修成了，他怕与白果成了亲给老杨家抹黑，再说现在腿脚也不方便了，更不愿意拖累白果姑娘，所以修好大堤就离开了。”

“那怎么办呢？找不到他，我妹妹会出事情的呀。”载洲说。

“也是。我马上安排人到度门寺去打听，如果没有就让他们到处找找，想一切办法找到义生的下落。好在他们和义生都熟悉。千万不要让白果姑娘去找啊。”月堂说。

“住持的大恩大德我们如何报答啊？”载洲说着就要下跪。

“阿弥陀佛，你不要这么说，老杨家积下的德，我们再做什么都还不起呢。”月堂说。

没有多长时间，月堂派的人回来了，说义生根本没有到度门寺。了空说一有消息就会给月堂通报。月堂又让来往的僧人们帮忙打听寻找，还安排一个和尚到各处去寻访。

春节过了，功成带着九总会的头领一起到清修寺给月堂住持拜年，打听义生的情况。

月堂说：“派出去的人没有找到义生，了空昨天来信让我们别找了。”

“人还在吧？”功成问。

“这个我也问了，来的人说不晓得。”月堂说。

功成说我们就是来找您请教一件事，不知行不行。接着功成就把大家的意见给月堂法师讲了。

月堂法师双手合十说：“善哉，善哉，你们的好意我知道了，也支持，只要载洲同意就行。”

大家在四知堂坐下，功成请常保长说。常保长年龄在长，说话也有分量。常保长轻轻咳一声清了清嗓子说：“载洲，再过一个月你就要走了，有件事我们想听听你的意见。”

“请讲。”载洲说。

“说句你不爱听的话，义生走了两个月，我们听到一些风声，他可能回不来了。我们几个圩总合计，打算在南河口的白果树下给义生建个庙。”常保长说。

没等常保长说完，载洲就拦住话头说：“那不行，义生没死，哪有给活人建庙的道理？那不是咒他吗？”

“你听常大爹说完嘛。”功成说。

“我们晓得，你不会相信义生没了，我们也不相信义生就这样没了。我们只是想给义生建一个生祠庙。不然，你走了是不会回到枝洲来了，过百十来年，还有谁晓得路飞霄呢？我们这一帮人中，你和功成是县府派来的官员不用说，义生是什么？是一个最苦最苦的苦力。自从他走以后，我们一想到他那个样子就心疼得睡不着觉吃不下饭，我们也是男子汉啊！你不晓得我们背地里谈起义生的时候流过多少次眼泪。我们枝洲人子子孙孙什么都可以忘掉，就是路飞霄忘记不得，谁忘记他要遭五雷轰的。我们要给他建生祠庙，是要让后人知道路飞霄是枝洲的英雄！你说有什么不可以呢？”

常保长说完，大家都点头称是。载洲流着泪给大家作揖：“既然大家这么说，我就替义生谢谢大家了。今年刚刚有点收成，家里都不殷实，建生祠庙的钱由我出。”

“万万不可。为建大堤，你已把家底掏空了，连自己的年俸都捐了，我们都晓得你也没多少钱了，进京还要钱啊。这事是我们提出来的，钱的事情你不用管，我们再穷，这点钱还拿得出来。更何况也要不了好多钱。”功成说。

“为什么要建在南河口的白果树下呢？”载洲问。

“义生为修堤发誓不修好大堤‘三不’，三个年头二十几个月啊，那个受得了啊。为了南河月堤他跪雪致残，天人可鉴，南河口白果树也是一个见证。我们要把他留在南河口。”常保长说。

“各位意下如何。”载洲问。

“同意。”大家回答。

“请你写一篇碑文，大门口还得有一副对联。”常保长说。

“这个不难，拜托各位千万不要把事弄大了啊。”载洲说。

生祠庙建好了。载洲和白果来到生祠庙。

南河口的白果树和留巷的白果树长得不一样。留巷的白果树一树三干，枝枝丫丫在天上像扣了一个大棚，在地上覆盖了几亩地。南河口的白果树一柱冲天，足有十丈高。有人说，枝洲留巷的白果树是女神，南河的白果树是男神。说这话还真有点道理，留巷的白果树年年结果，南河的白果树只开花不结果。还有人说，枝洲是艘大船，留巷的白果树是船头，南河的白果树是桅杆。义生的生祠庙就建在“桅杆”下。庙宇不大，白墙黑瓦，庙门额上刻着“生祠庙”三个大字，门两边的石柱上刻着载洲写的对联——身系安危一洲性命须珍重，事关重大万姓脂膏莫乱抛。

进入正门，大堂里正面一块大木板上刻着载洲写的碑文——

枝洲自明以来，堤塍溃陷，溺居民，毁庐舍，淹田禾，苦不堪言，洲之将废。洲民请修大堤，众情踊跃，不惮寒暑，风餐露宿，鞠躬尽瘁，始终如一。路飞霄发誓堤不复不洗澡、不剃头、不回家，其诚感天动地，其志撼河泣神，堤障赖以永固，子孙福泽万年。九圩士民德之，共议建生祠庙于洲畔。尸而祝焉，永志不忘。

闻信赶来的常保长对载洲说：“碑文本来要用青石刻的，但一时找不到合适的石材，先用柏木板刻了一个。”白果一进庙就大声痛哭，闻信而来的女人们再三相劝，才把白果劝住。载洲站在碑文前说：“义生兄弟，你如果还活着，就当回来看看，枝洲百姓没有忘记你，杨家没有忘记你，你永远是杨家的好兄弟。如果遭遇不测，你也要回来，这里是你的家。过几天我就要走了，你一定要回来，杨家的大门永远为你开着，白果还等着你呢。”说罢，在庙周围转了一圈。拉着白果的手说：“我们走。”白果依依不舍地离开了生祠庙。

“哥，你说义生哥还活着吗？”白果问。

“一定活着。”载洲说。

“他活着为什么不回来？”白果又问。

“他是为了你和杨家才走的。他怕玷污了你的清白，他怕败坏了杨家的名声。他腿脚有点不方便，还怕拖累你。义生这个人，什么都好，就是太倔，宁可自己受千般苦，也不让别人跟着受一点委屈。不过，我想他就是舍得杨家，舍得枝洲，但一定舍不得你。只要你在家好好待着，他就一定会回来的。哥哥相信他一定会回来的。”载洲说，“其实，我早就告诉过他，贞节牌坊的事不要再提了，有什么事我们担着。”

白果听到哥哥这么说，心里开阔了许多。

白果天天到河边，站在码头上望着靠岸的船，盼着义生回来。

一天下午，载洲和雨儿带着之骈出去了。白果到哥书房里找书看。发现书柜里有一封信，是了空法师送给月堂法师的。打开一看，信上只有“你们不必寻义生，他回不来了”几个字。

白果如五雷轰顶，回到房里关上门，躺在床上，握着义生送给她的两颗玛瑙石，恍恍惚惚，好像义生坐在她面前。

“义生哥，你到哪里去了？我们不是说好了吗，要走一起走，要死一起死吗？”白果说。

“我腿脚不方便，和你一起走，会成为你的拖累。”义生说。

“这我不怕，只要你活着就行。”白果说。

“等下辈子吧，下辈子我一定要娶你。”义生说着就走了。白果赶忙拉义生，喊出声来。原来是一个梦。

白果揣着玛瑙石，来到白果树下。她把玛瑙石放在地上，跪在大树前说：“白果大仙请您告诉我义生还活着没有。我闭着眼抓玛瑙，如果是一颗红玛瑙，义生就活着，如果是一颗白玛瑙，义生就没有在人间了。”第一次抓了一颗，是白色的。她傻了。过了一会又再抓一次，还是白色的。白果心灰意冷，朝白果树上看，只见白果树上挂着一条一条红布巾，这是求神的人挂上去的。

白果找了几块砖头垫在脚下，拉着一条红布巾，挂在脖子上说："义生哥，既然你不在了，我也随你去了……"把砖头蹬掉了。

白果没了，全家像塌了天。白果妈闻信就晕倒了，一缓过来就要寻死，说要给白果打伴去。雨儿里里外外劝了婆婆劝丈夫，之骍也哭着喊姑姑，雨儿泪往肚子里流，不敢哭啊。载洲什么主意也没得了。他一直认为这个妹子比他坚强得多，好多大事都极有主张，不会做什么苕事的。从生祠庙回来时，白果也没有说什么断头话，怎么会有这样的事情呢？月堂和卞先生百般劝说，杨家的人才稍稍安静一些。

安葬白果后，载洲就得进京了。雨儿说："你去吧，家里有我呢，还有四太公。你去后要多来信，我好害怕哟，连哭的地方都没得。我一哭，上有老下有小，都看着我呢。"

载洲把雨儿拉到怀里，轻轻拍着说："哭吧，哭吧，明天我走了就哭不得了。"

《东江县志》：康熙四十二年，洲人杨载洲、路飞霄、刘功成、姚容、常琼士等以地废民流呈请邑令通详各宪，复行补修。于四十三年十一月经始，至四十六年毕事，计土方一十五万有奇，堤复完固。

第九章　望洲台

载洲到京城赶考，先到丹阳向田县令告别。本来田县令年前说过让他不要来了，可载洲怎么会不来呢？进了县衙，直奔田县令的书房，门锁着。衙役看到是载洲，跟着他跑过来说“田县令走了”。

“走了？”东江人说走了还有一层意思就是死了，载洲心里像塞进一团棉花，接不上气来。

“是回江陵去了。”衙役知道说急了，连忙补上一句。

“你吓死我了。”载洲拍拍自己的胸，叹一口气。

“魏训导交代过，让您来了就马上去见他，他在明伦堂等您。”载洲一听这话便一路小跑到了明伦堂，魏训导一见面就对上气不接下气的载洲说：“别跑了，你来迟了。”

“怎么回事？”

“县令估摸这几天你该要出发了。天天对我说载洲该出发了吧，我要他别来的哟。他是在等你啊，等了两天你没来就回去了。”魏训导说。

“回哪里去了啊？”载洲跺脚。

“回江陵去了呀。”

“什么时候回来？”

“不回来了，他让我告诉你现在不要去看他，要抓紧时间赶到京城，不然又怕和上次乡试一样误了时间。你坐下来，听我讲。”

魏训导讲了最近发生的事情——

春节之前，县令得知路飞霄离开了枝洲，一直没有音讯，心里很着急。他想一定是为给白果立牌坊的事情，这件事他心里也没有底。那年你们说把立牌坊的钱捐出来修堤，田县令给方知府讲了，方知府说那是好事，不过堤修好了这笔钱还是得还出来修牌坊。田县令没敢说你们老杨家辞牌坊的事。这事其实他心里一直很纠结，后来方知府调走了，他料想新的知府不知道这事，才放心了些。洲民要给路飞霄修生祠庙，你给县令写了信，他说了三个字“好得很”，我也觉得应该这么做。一个地方要有自己的英雄，没有英雄的地方便没有希望。

没想到这件事惹来不小的麻烦。

枝洲财主古先发家里有个家丁叫巴操，听说枝洲人叫他“八吊”。他拿着几张收费的收条来告你的状，说你搜刮民财为路飞霄修庙。田县令一听火冒三丈，喝令衙役把巴操重打二十板，甩出衙门去了。

晚上，衙役中一个叫老黑的来到巴操住的旅馆，还给他带了一壶酒和一些酒菜，两人就在店里边喝边谈。他俩都是降兵。巴操的屁股痛得厉害，只有趴在床上与老黑喝酒。

“黑哥，你真讲义气，我挨打了你还来看我。”

“都是兄弟，你那事别闹了，闹不出什么名堂的。”

“那我白白挨了顿毒打就算了？”

“最近田禹禾更冲了，连我们几个老兵都要被赶了。”老黑说的老兵就是降兵，他们自己不说降兵。

“那是为啥子啊？”

老黑说：“这几天云南传来消息说吴世璠死了，我们中间有个二百五不晓得那根肋出了拐，说那年吴军退出丹阳城后，他们把白其行抓起送到衙门，方知府一看却说这人不是白其行，跟着方知府来的人就把他放了。不知是谁把这话传到田县令那里，田县令怕事情弄大了方知府下不了台，怒气冲天，放出狠话说要把所有老兵都赶出去。当时我也在场，白其行谁不认得，可方知府说不是的。”

老黑这些降兵怎么会到县衙里当差？原来当时县衙里差人，白其行找吴军要了几个兵当差。清军来后，在衙里当差的几个吴兵就直接降了，继续当差。他们急于立功，最先把白其行抓起来送到衙门。老黑就是这样的人。

“如果是这样，这个罪可不小啊。”巴操说。

“就是，这件事除了几个在场的，哪个都说不清楚。现在方知府调走了，荆州换了知府，你到荆州去一趟，向知府揭发，就说当年是田禹禾放了白其行。”老黑说。

“怎么是田禹禾呀？”巴操问。

老黑和降兵们一直在打主意陷害田县令，可是找不到一个人出头露面，昨天老黑站班看到巴操这个冤大头，心生一计，不如让他出面，把姓田的告倒。听到巴操这么一问，老黑拍拍巴操的脑壳说：“你这个榆木脑壳啊，你说是田禹禾，府上也不敢说不是，这么大的事就一定会派人来查，田禹禾一听就想到可能是方知府放的。田禹禾最讲义气，一定会承担下来。那时他就得从衙门搬到牢房里去了。”老黑真是黑。

“我说了哪个信啊？”巴操将信将疑。

“我们写一个状子，找几个老兵画押，按指印，你送到荆州府去。”老黑说。

“那载洲不就没得事了？”巴操有点不情愿。

老黑说：“田禹禾倒了，载洲还有什么好果子吃的呀！”

“好。”巴操就这样带着伤跑到荆州府告状。

魏训导讲到这里对载洲说：“田县令这个人真仗义，府上派人来查这件事时，他果真全部承担下来，说是看到白其行行将就木便起了恻隐之心，把他放了。还亲自给新任的耿知府写了一封信，表示立即辞职，回江陵老家等候惩处。他想等你来了再离开，等了两天没来就以为你不会来了，昨天他给我交代了一下就走了。”魏训导说到这里叹了一口气。

“临走时我让他给你写封信留下来，他说不必了，要我给你说一句话，放走白其行的事千万不要插手。你可能想不到啊，田县令走的时候，只有几只装书的箱子和几件换洗衣裳。不知什么人走漏了风声，到江边送行的有上千人，有的痛哭失声，说天不留好人啊！”说到这里铉龄眼眶红了。

载洲低着头，想着年前田县令与他的谈话，知道田县令早已心灰意冷了，但无论如何不能是这般下场啊？他不让载洲过问和调查谁放白其行的事情，是怕他弄清楚了对方知府不好。载洲其实并不知道白其行是谁放的，他们在度门寺见面时也没有谈过这件事。

载洲心情沉重，到岳父家里告别，阳先生对载洲说："做官为人为友田禹禾都是楷模，将来你要是有出息，也要和田县令一样做官，一样做人，一样交友。田县令为方知府担起这么大的风险，世间少有，况且方知府什么都不晓得啊！"

载洲赴京一路顺风。五月发榜，得中进士，本可留在朝廷做官，载洲以家有老母需要奉养为由，请求回省安排，吏部准其回乡待任。

载洲着急回乡是心里非常挂念田县令，离京后便直奔江陵。

一到田县令家里，载洲大吃一惊。屋内停着一口薄薄的棺木，几个男女坐在那里一筹莫展。

"谁过世了？"载洲问。

"我爹。"田县令的儿子回答。

载洲一听就跪下来，大声痛哭。边哭边诉："我迟了两天到丹阳辞行您就离开了，怎么不等我回来就走了啊，这次我到哪里去找您啊？"载洲拍着棺木板子哭叫："田县令啊，您老人家起来，到枝洲看石闸看大堤！您听到没有，东江老百姓又上了份万民书，请您老人家回到东江上任去！"

田县令的家人都来相劝，载洲止住哭声问是怎么回事。家人说："老爷一直身体不好，回来后不久就病了，几个月没下床，三天前咽了气。"

"什么时候发丧？"载洲问。

"不瞒杨大哥，我爹所有的俸银都捐给枝洲修堤了，回来时身无分文，家里几亩薄田也没得收成。父亲去世时对我说随便找个地方把他埋了，我们真是不忍心。放了三天，已说好今天晚上请几个乡亲抬出去葬了。"田县令的儿子说着大哭起来，"我无能，父亲去世不能好好安葬，母亲病倒无钱医治，我是个不孝之子啊！"

载洲一听，才知道老太太也病倒了，心里很是难过。把随身所有的银两拿出来，要田县令的儿子找医生来给老太太看病，给田县令置办一口好棺材，另行装敛，同时再办一些急需之物。

载洲对田县令儿子说："兄长，田县令是你的爹，也是我的亲人，听我一句话，今天万万不要发丧，我现在就回枝洲，明天赶回来，田县令的后事所有开销都由我出，你们不用担心。可一定要等我回来啊。”

第二天，载洲、月堂带着几十人来到田禹禾的家里，月堂亲自带着和尚做法事，功成、姚容、常保长带人办丧事。第三天，载洲、月堂在田县令的儿子带领下，在凤凰山头西边看了地，将田县令的头向东江方向下葬，让田县令望得到东江。

载洲跪在坟头大哭：“田县令，你在东江为老百姓办的好事，东江老百姓世世代代不会忘记，枝洲百姓更不会忘记，你的功绩会永记在东江史册上。你在凤凰山上安息，保佑东江和枝洲吧。”后来，人们把葬田县令的山坡叫作望洲台。

安葬了田县令，载洲一行回程，在江陵码头遇到了魏训导，后面跟着一二十位县衙官吏和百姓。魏训导拉着载洲的手说：“我得到田县令去世的消息就动身来江陵，没曾想到这些人都要跟着来，你怎么来了？”

载洲讲了事情经过后魏训导说：“我们得信迟了，来晚了。好在你把事情安排得很好。不过我们还有一件事情你愿意不愿意同往？”

载洲说我一切都听您的。

“那好，我们在船上合计一下，打算凭吊县令后直接到荆州府请命，为田县令申冤，要求严惩诬陷田县令的降兵老黑等几个败类。你去不去？”铉龄问。

“我去，现在就去，先到府里去。”载洲说。

“行，你可以不出面，我打头！”铉龄怕此行得罪知府，一本参到朝廷影响载洲前程，建议他不必出头。

“不行，我和你一起去。”载洲陪着铉龄走到队伍的前头。

在知府衙门之外，铉龄递上名帖，说“东江魏铉龄求见”。载洲跨一步上前说“新科进士杨载洲请求同见”。

衙役一听新科进士求见，立即报告知府大人。方知府调离之后，这里新来的知府姓耿，听说后马上让人将魏训导和杨载洲请进客厅，其他人员也安排了休息的地方。

“魏训导和杨主簿到来我很高兴。祝贺杨主簿得中进士，这是荆州之幸事，不知高就何处啊。”耿知府问。

“我申请回到湖广，已批准候任，请耿前辈多多关照。”载洲站起来行礼。

“哎哟，我们都老了，你这样年轻前程似锦啊。不如就到荆州府来，我也干不了多久了。”耿知府说这话有点高抬的意思，新科进士任知府极为少见。

“那您高抬我了。今天我们有件要事情向您禀报。”载洲说着就望着魏训导。

魏训导接过话说：“不知耿知府是否晓得田禹禾故去了？”

“怎么回事啊？他不是住在江陵家里吗？”耿知府说。

载洲把田禹禾的情况给耿知府讲了一遍。

耿知府听后说：“我大意了，失职了。田县令实在是太刚直了，我派人到东江查清此事以便向巡抚报告，还没有弄清楚他一怒就挂印归乡了。没想到他这么快就走了啊？后事是怎么安排的？”

“田县令捐俸修堤，身前没有留下钱。儿子靠种地糊口，夫人病倒在床上，家中空空如也。田县令死后连一口像样的棺材都置办不起，我来后给他换了副寿木，已经安葬凤凰山望洲台了。”载洲说。

耿知府含泪叹息：“好啊，让他保佑枝洲吧！”

魏训导接着把降兵老黑一伙诬告田县令的事对耿知府讲了，魏训导说白其行逃跑的时候田县令没有上任呢，这话从何说起啊？全是诬告。

“那白其行是不是有人放走的呢？”耿知府问。

“不晓得，我是后去的，载洲也不在丹阳城。要说放走，我料想就是那几个降兵干的。”魏铉龄的话让载洲吃了一惊。这真是太高明了，老黑告了田县令，田县令的确没有放，老黑不敢改口说是方知府。魏训导这么一说，老黑们就算是玩完了。

“我晓得，吴世璠自杀后，历时八年的三藩之乱就全部平定了，这伙降兵再也没得指望了，造谣生事，诬陷命官，罪该万死。你们放心，我马上呈请巡抚，上报朝廷，嘉奖田禹禾，给其夫人增加抚恤，重处诬陷田大人的降兵。我要去祭拜田县令，看望夫人。”耿知府说着让人把他的本月俸银带上，送给田夫人。

“我们都随你去。东江来了很多人都是去祭拜田大人的啊！”魏训导说。

“那好，一起去！”耿知府说着就带着大队人马上路了。

《东江县志·田侯治县实政》：田侯莅东江，纪录二次考满，以无力给由，逡巡未迁……邑中之猾以私放罪臣诬侯，百姓皆叩台诉侯冤。而侯寻以疾卒于荆邸。二子相从，贫无以殓。载洲出银为殓。郡伯闻之叹息至泣下，捐俸田氏。

第十章 仙女坟

枝洲的白果树叶子又黄了。

清冷的月光洒在金黄的树叶上，寒气逼人。

树枝上悬挂着许许多多黄色的布条，在寒风中飞舞着。白果没了后，这里挂上了密密麻麻的黄布条。

白果的坟在离这里不远的小坡上。每天晚上都会有人来点上几支蜡烛，烛光在风中摇动，蛐蛐唱着悲伤的歌。

夜深了，一个人影时高时低向墓地移过来。月光下的影子拉得很长很长，从远处一直延伸到白果墓前的烛光中。

影子越来越短，渐渐地被烛光淡去了。人跪在墓前，低声呼唤着："白果妹妹，白果妹妹，义生回来了，回来与你成亲了啊！"

义生趴到坟头上，把手紧紧扣进泥土，泪水把坟土打湿了，泥土中落气钵碎片把手划破了。义生不敢大声，他怕人们发现了他，他怕惊动了沉睡的白果妹妹。

他低声哭诉着，忏悔着——

去年冬天，义生告别白果后没有到度门寺，而是改乘上水船到了彝陵。顺治五年（公元1648年），清人因避讳"夷"字，将夷陵改称"彝陵"。义生在彝陵江边找个旅店住下，想脚伤好了去找事做。后来一想，老住在彝陵也不行，东江到彝陵的人不少，弄不好会有人认出来。

其实义生真是舍不得离开枝洲，舍不得离开载洲、功成他们，更舍不得离开白果妹妹。南河月堤完工后，载洲到工地上巡查，听到两个人在谈闲。一个人说，月堤修好了义生哥该剃头了，也该成亲了。另一个说，白果成亲了老杨家不就是抗旨不遵吗？那可是欺君之罪，了不得的。工地上的民工都不把义生叫督导，而是称哥。年纪大点的就叫义生，最讲究的就是叫飞霄。

义生知道，如果真的是抗旨不遵，载洲哥哥的会试资格就可能被取消，还要问罪，如果是那样老杨家就败在我手里了。这样的事情我千万不能做啊！可是，如果留下来，不结婚白果也不依啊！他把牙一咬，才选择永远离开枝洲。

在彝陵住下来后，渐渐与一些住店人混熟了。有一个川江来的船老板看到义生虽然脚有点残疾，但是一个十分精明能干的人，就试探问义生想不想找点事做。义生听说是跑川江的船，心里想这样也好，就答应了。那时彝陵的上水船都是空船，好多险滩全靠纤夫拉，在船上的人也很危险，而且时间很长。所以在回船的时候老板都会找一两个能干的人陪船老大把船带到重庆或者其他码头，老板乘轿子或者骑马回万州、重庆等地。义生特别负责任，跑了一次船就得到老板信任，成为船老大的好帮手。

离开枝洲后，义生没有一天忘记白果。每次回到彝陵总要到茶馆坐坐，不为喝茶，只是想在茶客中听听消息。时间已是冬月，眼看离开枝洲快一年了，义生坐在茶馆里无心听艺人说唱，眯起眼睛打瞌睡。突然听到艺人一拍惊堂木说道：各位客官，今天不讲三侠五义，也不讲桃园三结义，专讲一段最近发生在枝洲的一个传奇故事。一听这话，义生的耳朵就像兔子耳朵一样竖起来了。

说书人一边唱一边说——

江心有枝洲，十年九不收。

收了金满斗，不收拖棍走。

贡生杨载洲，领头将堤修。

义弟路飞霄，发愿“三不做”。

是哪三不做啊，就是堤不修好不剃头、不洗澡、不回家。

三年不下堤，跪雪冻残足。

堤成民自安，万户庆丰收。

义生不辞别，洲民修庙留。

白果寻不见，殉情化仙游。

洲人泪长流，恶霸血喷口。

诬告生祠庙，刮的民膏油。

县令拍案起，棒打冤大头。

降兵生毒计，誓报一箭仇。

……

说书人边唱边说，边说边唱，声泪俱下，茶客唏嘘。义生听不下去了，又不敢问说书人，独自跑到江边号啕大哭。他实在无法控制自己，回到客栈给老板说家有急事告假，当晚就上了到丹阳的船。到丹阳城后义生不敢乘到枝洲的船，跛着脚日夜行走，在老城附近过小河，半夜来到白果的坟前。

“白果妹子啊，我混账！我怕与你成亲了张杨家在枝洲丢了面子，我怕朝廷追究杨家欺君之罪，我怕影响到载洲哥哥的前程。我想带你走，我又有伤，我怕让你受苦啊。我这也怕那也怕，怎么就不怕你承受不了呢？你是个天都不怕地也不怕的人，怎么就这样去了呢？”义生哭得死去活来，想在白果树下撞死算了。在起身的一瞬间改变了主意，我生对不起白果，死也不能玷污了她的清白，死在这里以后难免有人嚼舌。他给白果磕头告别，径直来到生祠庙，将包袱放在供桌上，朝南河走去……

载洲接到到武昌府报到的通知，毓真来信说载洲任职的第一个地方是大冶，但家可以安在武昌，由武昌府安排住处。毓真让他把母亲和雨儿、之骍都带到武昌来，这样也方便一些。载洲和母亲商量，杨夫人说家里还是留个人好，这不是到京城任职，到武昌走水路也方便，她就不去了。月堂法师觉得这样也好，杨夫人怎么舍得离开自己的女儿随儿子去享福呢。月堂对载洲说：“你们先去，安顿好了，时间长了夫人心里也会好一些，再接过去也不迟。”

“那也好，只是烦月堂法师费心了。四太公年岁大了，家里有什么事情请您多关照，我已和功成、卞先生都告辞了，他们也会关照的。”说着就给月堂法师跪下了。

“阿弥陀佛！”月堂把载洲扶起来。

“载洲，义生回来了！”说话的是功成，他慌慌张张踏进门槛。

载洲、月堂都愣住了。

“人在哪里？”载洲和月堂一起问。

“走了！”功成将一个打湿了的包袱放到桌子上说，“这是常保长派人送来的，他们还在到处找。”

载洲把包袱打开，里面是用衣服包的银两。

“有信没有？”载洲问。

“没得。常保长也是看到这件衣服才晓得是义生回来了。”功成说。

载洲哽咽着说：“好兄弟，你回来不留一句话，留这些钱做什么呀！”

“他是怕你们为他花了钱呢。”月堂说着，让载洲、功成随他进了莲花殿。“你们看，这些幡都是枝洲百姓为义生和白果挂的。义生不管是死是活，他都是枝洲人的好儿子，好兄弟。”月堂说。

载洲和雨儿带着之骉来向白果告别。

白果的坟头，白果树叶子飘飘洒洒，落了一地，满地金黄。坟头周围，长出一片小白果树，小白果树随风摇动，守卫着白果的坟。大白果树上，几支黄雀在吱吱呀呀地叫着。一阵风吹来，树上的白果叶和鸟儿一起朝南方飞去，分不清哪是叶子，哪是鸟儿。雨儿和之骉在白果的墓前摆上了供果，载洲捡了一些落地的白果放在供果盘子里面。雨儿点燃香烛，烧了一些纸钱，便要之骉给姑姑磕头。之骉给姑姑磕头时，雨儿泪流满面，边烧纸钱边说：“白果，之骉给你磕头了，我们明天就要走了，我们会常回来看你的。”雨儿说不下去了，哇哇地大哭起来，“我苦命的妹妹啊！你怎么舍得我们的呢？”

载洲扶着那块刻着“白果仙子”四个字的石碑，五指紧紧地扣着，指头都扣出了血，心里也在滴血：“我苦命的妹妹连做个人都难，哪曾想成仙呢？”

雨儿带着之骉坐在坟前，给杨之骉讲白果姑姑和义生叔叔的故事。她说：“白果姑姑心疼着之骉呢，你还在娘怀里时，白果姑姑就天天问，我侄子什么时候出生啊。你出生后，她可是天天都抱着你啊。可是你姑姑和义生叔叔现在都走了。”

“妈妈，白果姑姑到哪里去了？”之骉问。

“姑姑到天上去了，做白果仙女了。”雨儿把之骉搂在怀里哭着说。

“那义生叔叔到哪里去了？”之骉问。

“义生叔叔是白果姑姑的伴呢，他到远方去寻姑姑了。”雨儿抹一把泪，站起来说。

夕阳西下，光闪闪地洒在白果树叶上，载洲、雨儿和之骈坐在白果的坟头，他们想多陪陪白果，不想离去。

“妈妈，你刚才说白果姑姑就是这里的白果树，义生叔叔就是南边的白果树，他们一个在南边一个在北边，能在一起吗？”之骈问。

“能，肯定能。春天到了，南风吹起的时候，南边那棵白果树开花了，风把那里的花吹到这里，落在北边这棵白果树的花上，那是义生叔叔在叫姑姑醒来呢。”雨儿说。

“姑姑醒了吗？”

“醒了，姑姑醒了，白果树上的花就结果了。小白果成熟了落在地上，就长成了小白果树。”雨儿说，“小白果树就是姑姑和叔叔的儿女呢。”

“那小白果树就是我的弟弟妹妹哟。”之骈说。

“是的，那就是你的弟弟妹妹。每到秋天，天气转凉了，姑姑就让满树的黄叶随着北风和鸟儿一起飞到南边，落在南边的白果树下，那是姑姑给义生叔叔报信，说天凉了该回家了。”雨儿说。

“我能捡几片白果叶子，也去给义生叔叔送个信吗。”之骈说。

“捡吧，带在身边，记住姑姑和叔叔。”载洲说着，捡拾起几片白果叶子，装在之骈的小荷包里。之骈又捡了几片叶了，放在妈妈的手中，自己手中也拿着几片金黄的白果叶。

太阳就要落山了。三个人的影子渐渐远去，一阵秋风吹来，白果树上的金叶有的向南边飞去，有的落在他们身上。

《张杨家谱》：之骈，载洲公长子。康熙庚子科乡试中解元，发榜时不得其卷，故易之。《张杨家谱》首撰者。着《左传比》一部，自今存焉。

《张杨家谱·序（杨之骈）》：尝闻家有谱书犹国家之有全史，考之千古其出处根源，罔不了若指掌然。或事有难以明言，则惟铭石可以遗后，庶可垂久远而不朽也。

卷三

麦生

时光流逝，又过去了二百多年。滔滔江水不舍昼夜地在枝洲边流淌，有时像一个慈爱的母亲哺育大地，有时像狂野的暴徒祸害苍生。主河道像不安生的顽童，一会奔南，一会奔北。枝洲大堤修了毁，毁了修，周而复始。大白果树死了活，活了死，死而复生。枝洲人一会儿在唱戏，一会儿去逃荒，苦乐轮回。这一河水啊，真是好起来离不开，坏起来躲不开。

张杨家族在枝洲生息繁衍，分枝散叶，在五湖四海落地生根。《张杨家谱》十七世后出现了一个不姓杨的名字："陆杨麦，乳名麦生。原名杨云麦，永山公二子，过继陆家，改名陆杨麦。"

解读麦生，要从他的三个名字开始。

麦生出生在枝洲仓前，靠近沱江。肇枝公当年到枝洲时，仓前也叫龙船口。《张杨家谱》上有一首《仓前张杨世系歌》，第一句便是"仓前杨氏本姓张"。仓前是枝洲张杨家族的根脉。

麦生的父亲有三兄妹，他爹是老大，叫杨永山。老二叫杨永川，是麦生的二爹。老三叫杨永秀，是麦生的幺幺。枝洲人把姑妈叫幺幺。永秀嫁到洲南的陆家，男人叫陆牧，在凤口街开槽房酿酒。永山有两个儿子，大儿子叫杨云青，二儿子就是麦生。麦生因在麦黄时节出生而得名，大名杨云麦。永川只有一个独姑娘，叫杨云朵。

杨永山是晚清举人，曾在东湖县任儒学训导。民国初年，杨永山受省通志局之聘到武昌修志，后来又受张继煦之邀到荆南中学任教。张继煦和杨永山既是同乡，也同为清末举人，相交甚厚。张继煦见杨永山一个人在武昌，生活有诸多不便，便要永山把夫人和两个儿子都接到武昌去。永山回来接家眷，将家里的产业交给永川打理。

陆牧和永秀回来给哥哥嫂子送行，请求大哥把麦生留下来，过继给他们做儿子。永秀嫁给陆牧后没得生育，永秀几次向大哥和嫂子提出要求，把麦生过继给他们做儿子。麦生妈舍不得，没有答应。现在他们一家都要走了，永秀流着泪对哥嫂说："我没能给陆家生一男半女，你们把麦生过继给陆家，才有人续接陆家香火啊！"永山一听心里很不好受，他知道妹妹很痛苦，有心把麦生过继过去，但夫人舍不得没有应口。永秀要陆牧娶个小，陆牧坚决不同意。现在一家人都要走了，永秀提出这个要求，再不同意也不大好。永山和夫人商量后，同意将麦生过继给陆牧做儿子。

杨云麦过继给陆家后改姓陆。

从此，陆杨麦便是他的大名。

二爹杨永川的夫人姓李，是李家坑的人。云朵比麦生小两岁，是永川两口子的心头肉，捧在手心怕丢了，含在口里怕化了。永川是个散淡惯了的人，云朵娘很能干，里里外外都是她操持，日子过得比一般的人好一些。

云青随父母在武昌生活，中学毕业后，省上挑选一批学童到日本留学学习农业，云青考上了，学成回国后在武昌棉花研究所当研究员。陆牧到武昌去看望大哥大嫂，看到大城市和乡下大不同，云青还出国留学，当了科学家，真是有出息。回来后就和夫人商量说，我们负责养育娃儿，可不能误了娃儿的前程，把麦生也送到武昌去念书吧。夫人说好，你把娃子送过去。

麦生到武昌只两年，永山夫妇在一次长江轮船事故中不幸丧生。从此，麦生便由云青照顾，继续在武昌读书。

麦生在武昌读中学时，经常翻看大舅也就是他亲生父亲留下来的书，杨守敬、熊茂洽先生的《水经注疏》让他十分感兴趣，在哥哥支持下上了水利预科班。预科班结束后准备参加大学入学考试，没料想大学宣布战时停止招生。

正在这时，云青要离开武昌一段时间，便让麦生回到枝洲。

第一章 黑龙潭

乙亥年（本书特指公元1935年）是枝洲人的噩梦，八月涨水，白日见鬼。后来只要说起乙亥年，枝洲人就会浑身起鸡痱子疙瘩，一股凉气直透背脊骨。这一年从五月开始，一连下了一个多月大雨，积水淹了大半个洲，深的地方有一丈多，除了上半洲和留巷有几处高地外，行路主要靠划船，吃饭靠打鱼摸虾，无论哪里都是令人作呕的臭鱼烂虾味。进入六月，江水陡涨。六月初四，特大洪峰从黑龙潭开始，在东南西北的堤上拉开了几十道口子。洪水停洲半月，枝洲变成了“死洲”。少见炊烟起，只见鬼点灯（鬼火），走得动的出去讨米，走不动的在窝棚里等死。灾情报到省里，省里派官员到东江县赈灾，查出枝洲从辛未年破堤后，堤防费用几乎没有用在堤防上。堤防会为了应付检查，让人胡乱在溃口填上土，连硪都不打，在松土上铺上草皮应付。老百姓说堤防会是“掩草帮”，做的堤“只能哄鬼，不能挡水”。

枝洲堤防经费巨额亏空，让刚到东江县上任的饶县长吓出一身冷汗。下令拘押枝洲堤董朱一之，由副堤董杨永川暂时代理堤董一职。

杨永川这个副堤董，本来就只是一个“一出三不管”的乡绅代表。现在朱一之领罪坐牢，副堤董代理堤防事务也是情理之中的安排。杨永川百不情愿接这个差事，他知道枝洲的堤防说是堤防会管，其实堤董只是个摆设，实权在另外两个人手中。一是枝洲团总郝良兴。郝良兴不是枝洲人。不知是误读还是故意，枝洲人总是把“郝”念成“黑”，郝良兴叫成“黑良心”。二是大账乌子西。乌子西排行老五，人称乌老五。乌老五长期在堤防会混，老奸巨猾。

乌老五有一个堂妹叫乌有珍，排行老七，人称乌七。乌七是个风骚女人，和团总郝良兴相好，枝洲说的相好也就是情妇。乌七借着郝良兴的保护，在留巷下街头盖了一栋大房子，开起了烟馆。人们议论说乌七烟馆就是郝良兴和乌老五用修堤款建的。枝洲堤防亏空案眼看就要穿帮了，他们把所有的问题都推到朱一之身上，让朱一之代他们背黑锅。现在，他们又合谋推荐杨永川代理修防堤董，一是看到永川家里有几个钱。二是永川行事随便，对乌老五他们也没有什么戒备，万一有什么事，永川是个挡箭牌、替死鬼。郝良兴给县政府报告让永川来代理堤董，还有一个说不出口的歪心事，永川的女儿云朵长得乖巧，人见人喜欢。郝良兴好色，有人骂他是见到个母狗子都要上的畜生，不用说对好看的姑娘了。郝良兴对永川的女儿云朵一直不怀好意，总想变着法儿让永川入"瓮"——要么拉拢，要么陷害，目的就是把云朵弄到他的床上。

永川听说让他当堤董，立即给饶县长写信表示不能胜任。饶县长初来乍到，不明情况，又听人说杨永川是杨永山的弟弟，便写信安抚，说是"受命于危难之时，救民于水火之中"，希望他"万无推辞，临时担起这副担子"，过几天他亲自到枝洲来查灾情。为了表达诚意和支持，饶县长还专门划拨了四百块大洋、一千元国币作为枝洲复堤专款。永川没有办法，只有硬着头皮上架，当上了代理堤董。

江水退后，逃荒的人们回来种了晚秋作物。退水后的田地很肥，粟子长得特别好。受尽煎熬的人们看到粟子由低到高，由青到黄，心里又燃起了希望的火苗。老农估计这季粟子到手一年都吃不完。永川心里却高兴不起来，他一想到堤上的溃口没有堵好，心里就七上八下，到半夜都做噩梦。几次找乌老五商量，把县里的专用款用来购粮食，按挑土方量发粮，上堤的人也就多一些，做堤的质量也会好一些，乌老五总是说钱没到账。永川着急了要到县上去找县长，郝良兴说你不要去了，我到县里时去问问。结果一等就是一个多月，一点音讯都没得。

眼看就到八月十五了，粟子也快成熟了。万万没有想到的是河里又涨水了。八月涨水在枝洲来说是极为少见的，但这一年真的见到了鬼，八月江水猛涨，眼看洪水就要漫过黑龙潭冲口。黑龙潭是江水拐弯的地方，洪水一到，首当其冲，上次就是这里首先破堤进水。由于多次被洪水冲击，堤内有一个深潭，人们说潭里有条黑龙，一遇洪水，就会翻江倒海。黑龙一翻身，洪水就会如猛兽一样扑向全洲。永川心里明白，黑龙潭破堤后的溃口处只是填上些浮土，有些地段连浮土都没盖上，哪里经得住洪水啊。他心急火燎地跑到乌七烟馆找乌老五，要他快些把钱拿出来买粮食动员洲民上堤，首先要将黑龙潭的溃口加固。

乌老五在乌七烟馆里陪郝良兴打牌。看到永川来了，郝良兴把永川拉到牌桌子上，永川说河里涨水了。郝良兴打个哈哈说："你莫唬我，八月十五还涨什么水？今年年成不错，收了粟子，人都吃饱了再修堤。"

"河里水涨得猛，黑龙潭要破堤了啊！"永川说。

"永川，你莫扫老子的兴，老子说没得水就没得水，堤破了老子用屁股去堵到！"郝良兴开始耍流氓，他怕杨永川找乌老五要钱。

这时，乌七妖里妖气地过来打圆场："永川大哥，你不要烦心，到里屋里抽几口烟，包你心里太平得多。这客我请了。"永川气呼呼地坐下说："我不会，今天你们不把钱拿出来我就不出这个门。"杨永川晓得钱早到了，就是乌老五卡在手里不拿出来，其实是他和郝良兴黑了。

永川出门后云朵娘心里就发毛，一等不回来，二等不回来，心想要是水漫了堤那就可塌天了，跪在菩萨前烧香作揖："老天爷保佑，万万不能涨水了呀！"

"大水又涨起来了，黑龙潭要进水了！"堤上来人找永川。永川不在家，云朵娘让云朵快去找她爹。

云朵在乌七烟馆门口看到了乌七，问："七姑，我爹在你这里吧？"乌七妖里妖气地说："没有见到你爹的人影啊。"云朵不信，径直往屋里走。乌七拦住云朵："娃娃家不要进去！"

云朵一听，更加觉得蹊跷，便硬要往里闯。郝良兴听到外面的吵闹声，提着盒子炮从屋里蹦出来说："哪个在这里使横，别怪老子这家伙走了火！"云朵大声说："我来找我爹的！"郝良兴看到是云朵，眯着斜眼露出金牙，坏笑着说："云朵姑娘，你来做什么？"

"我来找我爹，堤上的人报信说黑龙潭要破堤了！"云朵说。郝良兴眼睛直直地看着心急火燎的云朵，觉得有几分好玩，嘴巴里流出涎水，心里萌发出一种邪念。云朵往屋里走，郝良兴一把将云朵抱住，在云朵身上乱摸。云朵推开郝良兴，郝良兴不放手，云朵顺手一巴掌打在郝良兴的脸上。

“你敢打老子，老子毙了你！”郝良兴把枪推上了膛。

永川听到外面吵吵嚷嚷，跑出来一看是自己家里妮子，一下子慌了神，忙着给郝良兴赔不是。乌七也出来打圆场：“团总喜欢你，和你闹着玩的。”一面把郝良兴拉进了屋，要云朵快离开。

云朵没有离开，对爹喊：“堤上来人说黑龙潭要破堤了！”永川脸色大变，立即对乌老五说：“老五，你快快找些人去抢堤。我先到堤上去。”说着就直往堤上跑。

“爹，你不能一个人去啊！”云朵跟在后头喊。

“你快回去给妈说我上堤去了！”永川头也没有回。

永川跑上堤一看，黑龙潭的堤破了，洪水像一群猛兽，直扑千里沃野。枝洲一马平川，寸水淹百田。“完了，完了！”永川一屁股坐在堤上，望着越拉越宽的溃口大哭。突然一起身在大堤上狂奔大喊：“快来人啦，水漫堤了，快来抢啊！”

得到水进洲的消息，郝良兴和乌老五心里也发了慌。

“水一漫洲只怕要穿包哒，你好歹不能承认吞了堤防款，把这事推到杨永川身上。”郝良兴对乌老五说。

“这钱没给永川，他不会认账的，要是那些刁民找上门来，永川说明了真相，我只怕是跑不脱了。”乌老五吓得腿子像筛糠。

“这样吧，你马上跑，直接到县上报信，说枝洲又涨水了，水漫了洲。报信时要向县长请罪，县长一发怒就会把你关起来，关在那里就稳当了。”郝良兴说。

“县长会不会把我枪毙了？”乌老五听说要他到县上报信请罪，差点瘫在地上。

“老子放你一条生路还不快滚啊！”郝良兴是个头顶长疮脚底流脓的家伙，他心里暗自高兴，这一下杨永川该死了。杨永川一死，屎盆子都扣在他头上，云朵插翅膀也飞不走了。

附近的百姓听到永川喊破堤了，扛着挖锄铁锹去抢堤。这时洪水已漫过溃口，根本就没法抢了。愤怒的百姓回头往堤防会跑，路过乌七烟馆时，遇到了郝良兴带着士兵拦在路上。

“你们到哪里去啊？”郝良兴朝天放了一枪。

“找朱一之和杨永川算账！”领头的大汉说。

他不敢说找郝良兴，郝良兴手里有家伙。

“朱堤董早就抓到县里关起来了，杨堤董刚刚在这里，听说洪水进洲了，他回去收拾东西要跑了呀！”乌七靠在门框上妖声妖气地说。

洲民们一听火冒三丈，这时从烟馆里跑出两个人，大喊：“杀肥猪（朱）宰肥羊（杨）！”洲民们蜂拥而上，跟在两个人后面边跑边喊“杀肥猪，宰肥羊”，直奔杨家台子。

“杨家台子起火哒！”喊声惊天动地。

永川转头一看，杨家台子火光冲天。他转身奔向冲口，只见汹涌江水直冲黑龙潭，发出巨大的轰鸣声，江水吞噬了原野，千重粟浪顿时变成了滚滚恶浪。杨永川朝天大喊一声“天哪”，纵身跳进黑龙潭的巨浪之中。

云朵和娘躲在一间土墙牛栏屋里，望着已烧成灰烬的杨家老屋大哭。天蒙蒙亮，台子下面撑来一条小船，船上有个人朝云朵娘俩喊道：“李嫂子，快和姑娘下来上船。”云朵扶着娘走下台子上了船。

撑船来的是张花子。张花子和永川年龄不差上下，瘦得皮包骨头，穿一身破衣烂衫，常年背着一个蛇篓子，篓子里的几条蛇陪伴他在洲上到处游荡。枝洲人管乞丐叫“叫花子”，有时也简称为“某花子”。其实，张花子并不是讨饭的乞丐，他用自制的蛇药给人治病。长个脓包，跌打损伤，还有小孩抽风，就会找张花子来治，而且大多都能治好。找他治病时一般不叫张花子，而是叫他张医生。说他是医生，与卫生就实在搭不上界了。他一身污垢，臭气烘烘，没事时就与他的几条蛇玩玩。张花子给人治病，只吃饭不收钱。他没有固定的居住地方，走到谁家门口，就随便要点东西吃。遇到治病要药的，请他吃点鱼肉喝点酒也是巴不得的好事。他晓得自己蛮癞糊（脏），从不上人家的桌子，把饭菜倒到一个碗里端到门口往地下一坐就吃起来。没人知道他的姓名，只知道他姓张。麦生出生后，还没有满月发了抽风病。小儿抽起风来，吓得大人魂都散了，赶紧请张先生来救命。张先生不慌不忙，给小麦生掐穴位，灌汤药。不一会小麦生就“哇”的一声哭起来了。麦生娘高兴得流泪，硬要张医生做麦生的“亲爷”。枝洲的习俗是让小孩拜一个下等人做亲爷，小孩就会平安。枝洲人说的亲爷就是干爹。从此张亲爷就成了杨家常客。后来麦生长大了，过继给陆家做儿子了，张花子就不常到这里来了。

张花子是在哪里搞的一条船没人知道，但他确确实实是划一条船来的。云朵扶起娘上了船，心里难过，说不出话来。张花子也不言语，划起船就朝南边湖心去了。

“亲爷。”云朵也跟着麦生哥哥这么叫，“晓不晓得我爹在哪里，我们要找爹啊！”

“我说了你们莫哭。你爹跳潭了，回不来了。我送你和娘到南边麦生那里去。”张亲爷是个不会说白话的人，一边划船一边说。

云朵和娘一听这话，放声大哭，要投水和老爷一起死了算哒。云朵抱起娘说：“妈，要死我和您一起死，都死了才干净。”娘一听这话不哭了，拍拍云朵说说：“我的儿啊，不说这话，我们到南河找姑妈去。”张亲爷一边说坐稳当些，一边拼死命划船。

杨家台子在枝洲北，陆家在枝洲南。不涨水时走旱路有三十多里路，涨水时节可以划船穿过鸭子湖到洲南。鸭子湖是洲内的一个大湖，湖心有几个小岛，最大的叫黑鱼背，黑鱼背也有人叫高山。大大小小的岛子一共有几十上百亩，沟壑纵横，芦苇茂密。前几年有一个叫赵连山的人带着几十条枪占了鸭子湖的几个湖心小岛，大营就扎在黑鱼背上。这里地势高，面积大，最高处大洪水也淹不到。团总郝良兴奉命去剿，打了几次都没有占到便宜，后来听说赵连山本来就是从国军中出来的，后台硬着呢，本事也挺大，别说一个郝良兴，十个八个郝良兴也不在话下。上头让他剿，他就做做样子，上头不问，他也不闻，河水不犯井水，也就相安无事。赵连山的队伍在黑鱼背，时不时都要出洲到江南江北去“打捞”（抢劫）。他们有个规矩，一般的情况下在洲内不抢，特殊情况下在鸭子湖周边也不能喊款要粮，这叫作兔子不吃窝边草。不仅如此，要是有人到鸭子湖周边找老百姓要钱要粮，赵连山的队伍还要干涉。鸭子湖周边的人们把赵连山的队伍叫“赵部”。

张亲爷把船撑到黑鱼背附近时，天已大亮了。发现后面有几条船追上来，张亲爷拼命划船，后面那几条船大，速度快，眼看就要追上来了。

“云朵姑娘别怕，你爹被人大卸八块喂黄鱼哒，你的屋也烧光哒，我是来搭救你们的。”在船头喊话的是郝良兴。

“拐哒，王八蛋要耍把戏了。”张亲爷说，他晓得姓郝的一直对云朵不怀好意。

“娘，要是我们被那个姓郝的抓到，我就跳湖算了，你一定要去找二哥回来报仇啊。”云朵抱着娘说。

“说什么话，他们不会把我们怎么样。”云朵娘嘴上这么说，心里也虚得很，浑身直打哆嗦。

“叭！叭！叭！”几声枪响，郝良兴像乌龟一样缩进了仓。

张亲爷听到枪声是从黑鱼背那边响起的，低声说：“天无绝人之路，赵部有人来了。”

真的是赵部来人了，赵部的船和郝良兴的船交上火，张亲爷只顾向前拼命地划。郝良兴怕遇到赵部的埋伏，不敢继续朝湖心追去，打了几枪就打回转跑了。

“哎，是不是杨老爷家里人哪？”赵部的人问。

“是的。我是张花子，送他们到南河去的。”

“别去了，赵司令让我们来接你们的。”赵部的船靠近后让张花子跟着他们走。张花子看到他们手里有枪，也不敢吱声，把桨放下，换上撑篙，撑着船进了芦苇林子。

船靠在黑鱼背码头，张花子不知道赵司令是唱的哪一出，心里不自在，思想就开了小差，不管别人，一个人背着他的蛇篓子下了船，径直往前走。赵部的人晓得他的德行，并不理他，看他往哪里走。小路边密不透风的芦苇顶着一只只芦花棒子，像一节节青黄色的蜡烛。张花子在人把高的芦苇林子中找不到方向，弄不清东南西北，走着走着就只有他一个人了。张花子看到前后无人，心里发麻，心想这下子搞拐哒，倒头就跑。好在大家都没走多远，他悄悄跟在后头，赵部的人暗自好笑。云朵看到亲爷走远了以为他是去方便了，便没言语。云朵娘一脚高一脚低，心里七上八下，掉魂一样跟着走，哪里管得到亲爷走到哪里去啊。

走了好大一会儿，一块高点的平地上有几栋穿架子屋，盖的都是茅草，房子有高有矮。张花子晓得，大屋就是赵连山住的，他来过。房子前空地上竖着几根杉木杆子，上面挂着几个大小不等的鱼亮子。鱼亮子是用竹篾编的捕鱼工具。抓大鱼用的是大亮子，有两尺多长，像个大空心篾篓子，两头设有倒挂须，篓子里面放上一些骨头和麦麸子掺酒糟做的团子，让鱼钻进来吃食，一进来就出不去了。还有中号的。最小的是鳝鱼亮子，只有一个小碗精细，一尺多长。黑鱼背的鱼很多，用这种亮子捕鱼，只要夜晚放在水里，用一些芦苇叶子掩盖起来，第二天早上来取绝对不会打空手，不费什么功夫就能捕到好多鱼。

其实，这些挂在竿子上的鱼亮子就是赵部的“号旗”。挂几个大的几个小的，湖中的人一看就晓得有什么情况，甚至还晓得今天是什么天气。今天，几根杉树杆子上挂的是一个大的、两个中的和一个小的，一个大号的表示赵司令在湖里，两个中号的表示出去了几支人马，一个小号的是涨水信号。湖里涨水，人都要往高处搬。大堤一破，湖水涨了一丈多，岛子上的面积小了许多。这些张花子都晓得，是第一次进湖时赵部的人告诉他的，他开始听说后还心想，老子活了这把年纪，只见到鱼亮子放在水里，没看到过把鱼亮子挂在天上，狗日的赵连山还真是有点子“今古奇观”。

来到场子边上时，有个人来放下了一个中号鱼亮子，杉树杆上只有一大一中一小了。张花子一看大亮子高挂，心想按规矩赵司令今天一定在湖里。其实，这玩意儿有时他们自己人也不是很明白。比如，明明挂着司令在湖，恰恰那天他并不在湖。不过，小的们还是相信他在湖里。

云朵和娘没有心思看这些，她们也不懂。云朵心想只怕是脱了虎口又入了狼窝，心跳得自己都听得到。

这时，赵部过来几个人，让他们等一会再过去。张花子猜想赵部有“行动”，这次他还真猜对了。他们在原地站着，看到从芦苇丛那边钻出来一群人，前头两个背着枪，押着一个人。后面是一个中等个子男人，不过三十岁，头上围着一个青布包头，脸上的胡须刮得很干净，方方的脸，凶凶的眼，穿着一身家具布衫子。家具布就是枝洲人用土棉花纺的纱，木织机织的布，质地很粗，但穿上很舒服。乍看上去，这人不太像土匪，土匪都长着大胡子，这人怎么还把脸刮得干干净净。不过又像个土匪，不是土匪，那眼神怎会这么凶？这人后面跟着一大群人。

他就是赵连山。带路的把云朵他们引到旁边等候，交代他们不要乱动。按赵部的规矩，凡是司令有行动，任何人都得让道，停下来等候，等司令走后才能再走。这里既看得见也听得见。

赵连山问被押着的人："你这次到江南捞了多少？"

"报告赵司令，三十两银子全部带回来了。"那个人并没有跪下，站着回答。

"是不是有几个金首饰你拿到哒？"赵司令问。

"是。"

"放在哪里？"

"送人哒。"

"送给什么人了？"

"我一个相好的女人。"

"除了这个女人，你在江南是不是还搞了一个小妮子？"

"是的。"

"多大了？"

"十五六岁。是个要饭的，我说给他吃的，要搞她，她不干，我就……"

"你这个王八蛋！说说老子们的规矩。"

"不准私吞财物，不准强奸民女，还有……"

"今天按规矩处置，你说冤不冤？"

"不冤！"那个家伙也真是个人物。

赵司令接过一支枪，叭的一声将这个家伙结果了。

云朵娘和云朵吓得把眼睛蒙着，不敢看。

"把他埋了，派人到江北给他家里的人送几两银子去。以后他家里有什么事情，弟兄们关照点。"赵司令扭头回到大屋里去了。

赵部的人把云朵娘俩和张花子带到大屋里，赵连山已在正中坐着。跟班的请云朵娘坐下，其他的人都站着听赵司令讲话。

赵司令认识张花子，朝他招招手，张花子晓得是叫他也坐下，得意地坐下了。

“昨天的事情我都晓得了。杨二爷本来就不该趟这河浑水，这下子被黑良心害了。你们别怕，陆杨麦和我是同学。去年听说他从省里回来哒，我亲自派人去请他，要他到我这里来和兄弟们一起干，他却带信来说要我改恶从善，真是胡说八道。不过，我的队伍可没有在凤口为难他们。”赵连山说。

云朵娘听赵连山说和杨麦是同学，心里便起疑惑，他和麦生年龄差得多啊。“一定是扯白的”，云朵娘心想千万不能上当。赵连山从云朵娘眼神中看出来她不相信，便笑着说：“你们可能不相信我和陆杨麦是同学吧，我可告诉你们，我们那个班比我大的还有的呢，有的娃子都多大了。不过陆杨麦是最小的，比我小上十岁吧。”

云朵娘一听便放了心，说：“麦生会来感谢您的。”

“要他来感谢我，只要他不横我的场就谢天谢地哒。”赵连山说。

“我哥是个本分人。”云朵也放松了些。

“这话说得对，陆杨麦不仅是个本分人，还是个很讲交情的人，他的缺点就是瞧不起我们这些人。”赵连山又是一个哈哈，“不过，这次他不发驾，只怕就搞不成器了。”

“昨天晚上我手下的探子说杨二爷跳潭了，一大早就派人到杨家台子去接你们，没想到花子还早些，把你们接出来了。好，好，好，张先生积了德，不然你们就落在姓郝的手里了，把你们救出来还要费大力。我担心陆杨麦得信后到留巷去找姓郝的算账，那就要吃大亏了，已经派人给陆杨麦送信，要他到我这里来接你们。过会儿他就要到了。”赵连山说，“你们先在我这里歇下来，等陆杨麦来了再作打算。”赵连山说完就吩咐下人备饭，招待云朵娘他们。

云朵在草房里桌子上摆好饭菜，跪在地上，一边哭一边说：“爹，云朵不杀郝良兴誓不为人！”不一会儿，花子亲爷来说麦生到了。云朵刚准备去接二哥，陆杨麦已经进了门，对花子亲爷说：“亲爷，您救我二妈和妹妹的大恩大德，麦生永远不会忘记。”张花子说：“什么大恩大德，老子就是怕姓郝的把你二妈和云朵又害死哒。”陆杨麦点头称是：“现在到处是水，亲爷和我一起回去吧。”陆杨麦说回去是指他南河的陆家。张亲爷瞥眼说：“我是一个四处漂的主儿，过不得那种安逸的日子。”说着就要打回转。这时，赵连山进来了，说：“今天谁也别走，要走等到明天再说。我和陆杨麦还有话说呢。”陆杨麦在赵连山的地盘上，自知也不能插翅飞走，再说赵连山还救了他的亲人，怎能说走就走呢。

赵连山叫人安置好云朵母女俩和张花子，和陆杨麦一起来到大屋，这里酒菜已经备好，赵连山请陆杨麦入席。赵连山给杨麦倒酒，杨麦说不会。赵连山也没有勉强，自己倒了一大碗酒一饮而尽，摇摇手让人出去。

“杨麦，我晓得你心里难受。你今天可是看到了，马善被人骑，人善被人欺，这世道好人连活路都没得。我们几年没见，今天，我们好好说说话，说完了我派人送你们走。”赵连山又倒上一碗酒，自己一口喝下了继续说：“杨麦，其实你不了解我。‘九一八’事变发生后，我们几个年龄大些的同学去当了兵，是要去打日本鬼子，这个你晓得。没曾想到那些王八蛋不但没有让我们去打日本鬼子，却调我们到鄂西去‘剿匪’。部队走到江陵，那个狗日的团长把人不当人，克扣军饷，一帮兄弟一天到黑饿着肚子行军。我找那个团长评理，他说到了鄂西就有好吃好喝的了，还拿出枪来吓唬我们。我一气之下夺过枪毙了那个狗日的，把弟兄们拉出来，在草埠占了一个地盘。说心里话，当时我听说是去打贺龙的部队，拿枪去打中国人我不干。”赵连山又喝了一碗酒。

“我带着队伍在草埠湖住了半年，靠‘打捞’过生活。那里的富户都被我们给抢了。后来，共产党的游击队派人找我们，要我们参加他们的队伍干啥子革命。开始我答应了，也收了编，不过他们管得太紧了，那也不能搞，这也不能干。有一天晚上我和弟兄们把他们的枪拿了十多支跑了。奇怪的是他们并没有来追赶我们，后来也没有找我们的麻烦。

“我们跑到枝洲后在鸭子湖里扎下营盘。枝洲汉流太极山的关老大看到我有人有枪，多次派人来拉我们入伙，我不干。后来，关老大亲自来请我，说他要走了，枝洲汉流老大只有我能担当。我问了他们的一些规矩，一想也搞得，就接了枝洲汉流大哥的位子。有人说我赵连山是土匪，有人说我赵连山是汉流，都是对的。到枝洲后，那个黑良心几次来和我较劲，都没搞赢。现在他们也不搞了。”

“那你准备怎么办？”陆杨麦问。

“等呗。只要手里有枪，有朝一日我会出头的。现在是乱世，只能乱来。”赵连山说，“枝洲这个小小的地方，除了保安团外，还有谢长子、吴幺子都打着各种旗号在混。搞汉流好啊，没得人管得着。”

“这样也不是个法子嘛。”陆杨麦说。

“鱼有鱼道，虾有虾道，搞清白了一天都活不成。你二爹是个本分人吧，落下什么好处，被人害死了，尸身都找不到，见了阎王还要背黑天的冤枉。你是个好人吧，又怎么样？这年头，当‘土匪’没得什么见不得人的。你有什么打算？”赵连山说着又喝了一碗酒。

“枝洲一年两河大水，不晓得有多少人家破人亡。现在最要紧的是把枝洲的堤修好，让老百姓能安身。”杨麦说。

“你二爹的事怎么办？”赵连山问。

“枝洲今年第一次溃堤是天灾，第二次再破堤不能说不是人祸。全洲再遭水害，妻离子散，家破人亡，哀鸿遍野，满眼凄惶。我二爹身为代理堤董，难辞其咎，以死谢罪，没什么可说的。至于真相以后会弄明白的。前不久王南江来找我，说县长要他出任南河堤董，他知道我上过水利预科班，要我与他一起治理南河。没想到又发了第二河水。”杨麦说。

“王南江我晓得，留过洋，还在省里当过文牍，是个搞大事的角色，不晓得哪门又搞回来了。我听说县里原来是请他出任枝洲堤董的，他没答应。县长思来想去，找不到合适的人选，就把枝洲分为北河南河两个堤防所，请王南江任南河堤董，他同意了。你和他一起干是好事，我支持。”赵连山端起一杯酒看着陆杨麦，“陆杨麦，你行哪，过去我只听说大禹的老子没有治好水被杀了，大禹继续治水，三过家门而不入。没想到今天枝洲出了个陆杨麦，叔子没能治好水，侄子继续干。不简单，不简单啦！你志在千里，我不拉你入伙了，明天你就回去，实现你的抱负吧。什么时候用得着赵连山，带个话来。不过，云朵如果回去，你不去报仇，只怕那个姓郝的还会找上门来的。你难道不晓得那个黑良心的鬼主意？”

赵连山听到门外有响动，大声问：“门外是哪个？”

“是我们。”云朵和花子亲爷一起进来。

“云朵啊，我们正在说你呢。你哥要带你回去，我怕你回去后姓郝的找麻烦，想把你留在这里躲几天。”赵连山说。

云朵没有说行不行，对麦生说：“哥哥，那个姓郝的不会放过我的。如果我和妈都到你那里，姓郝的会变着法子找岔子，你们也不得安生。我想好了，就在赵大哥这里待一阵子，谁杀了郝良兴和乌老五两个王八蛋，我就嫁给谁。”

云朵话一出口，把陆杨麦吓了一跳，说：“莫瞎说话。”

“陆杨麦，你信得过我就把妹子放在这里，哪个敢动她一根毫毛，老子毙了他。你的妹子就是我的妹子。”赵连山端起酒碗，喝干了摔在地上。

张花子接着说：“麦生，赵爷是个义气人，你不要担得心。”

杨麦更了解赵连山，他认了的朋友就是过命的交情。他起身向赵连山鞠躬说：“容我和二妈商量一下，她如果同意，就让妹子暂时在这里避一避，云朵就拜托赵大哥关照了。”陆杨麦对赵连山客气了很多，叫了他一声赵大哥。

赵连山很高兴，站起身说：“我赵连山算不上什么好人，但是还是个人，陆杨麦你只管放心就是。”

陆杨麦和云朵回草房把这个想法对二妈说了，因为云朵安全的原因，云朵娘想暂时只能这样，也就同意了。云朵娘哭着对云朵说：“儿啊，你千万要照顾好自己啊，过几天我们来把你接回去。”

“妈，您放心，我看赵大哥不是个坏人，昨天姓郝的赶我们时，我就没想活了，现在活下来，我是要报仇的。你们不用担心我。”云朵说。

第二天，赵连山就派人把杨麦和他二妈送走了。

张花子一个人撑船走了。

《东江县志·乙亥大水记》：乙亥年七月，暴雨倾盆，山洪暴发，江水陡涨丈余，城垣堤垸崩溃，房屋多遭灭顶，商民家囊什物尽被漂流。水漫枝洲，田地被毁，秋收毫无，饿殍遍野，满目凄凉。九月复水成灾，秋收绝望，哀鸿遍野，流亡载道，欲逃他乡亦难觅一片净土，苟一涉足灾区，则饿殍载道，哭声震天，真令人见不忍见，闻不忍闻，情状凄惨，触目惊心，灾情之奇重，空前所未有。吾民何辜罹此洗劫。

第二章　东堵口

陆杨麦的家在凤口街头陆家山上。枝洲这个地方，一马平川没有山，好多人没有出过洲，也没见过山，坐在家里想当然，把高一些的地方都取名为山。山，在枝洲就是一个高土台子或者堤埂子。“平原山多，山区坪多”，说的就是在平原地区叫山的地名多，枝洲鸭子湖中的高地叫高山，留巷的高地叫庚山，凤口的老堤叫陆家山，等等。山区叫坪的地名多，比如三斗坪、升子坪等等。在崇山峻岭之间有一块能下三斗谷种的平地叫坪，能种下一升麦子的平地也叫坪。这是一种心态：身居平原想看山，人在山中总望平。

陆杨麦的爷爷是个槽坊师傅，那年卖酒到枝洲凤口，下船后爬上大堤，举目向洲上一望，我的天哪，一望无际的高粱像火一样红了半边天。“打更的盼月亮，酿酒的爱高粱”，陆老师傅不想走了。他在这里租下房子收高粱，开槽坊。只做了一年，陆家槽坊的凤口烧酒就香了一个洲，做了两年就香了一个县，做了三年就香到了夷陵、江陵。凤口老堤边上有棵大白果树，据说与留巷的白果树同龄，都有几百岁了。凤口白果树下的生祠庙还在，每年洲上的人都要在这里举行一次祭祀活动，平时上香的人也不少。陆老师傅在离白果树不远的地方买地筑台子盖了房子，老婆孩子都搬来落了户。陆家的台子筑得高，人们就把这里叫作陆家山。陆家山离凤口街很近，陆家的槽坊就开在凤口街东头。

凤口街是枝洲南河最大的集镇。“留巷人多，凤口钱多”，枝洲人这样说，东江人也这样说，连江陵、夷陵的人也都这么说。凤口南河虽然不是主河道，但走木帆船没得问题，大水月份还能行大船。凤口码头最大的优势是上下通长江，南面通松枝河，船可以直接开到湖南。这个水上的三岔口区位好，生意兴隆，钱当然就多了。今年水灾太大了，这里的生意差了许多，钱也不那么多了，倒是讨饭的人特别多。陆家在槽坊旁边的街面上有卖酒的店铺，在店铺旁边还有一个客栈，上面是客房，下面是茶馆和饭馆。来往的客商做了生意就在茶馆里喝茶聊天，四川人叫摆龙门阵，枝洲人叫“日白”，到了饭点就到饭店吃饭。陆杨麦不喜欢坐茶馆，那是生意人和老年人待的地方。只有一种情况例外，每当王南江来了，他俩要么是在茶馆里找个角落坐下，或者是下棋，或者聊天，要么就上堤看水，边走边聊。陆杨麦很佩服只比他大几岁的王南江，他好像什么都知道。有弄不明白的事，他总要问南江，南江一定会给他一个满意的回答。一来二去，两个人就成了无话不说的好朋友。南江几天不到凤口来，杨麦就找到凤梁去找他，好在凤口和凤梁只隔几里路，不要多大一会就跑到了。洲人很有想象力，说凤口是金凤凰吃食的地方，凤梁是金凤凰歇息的地方，所以一个叫凤口，一个叫凤梁。凤梁的街比凤口小一些。前几天，南江和杨麦在南河堤上看到洪水汹涌而来，南江说：“拐哒，今年这时候发第二河水，北边只怕要出大事。”杨麦点点头问：“水再进洲怎么办啊？”“灭顶之灾！”南江说，“我们枝洲的百姓实在太苦了，太苦了！”果不其然，北边出大事了，陆杨麦接到赵连山的信后就急匆匆赶到了鸭子湖。

陆杨麦带着二妈回到陆家山，姑妈和二妈抱在一起哭得昏天黑地，陆杨麦把到鸭子湖的事告诉父亲。陆牧说：“家有难，男人要顶着，万不可让云朵去做傻事，我们得尽早把她接回来，不能让她在土匪窝子里久待。你给哥哥去个信，二爹的事情得让他晓得。”

陆杨麦回枝洲后，杨云青奉命到苏区学习。回到武汉后和一位叫梅叶的老师结了婚。梅叶是东江丹阳中学梅校长的千金，梅校长和张继煦、杨永山都是好友。张继煦在武昌师范学校首开新风，破禁招收女生，实行男女同校，梅校长就让女儿到武昌师范学校报考，毕业后在张继煦兼任校长的荆南中学任教员。荆南中学是江陵、东江等七县同仁在武昌联合办的一所私立完全中学。云青和梅叶因为父辈的关系认识后，成了以兄妹相称的好朋友。后来，两人一起参加学生运动，加入中国共产党，从事党的工作，成了同志加兄妹，战友加爱人。

1935 年，党中央指示各地党组织要在战略上配合红军主力长征，把得力干部分配到地方去，恢复党的组织和地方武装。湖北省委决定派云青和梅叶回到东江，同先前派去的同志一起，以东江为基地开展党的工作。

云青和梅叶计划在春节前以探亲的名义回东江。

云青收到杨麦的来信后，立即向省委汇报，要求借此机会提前回到东江。省委研究后认为云青和梅叶这样回去的理由更充分，同意他先回东江，梅叶将一些事情处理完后再回。

杨云青首先来到东江县。东江县县长叫饶兴来，与杨云青在武昌就认识了。饶兴来和云青一见面就说："对不住啊老朋友，你二爹可是个忠厚人，枝洲堤防亏空的事出了后，有人推荐他当堤董，我也赞成。你二爹一再不干，是我要他干的。后来枝洲淹水，我是看你二爹的面子，从县里给他拨了一点钱，没想到又被乌老五黑了。我一片好心，没想到害了你的二爹。现在已经把乌老五关押起来了。"

饶兴来请云青喝茶。继续说："为了给你二爹正名，县里准备给杨永川在枝洲立一个碑，平反昭雪，以正视听。"

杨云青一听这话，立即站起来说："家里出了事，我当然要回来看一下。二爹的事情我不清楚，如果他贪赃枉法，我们绝对不袒护。就是没有贪钱，我二爹身为代理堤董，没能保护枝洲百姓，虽罪不该死，但也难辞其咎，以死谢罪是他的选择。感谢县长的美意，我不同意给二爹立碑。"

"好，好，这事以后再说。你什么时候回枝洲，我陪你去。"饶县长说。

"不用了。二爹走了，我二妈只有一个女儿。我弟弟又过继给姑妈了，家里没有男人了，我这次回来想多待一段时间。你晓得我是学农的，一直想办个棉花试验场。我走之前向省棉业改良委员会提出，要求在东江建一个棉花试验场。棉委会张主任表示支持，让我先到县上联系。饶县长如果赞成，请你以县政府的名义再向省里申请一下，尽早争取省里批准在枝洲建一个棉花试验场。如果省上一时批不下来，我准备自费购一些优良棉种回来做试验，请县长务必关照。"

云青回东江前党组织已有安排，公开身份是回东江在枝洲筹建棉业试验场。

饶县长一听喜出望外："我还以为你回来兴师问罪的呢，原来还有这么个想法啊。那是大好事，我们东江还没得人来搞棉业试验场，你领头办这件好事，我们县上一定全力支持。”

饶县长设便宴招待杨云青。席间两人谈到水患问题。饶县长说：“枝洲水患，一是天灾，二是人祸。大水过后，枝洲的堤防一直没人管。我请王南江出任枝洲堤董，他不干。没办法呀，干脆撤了枝洲堤管会，设南北两个堤防所。请南江任南河堤董，他同意了。但他提了一个要求，我正为难哩。”

“什么要求？”云青问。

“他说有个叫陆杨麦的学过水利，提议陆杨麦任他的副手。我说可以啊。南江说你说可以不行啊，他爹妈不同意。你回来正好，帮我出个主意啊。”饶县长晓得陆杨麦是云青的亲弟弟，却故意这么说。

云青知道二爹刚刚离世，让麦生再去堤防处，姑父和幺幺是不会同意的。便对饶县长说：“听话听音，你一定晓得我和陆杨麦的关系。”

饶县长眯起眼微微一笑。

“陆杨麦年轻，上的只是水利预科班，只怕帮不上什么忙。我回家后和家里人商量一下再给你回话。”云青心里清楚是怎么回事。

饶兴来点点头说：“枝洲水患治理是我的心头之患啊。要是南江和杨麦能把治理南河这副担子挑起那就再好不过了。”

杨云青告别饶县长，直接到了枝洲南河陆家。

云青在陆家把饶县长有心让杨麦协助南江修堤的事一说，云朵娘和永秀死活不同意。云朵娘对陆杨麦说：“你现在是陆家的儿子，你要接这个榜，问问你爹妈同意不同意。”永秀说：“你舅舅当堤董连命都丢了，你还去蹚这个浑水，除非我死哒。”

陆牧当然不想让陆杨麦接这个差使，他只想让麦生接他的班，把槽坊经营好。他说：“云青啊，你想想，我为什么要把麦生要过来给我当儿子？是老陆家的香火不能断，凤口烧不能失传啊！让麦生去掺和这事，我一想到云朵的爹，那不是要了我们的命吗？我说一句话，修堤是好事，要钱出钱，要物给物，要人不行。我和麦生可以上堤挑土，但绝对不能领头啊！”

云青虽然是陆杨麦的亲哥哥，但他还得尊重姑父的意见，说：“姑爹，您的心情我完全理解。水患得治，治水就得有人出人，有力出力，麦生是给南江当助手啊？”

陆牧不吱声，心想：“你二爹不也是个副手，他怎么样了呢？”

“那好吧，这事先放一放。我到仓前把房子维修一下，再把二妈和朵儿接回去。”云青向姑爹姑妈告辞。

“你回去修房子，我给你出钱，要多少只管说话。”陆牧说。

“我带了点钱的。不够时姑爹借我一些，以后一定还给您。”云青说，“还有一件事情，我回来办棉业试验场，请姑爹帮我在凤口附近租几十亩棉花田。”

“这个好说，就把我的高粱田划几块给你种。”陆牧说。

“难为您了。”云青说。枝洲说“难为”就是谢谢。

“朵儿呢？我怎么没见到人呢？”云青问麦生。

杨麦讲了云朵的事。“这样也好，躲一阵子再说。”云青知道赵连山这个人，也晓得赵连山与杨麦在武昌学校里同过学。回来之前，他查了襄西一带内部社情资料，赵连山拒绝到鄂西打击贺龙率领的部队，充分说明他是一个有正义感的人。党内将他列为争取统战的对象。

云青回来请工修复房屋，没有多长时间就修好了后三间，前三间也动了工。

春节前夕，梅叶回到了枝洲。云青和梅叶一起到凤口看姑妈，接二妈回家。

来到凤口，姑妈、二妈与梅叶见面，又喜又悲。二妈想起死去的大哥、大嫂和丈夫，还有逃到湖里的女儿，悲从中来，泪流满面。永秀想起大哥大嫂和二哥，失声大哭。梅叶安慰两位老人说：“我和云青都回来了，过几天我们再把妹妹接回来，好好孝敬俩们。”

麦生见到梅叶一下子愣住了：“这不是叶老师吗？”他没敢问出声，只是愣愣地看着梅叶。

梅叶看得出杨麦的神情。主动上前说：“你是麦生弟弟吧，我叫梅叶，你的嫂子。”

“嫂子。”杨麦木木地叫了一声，还是情不自禁地低声说，“我好像在武昌见到过你。”

“没有的事，认错人了吧。你离开武昌时我和你哥还没结婚呢，你怎么会认得我？”梅叶说。

“那我认错人了。”杨麦说，“对不起。”

入夜，杨麦在床上翻来覆去睡不着觉。嫂子明明是叶子老师，怎么与哥哥结了婚。他清楚地记得，在省城读书时看到叶老师在学生集会上演讲。叶子老师一头短发，站在学校的讲台上说：“现在，日本人占领了东三省，国家危在旦夕，我们全体中国人要奋起抗日，把日本人赶出去！”说着就领着大家唱抗战歌曲。陆杨麦特别激动，从那时起他就积极参加学生抗日救亡宣传活动。在每次活动中他都想能再见到叶子老师，听她演讲，可是再也没有见到过。他曾向同学打听，有人说叶子老师进修去了。他好想给叶子老师写封信，可是怎么也写不出来，写了也不晓得往哪里寄。叶子老师的身影经常在杨麦的梦中出现，那位蓄着短发的叶老师真是太美了。在他心里叶老师不只是好看，就像观音娘娘一样神圣得很，一想起来身上就像触了电，发麻。嫂嫂现在除了是一头长发，长相和叶子老师一模一样。翻过身来又想，我只见过一面，说不定就是记错了。

其实，梅叶就是叶子老师，她也认识陆杨麦。陆杨麦在武昌读书时，梅叶与云青既有工作上的联系，也在谈恋爱。不过，那时都是秘密的，杨麦不知道，也不可能知道。她在领导学生运动的公开场合都叫叶子老师，很少人知道她叫梅叶。那次演讲后她到抗大学习去了，所以陆杨麦就再也没有见到她。

这一说就到了春节。这个春节真是过得难，很多人都出外逃荒，灾民到处是，讨米的比拜年的人多得多。节前，陆牧要儿子去把二妈接到凤口过年。正月初一，云青和梅叶到凤口给姑爹拜年。按照当地的习俗，这一天是拜父母的，一般不出门。云青的父母都过世了，二爹也不在了，云青年前就说正月初一就来给姑爹、姑妈拜年的。云青和梅叶在凤口街上遇到王南江，南江说我也是去给陆老爷子拜年的，便一起来到了陆家。他们陆家台子下遇到几位乡绅，也说是来给陆师傅拜年的。

“怎么这么齐整，是约了的呀？”云青说着与大家一起上了台子。

陆牧闻声迎出来说：“这真是领当不起呀。”

喝了茶，陆牧请大家上桌边吃边谈。

大家坐定，陆牧端起酒杯说：“年成不好，时局也不好，家家都难上加难，陆家还有一口饭吃，得亏大家关照。我先敬各位一杯酒，愿新年都交好运。”

陆牧正月初一就有乡绅来拜年是头一次，王南江也一起来了，他晓得其中一定有点名堂。自从云青回来给他讲了麦生给南江当助手的事，他心里就一直在想，应当给他一个答复。现在当着大家的面，陆牧再次端起酒杯，站起来说：“各位乡绅新年就来给我这个槽坊粗人拜年，实在不敢当。大家的意思我明白，云青也和我商量过，我说过几天给他个说法。今天我当着大家的面说出来，既然是大家的事情，我也不能驳乡亲们的面子，就让麦生给南江打个下手吧。不过，我说句话大家不能不依，南河治理工程结束了，我儿子一定要回家。”

“要得，要得。陆杨麦懂水利，有文化，我们打着灯笼都找不到啊！”南江说着就给乡绅们使眼色，大家一起起身作揖。

云青说：“幺幺还没有表态哩。”

“不要紧，我给她讲，只要麦生小心些就是。”陆姑爹说。

年前，南江到留巷去过。他是省委前几年安排回东江工作的，云青回到枝洲就与他联系上了。见面后，南江讲了当前枝洲和东江的形势，提出要从为百姓办好事入手。云青表示同意，说：“我们的任务首先要取得群众支持，不办几件有益的事情是不行的。”年前商量好正月初一到陆家拜年。云青还说：“你先和麦生弄这件事，我呢，就办棉业试验场。这两件事做好了，都能为枝洲人民造福。梅叶负责党的组织建设，把失散的党员找回来。”

日子一天天过去，枝洲南河修堤工程经过两年整治，大部分都已完工，只剩下十三小垸合围最后的工程东堵口了。

东江棉业试验场一直没有批下来，省国民政府一片混乱，哪里有人来管这些事情。云青一面秘密从事党的工作，一面在陆家高粱地上试种美国柯字棉。第一年试种，棉苗长得齐刷刷绿油油的，人见人爱。可是一到夏天，棉苗先是生了棉蚜虫，棉苗都“油了头”，肥厚的棉叶上像是泼了油。接着又是红蜘蛛漫延，棉苗像“过了火”，先是红叶，后是落叶。当时既没有农药也没得器械，云青要乡亲们用石灰硫黄水洒，那些人没有干过，把棉苗都洒死一半。剩下一些，云青教大家整枝，结果把一些果枝给打了，留下的都是一些中看不中用的“滑条”。头一年基本没得收成，还落下了一个笑话：杨（洋）少爷种洋棉，“油头”“过火”赔了钱。

云青知道这次失败不是种子问题，而是配套农药和设备特别是农民的技术都没有跟上的原因。第二年他就先准备了一些农药和治虫的设备，还购进了一些化肥，给两个认得几个字的青年手把手教授植棉知识。这一年，云青地里的棉花大丰收。过去，枝洲种的是土棉，最好的收成就是“两个蛋，三个蛋，四亩田，花一担”，也就是一株结两三个棉桃，四亩地只能收一百斤籽棉。云青种的柯字棉，一株有七八个棉桃，一个棉桃要顶几个土棉桃，一亩地就能收一二百斤籽棉。这一下子就轰动了，四乡五邻都来找云青要棉种。云青购进了柴油机和皮辊轧花机专门轧种棉。他对乡亲们说，不仅今年棉花收起来后的棉种全部送给乡亲们种，以后每年他都在高粱地上给大家种种棉。但有一条，一定要按照他说的办法种植。大家都很高兴。

正在这时，云青接到通知立即到襄西支队报到。临走前他对梅叶说：“当前形势非常紧张，日军正在实施武汉作战计划，我们要做好与日军面对面作战的准备。要团结一切可以团结的力量准备抗日，抓紧修好大堤，以防天灾人祸一齐来。我走后东江县委的工作由路南游击队王占同志负责，他现在在草埠湖，你可以随时与他联系。县委决定恢复枝洲党支部，由你任支部书记，南江任副书记，还有几位党员同志都要分别承担一些工作。棉业场的事，有几个人基本学会了。让杨麦看着点，每年都要坚持生产棉种。”

“知道了，不晓得什么时候才能见面。”梅叶低下头眼里有了泪水。云青沉默一会儿，把梅叶的头抱在怀里说：“再难都会过去。”

梅叶到凤口让杨麦把南江找到茶馆来。在一个小包间里坐下，南江看到陆杨麦总是看着梅叶，便笑着说：“你别看了，你嫂子就是叶子老师。”

杨麦一愣，有点弄不明白了。

梅叶说：“我是叶子老师。”

“那你怎么和我哥结婚了？”杨麦问。

“话长着呢，自由恋爱嘛。”叶子笑着说。

“你们到底是什么人？”杨麦问。

“这还用问，她就是你的嫂子啊。”南江笑着回答。

“我是问嫂子怎么和你也认识？”杨麦对南江说。

“我们是同志。”南江说。

“同志？”

“梅叶同志是枝洲党支部书记。”南江轻声说。陆杨麦睁大眼睛看着嫂子。

“我和南江都是在武昌加入党组织的。当然，枝洲的共产党员还不只我们，今天我们一是研究工作，二是以党支部的名义正式与你谈话。”梅叶朝南江点点头，示意他讲。

“陆杨麦，关于共产党的主张我以前给你讲过，《共产党宣言》你也读过。如果你愿意加入中国共产党，我和梅叶同志愿意当你的入党介绍人，希望你按照党员的标准要求自己，接受组织考验，努力为党工作，争取早日加入中国共产党。”陆杨麦点点头表示愿意接受组织考验，努力为党工作。

“你协助南江同志组织修南河大堤，工作积极认真，成绩显著，得到了乡亲们的赞扬。党支部根据你的表现，决定正式将你列为发展对象上报县委。加入中国共产党就是要为老百姓办好事办实事，不怕牺牲。从今天开始，我们将安排你参加一些党内活动，希望你做好保密工作。”梅叶说。

“你知道什么叫保密吗？在社会上你们是叔嫂，我们是兄弟，在党内我们是同志。首先是要做到个人服从组织，党组织研究的事情，不能公开的绝对不能对任何人讲。这一点你要向嫂子学习，她回来这么长的时间，你知道她是共产党的干部吗？”南江说。

“不知道。”陆杨麦不好意思地说。

“根据上级党委指示正式成立枝洲党支部，恢复党组织活动。我任党支部书记，南江同志为副书记。南江同志负责与洲内几位党员同志联系，做好党员登记工作。在现在的情况下，暂不召开支部大会，也不公布支部领导成员，党员按照支部安排开展工作。目前，上级党组织的指示和党支部意见由南江同志分别向党员传达，党员之间不得互相联络。”梅叶说。

“县委对我们还有什么指示？”南江问。

“我们当前的主要任务一是恢复党的组织，二是扩大党的武装。”梅叶说，“扩大武装的目的就是要动员各方的力量准备抗战，最大限度地保护人民群众。”

“现在日本侵略者正在准备进攻武汉，我们必须做好全民抗战和长期抗战的准备。当前，我们最重要的事有两件，一是必须在日本侵略者进攻东江前修好枝洲大堤，包括南河工程。二是尽快争取赵连山的部队参加到抗日游击战争中来。我今天要研究的问题就是如何抓紧把这两件事情做好。”接着三个人就商量了加紧修堤工程和做好赵连山工作的行动方案。最后，梅叶说：“我暂时还不能公开露面，你们要按照研究的方案执行，有什么新情况及时向我报告。”

会议结束后，陆杨麦问梅叶：“嫂子，我还有一个问题。”

“什么问题？”梅叶问。

“我哥是共产党吗？”陆杨麦问。

“陆杨麦，这就叫不该问的不问。”南江说。

“我晓得了。”陆杨麦不好意思地说。梅叶拍拍杨麦的肩膀说：“以后会晓得的。”

枝洲南河自从江沱移道后，沙洲淤积，河床垫高，洲滩增多，逐年累月，沙滩与南河大堤间形成一条夹河。夹河沙滩随江水涨落越淤越大，杂草丛生，先是放牛放羊，后是圈地垦荒，从几十亩到几百上千亩。为了防洪，多家联合，姓氏抱团，亲友合力，先后在夹河南岸围起了十三个小垸，一共有两万多亩。小垸内原来是退水季节收一季，筑堤围垸后只要不涨大水，上季收金（麦子），下季收银（棉花），成了一块大肥肉。一遇涨水，十三个垸就像推倒多米诺骨牌一样一个一个倒堤进水，最危险的是危及大堤。

王南江任南河堤董，在陆杨麦配合下，用了两年时间，在堵破口复堤的基础上，十三个小垸合为一体，旁附大堤。先堵夹河西，然后堵夹河东。西边叫西堵口，东边叫东堵口。正准备堵东口的时候，饶县长来信说东堵口工程暂缓。

南江让杨麦到县里向饶县长汇报。

“陆杨麦来了，辛苦了，请坐。”饶县长拉着杨麦的手说，“我晓得你要来找我的。”

“饶县长为什么要我们停止东堵口工程？”

“你不知道啊，有人告你们毁旧堤，修新堤，既压良田，又害百姓，是劳民伤财之举。我想也有道理，把原来老堤加高培厚行了，何必一定要堵夹河子？更何况战事太紧，当务之急是迅速动员全民抗战，凡是不太急的事都得放一放。”饶县长说。

杨麦心想一定是乌家垸子的人在搞鬼。乌老五被抓到县里，后来死在牢里了。乌老五的几个兄弟以为是陆杨麦、王南江他们使的坏，让县长把乌老五搞死了，一直怀恨在心，处处找岔子。在东堵口即将开工的时候，乌家垸子的人先是说东堵口压了乌家风水，后来以占地压田、劳民伤财为由，联名告状，要求县政府停止堵夹河东口。

“饶县长，东堵口不堵，十三小垸还是个敞口，大水一来不仅小垸不保，大堤也有危险。这个方案是您亲自拍板的，怎么能半途而废呢？”杨麦说。

“这个我晓得。”饶县长看着杨麦，“这些人为什么反对？就是为风水吗？”

“那是假的，还不是为乌老五的事。”陆杨麦说。

“哦，我怎么没想到这一出啊。”饶县长说。

“他们认为乌老五的死是我和南江使的坏，让您把他弄死的。”杨麦说。

“胡说八道。我考虑当前要集中一切力量准备抗日，别生事。没想到是这个情况。我给你一个批文，你回去告诉王南江，按原定计划执行。”饶县长突然问，“怎么没有听到你大哥的音讯？”

“啊，省棉业委员会要他去参加一个试验课题，完成了就回来。”陆杨麦瞎编了一些话。

“那好，他回来一定要让我晓得。”饶县长说。

杨麦回到枝洲把这事给南江汇报，南江说马上准备好，先通知各总组织人员马上动工，动工时要声势大一点。正说着闯进几个人，气呼呼地说：“王堤董，大事不好，您的屋被人点火了。”

“烧起来没有？家里人怎么样？”杨麦问。

“还好，得许抢得及时，只把偏厦子烧了，正屋还好。人都还好，王大爹、大妈和大哥大嫂侄子都还好。”来人说。

陆杨麦一听心放下了：“只要人没事就好。”

南江一听就知道是谁在搞鬼，说：“杨麦到县里的事可能让他们晓得了，这是先下手为强啊。看来等不得了，必须马上堵口。”

“你算算堵口要多少人？”南江问杨麦。

“我算过，如果两头取土地点准备好，二三百人两三天可以堵上。”杨麦说。

“那不行，必须一天之内堵上。”南江问。

“一天堵上那得千把人。提前把运土的路修好，多修几条，这些准备工作需要三天。最快三天后可以堵口。”杨麦说。

“你去安排准备，我马上到县城去给饶县长汇报。我们说定，做好三天后堵口的一切准备。”南江对陆杨麦说，“烧房子的事情先别管他，就说是不慎失火，不要追究，安定人心。”

“你不回家看看？”陆杨麦说。

“不用，我家有我爹呢，他比我有办法。”南江说，“你马上到留巷去找嫂子汇报，把我们的安排告诉她，请求北河支援。”

陆杨麦立即到留巷给梅叶汇报，梅叶说在北河组织支援的事情交给她来办。“我请李功庆堤董准备二百辆鸡公车，你看够不够？”

“够了，南河已经准备四百辆，加上北河一共六百辆，现在河水不是太大，一天时间可以把东口堵起来。”

“我马上去和功庆商量。”北河堤董李功庆是梅叶联系的积极分子。

梅叶让杨麦马上回去，在南江回来之前一定要稳住局面，做好堵口准备。

枝洲的鸡公车是独轮的，轮子是木制的，一个人推，一个人拉，有力气的可以一个人推，一架鸡公车可以推三四百斤。枝洲还有一种孔明车，是用牛拉的车，直径五六尺的双木轮，有一丈多长的独木车辕，可以装千斤以上。历朝历代不知有多少人都试图绘制木牛流马的图形进行仿制，枝洲人说木牛就是鸡公车，流马就是孔明车。这事没有人考证过，枝洲人喜欢这么说，也不过是想沾点孔明先生的灵气罢了。那时，枝洲只要不是十分贫困的人家都少不得两样家当，一是小木船，二是鸡公车。这是水上陆上两种主要的运输工具。

陆杨麦带着各工段的头领检查车道。有人来报告，说生祠庙的白果树下死了人，是被人杀死的，那里围了好多的人。杨麦闻信就赶到白果树下，这里人都散了。

“死的人呢？”杨麦问。

“弄走了。”守庙人说。

“死的是什么人？”

“乌老五的三哥黑子。”

“怎么死的？”

“好像是勒死的。”

杨麦心想：“这事出了拐，凡事大不过人命，是哪个把这个冤大头杀了，这不是洗澡盆里窝泡尿，一下子怎么能说得清白呢？”

“杨麦，工地上有人闹丧。”这时从堤上跑来几个人，那时不管什么人都叫陆杨麦为杨麦，把陆字省了。

杨麦来到工地，只见东堵口河滩上新修的车道上扯起了白布条，几十个男女在那里号丧，还有几班丧鼓在那里敲着，中间停着一个用白布盖着的死尸，不用问一定是黑子。

修路的都停下来了，不敢再往前推进。工地总管方谷成给杨麦讲了刚刚发生的事情，杨麦说你们请乌家的人过来谈谈吧。

方谷成立即去找了几个人来，杨麦拱拱手说：“各位乡亲，堵夹河东口对大家来说都是好事，县长也是同意了的，还有文书，不信你们来看。”杨麦掏出县政府文书，当着大家宣读。还没有读完，打丧鼓的就伸手来抢。杨麦手快，收起来装到荷包里。

这时人群中走出一个人，他是有名的大力士黄龙。枝洲代代都出大力士，载洲公当年修堤时出了个常大力，现在又出了个黄龙。不晓得他们是不是有着相同的基因。黄龙身高一米八，抱得起七八百斤的石磙在稻场上转六七圈不喘大气，用鸡公车推得起八百斤棉籽，八百斤棉籽打装包后堆在鸡公车上像小山一样，黄龙双手紧握车把，把缆子一样粗的背绳往肩上一挂，喊声“走啊”便推起车子咿咿呀呀地上路，连晃都不晃一下子。人们都说他就是当今的常大力，比大力的力还大得多咧。黄龙是方谷成的好帮手，他力气大，心空主意也多，走路可以赶得上马。什么都好，就是吃得，一天五餐，一顿四斤米或者是五十个包子。为保证他的需要，南江还专门给他一份特别的补贴，确保黄龙吃饱。

黄龙一站出来，打丧鼓的连连后退，边退边说："你们杀了人还不让我们在自家的地上停丧？"

"什么人杀了黑子兄弟我不清楚，这事我们说不清白，人命关天，我提议立即派人到县里报案，请县衙派人来查。"杨麦说，"哪个愿意到县里报案？最好乌家去两个代表。"

闹丧的人你推我我推你，没有一个人愿意到县上报案，都怕放火的事牵连到自己，不好下台。

"我们不去，要去报案你们去。"打丧鼓的说。

"那好，我派人去县上报案。你们把尸首弄回去，这里要施工。"陆杨麦说。

"不行，事情不搞清楚，我们就把人摆在这里。"打丧鼓的说。

"误了工期你们谁负责？"杨麦说。

"那我们不管，你不把凶手交出来，我们不得就这么下地！"打锣的使力敲一下锣，震得人的耳朵都发麻。

杨麦晓得一时半会搞不好，便与方谷成商量，派黄龙到县上去报告。

"南江还在县上，你马上去把这里的情况给他说，他知道怎么办的。"杨麦说完，黄龙撒腿就跑了。

黑子的尸首在沙滩摆了两天两夜，工也停了两天两夜。

陆杨麦把南河各总的保长请来开会，说明情况，请他们准备好劳力和鸡公车，随时听候通知。开完会，陆杨麦和方谷成一起，提着茶礼到黑子家里去慰问，了解那天的情况。黑子的老婆说，那天刚吃过晚饭，就听到台子下有人喊黑子到街上打牌。黑子时常有人来喊他去打牌，家里人以为他又是上街打牌去了，哪晓得会被人搞死了呢。

"是什么人喊的呢？"

“不晓得，没有听出是哪个。”

不明不白地死了个人，街上的传言就多了。有人说，是路飞霄显灵，把黑子杀了的。也有人说，是赵部的人杀了黑子。还有人说，那天晚上遇到几个穿黑衣的人在街上晃荡，身上还带着枪呢，说不准是猫子会的。枝洲人说的猫子会，是指共产党的外围组织，因为他们经常夜里活动，人们称之为猫子会。

陆杨麦猜到了是谁干的，除了他之外，没得人敢做这样的事情。陆杨麦心想，你这个家伙，帮不到忙还要添乱，如果饶县长来了要追查谁杀了人，那可真是麻烦。

第三天晚上，正在陆杨麦焦急万分的时候，南江陪着饶县长进了门。在陆杨麦家里，饶县长听陆杨麦讲了这几天发生的事情后，好像并不着急，问杨麦：“南河各总的头领都来了吗？”

“都来了。”陆杨麦叫人把大家叫进来。

饶县长和大家见过面后问：“你们能组织多少人上堤？”南河各总头领说杨麦已先打过招呼了，每个总一百辆鸡公车，一辆车配三个人。

杨麦说北河还有二百辆鸡公车已准备好，随时听通知来进行支援。

饶县长说：“那好，南河四总四百辆鸡公车，北河二百辆鸡公车，一共六百辆，一千八百人，近处还得多组织劳力，起码要有两千人。明天天亮全部上堤，一天时间合龙，然后由你们安排收尾。”

“还是你辛苦一趟，到北河找李堤董，告诉他县长来了，让他连夜带人到凤口来。”南江对黄龙说，黄龙撒腿就跑。

“闹丧的人还在工地上呢，他们不走再多的人也不能施工啊。”大家很担心。

“那你们就别管了，县长叫我们动工就动工嘛。”南江把所有的任务都安排到人，说：“各位分头去办，特别是凤口和凤梁各餐馆要多准备一些干粮和茶水，不够的各保组织农户烧水做饭，必须保证工地上的供应。你们给大家说，所有的开支我们都会付钱的。”

“这么多人粮食够不够啊？”饶县长问。

“够，够，我和王老爷商量过，粮食不够我们两家补上。”陆牧说。他说的王老爷是南江的父亲。

“那就行，明天请你们看一场好戏。不过你们每个人都得出场啊。”饶县长说，南江对杨麦笑笑，意思说都安排好了。

人们虽然不晓得饶县长葫芦里卖的什么药，但都去照办了。南江心里有数，可杨麦并不知情，心里直打鼓。南江说你别担心了，把人组织好就行了。现在时间紧，我不给你多说，我们分工分头安排去吧。

正说着县宪兵队陈队长进来向饶县长报告，宪兵队一百人全部到了凤口码头，正在船上待命，请县长指示。饶县长问：“粮食运来没？”陈队长说：“运来了。”

饶县长给陈队长交代如此这般，陈队长给县长敬了礼就走了。

王南江对陆杨麦说：“你听到了吧，县宪兵队已经到了凤口，你马上安排人到街上准备一些吃食送到船上，不能让兄弟们饿肚子。”

第二天一早，凤口街上该生火的店铺都是热气腾腾，有的老板一夜都没有睡，连夜蒸馒头用大箩筐装好，整齐地摆在店铺大堂里，等人来运到堤上。天还没亮，外面传来整齐的脚步声，忙了一夜的人们只见扛着枪的宪兵荷枪实弹在凤口街上行进。宪兵队在街上来回走了三遍，之后来到夹河东口的工地上。一百名宪兵上了大堤，陈队长喊着口令进行操练。闹丧的人不晓得是什么来头，稍稍静了一会儿，锣鼓又敲起来，哭喊声一声高过一声。

不多时，六百辆车鸡公车和两千多民工浩浩荡荡从各路开来。方谷成和黄龙把各保的领头人召集起来先看段面，在哪里取土，走哪条道，在哪里倒土，每一个倒土的地方安排多少人打夯压实，一一安排清楚。

王南江陪着饶县长站到堤上。王南江说大家都静一静，听饶县长讲话。沙滩上和堤两边人太多，加上那些闹丧的人使劲打鼓敲锣吹喇叭，根本听不到南江的声音。饶县长摆摆手，让南江不要说了，对陈队长使个眼色。

“立正！预备——放！”陈队长一声命令，士兵们一齐朝天开枪，枪声震天响，比过年放鞭炮的声音可大多了，胆小的人闻声直往后退。全场顿时鸦雀无声。饶县长大声说：“我是东江县县长饶兴来，今天专程来主持枝洲南河夹河东堵口工程，军民人等，马上让出施工场地。我是先礼后兵，哪个有话说啊？”

闹丧的人你推我搡，推出打丧鼓的站出来说话。饶县长朝他招招手说："你的声音太小了，我听不清白，走近点。"这人听到县长这么一说，胆子就大了一些，往近走了几步，大声说："县长大人，王南江、陆杨麦假公济私，公报私仇，杀死了三哥，我们要讨个公道，杀人偿命！"

"再说一遍。"饶县长假装没听清。

"我们要讨个公道！"那人胆子大些了，声音就大了，后面的人一齐喊："杀人偿命！"

饶县长从随从手中接过一把枪，叭的一声，打丧鼓的哼都没哼一声就倒下，一命呜呼了。

"还有哪个有话讲啊？"陈队长问。

闹丧的人一看势头不好，拔腿就跑。

"都不准动，哪个敢跑就打死那哪个。"陈队长又放了一枪，大声说。

一刹那像下了定身法，所有人都原地不动了。

"把死人搬走！"陈队长说，"从现在起谁想掏乱，宪兵队见一个毙一个。听见没有？"

"听见了！"宪兵们在吼叫中再放了一阵枪。

"啊！"人们惊诧地叫出声来，闹丧的人慌忙把黑子和打丧鼓的尸首抬走了。

"动工！"随着饶县长一声令下，士兵们鸣枪助阵，民工们按照统一的安排，挖的挖，挑的挑，推的推，整个场面热火朝天——枝洲历史上最为壮观的千人大堵口开始了。

宪兵队的人一直在堤上守卫着，没有人再来捣乱。

王南江对饶县长说："饶县长，今天晚上东堵口基本完成，我们准备明天在工地上开庆功会，壮壮声威，请您参加好吗？"

饶县长说："行啦！我听你安排。"

南江对杨麦说："这里有我们安排，你把县长请到家里，请陆老爷陪陪吧。"

饶县长说："先不到家里去了，我想去看看堤。就让陆老爷带我去看看。"

饶县长在陆牧陪同下先到西堵口，察看堵口后河流分道的效果。

陆牧说："堵口前平时进夹河子的水只有十分之一二，但一涨水就大了，最容易冲击大堤，很不安全，现在把大堤往前推，老堤不毁，是个双保险。但是，夹河东不堵，发洪水时还是要倒灌。"

"把夹河东西都堵起来后增加多少地？"饶县长问。

"十三小垸丈量面积应该有三万亩，耕地不会少于二万五千亩。"陆牧答。

"天哪，这么多啊！那不知要抵山区好多个坪啊，这真是一件功德无量的好事。得亏南江和杨麦提醒得好啊，不然就犯大错了。"饶县长说。

"要说夹河子堵口对乌家垸子也是一件好事。乌家垸子是十三小垸中等以上的，有两三千亩，不堵口一年收一季都难，自己修的小堤挡不了水，收不收靠天老爷啊。堵了小河，大堤外移，河田变良田，一年收两季，上季金（小麦）下季银（棉花），这个账哪个都算得到。乌家的前辈对修堤也是有贡献的。现在他们在气头上，大多数人是不明真相，受蒙骗的。"陆牧说。

"你说得对。乌子西在狱中不明不白死去我就有点疑惑，怀疑郝良兴有问题，兴许是杀人灭口。这次让他随我到凤口来，就是想试试他，走到留巷他就装病回去了，我心里有了底。"饶县长说，"堤就是枝洲百姓的命，自古以来，修堤的义士多，借修堤贪财的有，趁火打劫的也不少，乙亥年的事是三者都有啊。最近又有人闹事，南河烧了王南江的房子，北河杀了堤防处的人，烧了李功庆的房子，还诬告李功庆。对这些人不严查严惩，不只是堤修不好，今后哪里还有人来干这种吃力不讨好的事啊？"

说着说着就走到了夹河东堵口工地，饶县长看到热火朝天的场面十分激动，随口咏诗："今日东堵口，明朝金银滩。寸土寸金地，岂容倭寇占！"

回到茶馆，陆牧请县长给东堵口题个字，说要刻个碑放在那里。饶县长高兴地挥毫题写下了"东堵口"三个大字。午餐后，饶县长对陆牧说："陆先生，我这次给老杨家带来了一件礼物，放在生祠庙，我们一起去看看。"陆牧和饶县长到了生祠庙，看到有几个宪兵在白果树下立碑。陆牧一看，碑上刻着"杨君永川纪念碑"，落款是"前任东江县长饶兴来建"。饶县长说："云青不赞成县政府立碑，也不同意洲人立碑。现在我要走了，以我个人的名义给永川立块石头放在这里，留给后人去评说吧！你们可不要把碑毁了啊。"

“谢县长！您要走了？”陆牧问。

“是的。”饶县长点点头，没有多说。

陆牧也不好再问。

第二天上午，王南江、李功庆、陆杨麦等陪着饶县长上堤参加东堵口合龙庆典。这时堤上已是人山人海，各保甲都出狮子龙灯采莲船蚌壳精前来庆贺。锣鼓声、鞭炮声不绝于耳，狮子爬高台，龙灯拜八方，采莲船送吉祥，蚌壳精戏和尚。

饶县长在欢呼声中揭开石碑上的红布，发现“东堵口”碑的另一面刻着“来兴垸”三个字。

“这是怎么回事？”饶县长问。

“这是我们商量后刻上的。”陆牧回答。

“为什么叫来兴垸呢？”饶县长明知故问。他一看就明白，这垸子是用他的名字起的，意思是饶兴来来了垸子就兴旺了。

“这是我们公议的垸名，取代过去的十三小垸。”陆牧笑着说。

“这不合适吧。”饶县长说。

“有什么不合适的？县长不来这堤就不能完工，东堵口就还是东敞口。”陆牧说着一拱手，“请县长尊重民意吧。”

庆典结束后，饶县长一行就要走了。

县长走之前陆牧给南江讲了昨天在生祠庙立碑的事，还说饶县长就要离开东江了。

“真的呀，我们没听县长讲啊？”南江从党内的情报中早已知道省国民政府西迁的消息，但饶县长没给他讲，他只能故意这样说，免得饶县长生疑。

饶县长说：“我怕你们分心，没有讲。现在东堵口弄好了，我告诉你们，当下时局非常紧张，武汉危急，一旦沦陷，日军很快就会打到东江来，直逼宜昌。前几天我接到省国民政府通知，省长到东江后，要我随行，不知会不会回来。昨天我为什么杀一儆百，是时不我待，分秒必争啊。好在枝洲大堤在日本强盗到来之前都修了一下，没有特别的情况还能管几年。如果再拖下去，天灾人祸就一起来了。你们无论在什么情况下，一定要保护好这道大堤，这可是枝洲几万人的命根子啊！”

“都走了日本鬼子来了怎么办？”陆牧问。

“长江沿线抗战由江防司令部负责，江南有第七十九军驻守，江北有新四军的队伍。东江县政府的事，省国民政府会有安排的。”饶县长说。

饶县长上马，对大家招招手说：“我们一定会回来的。中国不能亡，中国不会亡！”

饶县长走了。

他的宪兵队也走了。

《枝洲水利志》（手抄本）：乙亥年大水后，王南江临危受命，与陆杨麦等组织乡民堵破口复堤，在原九垸一体的基础上再连接修垸，历时三年，十三小垸完成一体，旁附大垸。东堵口工程施工遇阻，饶县长带百余宪兵亲督洲人筑堤。

第三章 鸭子湖

黑子确实是赵连山的人杀的。赵连山对陆杨麦有承诺，哪个“横场”他就会除掉哪个。枝洲人说的“横场”就是搞破坏的意思。赵连山听到有人放火烧王南江的房子的消息，拍案而起：“王八蛋！这不是当年烧杨家老屋，老子得好好教训教训他们！”于是，安排几个人去查，说找到放火的人，不管三七二十一结果了他。

王南江早就想到了这事是赵连山干的。东堵口施工之前，梅叶就向南江通报了日军攻占武汉，省国民政府西迁的消息。南江在自家房子被烧时，之所以要亲自去请饶县长，就是因为时间紧迫。日本人一来，饶县长一走，没人管这档子事情，东堵口就难得堵了。南江和杨麦刚送走饶县长就接到了梅叶的信，赵连山的队伍偷袭了国军驻枝洲的团部，还把团部的武器拿走不少。要南江和杨麦立即去见赵连山，弄清情况，讲清局势，采取一切措施，尽快争取赵连山参加到抗日统一战线中来，做好一致抗日的准备。

赵连山偷袭枝洲团部是云朵惹起来的。

那天，赵部的探子从留巷回来报告，看见郝良兴陪着饶县长在码头下船，听说是到凤口去的。

“姓郝的是不是也到凤口去了？”云朵问。

“没有，饶县长他们是骑马走的，没有看到郝良兴。”探子说。

得到这个消息后，云朵找到赵连山，要求赵连山趁这个机会除掉郝良兴，为父亲报仇。

“听说郝良兴是陪饶县长到凤口的啊。”赵连山说。

“我打听清白哒，郝良兴没有到凤口，他还在留巷国军团部，今天也许会在乌七那里。”云朵说。

“他怎么没有到凤口呢？”

“这我也不清楚。”

“杀了郝良兴，你想怎么办？”赵连山问云朵。

“现在乌子西死了，我要除掉郝良兴为爹报仇。还是那句话，如果你能杀掉郝良兴，我就同意做四哥。”云朵说。

云朵这话是有来由的。按照汉流的规矩，汉流的四哥由大哥的老婆担任。云朵到赵部后，赵连山一直把她当着自己的小妹子看，他对手下人说，按汉流规矩，四哥要大哥的夫人担任，我是光棍一条，现在云朵来了，她是我的妹子，你们就把她当作四哥。

云朵死活没有认账当四哥，哪个要喊她四哥，她就不理哪个，几天都不理。以后就没有人叫她四哥了，但是还是四哥的地位。赵连山知道了也不生气。云朵在赵连山的队伍里也没有白吃饭，不当四哥，但还是发挥内当家的作用，有时还按赵连山的吩咐，到各地的联络站联络打听一些消息。有时候弟兄们有什么不高兴的事，云朵就与他们说说话。时间长了，大家都叫她云妹子，这个称呼她喜欢。云朵娘好多次请花子亲爷来接她回去，她都不肯，说一定要找到机会报了杀父之仇才回家，不然对不住冤死的老爹。云朵认为，她一旦离开了赵部就没有人助她杀掉那个姓郝的王八蛋了。所以，她一直不肯离开赵部。自从郝良兴调回县城后，梅叶也几次想要杨麦把云朵接回来，但是又担心云朵跑到县城去报仇。要争取赵连山，云朵暂时在那里也有好处。

云朵的话让赵连山很感意外：“说话算数？”

“算数！”云朵语气很硬。

“好，我等了几年，这回可不能把他放过了。”赵连山说。

赵连山和云朵带了一帮弟兄，深夜来到了留巷。兵分两路，赵连山带着一队人马去围国军团部，云朵带着一队人马直奔乌七烟馆。

云朵敲开了乌七的门：“郝良兴在不在？”

乌七一听是云朵的声音，吓得浑身哆嗦，连说“没有没有”。

“真的没来？”云朵问。

“如果来了，天打五雷轰。”乌七急了，话说得重得很。

大家在屋里屋外找了一遍，确实没有见到郝良兴。

“好。我先放你一马，你如果看到郝良兴，马上告诉我们，如果说了假话，我会让你死得很难看。”云朵安排几个人在这里把守着，自己带几个人到国军团部去与赵连山会合。

赵连山来到国军团部大门外，派两个人悄悄去把王团副“请”出来。枝洲国军团部说是团部，其实拢共不过两个连，一个连守在码头上，一个连驻扎在留巷。

“我是哪个你晓不晓得？”赵连山问。

“赵司令，我晓得。”王团副说。

“郝良兴来过没有？”赵连山问。

“来了。”

“人在哪里？”

“饶县长下船后就到凤口，郝良兴肚子疼得在地上打滚，对县长说要在留巷弄点药吃再到凤口，饶县长就同意了。”王团副说。

“他在哪里？”

“饶县长前脚一走，郝良兴就苦苦哀求我说，他实在肚子疼得厉害，帮忙搞条船把他送回县城去。”王团副说，“您说我能不办吗？”

“走了没有？”

“走了，只怕都过松枝口了。”

“见他妈的鬼！”

郝良兴就是怕到枝洲。乙亥年大水后，他称病要求回县城，当了一个副团总。后来他与监狱勾结，悄悄把乌老五在牢里弄死了，给县长报告说是得的急症。这事好长时间没有人来追究，他的心就放到肚子里去了。这次饶县长点名要郝良兴一起来枝洲，他不敢不来。一路上郝良兴心里十五个吊桶打水——七上八下，害怕侵吞堤防款、陷害杨永川的事情败露，一到枝洲就装病跑了。

“他真的走了？”赵连山把枪口对着王团副。

“走了，是我派船送他走的。他说不走只怕要死在枝洲了。”王团副说。

“日他的娘！你给弟兄们说都不许动，免得伤了和气。老子们拿几根烧火棍就走人。”跟着的人一听这话便涌进营房，每人身上背了几条枪回鸭子湖。

赵连山很失望，云朵当然更失望。要杀郝良兴，这次是最好机会，结果又让他溜了，以后郝良兴是不会再到枝洲来了。

除掉郝良兴看来一时办不到了，云朵待在湖里很焦虑，有了回家的念头。日有所思，夜有所梦，有天半夜里梦见妈死了，云朵哭醒后决定回家。

第二天一早，她对赵连山说：“赵大哥，我想回去看看妈。”

赵连山一听，先是一愣，然后一笑，说：“应该的，妹子。回去吧，我们没缘分。”

“赵大哥别这么说，我是横了心的，听你们的消息，有一天你杀了郝良兴，我会自己找上门的。”云朵说。

赵连山一听，知道拦不住了，安排了几个兄弟护送云朵回家。

云朵跨进门槛叫了一声“妈”。云朵娘一巴掌打云朵脸上：“你这个死妮子！”晕过去了。

梅叶扶起二妈，让她在躺椅上躺下，要云朵端来一杯糖水，慢慢喂给娘喝。好一会儿，云朵娘才喘过气来。拉着云朵的手说：“儿啊，娘成天丢了魂一样，你把我都要急死了，好在有你嫂子陪我。”

“不走了，妈，我不走了。”云朵跪在娘的面前。

梅叶拉起云朵说：“妹妹，你也歇会儿。”

云朵还没有见到过嫂子。她一看，嫂子虽然穿一身枝洲女人的衣服，看上去却还是个城里人模样，标标致致的。云朵说：“嫂子，让你吃苦了。”

“妹子，你再不回来，我就到湖里去接你呢。你回来了，我们姊妹都有个照应。”梅叶说。

从那天起两姑嫂白天干活，晚上讲话，二妈心里也宽了许多。梅叶说要到武昌去看云青，云朵也要去。妈不同意，说：“你去做嘛子啊，让你嫂子快去快回。”还交代梅叶，让云青把事办完了就回来。

云朵天天望嫂子回来。梅叶回来那天，云朵就在嫂子床上睡，两人讲了一夜话。第二天一早，梅叶对云朵说：“我今天到凤口去，你去不去？”“去啊，我想幺幺呢。”吃过早饭，梅叶对二妈说：“我想和云朵一起去看看幺幺。”二妈说："我也去。"让榨坊的伙计套了一辆马车，三人一起到了凤口。

梅叶说去武昌看云青，其实是到县委去汇报工作。到凤口后，她让杨麦把南江找到茶馆包间里，给南江和杨麦传达县委指示。她说："县委要求我们迅速组织各方面力量参加抗日战争，最紧迫的任务是尽快争取赵连山加入到抗日阵线中来。我们要立即行动。"

南江说："我和陆杨麦马上到鸭子湖与赵连山谈。"

杨麦说："不是赵部的人很难进鸭子湖，让云朵和我们一起走一趟吧！"

梅叶同意了杨麦的请求，让杨麦给云朵说说，一起到鸭子湖去。

杨麦给云朵说了去鸭子湖的事。云朵说："别看赵大哥是汉流，打日本一定不含糊。"很乐意给南江和二哥引路。

云朵带着南江、杨麦先走旱路到了虾子沟，在虾子沟喊了一条渔划子，朝鸭子湖心的黑鱼背划去。划到黑鱼背边上，"渔划子"不敢再走了，说："前头过了芦苇林子就是黑鱼背，那里我们不敢去，弄不好会挨枪子儿。"说着就要把划子靠到一个草坝子上。

"你走，没得人打枪的。"云朵说。

"渔划子"白了一眼云朵，说："一个小妮子不晓得天地日月，你晓得赵部好吓人啊，没经过允许到了他们的地盘，没得活着回来的。我的脑壳掉了可就安不上去哒，家里还有老婆娃子哩。"

云朵一听笑起来，说："你听哪个说的？那是唬你们的。"

"反正我不得听你掰。""渔划子"说什么也不肯走了，"你们要进湖就在这里待着，等赵部的船出来时带你们去。""渔划子"说。

"那你等我们一会。有船来我们走了你再走，没有船来你再把我们划回去。"南江说着拿出钱来给"渔划子"。

"行！""渔划子"坐在船头，自己卷叶子烟，装进旱烟锅里慢慢地抽起来。

不大一会儿，湖那边真的来了一条船，看样子是巡逻的，船不大。

云朵若无其事，高声念道："逢山开路，遇水搭桥，遇龙攀角，遇虎拔毛。"

船上的人听到这几句话就朝草坝子划过来。

"前面是哪位兄弟？"云朵问。

撑船的听出来是云朵，一边划船一边说："四哥，不，云妹子，您回来哒。赵司令还不晓得吧，他要是晓得一定亲自来接的。"

"渔划子"不认得云朵，但他晓得赵部有个女四哥，很是了得。他听说眼前的这个小妮子就是四哥，吓得腿脚直哆嗦。连忙收起烟锅子，把钱掏出来还给南江。南江说："你别怕，这钱给你了，你回去吧。"

云朵对"渔划子"说："把钱收下，难为你哒。"

"快给司令报信，云妹子回来哒！"船到黑鱼背码头了，划船的大声喊叫。

"云妹子回来哒，云妹子回来哒！"有几个在岸上的弟兄听到这话一边喊一边往赵连山的住处跑。

赵连山从云朵走后心里就空空荡荡的，他知道云朵不一定会嫁给他，但他真的是喜欢云朵。忽然听到说云朵回来哒，猛地站起身，直往屋外奔。刚一迈开脚却又停下来："莫不是哪个狗杂种看出我的心思，弄个假情报糊弄我的？老子不能上他们的当。"他心想停下来，却又止不住脚还是在向外跨。

"哪个杂种胡说八道，云妹子刚回去怎么会来？来之前也没带个信来？"赵连山边走边咕哝。

"赵大哥，我真的回来了，还给你带来了几位稀客呢。"赵连山看到云朵和陆杨麦、王南江一起走过来，自己也加快脚步迎上去。

"这是一阵什么风把你们吹来了？怪不得我早上眼皮子就跳呢。早跳亲戚晚跳财，你看看，真的把你们跳来哒。"他不敢抱云朵，就把陆杨麦抱着，一边说一边打哈哈。

"兄弟们，贵客来哒，准备好菜，今天中饭都打牙祭，不值班的喝酒，值班的晚上喝酒。"赵连山一边给下属安排，一边对陆杨麦说，昨天我听人说云朵和嫂子到南河看姑妈去了，你们怎么今天就到我这里来了呢。

"我和南江前几天就说来看你的，问问你在凤口搞的什么把戏。没想到我们还没到，你又跑到留巷去搞了一场，等你安顿好了我们才来。"杨麦说。

"好，好，好，屋里说话。"赵连山笑呵呵地把杨麦、南江和云朵带到屋里去了。

杨麦仍然不喝酒，赵连山便与王南江对饮起来。几杯酒下肚，王南江和赵连山称兄道弟起来。赵连山知道王南江就是那个和杨麦一起修堤的人，还听说是留过洋的，但一直没有见过面。一听南江的言谈，真是见多识广，赵连山对王南江有点相见恨晚的感觉．

王南江敬了赵连山一杯酒，说："这次东堵口成功，多谢仁兄相帮。"

"小意思，我说过哪个想横扬，就得命归西天。"赵连山说。

"你杀了乌黑子，搞得乌家垸的人与我们结仇你不晓得吧。"杨麦说。

"怕个屁，哪个再搞什么三六九，再放他们的血。"赵连山说。

"我们来可不是请你放这些人的血的，是想和你一起放日本鬼子的血！"陆杨麦顺着话题讲到抗日的事。

"我是听说武汉会战打了几个月，小日本是不是要打到东江来了？"赵连山问。

"不瞒你说，南江和我就是为这事来的。"杨麦说。

"说说看。"赵连山瞪大眼睛。

"武汉已经沦陷，日军正在向江汉平原逼近，执行他们的宜昌作战计划。现在，全中国都在投入抗战。大哥，眼看日本鬼子就打到家门口了，你是个血性汉子，现在是为国出力的时候啊。"南江说。

"不必多说，打日本我赵某不含糊。"赵连山说，"你们说怎么个搞法吧。"

"别急，让南江给你把目前的局势讲清白了，你就晓得哪门搞了。"陆杨麦说。

"现在，全国人民一起抗战，国民党和共产党都发出了抗战的总动员。目前在枝洲周围有三支抗战的力量，一是江北有新四军襄西军分区主力团，这是共产党领导的抗日武装，主要是在敌占区团结军民一起开展游击战。二是国民党第六战区第七十九军，驻扎在江南老城一带。三是国民党地方部队，现在说是有一个团实际上只有两个连驻扎在枝洲，这个你晓得，就是王团副他们。我们希望赵司令参加新四军主力团，编为枝洲游击队，接受统一指挥。"南江说。

"你们是共产党？"赵连山睁大眼睛问。

"对，我就是共产党员！"王南江肯定地说。

"陆杨麦也是共产党？"杨麦没有回答。

“共产党太穷了，没得钱，没得枪，好苦哦。这个我领教过的。”赵连山说。

“你说的不错。共产党的队伍是穷人的队伍，穷是穷点，但有战斗力你不会怀疑吧？”杨麦说。

“那倒是。”赵连山说，“前些时，枝洲的王团副带信来说，他的上司曾司令派人来要见我，我让人把他带到湖里来见过面，那个人带来了曾司令的信，要收编我，我怕他们只是拿我当炮灰，说考虑考虑再回话。现在马上同意编入你们的部队会不会出豁子？”他说的出豁子就是出问题。

“我想不会，现在国共建成了抗日统一战线，齐心抗日。你赵连山归到哪里只要是抗日，都是好事，我们都支持。你自己决定吧。”南江说。

“我看，我们都是好朋友了，要搞就在一起搞。”陆杨麦说话了。

云朵开始并没有在意，后来听出一点门道来了，对赵连山说：“大哥，打日本是大家的事，远亲不如近邻，跟我二哥和南江哥一起干吧，我看行！”

赵连山就是喜欢云朵说话。云朵这一讲，他便下了决心：“好，我跟你们一起打日本鬼子。不过我有一个要求，我得要云朵回来。”

赵连山这么一说，把南江和杨麦吓了一跳。

“我不是说说玩的，这两年云朵和弟兄们混熟了，好多人都听她的。现在要打日本，我这内部的事情也得有个人管管。云朵虽是个女人，但她在这里可是一个内当家，要干大事情还真离不开哩。”赵连山说。

“这样吧，你如果参加抗日游击队，不管云朵回不回来，我都来给你当个参谋。你说如何？”这是梅叶交代过的，只要赵连山同意参加共产党领导的抗日游击队，就派南江出任枝洲游击队的党代表，公开身份是参谋长。这是县委的意见。

“那好啊，你来帮我嘛。”赵连山很喜欢南江，高兴地说。

“你来？”陆杨麦看着南江问，他担心南江是不是随口说说。

“对，我来。”南江回答，“云朵刚刚回家不久，突然说不回了不好，我看让云朵给我们当个交通员吧，横竖都是抗日嘛。”

“可得，可得。”赵连山知道云朵刚回去，来不了。

“云朵当交通员，可以住在湖里，也可以住在家里，负责送送信，打听个情报什么的。这样对二妈也有个说法。”南江说。

“算哒。”赵连山自己找梯子下台了，“云朵还是回去照顾妈吧，经常来看看我们就行，弟兄们怪想念的。”赵连山的话说得云朵心里有点酸酸的。

第二天一早，南江他们就回到凤口，把情况向梅叶报告后，梅叶立即启用交通站给县委送去了请示。县委很快回复，要求立即派人收编赵部，将赵部改编为枝洲抗日游击队，受新四军路南支队领导。

南江立即带着陆杨麦到湖里与赵连山商量整编的事情。不过这次到湖里没有第一次那么费劲，他们上次离开时，赵连山就有交代，在虾子沟放个哨，停条船，保证陆杨麦和王南江能随时进湖，畅通无阻。

南江和杨麦进湖以后和赵连山商量整编的事。赵连山说：“这整编的事，还得和兄弟们商量商量。”他说的兄弟是几个头领，南江说那是应该的，让大家有点思想准备。第二天赵连山就分别给其他几个头领通气，大家都没有意见，同意召开全体人员大会。

赵连山把队伍集合起来，先讲了要参加新四军，改编为枝洲游击队的事情。说：“兄弟们，我赵连山当初当兵为的就是要打日本侵略者，现在是我们出力的时候了。过去我们是汉流，现在我们是抗日游击队。我赵连山发誓，从今天起要做一个红脸好汉，打击日本侵略者，杀敌建功，保卫家乡！”

“杀敌建功，保卫家乡！”弟兄们一起呼喊。喊声惊天动地，野鸭腾空起舞，芦苇随风点头。

“算我一个！”云朵几步登上台，说，“弟兄们，云朵和你们一起打小日本！”

“好！云朵！云朵！”大家又呼喊起来。

云朵是受梅叶指示，专程来送信的。她把信交给南江，南江打开一看高兴地宣布：“新四军路南支队任命赵连山同志为枝洲抗日游击队队长，王南江为参谋长。”人们又欢呼起来。

原来，云朵回去后跟嫂子讲了赵连山要她到湖里参加游击队打日本的事。开始她也不晓得梅叶的身份，梅叶问她的想法。云朵说：“我二哥和南江哥动员赵大哥跟共产党一起打日本，赵连山同意了，南江哥还说去当参谋长。我在那里和弟兄们熟了，赵大哥要求我去帮帮他们。你说，前些日我落难时别人救了我，帮了我，虽然没有杀掉那个姓郝的，人情还是在啊。现在要打日本，我怎么能不去呢。情面不说，单说打日本我就不能说不去。不过娘那里可不好说。”

梅叶说：“我看你不一定非到湖里去住不可，就按南江说的当个交通员吧。”

“南江哥说交通员就是送个信什么的，我找哪个送信去？”云朵问。

“傻妹子，南江既然这么说，他要你送到哪里就送到哪里嘛。”梅叶说。

当天晚上，梅叶就与云朵睡在一张床上。梅叶悄悄告诉云朵，以后就是给她送信。有时送信到南江那里，有时把南江的信带回来。

“你是什么人？”

“我是你嫂子啊？”

“不对吧。你怎么给南江哥送信？”

“告诉你吧，我是共产党枝洲支部书记，这事可千万不能对外人说啊。”

“你是书记？妈呀，嫂子真了不起。”

“那我大哥是什么人？”云朵问。

“这不能告诉你。我们有纪律，不该说的不能说，不该问的不能问。”梅叶说。

云朵哈哈一笑说：“这倒有点像赵大哥的规矩。”

“不对。共产党有共产党的规矩，和汉流不一样，以后我给你讲共产党的规矩。”梅叶说。

“那好啊。你是共产党，南江哥是共产党。说不定我大哥、二哥都是共产党。你们都参加了，我也得参加。”云朵说。

“好啊，我们欢迎，不过还得经受党的考验。”

“怎么考验？”

“当好交通员就是考验。”梅叶说，“南江、杨麦他们已经进了湖，马上成立枝洲抗日游击队，你给我送一封信给南江。”

云朵开始是吃惊，后来很兴奋，和嫂子聊了一个晚上，天快亮了还不肯睡。

“你一个人怎么去？”梅叶问。

“你放心，我要花子亲爷送我去。”云朵说，“不过妈那里恐怕还得你说说，不然她又要找我的。”

“你们的话我听到了。去吧，打日本的事情妈不拦你们。”云朵娘在隔壁一直听着她们讲话。

这样，正在赵连山开大会时，云朵赶到了。

云朵登台表态，赵连山更加精神了：“过去，我们是‘宁为匪，不为奸’。从今后，我们要‘打鬼子，立战功’。王南江参谋长的指示就是我的命令，哪个都不能违拗。大家听明白没有？”

“明白了！”大家一起高喊。

喊声惊得大雁从芦苇林子里一飞冲天，野鸭子在湖面上翩翩起舞。

《枝洲志·抗战歌谣》：芦苇叶儿青，雁鸭一群群。枝洲风光好，日寇铁蹄近。同胞兄弟们，众人一条心。杀光鬼子兵，人人享太平。

第四章 赵家岗

枝洲党支部会议在凤口茶馆隐秘包间进行。这是陆杨麦最近专门设计改造的一间房，比原来开会的房间大了许多，而且有几个通道，其中有一个直通废弃的老堤脚下，在堤的另一边可以出去。

梅叶主持会议："在对赵连山部队成功收编中，王南江、陆杨麦同志立了功，县委提出表彰。今天第一项议程是讨论吸收陆杨麦为中共预备党员问题。先请介绍人王南江同志介绍申请人的情况。"

王南江做简短介绍，因为陆杨麦的情况大家都知道。

"现在表决，同意陆杨麦为中共预备党员的请举手。"梅叶说。

到会同志都举手同意。

入党仪式结束后，大家一一和陆杨麦紧紧握手，表示祝贺。

随后，党支部继续廾会。

梅叶先对陆杨麦讲了几句话："陆杨麦同志，从今天起你成为中国共产党预备党员，预备期三个月。我代表党支部对你参加党的组织表示欢迎和祝贺。我们参加共产党一不是为做官，二不是为发财，随时要准备为党牺牲一切，直至献出生命，相信你能够成为一个优秀的共产党员！"

梅叶继续讲："现在进行第二个议程，传达东荆县委指示精神。根据中央到敌人后方去的指示精神，为保存革命力量，襄西党政军领导机关和部队主力奉命向襄河以东地区进行战略转移。省委决定，东江和荆江联合组建东荆县委，枝洲党支部划归东荆县委领导。东荆县委要求我们团结民众，扩充实力，坚持游击战，做好应对日军过江的准备。"

"现在枝洲说是有国军的一个团，实际上只有两个营。枝洲游击队武器装备很差。"南江说，"如果能弄到一些武器就好了。"

“东荆县委非常关心各地装备问题，前几天发来一个信息，江南第七十九军为鼓励全民抗战，实行以消灭鬼子换枪的办法，不管什么人，消灭一个鬼子换两支枪，抓一个鬼子俘虏换四支枪。县委要求我们一是在游击战中缴获武器，二是用游击战成果去换武器。”梅叶说。

南江说：“那行，我们可以到江北去打游击，到江南去换些武器！”

“会后你和赵队长研究到江北打游击的方案。”梅叶说。

南江、杨麦来到湖里，对赵连山谈了到江北打游击的事。赵连山听说打日本鬼子，还可以搞到武器，便来了劲：“我们枝洲游击队成立一年多了，连个鬼子的毛都没得摸到。这下子好了，我们也该伸伸腿脚了！”

“赵司令，”赵部虽然改名为枝洲抗日游击队，但赵部的人还是认为叫司令气派，说话的是钱副队长，“现在过江是个难事，鬼子的登陆艇日夜巡逻，夜晚把河面照得跟白天一样，动不动就是机枪扫射，我们昨天想到对河搞点东西就没过成河。”钱副司令说。

“怕个屁，他们才来几天，晓得河里的水朝哪流啊，再说他们在明处，我们在暗处，想过去总有法子的。”赵连山说。

“说得对，打游击就是这样，利用我们的优势打击敌人。但是要有好办法，不打无准备之仗，不作无谓的牺牲。”王南江说。

“我听说最近留巷夜晚很热闹，传闻是用一种快船与江北做鸦片和食盐生意。”杨麦说，“不晓得快船是怎么躲过鬼子的。”

“你马上带人去看看，快去快回，弄到情报立即回来报告。”南江说。

陆杨麦带了两个人到留巷，半夜里找到花子亲爷，花子亲爷带他们到现场去看后，连夜回到了鸭子湖，对王南江和赵连山讲了快船的事情。

江北被日本人占领后，江北的一些富户带着金银财宝逃到枝洲避难。鬼子如果过江，这些人就准备继续向南逃，鬼子不过江，就在留巷和凤口两个集镇上临时住下来，等日本鬼子撤退后再回去。留巷的富人扎堆了，他们带着金银财宝来，惶惶恐恐，朝不保夕，吃喝玩乐，消费猛增。枝洲的鸦片一直都是从江北运过来的，江上封锁后，鸦片没了，富人们好的“那一口”价格飞涨。

枝洲产棉花，棉花收获后轧成皮棉，挑到夷陵三斗坪换川盐。挑夫们从枝洲出发，过南河，经老城、陆城，到三斗坪。把棉花卖掉后买食盐挑回枝洲。这是一条花道，也是一条盐道，来去二三百里，要走十天半月。山路险要，过仙人桥、爬黄牛岭时一不小心就掉到河里，人财两空。那时江北的食盐主要靠枝洲供应。日本鬼子占领江北后封了江，江北的食盐更加紧张。要说枝洲没有鸦片只有那些有钱人难受，江北没有食盐无论是官是民是兵都不好过。

“那怎么办？”南江问。

“就像赵大哥说的，河水难不倒英雄汉，只要有利可图，就有人冒险。现在枝洲有一种‘快船’，成了运送鸦片和食盐的主要运输工具。”杨麦哈哈一笑说，“快船是什么玩意？你们恐怕都猜不到，就是龙船。”

“龙船？那怎么是快船。”连山问。

“真是龙船。”杨麦讲了龙船变快船的事。

枝洲每年端午节划龙舟后，龙头龙尾供在祠堂偏屋里，船身则沉在河道，当然多是沉在夹河子的水中，第二年三月就起水洗净，上油加漆，到时安上龙头龙尾就可以用了。两岸封航后，生意不好做。“只要油水大，砍头都不怕”，有几个船老大想出了法子，他们把龙舟船身起水，不安龙头龙尾，再把船舱加固，每条船上配备十个身强力壮的划船手和一名经验丰富的舵手，每到深夜，快船从留巷装上食盐出发，食盐是用方形铁皮箱子密封好后固定在船上的。划船手飞快地把船划到对岸的弥陀寺下的芦苇林子里，把盐卸下来后，将密封的装着鸦片的铁皮箱子运上船，再飞快地划过江来。如果遇到封江巡逻的，划船手就跳下水，推着快船走。万一敌人追上来了，来不及了就把船底的栓子抽开，让船进水下沉，水手们用绳子牵着，等到巡逻艇走后再将船拖上岸。由于大多数是夜晚行动，鬼子的巡逻艇就是发现了也只是乱打一顿枪。每到夜晚，留巷码头就灯火通明，装货卸货，忙个不停。最多的时候有十多条船来回跑货，鸦片和食盐一过江都是以几倍甚至上十倍的差价卖出。

“如果我们也准备一些快船到江北去打游击，能搞到武器就搞武器，能消灭鬼子就消灭鬼子到江南去换武器，能抓几个活口当然更好，日本鬼子人生地不熟，最怕的就是我们打游击。”杨麦说。

“好主意，好主意。顺便也可以贩盐和鸦片嘛，我们能弄到的给养越来越少，正差钱。当然更重要的是杀鬼子。”赵连山哈哈一笑说。

说干就干，王南江让陆杨麦到凤口组织人员动手造快船。“就说要打造十条龙船，有人定货，打好了照价付款。”王南江说，“还可以弄几条龙船进行改造。一定要找行家打造，可不能一下水就栽了。”赵连山派人到湖边几个村子里收龙船，请了一批划船舵手和桨手，带着士兵们在鸭子湖训练划龙船。士兵们开始不太明白赵司令发了什么神经，这时候还有心思划龙船。不到一个月的时间船就准备好了，人也训练得差不多了。夜晚，有时装盐过江，更多的时候是空船过江，然后把船沉在水中，划船的弟兄们上岸，摸到鬼子的驻地，消灭鬼子后装进在铁皮箱子里，再把船浮上来，飞快划过江来。然后派人到江南第七十九军驻地换回枪支弹药。每次行动都会有收获，还有一次抓了两个活口，把鬼子弄得十分紧张。搞了几次行动，换回了一些武器弹药。赵连山非常高兴，和王南江商量找准时机搞一次大行动，进一步武装队伍，做好和日本鬼子正面交战的准备。

还真的来了一个好机会。

陆杨麦带人在第七十九军换枪时得到一个情报，抗日联军中有一架飞机在江北失事，飞行员跳伞后落到沱江镇附近，被日本鬼子抓去了，近日要把飞行员送到日军十三师团司令部。战区要求尽一切努力救回飞行员。第七十九军长官对陆杨麦讲，不管是什么人，只要能将飞行员营救出来，要钱给钱，要枪给枪，还可以给小炮。

杨麦正在向王南江、赵连山讲这件事，云朵送来了梅叶的信，信上也是说的营救飞行员的事情。信中说，据可靠情报，飞行员关押在江北赵家岗，随时都会转移，要在转移前尽一切可能把飞行员营救出来，送到第七十九军。同时，信上还讲了到江北如何联络一些细节。

赵连山一听，拍拍大腿说：“我这次得亲自过去，带着弟兄们打一个漂亮仗。”

王南江说：“我也得去！”

赵连山说：“我去你就不能去，有什么情况及时去接应我们。”

南江一想也是，说：“让陆杨麦随你去，他对江北的情况熟悉，过江后由他与弥陀寺本一法师联系，把情况摸清楚了才能行动。”

入夜，赵连山和陆杨麦带着二十多个游击队员划着两条快船过江。船在弥陀寺岸边一个芦柴林子里靠岸，把船沉到了江里，在芦柴林子里隐蔽下来。这里河滩宽，芦柴密，很少有人来，日本鬼子人生地不熟，不敢轻易到这些地方，弄不好他们的小命就没了。赵连山带人在芦苇中等候，陆杨麦先到弥陀寺接头打探消息。弥陀寺的住持本一法师是一位爱国僧人，日本人打到东江后，弥陀寺就成了抗日秘密联络站。

本一也知道飞行员的事情。他对杨麦说，这架飞机在执行任务后飞回恩施，途经沱江镇时机器出了故障，飞机失事时飞行员跳伞落到附近的水田里，被日军抓走了，关在赵家岗日军远井联队二中队据点里。赵家岗附近有座石宝山，修了很多据点。据点的中心设在赵家祠堂，此地被日本人占领后，把祠堂和周围的民房都占了，还修了工事。石宝山的地势高，有利于控制沱江镇和周边区域。

“这个据点里有多少人？”杨麦问。

“百十人。”本一说。

“路南支队最近有人来过吗？”

“没有。听说转移了，到哪里去了不清楚。不过他们时不时就会来人，只是这几天没人来。”本一说。

“我想到赵家岗去探探情况，不晓得怎么才能进去？”杨麦问。

“你到街上肉店找蔡老板。”本一说。

杨麦转过身就来到街上，与蔡老板接上了头。老蔡说：“你们来得正好，今天内线来说这两天就要把飞行员送走，我正愁没有人来呢。”

“他们走什么路哓不哓得？”

“不哓得，鬼子们说的是日本话，我们的人都听不懂。”

“我懂日语，你想办法把我弄进据点去行吗？”

“行。不过一定要注意安全。”

陆杨麦在武昌跟云青学过日语，决定只身闯敌营。

杨麦住在肉店里。第二天清早一辆卡车开来了，是日本人来买菜的，车开到菜市场，那些伙夫有的抬肉，有的抬鱼，有的抬菜。这时一个人走到开肉店的老板面前说，明天可能要送飞行员。

“走什么路你知道吗？”

“说是用汽车送，走旱路。”

老蔡让内线派个人到内室与杨麦换装，这个换下来的人当然也是内线。陆杨麦穿上那个人的衣服上了车，日本鬼子来的时间不长，每次开车买菜的人也不一样，所以他们还认不清人。等到人都上车后他们清点人数不错，车就开走了。

陆杨麦到了据点后，一边卸货，一边听动静。这时有一个日本军官模样的人走过来，内线悄悄告诉他那个人是中队长岛田。岛田对他的下属讲话只用日语，他以为中国人都听不懂。岛田走过来对司机低声说：“明天五点出发。远井长官命令，必须安全送到！”司机听后点头回应。

情况紧急！陆杨麦让内线借着送水送饭的机会，给飞行员一张纸条，让他一听到枪响就跟着营救人员往江边跑，如果和营救人员分开了，就直接跑到弥陀寺江边芦苇里，有人带他上船。天黑后内线引着杨麦，顺着一道道田坎，连滚带爬出了赵家岗。赵家岗这个地方，离沱江镇不过四五里路。赵家老祠堂周边有几户民房，鬼子虽然修了工事，但他们对地形还是不熟，内线晓得哪些地方是敌人的盲点，比较顺利地出了鬼子的控制圈。

陆杨麦回到江边芦苇丛中和赵连山商量，为保证万无一失，兵分两路，一路打据点，让敌人措手不及。一路设埋伏抢押运车。据点打起来后，押运车就会一时得不到救援。陆杨麦带人打据点，赵连山带人抢押运车。

鸡叫三遍，埋伏在赵家岗据点下树林中的陆杨麦看见押运车开出。过了大约二十分钟，神枪手首先打灭了探照灯，投弹手冲到高处，炸毁了据点上的重武器——两门小钢炮，其他人员直接冲向赵家祠堂，杀声一片。寒冬腊月，鬼子们睡得正香，来不及穿衣服就拎起武器往外跑，天气太冷，又看不见，只是乱放枪。打了十多分钟，陆杨麦估摸着赵连山他们也差不多了，下令撤退。陆杨麦按照事先探好的路线，带着队员们很快就跑出了赵家岗，直奔弥陀寺。

赵连山带人成功地袭击了运送飞行员的汽车，飞行员跟着赵连山在火力掩护下朝江边跑去，与陆杨麦在江边会合，登上了快船，飞也似地向江心奔去。日本鬼子追到芦苇林子时，快船已无影无踪了，气急败坏地向江心乱射。

赵连山亲自把飞行员送到第七十九军司令部。司令部长官非常高兴，发出了特别嘉奖令，给枝洲游击队两门小钢炮、两挺机枪，还有二十条步枪和十箱子弹。还特别给赵连山奖励了一支新式手枪。

赵连山别着新式手枪，风风光光地回到枝洲。

枝洲抗日游击队过江成功营救了飞行员，一时名声大振，好多人都来报名参加游击队打日本人鬼子。南江请示梅叶后对赵连山说："赵队长，我们现在人多了，黑鱼背住不下了，能不能在凤口设一个指挥部，把一部分人转移到凤口进行训练，出击也方便一些。"赵连山当然同意："过去当土匪只能待在湖里，是怕国军来围剿。现在我们是抗日游击队，该出湖了！"

"不过湖里还是要留一些人，不能都撤出来。"王南江说。

"对对对，按你说的办，不过我要出湖，你留下吧！"赵连山说。

"那是当然，我们分别训练队伍，但要加强联系。"王南江说。

凤口街虽小，但比湖里还是热闹一些。这时已快到过年了，街上卖年货的也多了起来。赵连山心爽，从腊月二十四开始天天设宴庆胜利、贺新年，有时还搭台唱戏玩玩。南江劝他悠着点，赵队长在兴头上根本听不进去，南江心想他也没有搜刮百姓，在人们六神无主提心吊胆的时候缓和一下气氛，让老百姓过个安生年也没有什么不好，便听任他去张狂。

《诗经·江有沱》：江有沱，之子归，不我过。不我过，其啸也歌。

《东江县志·题山市乡阳图》：沱水兮绕洲半，五都兮喧闹欢。百里兮多旷广，傍山兮市井然。斜熏兮回烛恣，幽人兮荡舟还。

第五章 白马渡

赵连山在凤口天天设宴庆功，搭台唱戏，动静搞得很大，可把留巷的王团副气坏了。王团副名叫王二虎，他一直蓄着短胡子，枝洲人背地叫他王二胡。江北沦陷后，王团副奉命带着两个营负责守卫枝洲。在洲民们眼里，王团副不是好人，也不是大坏蛋。两岸封江，枝洲的快船要过江，必须得到王团副的批准，至少是默许。不然，王团副说不能过哪个都过不成。快船老板为了做生意发财，主动给王副团交“保护费”，他也心安理得：“老子是在保护百姓生活，也算得上是抗日。”这两个月王团副日日进账颇丰，不说斗金，也不止斗米。不过，他看到赵连山在凤口的那个张狂劲还是窝火，心想：“老子们说起来还是国军正规部队，你们凭什么他妈的给赵土匪那么多武器。”有时想想也骂赵连山这个王八蛋运气好，躲在湖里，乐在凤口，动不动出去打个伏击。老子们天天在这里守，日本鬼子一打过江，还是老子们当炮灰。怨是怨，骂是骂，想想他也自叹自解：“赵土匪把飞行员都抢回来了，这可是提着脑壳子搞的，老子们没得这个本事。去逑！”

想是这么想，王团副总觉得面子上挂不住：“赵连山刚从土匪窝子里出来，就在凤口张狂得恨不得爬到天上去。好，你们会唱戏，老子们也会唱戏。你们花天酒地，我们也潇洒一回！”

不过，王团副可真不敢唱戏，他面对的日本强盗，那可是参加南京大屠杀的一群野兽啊，说不准什么时候就打过来了。豺狼就在大门口，还敢在寻欢作乐？王团副自言自语道：“算哒，戏不唱了。元宵节玩玩龙灯、采莲船热闹热闹总可以吧。”

王团副主意一定就下达命令，从现在起每天早上起来后不再操练，全部改为练习划采莲船，玩龙灯。枝洲人说的采莲船是就划旱船，这里人有这个习俗，一到元宵就要划采莲船，舞龙灯，跳狮子，玩蚌壳精。王团副要求每个连都要有几个项目，怎么没有营？原来王团副手下说有两个营，其实只有一个加强营，指示直接下到连，这叫一竿子插到底。王团副说，元宵节时，狮子、龙灯、采莲船要玩到凤口去和赵部比一比。

正月初九的一大早，锣鼓响起来，枝洲团部各连划采莲船和舞龙灯的队伍刚刚准备开始排练，忽然听到江边传来激烈的枪炮声——鬼子在白马渡登陆了，守备在那里的二连与敌人交上了火。

王团副在乌七烟馆打了一夜牌，一大早正准备吹个"泡子"后回到团部。"吹泡子"就是抽鸦片，刚点起泡子灯，就听到了远处隐隐约约的枪声，他开始以为是哪里走了火，骂骂咧咧地没有太在意。白马渡离留巷不远，枪声越来越密。王团副感觉不妙，顾不得吹了，起身回营。这时有兵士骑马来报告日军在白马渡登陆了。王团副抓起盒子炮往外跑。出门时停住脚步转头对乌七说："乌老板，你快快去凤口告诉赵连山，日本鬼子打过江了。要他尽快来增援我们！越快越好！"说罢就提起盒子炮冲出去了。

乌七是个精明人，她晓得自己请不动赵连山，只有请云朵出面。她没有直接到凤口，而是来到云朵家。

乌七一上杨家台子，云朵见到就气不打一处来，拎起竹扫帚就打。

"小妹，放下，听七姑说。"梅叶拦住云朵。

"日本人打到枝洲来了，在白马渡上了岸。王团副带兵到前线去抵抗了，要我去给赵司令报个信，请他来帮忙。"乌七上气不接下气地说。

"你不会扯白把赵司令唬来吧。"云朵手持扫帚恶狠狠地说，她怕王二虎算计赵连山。

"我哪里敢呢，刚才王团副要我去请赵司令，我想还是先到你这里，你去跑一趟有把握一些。"乌七蹲在地上一边喘粗气一边说。

"我们相信你，你快回去，喊镇子上能动的人都到南边躲躲，把值钱的东西都带上。请赵队长的事交给我们。"梅叶对乌七说。

乌七爬起来就跑。梅叶喊："你要小心，别撞在枪子儿上了！"

"云朵，你马上到凤口去，对赵连山说日本人已经打过江了，要赵连山马上来增援！你和二妈一起去，让二妈在幺幺家里躲一阵子。”梅叶知道这仗不是一两天就可以结束的，残酷的日子要到了。她叫张亲爷喊人套车送二妈和云朵到凤口去。张亲爷这段时间住在杨家榨坊里，白天就在屋前屋后转，有时白天出去晚上一定会回来。有人说张花子现在是老杨家的门神老爷，其实这是梅叶的意思，请张亲爷就在家里待着，她需要这样一个人。

张亲爷被需要的感觉真好，乐意按照梅叶的话做。

张花子立马去榨房张罗。云朵对梅叶说：“嫂子一个人在这里不安全，我们一起走吧。”

“是啊，我们一起走吧。”云朵娘说。

“不行。亲爷和榨坊的师傅们都在这里，有事他们会帮助我的。你们快走吧。”梅叶悄悄对云朵说，“赵连山出发后，你到湖里通知南江迅速到我这里来！”

“好，好！”云朵和娘上车朝南边奔去了。

在王团副和日军激战的时候，乌七跑到街上大喊：“老东来了，能动的都快跑啊！往南边跑！”枝洲人把日本鬼子称“老东”，人们听到了枪声就慌乱起来，现在听到乌七的喊声才找到了方向，能跑的都往南边跑了，留巷只留下了一些老弱病残。

白马渡到底没能守住，二连的官兵好多人都牺牲了，王团副带领队伍上了清修寺。清修寺在庾台山上，说是山，其实也不高，但这里是枝洲的制高点。山上除了寺院还有几户人家。王团副带着机枪连在山上坚守，日本人第一次没能攻上去。第二次进攻时，丧心病狂的鬼子逼着老弱病残的乡亲们走在前头，王团副一见这阵势就对部下说：“我们不能向老乡开枪，放弃阵地，分散突围。突围之后，各自为战，能杀一个鬼子就杀一个，不能杀的要找地方隐蔽下来。待到赵连山来增援时，大家到白果树下集合，一起向鬼子进攻。”

庾台山的地形很特殊，一面对着留巷街，一面临江，江边有一大片杨树林。日军不熟悉地形，只顾从正面进攻，王团副的人马很快就从后面临江的杨树林中分散了。日本鬼子攻上了清修寺，寺里只有几个老和尚，没有见到一兵一卒。他们气急败坏，像疯狗一样上街烧杀抢掠，强迫抓来的老人和老和尚们一起，在清修寺的天井里挖了一个大坑，从周围民房上拆下一些木头丢在大坑里生火，寺院里烈火熊熊，日本鬼子围着大火取暖，将抢来的猪羊鸡鸭丢在火上烧，用刺刀挑起来大嚼乱啃，把成坛的酒抱起来喝，乱成一团。

吃饱喝醉了的强盗一个个歪在火坑旁呼呼大睡。

凌晨，寺外枪声大作，赵连山带着队伍从江边迅速包围了清修寺。几十个“老东”来不及抵抗，大多数在醉梦中上了西天，有口气的都做了俘虏。天亮时，赵连山的队伍和王团副部下的一些士兵在白果树下集合，却不见了王团副人影。赵连山对国军士兵说：“抗日不分你我，愿意参加游击队干的我们都欢迎，不愿意的自找出路去吧。”

江北日军原以为枝洲只有国军两个连守卫，没有多强实力，枝洲游击队不过是散兵游勇，派出一支队伍过江报复，万万没有想到派出的人马全军覆没。得到消息，日军马上出动更多的兵力乘登陆艇再次进攻枝洲。

赵连山带着队伍以大堤为掩护，抵抗从水上登陆的敌人。仗打了一天一夜，敌人还是攻上来了。赵连山带领队伍且战且退，一颗子弹打中了他的大腿，鲜血直流。卫兵背起他拼命跑，眼看日本兵快追上来，跑进乌七烟馆躲起来了。乌七见是赵司令，连忙让卫兵把赵连山背进内屋，朝伤口上倒了一瓶烧酒，扯下一块干净布进行包扎。这时，追来的日本鬼子包围了乌七烟馆。

赵连山让乌七将内屋的门打开。

“赵司令，皇军认出你了，你跑不了了。皇军让你出来投降，不杀你！”翻译官在外面喊话。屋里没有动静，日本小队长要鬼子兵踢开大门往里冲，内屋里射出子弹，将踢门的几个日本兵撂倒了。这时，一颗子弹飞进来，赵连山的卫兵中弹牺牲了。

“捉沽的，捉活的有赏！”日本小队长提着手枪喊。

乌七关上内门，守着在床上躺着的赵连山。赵连山要她从后门逃出去。乌七说：“赵司令在这里，没了别人，我就是你的伴，死也死在一起！”赵连山说“连累你了”。乌七泪流满面，笑着说：“赵司令，我一辈子没有做好一个人，现在和你死在一起是我的造化。值得！”

两人说话时两个鬼子兵和翻译来到了内室门前，听见屋里没了动静，又喊话了："赵司令，只要你投降，皇军保你性命。"说着就要进门。

赵连山瞅准闯进门的鬼子连放几枪，说："老子又赚了几个！"

乌七突然发现一颗手榴弹在床上嗤嗤作响，转身扑在赵连山身上，轰的一声，鲜血从床上流了下来……

这时，几颗手榴弹在房门外鬼子群中炸响了，是南江带人来接应赵连山的。日本鬼子见有增援，不知深浅，便撤退了。王南江冲进乌七烟馆，看到乌七扑在赵连山身上，血流一地，血肉模糊的赵连山手中还紧握着那支盒子炮，瞪着双眼望着门外。

"赵队长，赵队长，我们来了！"南江高喊。

赵连山眼睛瞪得大大的，南江给他轻轻合上。

赵连山的遗体在黑鱼背下葬。

南江在葬礼上致悼词。后来由几个打渔鼓的民间艺人将悼词内容编成小曲《七唱赵连山》，四处传唱。

小曲第七段是这样的——

七唱赵连山，

眼泪都流干。

红脸好汉莫走远啊！

消灭日本强盗时，

美酒祭灵前。

这小曲至今还在传唱，成为东江进行革命传统教育的保留节目。

夜深了，人都散去，云朵在赵连山的坟上烧了一些纸钱，点上香，坐在那里一动不动。

梅叶去陪她，催了几遍回房去。云朵起身鞠躬，连哭带喊："赵大哥，你是个好汉！真正的红脸好汉！云朵一定为你和弟兄们报仇！"

在枝洲的日本鬼子属两角部队，两角部队曾参与南京大屠杀，凶狠恶极，极其残暴。他们在留巷烧杀抢掠无恶不作，成天搞得鸡飞蛋打狗上屋，能吃的都抢来吃，能烧的都拆来烧，找不到年轻力壮的人，就把一些老弱病残的抓来当差，修筑工事。开始江北还不断运给养来，这些日子不知道是涨水还是有变化，江北送来的东西逐步减少，附近可抢的东西差不多都抢光了。

进入六月，江水开始上涨，到了月底，河水水面比洲内高出好几尺，低处就有了丈把高。这时，东荆县委通过联络站送来情报，占领枝洲的日军近日撤出，去参加鄂西会战，要求枝洲党支部和游击队提高警惕，加强防范，粉碎敌人撤退时毁堤淹洲的阴谋，确保大堤安全。毁堤淹洲是日本鬼子作战计划中的一个具体方案，最重要的目的是阻止江南第七十九军过江。

赵连山牺牲后，东江支队任命王南江兼任枝洲游击队队长。枝洲党支部根据县委指示做出决定，在日军撤出枝洲时，王南江带领枝洲游击队在日军撤退时给予打击，保护人民群众的安全。陆杨麦联络两个堤防所保障好堤防安全。王南江派人到留巷侦察，发现日军撤退的登陆艇已经开到了留巷码头，做出了“送一程”的战斗方案。

杨麦到各个堤段查看，最让陆杨麦不放心的是日本人占领留巷后控制着的北岸十里长的堤段。日军占领的这十里堤段上有白马渡、留巷两个码头。最危险的是留巷以上的白马渡。白马渡如果决堤，洪水直泄，在短时间内就会淹掉大半个枝洲。保护白马渡大堤的安全，就必须掌握白马渡日军动向，做好预案，坚决阻止敌人在撤退时破坏大堤。白马渡堤段敌军封锁得很严，不容易进去。陆杨麦和大家商量了几套方案，都行不通。这事把杨麦急得日夜睡不着觉，吃不下饭，实在想不出好法子了，便去找嫂子要主意。

陆杨麦对梅叶说出他的担心，梅叶笑笑说，这事我想到了，有一个人可以帮我们。说着指着在台子角树下晒太阳的花子亲爷。

“他有什么办法？”杨麦问。

“你去问问。”梅叶努努嘴，杨麦就去了。

杨麦不晓得，梅叶从日军占领枝洲时就对花子亲爷说好，让他注意日军的动向，每天回来都要讲给梅叶听。花子亲爷嘴上不说，心里其实灵动得很，他早就看出梅叶不是一般的人。梅叶让他到白马渡探听情况，直接告诉她，他就晓得梅叶要干大事了。他时常一个人背着蛇篓子到白马渡堤段上转悠。开始，日本人赶他走，赶走了他又来了，还是照样玩蛇。无论鬼子如何吓唬，他一点也不害怕，像周边没个人似的。守堤的日本鬼子看到他一副邋邋相，风都吹得倒，拿不起四两灯草，时间长了就没把他放在眼里，没事的时候还看他耍蛇玩。

陆杨麦走到花子亲爷身边，甜甜地叫了一声亲爷，花子亲爷没理他。陆杨麦又叫，花子亲爷还是不理他，摆弄着篓子里的蛇。心想："你这个小屁娃子，今天想到我了，你看你嫂子，比你聪明一百倍，他才看得起老子。等到你今天来给我说，黄花菜都凉了。"

"亲爷，你看我嫂子好不好看？"陆杨麦没法子，无话找话逗亲爷开心。

"小王八蛋，你还敢动你嫂子的心思？小心老子打断你的胯子。"张花子拖起打狗棍就朝杨麦大腿上打。杨麦接过棍子求饶："亲爷，你可要帮我啊，这比救我的命还要紧呢。"

"老子晓得。"张花子说着就从地上爬起来，拍拍裤脚上的灰就走了。

白马渡有鬼子的一个小分队守卫，除了搬运货物的人以外，一般人都不能靠近。搬运货物的人干完活就离开，不准逗留。张花子背着个蛇篓子来到了白马渡堤脚下，坐在地上把几条蛇拿出来玩，说要让蛇也晒晒太阳。日本兵看到疯疯癫癫的叫花子又来了，围上来看稀奇。这时，小队长龟田突发奇想，走过来对翻译官说了几句话。翻译官告诉张花子："长官问你的蛇能不能煮着吃。"张花子说："这蛇的毒性大，吃了会死的。长官吃毒蛇死了我也没命了，我不干。"

翻译官一翻，龟田哈哈大笑，又嘀咕几句。

"队长问你能不能抓几条能吃的蛇来？"

张花子说运气好能搞到。

"队长让你抓几条大蛇来。"翻译官说。

据闻日本人祖先的蛇料理是很有名的，但后来一般不吃蛇。日本鬼子在这个孤岛上住了好几个月，腹中少油，吃蛇算什么？在枝洲一带，除了叫花子外，一般人也是不吃蛇的。而且还有一个规矩，蛇不能在家里灶上煮，如果在家里煮，灶膛灰掉进锅里，吃了会死人的。这也是先传后教，谁也没见过。不管怎样，枝洲人是很少吃蛇的，有人怕蛇连鳝鱼都不敢吃。

第二天，张花子真的抓来几条大蛇，他有这个本事，再说他还有几个花子徒弟帮忙，抓几条蛇是轻而易举的事。翻译官让张花子把蛇杀了，在堤边架了一口大锅，煮得四处飘香。日本兵闻到蛇肉香，一个个口水直流，要来喝蛇汤。龟田要张花子先吃，张花子捞出一截拿在手大口大口吃起来。有个日本兵从张花子手中抢过来津津有味地啃起来。翻译官忙着给龟田盛了一碗蛇汤，龟田喝了几口直喊“哟西”，要张花子每天都给他们抓些蛇来，越多越好。张花子说：“哪有这么多蛇啊，我抓克蚂子你们吃不吃。”克玛子就是青蛙，翻译官懂，翻过去后龟田说也可以。张花子连续三天都送蛇和青蛙来，有一天还带了一块腊肉和蛇、蛙一起煮，吃得那些王八蛋喜笑颜开。龟田一边喝腊肉蛇蛙汤一边对翻译叽叽咕咕说话。

翻译对张花子说：“长官说你是良民，相信你，要你找人来做工，大大有赏。”

“人都跑光了，剩下的都像我这样子，你看我这样的行不行？”

“不行，要有力气的。”

“有力气的哪里去找呢？”

“你去想办法。”

“我想不到办法，你们不是会拉夫嘛，我没得枪，拉不到夫。”

“你喊些人来，这次皇军给钱。钞票大大的有。”

“真是的，你们给钱兴许有人来。我把我的徒弟们叫来行不？他们有力气。”

“行！”

第二天，张花子真的带着几个人来，都是些叫花子模样，其实都是游击队的人，陆杨麦也在其中。日本人一个一个搜身，没有发现什么可疑的。就让他们上了船。陆杨麦上船一看，要卸的货都是炸药。日本人要他们把炸药堆在堤坎子上，埋下去。

杨麦让张花子给梅叶说这里在卸炸药。张花子回来告诉杨麦，你嫂子说，南江已带人在留巷附近埋伏“送鬼”。她要你们一定要阻止敌人炸堤，南江这边枪一响，附近就有人增援你们。

陆杨麦带着一班人慢慢吞吞地卸货，鬼子用枪逼着他们，恶狠狠地催着“快快快”。杨麦一边观察地形，一边考虑如何拖延时间，等候时机。

天快亮的时候，驻扎在留巷的日本鬼子排队上登陆艇，这时枪声大作，日本鬼子没有防备，拼命往艇上跑，有的中枪掉到江里喂黄鱼了。呜的一声，艇开动了。龟田听到枪声，一时不知所措。上船跑吧，炸药没有卸完，无法引爆。不登船吧，留巷登陆艇开了。正在龟田迟疑的时候，陆杨麦一而跃起，夺过身边日本兵手中的枪，出其不意地打死了龟田。其他的队员也抢过日本兵手中的枪，朝日本鬼子开枪。这时，早已埋伏在附近随时准备增援的战士们冲上来了，陆杨麦大喊："快把岸上的炸药往水里抛。"大家一鼓作气，把已搬上岸的炸药拼命往水里掀。

"不好！"杨麦发现装炸药的船上升起一团浓烟。这时船上还有大量炸药，如果爆炸，大堤就有危险。陆杨麦来不及多想，只身一跃，跨步上船，拿起船上的斧子，砍断了缆绳。江水汹涌，断了缆绳的船如箭一般朝江心下游冲去。陆杨麦冲进驾驶室，手持舵盘使力转动，把船头转向江心。这时，装着日本兵的登陆艇正逆水向上游开来。陆杨麦将装着炸药的船径直向登陆艇开去。

轰的一声，炸药船撞上登陆艇，在江心爆炸，在隆隆的爆炸声和冲天的火焰中，两条船渐渐沉入江底。

梅叶、南江和游击队员们站在大堤上，望着滔滔江水，呼唤陆杨麦的名字。花子亲爷瘫倒在地上，哇哇大哭："我的儿啊！"南江举起枪，清脆的枪声回荡在宽阔的江面上。在烈焰消失的远方，天边升起一轮红日，把江水映得通红通红。

抗战胜利后，枝洲游击队编入中国人民解放军江南游击纵队。南江和云朵随江南游击纵队到湘西执行战略牵制任务。杨云青和梅叶调到省委工作，临行前将家产全部变卖，所有的钱都作为党费交给了党组织。

新中国成立后，南江任南方某县县委书记，云朵在县妇联工作，云朵娘随他们去了南方。杨云青和梅叶调到北方某省工作，把陆牧夫妇接来和他们一起生活，养老送终。

《张继煦诗选》：黯淡妖氛百里洲，潜师夜袭渡中流；军中鼓角声先死，拍上衾裯梦未休；豺狼纵横趁绝地，鱼龙蔓衍照层楼；银花火树逢今夕，失土欣闻一战收。

卷四

百里

《张杨家谱》上二十世以后的名字，多数是我爹加上去的。有的是用毛笔写的，有的是用钢笔写的。在二十世杨广寿名字后面，用钢笔写着“子　杨百里　区长”六个字。蓝色墨水字被水浸湿过，有些漫洇。

根据“杨百里　区长”几个字的提示，解开其中的密码并不难。现在的枝洲人可能没见过杨百里，但一定听过杨区长的故事。

杨百里虽然比陆杨麦只小十几岁，但辈分低，论起来是孙子辈。在一个家族中，大房和幺房的后人中同龄人差好几辈都是常见的事。杨百里和陆杨麦不在五服（五辈）以内，出了五服就不是同一高祖，没有特别的原因，就不大来往了。枝洲说大不大，说小不小，过去路隔十里风俗不同，洲北洲南相隔三十多里，对普通百姓来说比现在隔几百里还生疏。不过，如果陆杨麦没有牺牲，杨百里遇到了还是得叫爷爷。

杨百里小时候听大人讲过陆杨麦炸日本鬼子舰艇的故事，但那对他来说是个神话，离得很远很远。这也不奇怪，陆杨麦虽说生在洲北，但他过继到陆家时杨百里还没有出生，后来陆杨麦到武昌读书，回枝洲后也很少回到杨家老屋。他们相差的这十多年，经历了两个或者说三个重要时间点，陆杨麦的故事发生在抗战时期，杨百里的故事则是新中国成立前后。陆杨麦英勇抗战、舍身护洲的时候，杨百里还是连大名都没有的放牛娃子，那时叫他杨二憨。这一点在家谱上也看得出来，陆杨麦的记载是正仁公的墨迹，杨百里的名字则是我爹在新中国成立后才增添上去的。

虽说杨百里在当时没有大名，但从他在本书中第一次登场的时间算起，不过三五年时间人气指数便不断攀升。再往后一二十年，枝洲人只要一提起杨百里，就能眉飞色舞地讲出一串串故事来，有时把发生在别人身上的事和自己经历的事也加在了杨百里身上。

杨百里的故事是那个时代枝洲人共同的情感记忆，也是张杨家族的骄傲。

杨百里最高职务只是区长，科级干部。但在新修的县志和一些革命史资料中，关于杨百里的记载并不难找，把记载和传闻叠加起来，便是一部传奇人物大片。

第一章 沮漳河

“江汉沮漳，楚之望也。”沮漳河发源于荆山，源头是两条河，东支名漳河，西支名沮河，也叫沮水。两条河流从荆山的东西两处奔腾向南二百里，在两河口会合后携手再行百里，汇入长江。沮漳河是楚人的母亲河，当年楚人筚路蓝缕，以启山林，就是沿着这条河流艰难行进，来到江汉平原开创了楚国八百年基业。据专家考证，位于长江之中的江渚也是楚人南下后最早的居住地之一。

漳河与沮河汇流之前，绕过绿林山。绿林山就是东汉王匡、王凤起事的地方。绿林山下有个小镇，这个小镇有个奇怪的名字——脚东。在漳河之东的小镇，不叫河东，却叫脚东，其中有一个古老的传说。当年关公突围进西川时来到漳河边上，漳河涨水，人马不得过。赤兔马倒退几步长嘶一声，奋力一跃，飞越漳河。只可惜罗贯中当年没有听到这个故事，不然《三国演义》中就不只有刘备马跳檀溪，还有关羽马跃漳河，原来刘备、关羽都是飞马高手。关公的赤兔马在漳河东岸一跃，留下深深的马蹄子坑，以后成了一个潭，据说当时在潭水中能看得见关公骑马跃漳河的影子。后来，人们便把这个潭所在的地方称为“脚东”，听起来有点古风韵味。再后来漳河西移，脚东小镇离漳河东岸有二三里远了，小潭早已消失得无影无踪，但“脚东”这两个字一直没有变。

脚东小镇的人们冬季醒得晚，而杨二憨是早起的人。他肩挑一担水桶，牵着牛，踏凌向河边走去。这是他每天起床后的第一项工作：牵牛到河边喝水，用一根长长的牛鼻绳把牛拴在那里啃狗芽根，挑一担漳河水回来。东家做饭要用漳河的水，屋后塘里水只能淘洗，不能吃，全家老少吃的水都是二憨子到漳河里挑的。就像现代有钱的讲究的人家都要买纯净水饮用和做饭，自来水只能用来洗衣擦地一样的道理。这时天刚蒙蒙亮，杨二憨刚走不远就听到前面有响动，便拴了牛，躲进一蓬蒿草林子里，像狗獾子听到动静缩到地洞里一样，大气儿都不敢出。

脚东是荆当地区革命根据地。抗战时期荆当县委书记兼抗日游击大队长刘宝田就是脚东人。刘宝田在外地求学时加入中国共产党，受命回当阳宣传抗战，组织群众闹革命。刘宝田家是脚东的富户，他把自家的房子大部分都腾出来给县委会和农会办公用，一家人挤到偏厦子里居住，家里所有钱粮都用在革命上。刘家的家产是党组织活动的经费保障，刘家既是党的机关驻地，又是吃喝驿站。在刘宝田领导下，荆当地区相继三次连人带枪成建制地向主力部队输送兵源，留下少数骨干和一些枪支“重起炉灶”，发展、壮大荆当大队。因此，十五旅首长王海山、周志刚等高兴地夸奖刘宝田领导的荆当大队是“人民子弟兵的摇篮”。

抗战胜利后，国民党对根据地进行围剿，荆当县委奉命撤到襄西。国民党在这里实施报复行动，共产党说这里是“摇篮”，国民党也来“摇摇”看。一年时间，就在荆当县不分老少抓了四五百名壮丁。老区的人哪个愿意去当兵打共产党啊，总是千方百计地躲逃。《当阳县志》上记载有个青年为躲抓壮丁自己剁了手指头，还有一个青年被抓到后自己剜掉生殖器。看到这些文字好像有把刀子在剜心，生疼生疼。

二憨子的东家与国民党地方政府官员有一些关系，抓壮丁的没有到他的东家屋里去。可是，如果在外面被抓到了，东家也没有这么大面子去要回来。所以，他一听到有动静就躲起来了。

“咋子搞的？哈脑壳听明白没得？”大个子问小个子，是四川口音。

“我听明白了啊，是退却。”小个子说，“前头的人我看不清楚，他说退却，我以为前头有情况，就马上转身往后传的。”小个子是个河南人。

“肯定是娃子把口令传错哒，部队一定过了河。”年龄大点的老兵说的荆门话，把娃子的“子”说成颤音，像俄语的弹舌音。听他接着说：“首长说我们的目标是半月山附近的刘家冲，你们在这里不要动，我到前面去找个老乡问问。”

杨二憨听到这些话心里明白了，这些人不是来抓壮丁的。前两天听说最近襄西支队要南下了，该不是真的来了，他正等这个机会呢。他没有多想，从林子里蹦出来，大喊一声："嘿，你们到哪里去啊？"当兵的转过身一看是个十七八岁的小伙子，高兴地跑过来说："我们到半月山附近的刘家冲去的，昨晚上过河时走掉队了，不晓得怎么走了，你能不能给我们带路啊？"

"你们到刘家冲，认不认得李先志啊？"二憨子知道刘家冲也是根据地，听说有部队到那里去，便打听舅舅李先志的消息。

"你认识李先志？"大个子问。

"他是我舅舅，我来找他，队伍开走了，我就在这里帮人家，等他的部队开回来。"杨二憨说。

"太好了，我们是跟李政委去东江的，先要到刘家冲。"大个子说，"你能不能给我们带路啊。"

杨二憨好高兴，把水桶往路旁边一丢，牛也顾不上了，带着四个兵来到漳河边。

"脱脚！"二憨子一边脱鞋一边说。

"你说什么？"小个子问。

"脱脚。"

"咋个叫脱脚？"

"就是脱鞋子，光着脚蹚水过河。"

"哎呀，我听错了，我听的好像说的是脱脚，我没有听懂，以为是退却。"小个子不好意思地对老兵说。

老兵说："不怪你，脱鞋就是脱鞋，说嘛子脱脚。我们得抓紧走，这里还是白区，必须马上赶上部队。大家不要再讲话，跟着小哥快走。"

杨二憨带着四位战士趟过漳河，一路小跑。这时天已大亮，前面的路上有两匹马飞奔而来。老兵让大家闪到路边林子里等马过去后再跑。马跑近后他们看到是自己人，立即出来，原来是李政委派人骑马转回来找掉队的战士的。

"我们到天亮后才晓得有人过河时掉队了。李政委命令队伍在占家坡山林子里停下来，让我们两个骑首长的马回来找人，政委说不能丢下一个人。"骑马的战士跳下马说。

“他娘的，昨天晚上像锅扣倒一样子，鼻子蹴鼻子都看不到人。小屁娃子把口令又传错哒。好在这位小哥给我们带路。”老兵说，“来，我们跑步前进，免得政委着急。”

几位战士气喘吁吁跑到政委面前。李先志一个个地看，边看边数：一个，两个，三个，四个，五个。

“我只丢了四个怎么回来了五个人？”李先志晓得这个娃子不是兵，故意问。

大家一听哈哈大笑，老兵说：“得亏这个小哥给我们带的路，他说认得您呢。”

“你认得我啊？”李先志问。

“不认得。”杨二憨红着脸说。

“那你怎么说认得我呢？”

“我妈认得您。”

“你妈叫什么名啊？”

“我妈叫欢秀，她让我来找您的。我没找到，就在这里帮工等你们回来。”杨二憨说。

“你是欢秀姐的儿子啊，你妈还好吧？”二憨低下头不晓得怎么回答。

先志和欢秀小时候是在一个屋场上长大的，欢秀大几岁，小时候还带着先志玩跳房子。

“好吧，现在不是说这些的时候。你找我有什么事呢？”先志问。

“我要当兵。”

先志一听好高兴，说：“那好啊，我们准备到东江后就征兵的，没想到在路上就捡到一个。你来得好，万连长先把他收下，登个记。”

万连长叫万达，是加强连连长，随李先志一行去开辟东江新区。万达一边应声，一边让人给杨二憨登记。

“你叫什么名字？”文书问。

“二憨子。”

“这个憨字我还写不到，等我问问政委吧。”

大家一听笑起来，杨二憨若无其事，心想当文书还连憨字都不会写。

李先志走过来没有告诉文书这个字怎么写，对杨二憨说：“这个憨字可不好写啊，喊起来也不好听，我给你取个大名吧。你是枝洲的娃子，枝洲方圆百里，就叫杨百里吧。参加革命了，不要忘记自己的家乡。”

万连长一听就拍着二憨子的肩膀说：“杨百里，这个名字太好了，没想到你这个小娃娃找到舅舅参了军，还有了这么好的名字。杨百里，杨百里，好，真好。”

从此，过去的杨二憨现在的杨百里就成了加强连的一名新战士，随着部队向刘家冲出发。

经过两天一夜的急行军，队伍进入刘家冲，这时李先志接到军分区命令：“全体人员在刘家冲休整，等候命令。”那时襄西一带是“插花地”，敌我犬牙交错，有的地方由人民政府控制，是根据地，比如刘家冲；有的地方由伪政府控制，比如半月山；还有的地方由土匪控制，比如草埠湖。其实这三个地方相距都不远。半月山离刘家冲只有十多里远，中间有个紫盖寺，是刘家冲和半月山的交界。队伍在刘家冲住下来，这时已快到春节。考虑到刘家冲本地物资缺乏，地委、军分区专门安排从黑土坡供应站调拨过年物资送到刘家冲，让新区工作队和加强连的同志们过好年，准备开辟新区的战斗。

李先志出生在枝洲贫穷人家，知道老乡的苦处，动员大家节约一点，挤出一点粮食救济生活困难的农户过年。刘家冲的乡亲们从正月初一就来拜年，给部队送来了一些土特产，先志让司务长都付了钱。正月初五，李先志正与万达商量下一步的行动计划，通讯员送来了地委书记彭天奇的亲笔信：“先志同志：江汉军区已于正月初四打响了荆当战役，向盘踞在荆当一线的敌军发起重点进攻。为了策应荆当战役，并保证新区工作的顺利展开，地委和军分区党委命令你们马上投入战斗，狠狠打击半月山等地外围之敌，有效地牵制和消灭敌人！”

半月山敌军有两支部队，一支是国民党半月山中队，一支是国民党大江部队独立大队。接到地委命令后，李先志和万达叫来了侦察员张健。万达说：

“你马上出发，到半月山董家裁缝铺找董裁缝联系，将今晚敌人的布防情况弄到手，三更前送到紫盖寺。”

“杨百里对这一带熟悉，让他去给你带路。”李先志说。他想让百里跟着张健锻炼锻炼。

“是！”张健和百里化装成到集镇卖柴火的乡民，一人挑着一担柴上路。

半月山小镇人少兵多，经常有人从外面给兵营里送柴火。张健和百里混过岗哨，来到董家裁缝铺门前，两人放下柴担，张健让百里放哨，一个人走进铺子。

张健跨进门，睁大双眼扫了一下室内陈设和方位，这是他从事侦察活动形成的习惯。裁缝铺陈设简单，顺着南北山墙对称摆着两张裁板。靠北的没人，靠南的裁板前坐着一位中年人，正低头做着针线活。

“咳！”张健轻声咳嗽。

裁缝抬头，不由得一愣，脸上洋溢出惊异和欢喜的神情：“你是张健？”

“怎么是你啊，首长……”张健立正敬礼。原来，这位董裁缝正是张健要找的接头人王一平。王一平原来是张健所在营的副营长，战斗负伤后组织安排他在半月山隐蔽下来，伤治好后开了个裁缝铺作为联络站。为安全起见，王一平改姓董。

王一平马上收拾铺面关上门，让张健把百里叫进来，一起进了后房卧室。

“王副营长，李政委带着一个加强连驻扎在刘家冲，主要任务是到东江开辟新区，分区命令明天拂晓攻打半月山。李政委就是我们师的政治部主任李先志首长，他现在是东江县委书记，派我们来与你联系，摸清今晚敌人兵力和火力配备情况，尽快送到紫盖寺。”张健说。

“好啊！我晓得你们这几天会来的。李政委带队开辟东江新区的事我早就接到通知了。你们别急，我上街买点酒菜边吃边谈。你放心，不会误事的。”王一平说完就从后门出去了。

“这么着急的时候，还买什么菜？”张健心想，时间长了，王一平该不会出什么问题吧。他悄声对百里说：“我们一定要小心行事。如果有情况，看我的眼色行事，你要跑出去给李政委报告。”百里点点头。

大约一袋烟功夫，王一平左手捧着一包卤菜，右手提着一瓶酒，笑嘻嘻地进了门，身后还跟着一个陌生人。张健更是警惕，不由自主摸腰间的枪。

“来，来，来，我们先喝一杯，填填肚子。”王一平假装没有看见，拿出几个盘子装上菜，还给一个人斟了一杯酒。

张健和百里却不肯上桌子吃饭，眼睛瞄着刚才进来的陌生人。

王一平晓得张健的心思，指着板凳说严肃地说：“张健，我命令你坐下！不要神神叨叨的，都是自己人。”

“自己人？”张健又往腰间摸。

“别摸了，这位是国民党半月山中队队长郑之业。自己人。”王一平拍拍张健肩膀说，“伙计放心，你首长没有叛变，我是去叫人的，买菜是个幌子。如果有人发现我屋里进了人，我又出去找人，不是会引人怀疑吗？”王一平告诉张健，郑之业早已被王一平策反了。他说去买菜就是要把郑之业叫来。

“中队的情况就不用说了，老郑把独立大队的情况说说。”王一平朝郑之业点点头，“你说得清楚些。”

郑之业在桌子上摊开在一块白绸布上绘制的地图说：“国民党大江部队独立大队驻扎地点是街北头的小学，共一百多号人，四挺机枪，十五支短枪，一百三十多支长枪，分别布置在这些地方。我们中队在这里，到时候可以接应你们。”郑之业一一给张健讲，说完后把图交给了张健。

张健接过图，仔细看了一遍，非常高兴，他将图交给百里叠好，放在鞋底夹层中。王一平说：“小张，你向李政委报告，王一平在战斗打响后做内应，带着半月山郑之业中队接应你们。”说完就安排郑之业回队做好武装起义准备。

张健、百里立即返回，走到半道上，遇到了国民党独立大队巡逻队。张健让百里从山上树林里走，迅速把情报送到，他一个人与巡逻队的人周旋。百里刚到紫盖寺不一会儿，张健就回来了。百里问怎么这么快就回来哒，张健哈哈一笑说，巡逻队在我身上什么也没有搜到就把我给放了。

李先志和万达看了半月山敌军布防图，又听说郑之业中队起义接应，十分高兴。万达说：“这下子我们可真是内外夹攻，瓮中捉鳖了。”

李先志和万达商定作战方案：一排由万达带领从北攻入，与郑之业汇合后形成泰山压顶之势，直捣小学内的敌军主力。李先志亲自率二排从南攻入，断敌后路。三排埋伏在鲁家坡，准备增援一排，同时防止敌人突围西逃。

部署完毕，各路人马分头行动，连夜悄悄开向预定地点。

东方刚刚露了一丝鱼肚白，北路人马首先打响，与郑之业中队会合，向小学内的敌人发起了攻击。南路人马在街头受阻，耽误了十来分钟，一部分敌人乘机突围。突围的敌人在鲁家坡遭到三排伏击。不到两个小时就结束了战斗。一共歼敌四十余人，生俘五十余人，缴获机枪四挺，步枪一百余支，短枪十五支，与情报完全相同。

半月山战斗是进入新区的第一个大胜仗，地委和军分区发来贺电，对东江县委东进的第一个胜利表示祝贺。贺电说：此战不仅策应了荆当战役，也打出了我军的威风，拉开了新区斗争的帷幕。

半月山解放了，人民欢欣鼓舞，奔走相告。一批中原突围时失散的干部、战士听说自己的部队回来了，纷纷归队，不少青年农民报名参军。加上郑之业中队人员，队伍壮大了。军分区通知，东江县独立连正式更名为东江县独立营，李先志任政委，万达任独立营营长。地委通知，恢复中共半月山区委，王一平任区委书记。

张健向李先志和万达汇报了杨百里在这次行动中的表现，李先志很高兴。晚上要人把杨百里喊来。

“百里，你来得急，我还没问家里的事呢，跟我说说。”先志说。

杨百里不知从哪里说起，先志说坐下慢慢说。百里一下子脚下像什么东西下了定身法，长在地上不得动。脑子里也像一盆菜糊糊，糊糊的水漫出来，先是从鼻子里冒出来，然后从眼角里流出来，流到嘴皮子上，咸咸的。嘴巴像打了封条，吐不出一个字来。

“你爹叫什么？”李书记知道怎样才能让娃子放松。

“我爹叫——”百里想一会说，“杨广寿”。

一开口便好了，百里像倒豆子一样说起来——

“我五六岁时爹就死了。我大爹叫杨广福，读过几年私塾，认得字。大爹有一个儿子，比我大，蛮老实。后来大妈得伤寒死了。三爷爷和三奶奶出面，让我妈和大爹在一起，两家合成了一家。

“大爹读过私塾，我放牛回来就教我们哥俩认字，他看到我比哥哥精灵些，便要我学写字，没有纸就在地上划。那几年一家人还蛮和气。后来大哥结了婚，不久大爹得病死了。我们家本来就没有什么好田，大爹死后嫂子嫌弃我们母子，经常给我妈气受，我忍不下去，便跟妈说想出门找事做。我妈说也好，你有个叔伯舅舅在北边，叫李先志，他是个好人，你去找他吧。我过河后一直找到脚东，这里人说认得李先志，抗战时他在刘宝田家里住过好长时间，说不定还会回来的。我就在这里帮人家，等您回来。

“我问妈您是成字辈，舅舅怎么是先字辈，比您低一辈呢。妈说这事你就别问了，见到舅舅就会晓得的。”

李先志原来的确不叫这个名字，他叫李成兴，因为参加党的地下组织活动被叛徒出卖，国民党县政府下令要抓他。堂兄李成旺连夜划船将成兴送到沙市，从内衣里取出一个信封说：“成兴兄弟，这是先志考上荆南中学的入学通知书，你和先志同年，拿去报到吧。先志是成旺的儿子，考上荆南中学还没去报到就翻船淹死了，连尸身都没有找到。成兴流泪谢过堂兄，拿着先志的通知书到武昌去报了名。从此，李成兴就成了李先志。李先志的名字至死未改。”

李先志听到百里问起这件事，眼圈红了，鼻子直发酸。

“你晓不晓得成旺舅舅啊？”先志不由得问了一句。

“我晓得，听妈说他不在了。”一听这话，先志再也忍不住了，眼泪从眼角漫出来，哗哗往下流。

“您怎么了？”杨百里问。

“没事，我是沙眼，迎风就流泪。”先志岔开话题，“你认识字？”

“斗大的字认得几箩筐。”百里说，“是大爹教我的。”

“你这娃子还蛮调皮哩。”先志说着就拿出钢笔让百里在纸上写“人之初”。百里没见到过这种笔，不会用。先志告诉他这是钢笔，和树枝一样用，就当是树枝在地上写一样。杨百里把笔拿稳后，一笔一画写下“人之初，性本善”几个字。先志说：“行哒，从现在起就跟着我当通讯员吧。具体做些什么事情万营长会给你交代的。有一条必须记住，从今天起，以后不管在哪里都只能和战士们一样称呼我！”

“哦。”百里不是很理解，但心里像抹了蜂糖，好甜好甜。

《东江县志·沮漳河》：“江汉沮漳，楚之望也。”（《左传》）沮河、漳河均发源于湖北西部著名大山—荆山。二河于当阳县河溶镇两河口汇成一流，曰“沮漳河”。

第二章 芦花洲

1949年初，东江县江北各地都解放了，只有江心的枝洲还被国民党伪政府占据着。

东江县委临时办公地点设在与枝洲一江之隔的江口。很久很久以前，沮漳河的一个分支从这里注入长江，故称江口。清初设江口塘，后改为江口巡检司，民国时期设区署和镇公所。近百年来，江口是宜昌到沙市之间的重要水码头之一，谦泰吉槽坊和江口汉剧院是江口的两大品牌，一个是经济，一个是文化。江口汉剧院常请来汉口宜昌的角们登台，方圆几十里的财主和公子少爷们来此饮酒看戏是一种时尚、一种品位、一种资格。

因此，小小江口得了一个雅号——小汉口。

三月的江口，天气依然寒冷。李先志披着一件军大衣，和万达来到江边。望着江心的枝洲，洲上星星点点的灯光若隐若现，巡逻艇的探照灯掠过江面，波光粼粼。李先志想起了杨云青、梅叶和杨麦。李先志在荆南中学读书时，梅叶是他的老师，也是他的入党介绍人。李先志在襄西支队当侦察兵时，杨云青同志是他的首长。他对万达说："枝洲能有今天，是好多革命同志和先烈奋斗的结果。当年为了保护枝洲大堤，陆杨麦同志舍身炸毁日军舰艇。今天，我们回到这片土地上，要是能不动一刀一枪，不让人民生命财产遭受损失，不让大堤在炮火中受到破坏，和平解放枝洲该多好啊！"

东江县委将和平解放枝洲的方案报到地委。地委回复，鉴于当前的局势，为了减少损失，同意东江县委上报的方案，尽量做好枝洲伪县政府和保安团的分化瓦解工作，争取和平解放。但是，必须在我军解放宜昌之前解放枝洲，扫除障碍。

县委将分化瓦解敌人的任务交给了县特工部。县特工部是县委领导下的重要部门，主要职能是收集敌伪情报，开展分化瓦解和策反工作。同时，对占领区敌顽势力进行侦察和打击，惩办反动分子。在江北大部分地区解放以后，县委任命独立营营长万达任特工部部长。地委指示下达后，李先志对万达说："我们在开辟东江新区中立了功，受到了表彰，这次在枝洲的和平解放中也要立功。希望特工部能够出色地完成任务。"

万达说："保证完成任务，只是现在特工部人太少了，要求增加一点力量。"

先志说："行，要哪个给哪个。"

万达说："第一要杨百里。杨百里是枝洲人，对枝洲情况熟悉，人很精灵，是个搞特工的料子。"

李先志虽然有些舍不得，但觉得特工部确实需要像杨百里这样的人，同意将杨百里调到特工部。

"我马上告诉组织部，让他们通知杨百里明天到我那里报到。"万达说。

"你也太着急了吧。"先志哈哈一笑说，"行，明天就去。你讲讲有什么想法。"

万达说："让杨百里回老家去，把枝洲的敌情和防备情况搞清楚。侦察清楚后向县委汇报，确定对枝洲敌伪的分化瓦解方案。"

"行。"李先志表示赞成，他相信杨百里能够完成这个任务。"你一定要给杨百里讲清楚，这次过江侦察的主要目的是要把枝洲的敌情弄清楚。在任何情况下都不能暴露身份，更不能透露东江县委和部队的情况。"

第二天一大早，杨百里就拿着一张纸到万达那里报到了。

"来，来，来，你怎么现在才来，上班时间都过了五分钟。"万达让杨百里坐下。

百里没有坐，手里还捏着那张纸，就像拿着一个令牌。

"啥东西？"

"介绍信。"

"咋还要介绍信呢？"

"李书记说给我写的介绍信，要我早上去他办公室拿，还让我先给您看看。不过您看了还得还给我。"杨百里说着就递给了万达。

"介绍信还还给你？"万达一边说一边展开看，"这是什么介绍信，明明是一首诗嘛。"

万达一字一句念出声来——

险程奔向漳河滨，"脱脚""捡"来一新兵。

东江新区风雷起，解放枝洲迎新春。

送百里同志到特工部

李先志

万达哈哈大笑："这哪里是给你写的诗啊，是先志同志在我的屁股上抽鞭子呢。现在你有任务，不方便带着，介绍信先放我这儿，我好好替你保管。枝洲解放了还给你。"接着就给杨百里交代任务。

"枝洲敌情复杂，有伪政府，有保安团，有土匪，还有江南的国民党部队。敌军虽是穷途末路，但也会狗急跳墙，这次你只身过江侦察，要特别小心。回到枝洲后就住在家里，身份是出门帮工回来的，对任何人包括你妈都不能讲你现在的工作，也不要讲你找到舅舅了。这一点一定要记住，任务完成后他们会晓得的。弄清敌军军事力量和布防情况后立即回队报告，我等你的消息！"万达的话像重槌敲鼓，百里的心随着鼓点越跳越快。

杨百里没有从江口直接过河，对河有国民党保安团的布防。他绕到七星台以下过江，一踏上枝洲土地就一路小跑回到家里。母亲看到二憨子平安回来了，特别高兴。嫂嫂不冷不热地对老大说："老二回来了，家里又多了一张嘴，田里也没得好收成，弄不好还要分那几亩田和房子呢。"老大没有理她。嫂嫂的眼神里那点小九九，杨百里就像看到水缸里有几条鱼一样一清二楚。在家里住了一夜，第二天中午吃饭的时候百里说："妈，哥哥嫂子，我这次只是回来看看，在家里也没什么事，还是要出去找户人家帮工。家里的东西我不会要，以后也不要，讨来也不会要，请哥哥嫂子放心。我这次回来没有带什么，帮工几年只落下了这么点钱，交给嫂子贴补家用。"说着就从荷包里摸出一块银圆和几个铜钱给嫂子。其实，杨百里走的时候，万部长给了他几块银圆，说这是组织上特批的，这次执行特别任务，需要时可以用，也可以给家里用。杨百里一是不敢多给家里，不然嫂子会说他在外头发了财起疑心。二是要完成任务还不晓得还有多少用钱的地方。嫂子看到了穿破衣烂衫回来的小叔子居然还有钱，态度也就有点转变了。又听到杨百里说还要到外头帮工，并且永远不分家产，心也就放到肚子里了。说："弟弟，嫂子也是没得办法。我有一个堂哥在留巷当营长，你到那里去当个差兴许可得哩。"

妈一听急了："你成天就不想什么好事，现在这么乱还要我儿子去送死？你不晓得当兵要打仗啊，怎么就要把我儿子往死路上逼呢？"

"好好好，算我没说。"嫂子也觉得过分了些，这些天保安团还到处抓壮丁呢，一些人为躲壮丁跑到江北去了，怎么能把自家的人往火炕里推啊？杨百里不生气，笑着说："嫂子是为我好哩，不过当壮丁的事能躲就躲，我生来只会耍牛尾巴，大风吹不倒牛尾巴呢。"枝洲人说耍牛尾巴就是种地，不过耍字说出来是第四声。

二憨子回家，隔壁邻居眼里像下地的人回来一样稀疏平常，没有什么感觉，见到面也只说"回来了？""回来了。"从哪里回来，什么时候回来，没得人问。大家走到哪里都一样受苦，不值得问。

第二天下午，杨百里离开家，明的是说找工做，实际是打探枝洲的敌情，没多久就把情况基本弄清楚了。

国民党第十五军在枝洲江南的老城驻守。县保安团有两个营住在枝洲，一营驻留巷，负责守洲北江岸，是国民党防守的前沿阵地。一营长郑金友就是杨百里的嫂嫂郑金枝说的堂兄。二营在洲南，负责保卫设在芦花洲的国民党伪县政府。县长朱步贤早已逃到江南，躲在老城第十五军军营里。临时设在枝洲芦花洲的伪县政府留了一个叫袁西林的副县长。袁西林还兼任县保安团团长，现在东江县只剩下枝洲在国民党伪县政府控制之中，县保安团的任务也就是守枝洲了。除此之外，枝洲还有几支土匪武装，最大的一支是驻扎在鸭子湖的"东江民众救护团"，为首的叫李四波。李四波原来是赵连山部下的一个兵，在一次到江南打捞时遇到了对手被打断了腿，走路一脚高一脚低，枝洲人把李四波叫李跛子。抗战胜利后，枝洲游击队并入江南游击纵队，队伍出发后李跛子带几个人溜了号，返回鸭子湖。他在鸭子湖收罗兵匪顽劣，纠集起百十人，自称汉流"西陵会"首席大哥，效仿当年赵司令占湖为王。但是，他和赵连山完全不一样，吃喝嫖赌，无恶不作。其他的几股土匪虽然有人有枪，但和李四波相比势力小一些。

杨百里弄清楚枝洲的情况后，立即回到江北向李书记和万部长汇报。李书记和万部长听后很满意，把杨百里好好表扬了一番。

没过几天，万部长找杨百里谈话。

“百里啊，我得祝贺你啊。上次任务完成得很好，县委根据你的申请，批准你为中共预备党员。”万达说着伸出右手，“来，握握手，从此你就要用共产党员的标准要求自己了。”

百里握着万部长的手，哭了，万达没见到他哭过。“怎么啦？”“我高兴。”“高兴还哭。”“没忍住。”“那就哭吧，哭好了我给你交新任务。”

百里不好意思地擦擦眼泪：“您讲，我听到。”

“县委安排你再回枝洲。”万部长说，“根据你汇报的情况，县委认真研究并请示上级同意，制定了对枝洲的国民党地方武装进行策反的方案，同时说服‘西陵会’等土匪势力主动放下武器，争取宽大处理。县委要求，解放枝洲要尽量减少人员伤亡和人民生命财产损失。”

万达说着从抽屉里拿出三封信：“这三封信都是李书记亲自写的，一封送给国民党‘保安团长’袁西林，一封送给国民党‘保安团’一营营长郑金友，一封送给‘西陵会’的头目李四波。”万达将信交给杨百里说：“你的任务是两个：一是把信送到他们三人本人手中，不能转交，一定要面对面送到；二是对他们当面讲三句话：既往不咎，立功赎罪，大功受奖。其他什么都不要说。李书记要求你在一个星期内把信全部送达本人，有什么困难吗？”

“请组织上放心，保证完成任务！”杨百里坚定地回答。

“这次到枝洲，可以公开你的身份，但一定要注意安全，提防有人对你下毒手。”万部长神情十分严肃，百里一时不知说什么好，他知道此行不一般。

“你上岛之后，不见真人不露相，见到这三个人后要见机行事。我们分析，目前国民党县政府和军队都是穷途末路，不敢轻易公开加害你，但是那些土匪顽劣就说不定了，你可要百倍警惕。如有危险，你要按照预定的办法尽快脱身。”万达叮嘱。

“放心吧，首长！你们就等着我的好消息吧。”杨百里信心十足。

杨百里雇了一条渔划子趁黑夜过江。他已做好准备，如果过江顺利，也就无事。如果被国军巡逻船发现抓到了，就直接说是来找郑金友的。当晚过江还顺利，其实“保安团”的士兵心早就散了，保安保安，自身都难保还保什么平安，都在想怎样保命。他先来到郑金友那里，让人通报说郑营长的一位亲戚要见他。郑的下属不敢怠慢，把他领到郑营长那里。郑营长不认识杨百里，一见面便问你是我的什么亲戚？杨百里说，我是郑金枝的小叔子，叫二憨子。东江人说的小叔子就是丈夫的弟弟。

“你是金枝的小叔子？”郑营长打量面前的这个青年。

“我有话对您单独讲。”杨百里点点头，悄悄对郑营长说。

郑营长看到杨百里的神情，知道这个人来历不一般，便让其他人退出后说：“你说，有什么话？”

“我是东江县委特工部侦察员杨百里，是来给你送信的。”杨百里说。

“哪个的信？”郑金友问。

“你看看就晓得了。”杨百里说着就把李先志的亲笔信递给郑营长。郑金友接过信，拆开一看，大吃一惊，然后又假装镇静说：“晚上再谈吧。”

夜深人静时，郑营长支开了其他人，单独与杨百里吃饭。席间，郑金友一口酒不喝，杨百里本来就不喝酒。郑金友问了江北的情况和目前的形势，杨百里按照万部长的交代给郑营长讲了三点。郑营长也知道现在已是大军压境，正在琢磨着怎样为自己留一条活路。他心里明白，共产党的部队一打过来，首当其冲的是他。国民党的主力都跑到江南去了，就他一个营抵抗得了吗？那是个笑话。可是袁西林也不敢让他们撤退，留给他的只有死路一条。郑金友就像将要淹死的人抓到了稻草，想抓住不放，但心里还是不踏实。

“老弟，既然我们是亲戚就不是外人了，李书记亲自给我写信，说明他还看得起我。你跟我说句实话，我这样的人到底会不会得到宽大处理？不说立功受奖，能不能有一条活路？”郑金友问杨百里。

“郑营长，你比我年长，是我嫂子的哥哥，也就是我的哥哥。你经的事多，现在是识时务的时候了。共产党说话算话，再说，如果说话不算话，不说对不起你，我以后还怎么敢见嫂子？”杨百里说。

“那你们要我怎么办？”郑金友明知故问。

“投诚！”杨百里坚定地说。

“我这里只有一个营，还有一个营在南边，袁西林时刻都在监视我们，我可不敢轻举妄动。再说，国军第十五军就在江南对河，随时都可以增援枝洲。我如果投诚，还要给下属们做工作。你就给我一点时间吧。”郑金友说。

“行！我还要给袁西林送信呢。”杨百里一听这话就晓得有希望了。

“那就好。如果袁西林同意投诚，我郑金友率先响应。”郑金友语气坚定些了。

“你们三连长还是李明昌吧。”杨百里好像是在无意中说出了这句话，把郑金友吓一跳。

“是，是，是，你认识他？”郑营长气色都变了，这个李明昌可是共产党的死敌。郑营长最担心的是他如果要投诚，三连长李明昌一定会闹事的，这是他的一个心病。李明昌在解放江口战斗中被解放军俘虏了，说是杀了看守后逃出来的，还受到了嘉奖，安排他到保安团当了连长。郑营长猜想杨百里是要他处置李明昌的，没想到杨百里不但没有要郑营长对李明昌进行处置，还轻声地对郑营长说：“我告诉你一句话可千万别传出去。”

“你讲。”郑营长仔细听着。

杨百里说：“李明昌没有杀看守人员，他是我们放出来的，承诺只要立功就不杀他。你说，李明昌这样的人共产党都能执行政策，你还怕什么？”

郑营长一听，吃惊不小，心也就放到肚子里去了。心想：“袁西林还说李明昌是党国真正的功臣呢，原来是这样子的。”

杨百里说：“你只要决定投诚，李明昌一定会配合你的。”

郑金友点头：“我晓得了。”

杨百里拉着郑金友的手说：“放心吧！大哥。我明天到袁西林那里送信。”

“好，我派人护送你去。他住在芦花洲，那个地方不大好找。不过，我的人只能把你送到附近，不能让袁西林怀疑我。”郑营长想得很周到。

临别时，百里对郑金友说如果想清楚了，就写个回信，我回来时取。

郑营长不置可否，他虽然想投诚，但是为安全考虑，他还想看看袁西林的态度。

县长躲到南边去了，袁西林身为副县长兼保安团团长，百不情愿地带着两个营在枝洲扛着，他心里抱怨道："这明明是让我挡枪子儿，共军过江抵抗个屁，南逃是唯一的出路，可是狗日的县长不许我们走啊。"他天天怕解放军过江，时时提心吊胆，做梦都在南逃的路上。

杨百里在哨所周围转了一会，掏出一条纸烟递给卫兵头子："分给弟兄们抽吧，我是给袁团总送信的！"纸烟在这里除了团长哪个当兵的抽得起啊，卫兵头子像狗看到了骨头，伸出爪子抓过来，不管三七二十一，拆开甩给两个卫兵一人一盒，把剩下的全揣到荷包里。急急打开一包取出一支点燃了，猛吸一口说："把信给我给你送进去。"

"不行啊，老总，我送的是袁团总老朋友的信，他要我当面交信给团总啊！"杨百里慢慢磨，"我也是受人之托。我跟你们说啊，要我送信的人还说，这事如果耽误了，袁团总一定会追查的，到那时，你们可别怪我没说清白，把脑壳玩掉哒就还不到原了。"

卫兵头头一听这话便说："那好，你在这里好好待着，我去报告。"说着便进去了。过了好一会儿，卫兵头头带出一个人来，看样子是随身侍卫。侍卫打量着百里，问："你从哪里来？"

"我从袁团总老朋友那里来，不见袁团总，我不能告诉你我从哪里来。"杨百里说着往侍卫手心里放了一块银圆。

袁西林在芦花洲守着通往江南的要道，凡是过河往来货物都要有袁西林的手签路条，不交"买路钱"就当作通共抓起来，没有钱是下不了地的，做生意的人为打通关卡，都要来给袁团总送礼。再怎么戒备也不能挡财路，侍卫见杨百里只身一人，出手也大方，一看就是来送礼的，觉得没有什么危险，便把百里带进侧门，让他在一间小屋里等候。进了小屋，两个卫兵要杨百里靠墙蹲下，这叫"下马威"。此地无马，只能蹲在墙脚下。

过了好长时间，侍卫才出来带着杨百里进内屋。这时，袁西林正在打麻将，头也没有抬，用鼻子吭一声："找我搞啥子嘛？"杨百里不慌不忙地掏出信，递到袁西林手中。袁西林一手摸着麻将，另一只手接过信，那信封是用牛皮纸糊的，外面一个字也没有写。他掂掂分量，觉得还行，便放在桌子上问："有什么事啊？" 杨百里说："我老板只让您亲自看，我不晓得有什么事。"

"等哈。"袁西林一边说一边摸牌，"和了！" 他面带喜色，漫不经心地拆开信，里面是个小信封，署名"李先志"三个字。袁西林就像晴天听到炸雷，喜色变成了惊恐，一会儿又恢复了原状。他没再拆，假装漫不经心地揣在荷包里了。他朝杨百里挥挥手，意思是让他一旁坐下，还是继续打牌。袁西林是东江县第一批国民党员，老谋深算，他还是东江汉流组织实际上的大哥，架子特大，李四波这些二百五都惧他。

袁西林一边码牌取牌，一边从桌上抓几个角子钱，交给侍卫说："把他带到街上吃饭。"

杨百里站起来说："我不饿，就在这里等一下吧。"

"也好，你先在这里住下。"说着就让侍卫把杨百里带到厢房内屋一间客房里等候。侍卫送来晚餐，杨百里看看饭菜还不错，肚子也饿得慌了，像秋风扫落叶一样吃得一干二净。抹抹嘴寻思袁西林要搞什么鬼名堂。

侍卫把杨百里带到一间密室里，袁西林已在那里等候了。他已看过了李先志的信，这封信对他来说，就像是黑夜里看到了一线光亮。他知道即便跟着国军往南逃，也只是跑得过初一跑不过十五，听说国民党的大官们都在往台湾跑，虾兵蟹将还有什么出路呢？他不想一条道走到黑，走到死。这一线光让他有绝路逢生的感觉。如果是真如李先志信上所说的投诚了能既往不咎，还给他一个位子，那不是天大的好事吗？

不过，袁西林有点不相信：我是什么人？老反共分子，共产党容得下我吗？他想找送信的讨个口风。

一只马灯照着两个人的脸，昏暗之中的袁西林刚抽过鸦片，脸上像杀猪佬在老土墙上抹了一把猪血，又有点像猴子的屁股，猩红猩红。他眯着眼看看杨百里，大大咧咧地说："信我看过了，李先志说话算不算数？"

"共产党说话是算数的！只要你能立功，不但可以赎罪，还要在新的县人民政府给你安排一个位置。"杨百里的话很有分量，袁西林的态度转了一些，不再拖腔拖调了。

“你回去对李书记讲，我袁某识得时务，不想再与共产党作对了。”杨百里看得出袁西林对国民党已是心灰意冷，但要投诚还下不了决心。

“你说的是不是可以投诚？”杨百里问。

“我还要想想——嗯——想想。”袁西林结结巴巴地说。

“那好，你想想。时间不能长，过了这个村就没得这个店了。我还要去找郑金友。李书记说他是你们在枝洲的第一道防线，是你的主力营长，如果你愿意投诚，他也得有个思想准备。所以，李书记还给他写了一封信。”杨百里为了不引起袁西林的怀疑，没有透露是从哪里来的。

“那要得，我派人送你去。”袁西林心里发慌，再补上一句，“他一看到是我派人送的，就晓得我的心思了。”

“告辞。”百里心里有了底，转身就走。

郑金友已写好回信交给杨百里，让他先看看。百里一看很高兴，当天就在金友那里住下来。

第二天，杨百里说要到李四波那里去。

郑金友不放心，说：“李四波是个流氓，去那里很危险。”

杨百里说：“我必须完成任务。”

郑营长派两个人把百里送到鸭子湖边。杨百里让他们在湖边等候，一个人划船进湖。

这时李四波正在忙着娶小老婆，湖里闹得乌烟瘴气。见到杨百里，李四波就像癞蛤蟆跳到秤盘里，不晓得自己有几斤几两。他接过信展开，用小眼睛扫了一遍，打起哈哈来：“我办喜事，李先志不给我贺喜，还要我投诚，真是不讲礼性。”

“我是李书记的代表，你有什么话讲出来，由我向他报告。”杨百里看到这个家伙是个二黄东西，严肃地说。二黄是枝洲人对无赖的蔑称。

“李先志要我投降反正，他先得给我送点礼啊！”李四波一脸无赖相。

杨百里一听像吃了苍蝇，有点想吐，强忍着把厌恶往回收，一字一板地说：“我们的队伍马上就要过江了，枝洲就要解放了，不管是国民党的部队还是地方武装，面前只有两条路：投诚既往不咎，不投诚自取灭亡。”李四波根本听不进去，把手一扬：“老子不管什么路，你回去告诉李先志，我还等着他给我送礼呢！现在要老子投降只怕还早哒！”说着就把枪往桌子上一拍，恶狠狠地叫嚷：“我还有事，出去！”李四波不见棺材不掉泪，他幻想着像赵连山一样占湖为王，哪个来都不怕。

面对这样的黄浑家伙，杨百里知道再也谈不下去了，立即出湖，过江复命。

杨百里二进枝洲，带回了一封信、一个口信和一个信息。万部长向李政委报告后，李先志高兴地说：“杨百里这小子，还行！”

转眼到了六月，四野司令部在武汉召开作战会议，部署宜沙战役，解放军大军即将进入东江，进而解放宜昌。

地委指示，在解放军大军通过东江之前，争取尽快和平解放枝洲，成立东江县临时人民政府，为大军进军宜昌创造良好条件。

东江县委决定立即实施和平解放枝洲的方案。通知袁西林、郑金友做好准备，七月中旬率部队过江到江口向人民政府投诚。同时做了两套预案：一是袁西林率全体伪政府人员和保安团到江口投诚，县委和军事指挥部即在江口举行东江县接管大会，成立东江县临时人民政府。二是如果郑金友投诚，而袁西林不投诚或者是顽抗。独立营立即过江到凤口打击保安团二营，活捉袁西林。同时，通知李四波立即率部投降，在此之前，不得有任何破坏行为。如有顽抗，予以剿灭。

李先志写好了三封信，一封是给袁西林的，告诉他按通知时间率部到指定地点投诚。如果按时投诚，东江县将请他出任军事接管委员会副主任。一封是给郑金友的，通知确保在规定的时间内将部队带到投诚地点，参加接管大会。第三封是给李四波的，口气很硬：“是率部投降还是顽抗到底，两条路由你选择。率部投降必须就地解除武装。如果此次再无明确答复，继续拖延，顽抗到底，后果自负！”

万达把杨百里叫来说：“百里啊，你可得三进枝洲，枝洲即将解放，形势十分复杂。这次行动事关能否和平解放枝洲，请你务必谨慎小心。”

郑金友收到信后说已经做好了下属工作，不管袁西林如何动作，他都将按时率部到江口投诚。袁西林收到信后立即写了回信，态度很坚决："我袁西林绝不跟老蒋走，我要和我的弟兄们一起迎接解放，到时我亲率政军人员投诚。"袁西林事前已经得到了解放军即将发动宜沙战役全面解放宜昌和鄂西的消息，所以态度很坚决。

李四波还在犯浑。他一贯只会用猪脑子想问题，认为只要有人有枪，不管地盘大小，就算是在螺蛳壳里也要做道场，称王称霸。他幻想共产党解放枝洲不过是要把国民党赶走，他不是国民党，没得什么关系。这几天传来的消息令他不安了，听说草埠湖的大土匪头子郑家良被共产党抓住，吃了"花生米"(子弹)，见阎王去了。还听说江口姓曾的土匪头子向政府投降后，还是被镇压了。这些消息有的是真的，有的是谣言，李四波不需要分辨也分辨不出来。他想："老子投降是一死，不投降也是一死，不如快活几天，万一共产党打过来了，老子就往南边跑，此处不留爷，自有留爷处。"李四波早先在南边一些地方准备了"窝子"，按他自己的想法："共产党就是要打，南边那么大的地方，一时也打不过来，未必就没得我李某安身的地方。就是出了拐，乐也是死，不乐也是死，乐一天是一天，多弄些花样找开心。"李四波前些时抢来一个漂亮的妮子做小老婆，在湖里举行了土匪式婚礼，成天把这个小妮子关在屋子里。这天有人来报告说，那个姓杨的又来了。李四波说声让他等着，便大摇大摆地离开新房来到了公事房。李四波一走，负责看守小妮子的几个兵躲到一边抽烟玩牌去了，他们料想在这个湖坝草地里，一个小妮子想跑出去是骡子下儿——不可能的。

李四波跷起二郎腿，把枪拿在手上玩，看也不看信，问："是不是李先志的信哪？我把队伍交给他，他能给我什么好处啊？"

杨百里很生气，说："你自己看吧！"

"老子懒得看，你说他有什么话吧。"李四波把枪拍在桌子上。杨百里下意识地摸摸腰间，枪在进湖前已交给了护送的人，带枪进不了湖。

"我受命通知你，七月中旬我军过江解放枝洲。在此之前，你们原地不动，主动解除武装。在枝洲区政府成立之后，向政府缴械投降，我们按照优待投诚人员的政策处理。"百里说。

“什么优待？”

“饶你不死！”

“屁！江北老曾怎么死哒的？”

“他是假投诚，当然得枪毙！”

“我不投诚怎么样？”

“那就死到临头了！”

“嘿嘿，老子先让你死到临头！”李四波说着就要掏枪。

这时，屋外传来声音：“不好了，小夫人投湖了！”

一听这话，李四波跑出门外，杨百里也跟着出了门。只见李四波抢来的小妮子在水中时起时伏，眼看就要沉下去了。

“快，快，下水把她救上来！”李四波乱叫。杨百里一跃跳进湖中，抓住小妮子的衣服，径直朝对岸游去。李四波看到杨百里带着他的小老婆跑了，连忙开枪。杨百里是在湖边长大的，水性好，能轻轻松松游过长江，在湖里算得了什么。他带着小妮子游过湖，在岸上等候的王大贵和小宋把他们拉上来。杨百里一上岸就从王大贵手中接过枪，向湖里打了几枪，大喊：“李四波，你不投降，过几天我亲自来收拾你！”

李四波不知道岸上有多少人，不敢去追，只是乱放枪。

王大贵是郑金友的秘书兼贴身卫士。营长本来没有卫士，也没有秘书。但王大贵有文化，而且是神枪手，郑金友就把他留在自己身边。有人说他是秘书，有人说他是卫士，其实都不对，是文书，营部只能配文书，相当于副连长级别。人们觉得文书似乎小了点，就叫他王秘书或者王卫官。为了确保杨百里安全，郑金友这次特意安排王大贵带着通讯员小宋护送。后来郑金友才晓得，王大贵是地下党组织安排在枝洲保安团的卧底。弄明白后郑金友心想怪不得这小子这么能干哩。

王大贵之前要求陪同杨百里进湖，百里说：“那不行，我们去两个人他们就不会放我们进去。我一个人去，哨兵给李四波报告是我一个人来的，他才会见我。他不敢把我怎样的，你们在这里等到，我一定会平安回来。说着便取下枪交给大贵，只身划船去见李四波。”

“二哥！”瘫在地上小妮子说话了。

杨百里一看，这不是金苗吗？心想，她是嫂子的妹妹，怎么就成了李四波的小老婆呢。

“你是金苗妹子？”

“是的。”

“你怎么到这里来了？”

金苗呜呜地哭得说不出话来，王大贵见她全身湿透，就让小宋把外衣脱下，让金苗找个僻静处换了。王大贵把衣服脱下来请百里换，百里说：“我就算哒，这样还凉快些。”

“那就回我家里去吧，我把你交给你姐姐，我们也搞点饭吃了再走。”百里说。

“好。”金苗点点头。

杨百里衣衫透湿，打个赤脚进门就叫了一声：“妈，我回来哒！”

妈吓了一跳：“二憨子，你哪门搞成这个样子哒？”

金枝闻声就出来了，看到后头还有两个人腰间别着手枪，直愣愣地问：“你当土匪了？”

“不是，我在执行任务。”百里指着正在下马的金苗说，“金苗回来了，嫂子去看看。”

“姐姐！”金苗下马，抱着姐姐大哭起来。

“你怎么穿这身呀？”金枝一面搀着金苗进门一面问。

“到屋里换了衣服再跟你说。”金苗边哭边说，之后和金枝进了内屋。

“你是……”妈结结巴巴地问着，惊慌地看着百里。

“妈，我不是土匪。我在江北找到了先志舅舅，参加了共产党，舅舅马上就要过江了。过不了几天枝洲就解放了。”百里说。

“你，你当官了？”金枝让金苗换了衣服，走出房门惊诧惊惶地问。

“不是官，是侦察员。”百里说，“我有任务，妈给我们做点吃的，我们吃了就走。”

“好啊，你们等着！”娘到厨屋里做饭去了。

“你是怎么回来的啊？”金枝问金苗。她晓得金苗被李四波抓去的事情，正在为这事情着急呢。

“那次李四波在郑家屋场见到我后，就派人跟爹说要娶我做小老婆，爹让我躲在你们这里。后来爹怕我被他们发现了，就带我藏到江南老城姑奶奶家里。没想到前些时他们到江南打捞时几个土匪见到了我，又把我抢到湖里交给李土匪哒。”金苗说。

“这我晓得，爹来说要我们想办法把你救出来。可我们有什么办法？正在着急呢。你怎么跟着二哥回来的？”金枝听说二憨子是什么员，改口称二哥。

“李跛子把我关在湖里，逼我和他成亲。我不依他，想寻死，逃也逃不脱。今早上有人说江北有人送信来，李跛子提着枪出去了。我趁看守不注意就悄悄溜出门，跳了鸭子湖，想死了算哒，免得活受罪，没想到来送信的是二哥，跳到湖里把我救出来了。”金苗说。

“这真是天照应啊，我妹子命大，能回来就好。不哭了，还不快谢谢二哥。”金枝说。

金苗转过身对百里说：“二哥，难为您了。”说着就要给杨百里下跪。百里赶忙拉住说：“这是哪里话，不是救你兴许我还跑不脱呢。”百里说的也真是实话，李四波当时要干什么谁都不晓得，是金苗落水李四波才跑出来，杨百里才有机会跳湖救人，最终才得以脱身。

“二憨子，饭弄好了，把客人们喊进来吃饭。”妈在屋里喊。

王大贵笑着说：“大妈，您的儿子叫杨百里，是县特工部侦察员，是共产党的干部呢。您怎么还叫他的小名啊？”

“你叫什么名字？”娘没听清白，问百里。

“先志舅舅给我起了个大名，叫杨百里。”百里对妈说。

“这个名字好啊。你舅舅呢？”妈问。

“舅舅是县委书记，很快就要回到枝洲来的，他一回来枝洲就解放了。”百里和大贵的话妈不太明白，她不晓得干部是什么，也不晓得书记是什么官。只是听到说先志不久会回来，心里很高兴。

吃过饭，杨百里走前对嫂子说：“没有几天枝洲就解放了，李四波也就完蛋了。这几天金苗在家里，怕他们半夜三更找上门来，还是有危险，让金苗到郑营长那里去躲几天好些。”金枝说：“还是弟弟想得周到，就让苗苗跟你们去躲几天吧。”

杨百里回到留巷，把金苗交给郑金友，托他关照几天。郑金友说这是我妹妹还要你说，保管她没事，李跛子那个王八蛋再黄浑也不敢到我这里来要人。

郑金友安排专船送杨百里过江。

李先志拿着袁西林的信说：“这一下好了，枝洲的问题基本上解决了。”说着拍拍百里的肩膀说：“小子，枝洲和平解放了给你们庆功！”

“万达同志，为了保证袁西林率部投诚顺利进行，我们暂时不派部队进洲，让他们带着部队到江口投诚。李四波要是老实就先不动他，要是不老实就过江消灭他们。”李先志说。

“那行，打那个小土匪是小菜一碟。”万达说。

七月十六日，离投诚时间还有两天，袁西林已经做好了率队投诚的各项准备。不知是走漏了消息还是巧合，伪县长朱步贤派人送急件来，要保安团立即撤出枝洲，到江南与他会合，随江南保安五旅向恩施转移。袁西林不想走，但不走又怕引起朱步贤的怀疑。如果朱步贤知道了他们想反正投诚的消息，不知道会采取什么举动。袁西林决定让二营长把二营带过江与朱步贤会合，并给朱步贤带去一封信，说二营随县长先撤，一营从北河过来后，他亲自和一营跟上来。朱步贤知道袁西林是东江第一批国民党员，反共老手，什么人投诚他都不会投诚，便带着二营随江南保安五旅向恩施开拔。

当天晚上，队伍在渔洋关过夜。二营长按照袁西林的布置，深夜悄悄把队伍带回来了。朱步贤早上起来没有见到二营的人了，才知道上了当。这时，朱步贤也不敢再回来，硬着头皮跟着保安五旅走了。

十八日清晨，二营长把队伍带回来了。袁西林说：“我们立即到吴家渡口过江，接我们的船在那里等候。一营在留巷渡口上船，全体人员在江口集结，参加接管大会。”

郑金友在留巷召开一营投诚动员会。会上，郑金友宣布保安团一营全体人员投诚，大家一致拥护。当天上午郑金友就把队伍带过江接受整编。

听到保安团两个营都过江投诚的消息，李四波觉得自身难保了。心想：“他们投诚，袁西林还弄到一个副主任，把老子们晾在这里了，三十六计走为上。忽然又想，就这么跑还是下不了地，老子得搞出点响动来。”之后他带领土匪到留巷抢劫。

万达、杨百里奉命各带一个排分两路过江。一路在吴家渡登岸，直捣李四波老巢鸭子湖。一路在留巷登岸，追击土匪。杨百里带一排到达鸭子湖，湖里已空无一人，便迅速到留巷与万达会合。这时，李四波已经南逃，留巷一片狼藉。

“没想到这个王八蛋来这一手！”杨百里看到这番惨景，咬牙切齿，发誓要把李四波抓起来碎尸万段。

“跑得了和尚跑不了庙！好在损失不大，当务之急是安定秩序，稳定人心！”万达说，“现在立即帮助和组织店家开市，恢复营业。”

杨百里提着手枪说：“只有便宜这小子多活几天了。我这里还有李书记给他带的‘礼物’呢。”他在枪里取出一颗子弹，装在衣兜里说：“这颗‘花生米’还是要给他留着。”

万达和杨百里过江时，李先志命令他们，如果李四波顽抗可以立即正法。

“二哥！”百里闻声转身一看是金苗在叫他。金苗披头散发，破衣烂衫，满面伤痕，神色惊慌。

“金苗。你从那里来的？”百里问。

金苗说：“郑营长带队伍到江北时要我留在留巷，不要回到家里，说李四波还在湖里，回到家里不安全。他要我等你们过江后把李四波收拾了再回去。没想到郑营长前脚走李四波他们后脚就到了。我躲在一个开绸缎铺的亲戚家里，被来抢劫的土匪看到了，把我捆起送到李四波那里。

“李土匪一见到我就兽性大发，把我的衣服都撕破了，用马鞭子朝我身上乱打。我说：‘你把我打死算了，有人找你算账。’‘那就便宜你了，老子不得让你好死的。’这时有人来叫他，李土匪说：‘过会老子再来找你算账。’李土匪把我反锁在黑屋子里之后跑了。我想一头撞死算了，又想还是要等到你们回来，和你们一起去抓李土匪，这个仇不报，我死也不闭眼睛。后来有两个小喽啰来带我走，我跟他们说：‘杨百里就要回来哒，你们积德放过我，我在他那里给你们说几句好话，兴许还保得住性命。’他们没吱声就走了，连门都没再锁上。后来我听到枪声，晓得你们过了江，就跑上街来找你们了。”

金苗越说越哭得伤心。

“人没事就好，你去安排一下。”万达对百里说。

百里把金苗带到留巷旅馆，自报家门，请老板找几件衣裳给金苗换了，过几天再还回来。老板听说是杨百里，连忙让老婆把金苗带到屋里洗脸，找几件衣服换了。

金苗换了衣服走出来，百里哈哈大笑说：“金苗穿老板娘的衣服蛮好看呢？”金苗脸红了，说：“二哥别笑我，您看我哪里还像个人啊！”百里看到金苗又在流泪，连忙说：“回去后记得给老板娘把衣服还回来啊。”

“不碍事，我们哪个不晓得杨百里啊，莫说借几件旧衣裳，就是再大的事我们也是应该做的嘛。”老板说。

“我不回去，要和你一起去抓李土匪，我要把他活剐哒！”金苗说。

“李四波跑不了。你和我们一起去抓土匪，我还得向组织报告。”听到二哥这么说，金苗瞪大眼睛问：“抓土匪还报告啊？”

百里严肃地说：“这是规矩，你现在还不懂！”话一说出口，百里又觉得不太合适，变了口气说：“金苗，你先到家里给我妈和哥哥嫂子送个信，说我回来了，让他们放心。你的要求我向上级报告，如果领导批准你参加抓捕李四波行动，我会告诉你的。”

百里说完就走了。

金苗大声喊：“二哥，我等你的信儿，不能唬我啊！”

《东江县志·大事纪略》：1949 年 10 月 18 日，县军事委员会所属两个排分两路进洲，李匪南逃，所部三四十人缴械投降。枝洲解放。

第三章　湘南河

枝洲解放了。

县委书记李先志亲自到枝洲参加枝洲区委会议。县委组织部王一平部长宣读县委关于成立中国共产党枝洲区委的通知："经县委研究并报地委同意，任命县委委员万达兼任区委书记，杨百里任副书记，彭正武、张大兴、李小路为区委委员。"王部长接着说："当前还不具备召开县区人民代表大会的条件，经县委研究并报地委同意，杨百里兼任枝洲区区长，彭正武、张大兴兼副区长。"

李先志讲话："同志们，枝洲解放了，今后的任务更加繁重。第一是要把各级政权建立起来，包括乡政府、村民委员会，都要迅速建立。政权、政权，没有政就没有权。第二是要抓紧清除枝洲的土匪势力和国民党残余分子，不清除他们老百姓不得安宁。第三就是要做好土地改革的各项准备工作。土地改革是我们争取群众支持的重要环节，也是我们共产党执政以后为人民谋利益的第一个重大行动，要让农民有地种才能安居乐业。同时，根据枝洲的实际情况，还要特别注意加固堤防和防汛，不能让革命的果实被洪水冲走了。"

李先志宣布："县委委员、区委书记万达同志主持全面工作，近期重点要抓紧建立乡村两级领导班子，做好土改各项准备工作，为全县土改积累经验，做出样板。区委副书记、区长杨百里同志协助万达抓好全面工作，近期的重点是清匪和防汛。其他区委委员由万达同志具体分工。"

万达在会上表态："坚决拥护县委决定，枝洲区委决不辜负县委的厚望和枝洲老百姓的期待！"

会后，李先志让勤务员从包里拿出一瓶汾酒，这是他的老战友从山西给他带来的，一直舍不得喝，这次特意带到枝洲来。在简陋的食堂里，新班子的同志自己打好饭菜端过来，李先志和大家围坐在一起。李先志说："我说过枝洲解放后要给你们庆功的，现在实在不是庆功的时候。今天我们一起把这瓶酒干了，算是庆功吧。”

“老首长，我们领当不起啊。”杨百里说。

“什么领当不起，现在是没有条件，有了条件我们要好好庆祝。唯一的要求就是不能用公款。你们现在都是领导干部了，一定要好好工作，谦虚谨慎，廉洁奉公，多立新功。来吧，我敬你们一杯，枝洲的事情就交给你们了！”李书记说着就把酒干了。

“杨百里啊，你负责剿匪，晓不晓得枝洲的一首民谣啊？”李先志要考考杨百里。

“您说的是讲枝洲土匪的那个吧，我晓得。”杨百里念了这首民谣——

灶（赵）倒甑（曾）子歪，

青（青洪帮，三青团）菜萝（罗）卜当小菜。

若（罗）是不相信，

许（许）你（李）活（何）不成。

这首民谣中讲的是枝洲的土匪多，主要有赵、曾、罗、许、何五支，加上青洪帮。老百姓把三青团也列入土匪，可见三青团在枝洲也有势力且臭名昭著。

“老百姓编得好啊，不过，赵部不是倒了，是倒戈了，他为抗日立下了大功劳哩。曾老三逃到江北已被镇压了。青洪帮也就是汉流，不能小视，在枝洲大大小小还有几伙儿，在群众中流毒很深。姓罗的、姓许的土匪都与青洪帮有联系，这些都好办。百姓最痛恨的是李四波，他打着汉流旗号，在枝洲和湖南的几个地方都有窝点，武器也不少，前几天在留巷抢了不少的东西南逃，大家可不能轻敌啊。估计他一旦有机会还会回来闹事。李四波是个毒瘤子，清匪就拿李四波开刀。县委决定调特工部副部长郑金友来协助你，你们是老朋友，要立即组织专班抓捕李四波，不能让他再嚣张下去了！”李先志说。

“郑金友对枝洲情况熟悉，带过兵，他给百里当助手再好不过了。”万达说，“我们还准备找县特工部借几个人。”

“你借多了特工部张健有意见哟。”李先志说。张健接任县特工部部长了。

“没有。我想借的这几个人对枝洲情况比较熟悉一些，比如王大贵啊，也借不了多长时间。”万达说。

“我提议还增加一个人。”杨百里说。

“谁？”万达问。

“郑金苗。”杨百里说。

“郑金苗是什么人？”李先志的话音一落，不等百里接话，万达就抢先简要介绍了郑金苗的情况。万达说：“郑金苗苦大仇深，深受李四波迫害，多次要求参加抓捕行动，我个人同意。请先志同志定。”

“行呀，郑金苗这样的人对土匪有深仇大恨，对李四波内部的情况比较熟悉，可以参加行动小组。但要注意两点：一是一定要给郑金苗讲清楚，不能意气用事，一切行动听指挥；二是一定要保护她的安全。”李先志说。

郑金友投诚后被安排在县特工部工作，任副部长。他带着王大贵等三位侦察员到枝洲来找杨百里报到，两人没想到这么短时间就成了一个战壕的战友。他们商定，特别行动小组兵分两路，一组由杨百里带王大贵、郑金苗到凤口街李四波联络点寻找李四波的下落。这一组先到杨家和郑金苗谈。另一组由郑金友带领另外两位侦察员，先到凤口附近特别是渡口侦察李四波及其部下的行踪。

杨百里回到家里，妈第一次看到儿子穿制服，止不住扭头流泪，扯起大襟衣角揩眼睛。百里拉着妈的手轻声说：“妈，您的二憨子回来哒。”妈拍着百里的肩膀哭出声来。自从听说二憨子当上人民政府的区长，二憨子妈日夜睡不着，她觉得这辈子总算熬到天亮了呀。

一家人高高兴兴地吃过晚饭，金枝和金苗把百里的房间收拾好。百里和王大贵住一间房，王大贵有保卫区长的任务，吃过饭后就在屋前屋后蹓弯去了，其实是在外头放哨，看有没有什么动静。杨百里一个人在房间里，正准备把金苗找来谈谈，就听到嫂子的声音进了门。

“我原来就晓得弟弟在搞大事，你看老杨家的祖坟真的冒了青烟，出了大区长。弟弟，不是我说大话，整个枝洲，哪个有我们的弟弟这般见识，哪个有杨百里这么大的功劳？”金枝一边说一边拉着金苗在百里身边坐下。

“嫂子别这么说，这些年你受累了，家里又是老又是小，过得紧紧巴巴的，妈年纪大了，哥哥是个老实人，我晓得这个家都是嫂子支撑着。难为你了。”百里晓得嫂子的性情，满面笑容顺着说话。

“这是什么话，嫁给杨家，生是杨家的人，死是杨家的鬼，有什么难为的。不说别的，我妹子不是你把她救出来，现在只怕在鸭子湖喂王八哒。”金枝说着就流下眼泪。

“其实是金苗救了我，不是要救她我一时还想不起来跳到水里逃出来。金苗是嫂子的妹妹也就是我的妹妹嘛。”百里说。

“我这个妹妹命苦啊，李土匪那个王八蛋……”金枝说不下去了。

“姐姐，别说了。”金苗知道姐姐想说什么。其实杨百里也明白嫂子的心思，他看看金苗，金苗低下头，流着泪。

“我收碗去，你们说说话。”金枝说着就出去了。

“二哥别听我姐瞎说，她是有心无肠的人，说话拐不到弯弯。”金苗说着就站起来，想跟着姐出去。

“金苗别走，我有话对你说。”金苗心里扑扑跳，不晓得二憨子哥哥说什么。

“我们组织了行动小组去抓李四波。根据你的请求，我向李书记、万书记提出让你参加我们的行动。现在我正式通知你，县委和区委已批准你的要求。万书记让我给你带句话，如果同意参加行动，千万不得意气用事，必须听从我和郑金友的指挥。你做得到吗？”百里说。

“真的？我做得到，都做得到！金友大哥也是……”金苗高兴了。

“对，郑金友同志投诚后被安排在特工部，现在是我们行动小组副组长，正带人到凤口调查李四波跑到哪里去了。”百里说。

“找到李土匪在哪里了吗？”金苗问。

“现在还不晓得他躲在哪里，你晓不晓得李四波在枝洲上还有什么落脚的窝子啊？”百里问。

“我晓得，凤口街上有个杂货铺是他的窝子。”金苗说。

“你认得老板吗？”

“不认得，他找李四波都是深更半夜里去的。有天晚上李四波刚进屋就有人报告说凤口有人来，李四波出去了与那人讲话。我听口音不是本地人，是个川川。”枝洲人把上江人都叫川川。

“明天我们一起到凤口找这个人，你怕不怕？”百里问。

“跟你走我还怕什么，怕你不要我！”金苗话一说出口，就晓得自己说岔了，脸上红得像个苹果。

杨百里心里咯噔一下，马上缓过神来，人家说的是不要她参加行动，自己想多了。笑着说：“李书记同意你参加行动，我们怎么会不要你参加呢。不怕就好，明天你就参加我们的行动。”他把“参加”两个字说得很重，金苗晓得二哥是在给自己下台。

“那太好了。”金苗笑起来。

“那就早点休息，明天我们一起走。”百里站起来，意思是送她走。

金苗没有动，百里也不好再催着她走。百里只好又坐下来讲一些小时候的事情。到了小半夜，大贵敲敲门进来了。

“外面没有动静。”大贵说。

百里把金苗说的线索告诉大贵，确定了第二天的行动方案。大贵还说要出去看看，百里说不必了，都早点睡吧，明天还有事呢。金苗这才回房去。

第二天一清早，大贵对金枝说金苗要和我们一起出去几天，金枝高兴得不得了，她以为百里要把金苗带出去玩呢。

凤口街不长，总共也就一二十家店铺。大贵和金苗扮成赶街的小两口，一个一个店铺逛。杨百里远远跟在他们后面。走了上十家，没有发现有四川口音的老板。杨百里让他们到一家大点的门面问老板，凤口街上有没有个川川开店的。这家老板说有个姓何的川川在横街子拐角开杂货铺，这些天不晓得怎么没开门。大贵和金苗便来到何家店铺，门果然关着。

“老板开门。”大贵敲门。

“搞啥子的？”里面真有一个四川口音的人问。

“买东西。”金苗答。

“关了，到别头去！”

“老板开门，我有话说。”金苗说。屋里的人把门开了一个小缝，看见了金苗，大吃一惊，连忙关门。金苗不认得他，他可认得金苗。正在这时，大贵把门踢开说："不要动，动一动就打死你。"那家伙看见大贵掏出了枪，身子抖得如筛糠一样，跪在地上说："我不动，饶我一条命，我还有婆娘和娃娃。"

这时杨百里进了门，让金苗把门拴上。杨百里说："你起来，只要配合就不会打死你的。"

"家里还有什么人？"大贵问。

"婆娘带着娃回娘家了，就我一个人。"川川说。

"那好。"杨百里坐下，金苗和大贵站在他两边。

"我是区长杨百里。"杨百里的话一出口，川川更紧张了，跪在地上直喊"杨区长饶命"。

大贵用枪对着川川说："起来说话。你的情况我们弄清楚了，这里是李四波的窝点。现在你面前有两条路，一条是配合人民政府抓李四波，一条是顽抗到底，死路一条。顽抗的话，我们随时都能让你上西天你信不信？"

"我信，我信，我配合政府，我不想死。"川川说他原来叫史明山，当年是"楚光轮"上的水手。李四波到赵部之前，带几个混混专门抢劫货轮、门店。史明山收了李四波的钱后，给李四波提供"楚光轮"的情报。有一次几个商人从宜昌乘船到沙市，带了不少的财物。史明山马上把这个信息提供给李四波，船在江口一靠岸，李四波就带着一伙土匪去抢。李四波万万没有想到，这次船上的老板势力特别大，有一个班的兵护卫，他们一上船就被兵士们控制起来了。

李四波趁乱跳水逃了。

"楚光轮"遭劫后，史明山为匪报信的事穿了帮，被关进了大牢。出狱后走投无路，听说李四波逃走后投靠赵部，这两年自己又在枝洲拉起了队伍，史明山就来投靠李四波。史明山跑过一些地方，见过世面，认得几个字。李四波便把史明山安插在凤口开一个小店子，作为"西陵会"的一个秘密联络站。李四波说史明山上回没死成，就改姓活（何）吧，这店子就叫何家店。何明山在这里讨了老婆，生了个娃娃。

"这次李司令，不，李四波南逃时，没有在我这里落脚，他让人带信让我继续开店，等他落脚后派人来联系。”何明山说，“这几天我听说要清匪反霸，日夜不得安身，怕哪天搞到自己的脑壳上来，就把门关了。”

“现在是你立功的时候，你把李四波的情况如实告诉我们，说了实话，可以保命。如果带着我们抓到了李四波，立功赎罪，可以从轻处罚。如果不配合，后果你晓得。你自己选吧。”百里说。

“我说，我说。李四波在湖南的南县有一个窝子，叫宜南庄，我去过，不晓得这次他是不是在那里。”何明山说。

“你带我们去！”大贵用枪顶在何明山头上说。

“长官千万不开枪。我去，我去。”何明山的腿直打哆嗦。

杨百里和郑金友在凤口会合，郑金友一行也从各方面侦查到李四波逃到湖南南县一带。杨百里让郑金友带人住在何明山家里，监视何明山，同时观察有没有新的动向。杨百里、王大贵和郑金苗到留巷，与万达研究到南县去抓捕李四波的方案。方案确定后万达立即用电话向县委李书记请示。李先志表示同意，派人连夜将给沿途各县的介绍信送到枝洲。临行前万达对百里说：“现在刚解放，各地局势还不太稳定，土匪和国民党残余势力还很多，而且交通通讯都不方便，你们去后一定得多加小心，到一个地方一定要依靠当地党组织。李书记已安排县公安局给相关县公安局发电请求支持。你们有什么情况要及时向我们通报。”

“我要求去南边抓李土匪！”郑金苗说。

“到南边抓李四波太危险，你就不要去了。”杨百里说。

“我就要去，你们都是大男人，我去给你们做饭洗衣总可以吧。再说李四波手下的人，我认得的比何明山还多些，说不定什么时候就能帮上忙。”郑金苗急了，她要抓到李四波报仇，生怕百里不让她去，“有危险我不怕，只要抓到李四波，我死也不怕。”

万达知道杨百里带金苗来，实际上是想听他的意见，便说：“金苗说得也对，我同意郑金苗同志参加这次行动，但必须遵守纪律，不能使性子。”

“我晓得了，百里哥和金友哥说东我不到西。”金苗笑了。

“那行，那行。百里啊，你和老郑要保护好金苗的安全，她没有经历过这种事，出了事我可拿你们是问的啊。”万达说。

杨百里一行连夜回到凤口，临行之前，同何明山谈话。

“何明山，你这次是立功的机会，如果你三心二意，阳奉阴违，你晓得下场是什么吧？”

“晓得，晓得。我的脑壳在您的手上提着呢，我不敢黄浑。”何明山要下跪，杨百里把手一挥，意思是要他再别来这一套。何明山悻悻地退到一边。

到湖南的南县要坐船，从松枝河进入湘南河，径直往南开便是南县。这条水路与洞庭湖相连，是东江连接湖南的重要通道。船老板姓杨，排行老二,百里这一辈人叫他二叔。二叔是跑湖南的船老大，百里的大哥农闲时就来给二叔当下手。二叔的船是装货的，这次百里选中这条货船，一是人可靠，二是船舱宽，把棚子架起来可以住得下。出发前，百里对二叔和大哥都讲清楚了这次的任务，安排金苗在船上负责做饭，船上有什么零活如打扫卫生之类的事金苗也能帮着干。

百里对二叔说：“我们有行动时，您和大哥一定要保护好金苗的安全。”

二叔说：“这个不消说，我们晓得。”

行动组包括金苗共是六个人：队长杨百里，副队长郑金友，队员王大贵、杨先伍、李仁义，临时队员郑金苗。加上二叔和大哥，还有何明山，一共九个人。枝洲的风大是有名的，一般来说是冬春刮北风，夏秋刮南风，这时已是夏天，这几天却刮起了西北风，二叔说只怕是要下大雨了。对二叔来说，不管是东南风还是西北风，他都能借到风势。人都上船后，二叔掌舵，大哥先是撑篙离岸，然后扯起帆布，再去接过二叔的舵。二叔去调帆布，一扯一拉，帆鼓足了风，船像箭一样向南边飙去。二叔点起一袋叶子烟，坐在船头看风景，口里吐出的白烟没有圈圈，像一团白云在他头上黑包头上飘来飘去，时而向前，时而向后，迟迟不肯离开，远远看去，好像一尊菩萨，周围都是云一样的烟。金苗给二叔端来一碗茶，二叔接过，很享受地用盖碗刮一刮飘在茶水面上的浮叶，眯着眼轻轻吹气，啜嘴美美品了一口。

“好茶，好茶，哪里弄来这么好的茶？”“是杨区长专门给您老人家带的。”“百里真是有心啊，我就好这一口。”二叔说着朝金苗一笑：“苗妮子，遇到好人了啊！”说得金苗脸红得像颗熟柿子。

杨百里一行到了南县，首先到南县公安局联系。南县和东江一样，人民政权的公安局刚成立，剿匪和各项工作十分紧张。南县公安局蔡局长也是侦察员出身，看了东江县政府的介绍信后，一下子就和杨百里成了亲人，拉着杨百里的手说：“杨区长，东江县公安局的电报我们也收到了，你们的任务就是我们的任务，别分你我，我马上召开会议，确定协助东江追捕小组工作的方案。”

会议决定，为避免打草惊蛇，首先派侦察员对宜南庄进行调查，然后顺藤摸瓜。侦察员查明宜南庄老板叫胡必藩，前不久已关门歇业。宜南庄近几天进出的只有女人和孩子，胡必藩没回家。

“估计胡必藩会回来的。”蔡局长说，“我派人和你们在宜南庄周边设点蹲守，同时派人继续寻找胡必藩。”杨百里赞成，亲自带人在宜南庄对面一栋小楼上蹲守。

一连五天，不见男人回来。

到了第五天下午，有个男人来到宜南庄门口，四下张望，然后开门进去了。

“这人我认识，脸上有一块白疤，李四波喊他胡疤子。他到过鸭子湖，我见到过。”金苗悄悄对百里说。

“何明山，刚进去的是不是胡必藩？”杨百里问。

“是他，就是他。”何明山说。

“好，马上向蔡局长报告。”杨百里说。

南县公安局立即行动，将胡必藩抓起来带到了公安局。连夜审讯，胡必藩开始死活不承认，杨百里叫金苗和何明山出来，胡必藩一看到他们就知道赖不过去了，只有老实交代：李四波确实在南县，为防意外，他们没有上岸，住在船上，由胡必藩提供食品。

“今天李司令，不，李四波让我上岸来探探风，再给他们弄点吃的送去。”胡必藩说。

“有几条船？”百里问。

“两条。”

事不宜迟，杨百里决定留下杨先伍和南县公安局的两位同志在宜南庄值守，一旦有人来找，不管什么人，先控制起来再说，何明山也留在宜南庄。百里一行带着胡必藩来到码头，一条船也没有看到。

“你小子跟我们耍花招。”郑金友对胡必藩恶狠狠地说，大贵的枪口顶在胡必藩的脑门子上。

“别开枪，李四波说我如果来迟了他们就会转移。”胡必藩说。

“到什么地方？”杨百里问。

“很可能到莲花渡。”胡必藩说。

“离这里多远？”

“一二十里水路，在汉寿县的一个小镇子上。”

“上船！”杨百里招呼大家上船向汉寿县方向追，把胡必藩也带到船上。

汉寿县是另外一个县，南县公安局的同志不便前往了。分手时南县的同志对杨百里说：“杨区长，我们回去向蔡局长汇报，马上与汉寿县公安局联系，请他们派人协助。这一带土匪很多，你们一定要注意安全。”

到了莲花渡口，这里很偏，一条船都没有。

“他们还可能到哪里？”杨百里问胡必藩。

“那就不晓得了。”胡必藩支支吾吾。

“你想想，你们经常到些什么地方。”杨百里耐住性子再问。

胡必藩低头不语。

郑金友把枪掏出来，叭的一声，子弹从胡必藩耳边擦过，胡必藩吓得体如筛糠。

“怕死就老实点！”郑金友说。

“我说，我说。他们可能到柴码头了。”胡必藩还交代说两条船上共有六个人，三支枪，李四波的腿脚不好，一般不带枪。他身边的三个人都带着枪，还有两个人是开船的。

这时传来叭叭声，岸上枪声大作。一群人从马车上跳下来，边跑边喊：“船上的人都下来，不准开枪，不然就全部打死你们。”这些人可能是听到枪声后跑来的。

“你们是什么人？”杨百里问。

"我们是汉寿县公安局的，你们所有的人都要上岸检查。"为首的一个答道。

杨百里听说是汉寿县公安局的，便要郑金友上岸交涉。郑金友上了岸，把县政府介绍信交给领头的，那人看了一下，喊一声捆起来，一伙人把郑金友的枪夺了，五花大绑丢到马车上。

杨百里一看就知道这些人不是公安局的，一定是遇上土匪了，对二叔说："二叔，你们快些把船开到南县，让金苗上岸给先伍送个信，说我们遇到土匪，请求南县公安局与汉寿县公安局联系增援。越快越好。"这时，胡必藩趁机跑下了船，死命向前冲，大贵和仁义冲下船追胡必藩。杨百里跳下船，回头大喊："郑金苗，越快越好，千万不要耽搁了。"二叔把船掉过头来扯起帆布，要大哥拿出撑篙，使力撑船，风力和人力一起为船加速。郑金苗站在船头望着百里他们，口里直喊着二叔快开快开啊。

大贵、仁义和土匪交上了火，大贵掏出一颗手榴弹，向土匪扔去，土匪带着郑金友跑了，胡必藩也没了踪影。

天黑了，雨越下越大。百里、大贵和仁义三个人艰难地走在泥泞的道路上，又困又乏。进了村子，想找老乡弄点吃的。敲门，不开。再找一户敲门，还是不开。接连敲了三四户，终于有一户把门打开了。刚要进门，开门的人大喊："抓土匪！"百里他们闻声撒腿就跑。这个地方土匪多，人们怕了，夜晚只要是有人敲门，要么不开，要么就是喊抓土匪，左邻右舍的人闻声就会操起铁锹挖锄来帮忙。好在他们跑得快，村子的人没有赶上来。听到后面没动静，这时天下着大雨，生地方找不到方向，他们摸到河堤边的一个瓜棚子里熬了一个晚上。天蒙蒙亮，三个人来到一个小集镇上，在一个旅馆落脚，坐在灶前烤衣裳。这时才发现仁义的膀子被土匪的长矛刺伤了，血和衣袖粘在一起。杨百里对老板说："我们是东江县到这里来抓土匪的。昨天遇到了土匪打劫，身上没有带钱，弄点酒和干净布给受伤的同志处理一下，还要吃点东西。我们一旦和其他人接上头，很快就会把钱送来。"老板听说是抓土匪的，说这点小事莫谈钱。大贵帮仁义处理伤口，好在不是伤得很严重。吃饭时杨百里问这里离柴码头还多远，老板说也就一二十里，在汉寿县第八乡。吃过饭，休息了一会，精神好多了，便按照那个老板提供的路线，三人径直奔向柴码头。

柴码头比莲花渡大一些，停着南来北往的货船，多数是湖南的豌豆壳子船，就是形状像豌豆夹子两头尖的船。杨百里他们在码头上侦察，发现在豌豆壳子船中有两只并排的平头船，是东江的船，船上用芦席篷子捂得严严实实。这与胡必藩所言相符合。

李四波到底在哪条船上呢？杨百里看到有一条船吃水较深，不时有一些晃动，断定这条船上人比较多。李四波很可能在这条船上。杨百里说，我和大贵上这条船，仁义守在另一条船的船头，一有动静，见机行事。

大贵跳上船头，撩开芦席篷帘，一眼就看到了李四波。

“不准动，谁动打死谁！”大贵突然一声高喊，把李四波吓得不敢动弹。杨百里的枪口对准李四波，发现旁边有个家伙正在枕头下摸枪，百里高喊：“缴枪不杀，把枪甩出来！”那家伙正在犹豫，仁义在船头高喊：“机枪准备！”船上人一听这话不晓得岸上有多少人，一下子就被镇住了，甩出三支枪，与胡必藩说的枪支数量相吻合。仁义这时也上了船，杨百里用枪堵住舱口，大贵和仁义把船上的四个土匪用绳子紧紧捆住，连成一串，牵上岸来。他们把四个土匪带到小镇旅馆，交涉半天，老板才同意把四个土匪关在一个屋子里。百里让大贵和仁义看着，他去当地政府联系请求协助。

正在这时，旅馆被人包围起来，七八个全副武装的人员冲进来，不容分说把百里他们三人的枪缴了，连同土匪一起带到临时看守所。

杨百里要求与负责人对话。区中队长出面接谈。

“我们是来捉拿土匪李四波的，那四个人中的跛子就是大土匪李四波。”百里说，“我们还有一个人留在南县，一个人被土匪劫走了，下落不明，现在就只有三个人。”

“你们的介绍信呢？”区中队长问。

“在那个被抓走的人手上。”杨百里说。

“他们才是土匪，我们是商人，请政府做主。”李四波大喊大叫。

区中队长一时分不清到底谁是土匪。看样子，杨百里他们一身泥水，又没得介绍信。而李四波他们还有点像做买卖的。

“他们抓你们搞么子的嘛？”中队长问李四波。

“打劫！把我们船上的财物都抢跑了。”

“胡说，打劫还把你们弄到这里关起来啊？”

“你们不晓得，他们是假公安，抓我们还要人拿钱来赎的呢。”

这样一问一答，把中队长真弄糊涂了。

“如果你们是同志，也只能委屈一下，我们的区长在县上开会，等他回来后再说。”区中队长对杨百里说。

“什么时候回来？”

“不清楚。”

“有电话吗，我与东江县公安局或者南县公安局通话，你们就晓得我们的身份了。”杨百里说。

“没得，电话线被土匪破坏了。”

“邮政局能发电报吗？”

“没听说过。”

“那我有一个条件，你要保证我们抓的人不能跑掉。还有，把我们与他们关在一起，我们要看着他们，你们必须保证我们的安全。如果出了事情，你们要负责。”百里说。

“我可以保证把你们抓的人看守好，但不能让你们与他们在一起。”中队长怕土匪把自己人干掉了交不了差。

王大贵急着说：“这位是东江县枝洲区区长杨百里，抓捕行动组组长，请你们务必确保他的安全。”

中队长一听，知道责任重大，说：“这么说我们更要注意了。那就这样吧，请组长单独住在一间房子里，你们两个可以与他们在一起，我们派人值守。”

大贵和仁义眼都不敢眨，盯着李四波他们。李四波看着大贵他们不时露出冷笑，当然也不敢乱来，因为外面有人荷枪实弹守候。

第三天深夜，外面忽然有人大声喊话，灯火都亮了起来。

“张冲，快快把杨区长给老子放出来！”一个人风风火火地跑进门，恶狠狠地对区中队长喊话。原来这个中队长姓张名冲。

张冲随那人走进杨百里的禁闭室，连声道歉："误会了，误会了。我们也怕放了坏人。请杨区长责罚。"

杨百里看到金苗也一起回来了，便知道是她到南县报信，南县请汉寿县的同志们来协助的。

金苗看着百里的样子，眼泪就落了下来。这时，郑金友也进来了。杨百里拉着郑金友的手问："老郑，你怎么回来的？"

郑金友说："先别问我，我给你介绍一下，这位是八区区长林友华，这位是县武装大队大队长张成峰。"林区长、张大队长和杨百里紧紧握手，林区长哈哈大笑说："搞错了，搞错了，这真的是大水冲了龙王庙，自己人不认得自己人了。"

张冲对林区长说："杨区长他们把李四波抓到旅馆后，旅馆的老板一面与他们周旋，一面就派人向区中队报告。我们来查看时，由于杨区长他们手里没有介绍信，一时分不清，就把他们一起关起来了。"

林区长说："先请杨区长和同志们回到旅馆休息，洗个澡，中队拿几件衣裳换换，吃点东西。明天我们一起到县上去，县委常书记要为你们接风压惊呢。"

临走时，张大队长交代张冲："你把这几个土匪看好了，少一根毛要你们的命。"说完口里还嘟囔，"长一副狗眼出气！"

张冲晓得张大队长的脾气，哈哈一笑："我们不是也怕搞错吗。这几个土匪把我搞昏了头，这下落到我手里，他们可没得好果子吃了。"接着又冲着百里一笑说："等会吃饭时我给杨区长敬酒赔不是。"

"你们是对的，我们要给你们请功才是。"杨百里笑笑说。

杨百里他们回到旅馆，旅馆的老板特别客气，连声道歉。解放初期情况复杂，政府要求广大群众发现可疑的人要举报，旅馆当然是最重要的监控重点。旅馆的老板看到这些不一般的"客人"，当然要及时报告。老板为表示歉意，把最好的房间腾出来给他们住，还专门给杨百里安排了一个大间。张冲亲自送来了衣服，大家洗后换上干净衣服，来到杨百里的房间，坐在那里有说不完的话，一时又不晓得从哪里说起，好像隔了好几年才见到一样。这时，金苗大哭起来，边哭边说，开始谁也听不清她在说些什么。大家安慰她，要她慢点说，别哭了。

金苗止住哭声，大家才听明白，她说的是这两天的事——

“我和二叔、姐夫把船开回南县后，就去找先伍，和先伍一起到南县公安局找蔡局长说你们被土匪抢了。蔡局长一听就毛了，拿起电话给汉寿县公安局打电话，汉寿县接不通。急得蔡局长脸上冒青筋，给南县县长打电话请示，县长也急了，派机要人员查线，机要员说这条电话线被敌人破坏了，修复还得两三天。县长说不能等了，水路慢，公路没有，只有骑马快一些。县长要蔡局长立即派人骑马带着金苗到汉寿县报告情况，请求汉寿县增援东江抓捕小组的行动。县长说一定要保证兄弟县同志们的安全。我们骑马连夜朝汉寿赶，一直搞到第二天快吃中饭的时候才到。汉寿县公安局得到报告后，派武装大队张大队长带队沿湘南河寻找。在莲花渡没有找到，又沿着湘河往上找，来到柴码头时听说抓了几个土匪，已押回八区看守所。正好这时八区林区长也开会回来了，张大队与林区长和我们一起来到看守所，才见到了你们。”

说到这里，金苗又哭起来。

“金友同志是怎么回来的？”杨百里心想她想哭就让她哭去，女人眼睛水多，转个话题问郑金友。

郑金友接着讲了他的情况——

“抓我的那伙人是大刀会的，几条破枪，没有什么好武器，主要是抢劫财物。大刀会没有明确的政治目的，但对社会治安破坏很大，搞得百姓不安，深更半夜都怕他们来打捞。汉寿县公安局准备收拾他们，已经派内线打进去，在时机成熟时从内部瓦解他们，对为首的进行镇压。

“那天我被抓后，内线看到了我的介绍信，晓得我们是东江县公安局的，便给老大说让把我交给他来处理。老大看到我身上也没得什么油水，就把我的枪留下，把我交给了内线。内线把我带到没人的房间里关着，半夜里偷偷把我放了。放的时候告诉我了他的身份，把介绍信还给我，要我顺着河往下走，找到汉寿县公安局请求支持。我到汉寿后，金苗他们也到了，我们是在汉寿县公安局见的面，见面后就与张大队长一起来寻找你们。”

“好，好，好，把李四波抓到了，是个大胜利。虽然受了一些磨难，但人都还在，也没有严重伤亡，只丢了一支枪，只是让那个胡必藩跑了。”百里说。

正说着，林区长派人来请大家去吃饭。吃过饭几个人又在一起谈到深夜，杨百里再三催大家去睡，大家才回去眯了一会儿。一大早又都跑到杨百里的房间里来了。

第二天，杨百里一行随着张大队长一起到汉寿县城，林区长送了一程又一程，一直到送到八区边界，才依依不舍地分别。杨百里说：“不打不相识，希望在东江接待林区长。”林区长拉着杨百里的手大声说：“会去的，下次老林进东江，你们可不能以牙还牙用枪和绳子欢迎啊！”林区长的话把大家逗得大笑。那种革命友谊和同志真情还真没得话说。后来林区长当了县长，还到东江去看望过杨百里。

杨百里一行到了汉寿，受到前所未有的高规格接待。县委将他们安排在全县最好的县委招待所住下，汉寿县的几位主要领导一起出面给他们接风。席间，汉寿县常书记说：“我和你们的李先志书记还是抗大的同学呢，这几天汉寿的电话线路被破坏了，接不通。我给先志同志发去了电报，向他通报了这里的情况，说如果你们人手不够，我们派人协助把那几个顽匪押回去。先志同志给我回电报表示感谢，说他派几个人过来押土匪，不麻烦汉寿县的同志了。”

“你看看，你们这个李书记啊，他怕我去打他的秋风哩。”常书记一说一个哈哈，“我是说笑话，先志同志晓得我们都忙，不想给我们添麻烦，革命同志互相体谅嘛！来，我们干一杯！”常书记举杯一饮而尽。

“常书记，还有一个叫胡必藩的土匪没有归案，我想请求汉寿县公安局协助我们抓获胡必藩。”杨百里说。

“行！抓土匪不分南北。我让县公安局派几个人和你们一起行动，通知各个区全力协助，就是挖地三尺也要把他抓到。不过，这次你可要在这里好好住几天，休息休息。你抓的那几个土匪已转到县监狱拘押起来了，跑不了了。”常书记说。

当天晚上，一是高兴，二是盛情难却，杨百里喝了不少酒。这酒是八区林区长托张大队长带来的，度数很高，他说一定要让杨区长喝好。回到旅馆时，百里高一脚低一脚，金友和金苗把百里送回房间。金友、大贵也有点醉了，让金苗照护一下区长，回房睡觉去了。

金苗给百里泡茶，打洗脚水。过一阵子，百里清醒一些了。看到金苗忙活的样子，说你也回去休息吧。

金苗没有抬头，蹲下身子给百里洗脚。百里昏头昏脑，就让她洗，金苗边洗边流泪。

“哭什么，不是都好起来了么。”

金苗抬头，脸上红扑扑的，像个红柿子，着实好看。

金苗低头，单薄的上衣内的小白鸽都能隐隐约约看到，杨百里心里就像有只小鹿直扑腾，乱蹦乱跳。

给百里洗完脚，金苗把他扶上了床，给他捂好被子，坐在床沿。

杨百里看到金苗的脸上挂着泪，嘴角往上似笑非笑，心里就像被火点燃了一样，伸出手来给金苗擦眼泪。

金苗顺势低头，靠在杨百里身边……

第二天早上，杨百里一觉醒来，觉得特别轻松。他伸伸懒腰，想起昨晚的事来，脸上发烫。

他穿好衣服开门，才晓得大家都等他吃早饭，怕影响他休息就没有敲门。

“对不起，睡过了。我马上就好。”杨百里端着洗脸盆说。

大贵夺过脸盆，要去打洗脸水，金苗接过来说：“还是我去吧。”

金苗打好水，端到百里房里，让他洗脸。

百里见没别人，不好意思地对金苗说：“昨天我喝多了，对不起。”

金苗头也不抬，说：“你又没做什么，有什么对不起的？”

饭后，郑金友说他带几个人去抓胡必藩，如果一时抓不到胡必藩，东江的人到后杨区长先回去。他们趁热打铁，过了这个时间就不好找了。

“那好，如果抓到了我们一起回去，如果抓不到，我们先走。你们抓到了再回来。一定要抓紧时间，趁胡必藩还没走多远，尽快要把他抓获归案！”百里说。

两天后，东江派来押送李四波的船和战士都到了，二叔他们的船也到了汉寿。郑金友在汉寿县公安局的协助下，很快在莲花渡附近一个农户家里把胡必藩抓获归案。

告别汉寿县领导，郑金友和战士们一起押着李四波、胡必藩和几个土匪，坐县里派来的押运船，杨百里、王大贵和金苗坐二叔的船。杨先伍和张仁义把两条贼船检查了一遍，没有发现有什么问题，分别上船。四条船一起出发，顺风顺水安全地回到枝洲。

万达亲自到码头迎接。他抱着杨百里说："李书记马上过江来给你们庆功呢。县委决定近期在枝洲召开公判大会，将李四波就地正法！"

《东江县志·大事纪略》：1950 年，为巩固新生的人民政权，在县委领导下，人民公安机关、驻县部队、各区党委政府和广大民兵相配合，开展了一场清匪反霸斗争……枝洲区捕获潜逃湖南的土匪头子李四波。

第四章　杨家祠堂

杨百里一行剿匪回来后，受到县委、县政府的嘉奖。杨百里记二等功，郑金友等记三等功。鉴于郑金苗在剿匪中的突出表现，县委研究同意将她安排在区供销社工作。

刚当区长就立了功，杨百里很兴奋，兴奋之后又有一些不安。他怕和金苗的事别人晓得了，有时晚上都会做梦。他深信金苗不会告诉别人，这事只要他不讲，不会有人晓得。但他觉得既然那样了，就不能对不起金苗，欺负人家他杨百里良心上也过不去。他左思右想，犹豫了几天，约金苗到杨家河柳林里，说要娶她。

出乎百里预料，郑金苗坚决不同意。

“我被李土匪抓去做小，洲上的人都晓得。李跛子吃枪子了，你和我结婚麻烦就大了。”金苗说。

“不行，我就是受处分也要和你结婚。我不在乎你是谁的小，你是喜欢我、心疼我的人。”杨百里轻声在金苗耳边说，“我晓得李土匪没能把你那样。”杨百里拐弯抹角地问金苗是怎么回事。

金苗摇头不语。杨百里老是问，金苗反问：“与你娶我有关吗？”

“没有。”杨百里说，“不管发生什么事情，我对你不会有二心。”

“那好，我告诉你，与结婚无关。”接着金苗就讲了这样一件事情。

李四波在赵部的时候出门打捞，遇到敌手被打断了一条腿，胯下那玩意儿受伤后就不行了。这事之前他有个老婆，生了一个儿子，死了。后来他在湖里称王称霸，又娶了两个小老婆，都是做给别人看的。他不愿意让人知道自己不行，总是装成色眯眯的样子。他抢女人就是要变着法子进行摧残。

“这个乌龟王八蛋，真是糟蹋人哪！”杨百里说。

“那天晚上的事不怪你，是我情愿的。我这辈子死也值得了，求你再也不要放在心上了。”金苗说。

“好了。我早就想好了，不管怎么样，无非是听些闲话，说杨百里娶了土匪的小老婆。土匪的小老婆又不是土匪，我敢娶就不怕人说。组织上怎么处分我，我都认了。我马上给万书记和李书记报告，要求结婚。”杨百里说。

金苗还是不同意：“你要与我结婚，我只好去死！”

这样磨了好多次没得结果，最后杨百里摊牌了：“说什么死啊活啊，你到底想不想与我在一起？我的事你别管，我不过是个放牛的、讨米的、帮工的，现在我知足了，和你在一起，不犯党纪国法，就是处分也大不了就是和你一起回去种田。你愿意不愿意，给我一个话。要是不愿意，给我说一声，我杨百里死了这个心，此生就打光棍。”

金苗被百里吼得浑身发抖，眼泪流到脸上，又落到地上。扑在百里身上说：“二哥哥，别吼了，我依你，我依你好不好。你给李书记报告，如果他们不同意，你千万不要争，你要是愿意我们可以等，等一辈子我也认了。”

百里用手擦擦金苗的脸说：“又哭了，你早有这个态度不是很好嘛，弄得我无焦哥。”杨百里说的无焦哥就是无可奈何，枝洲人把这种无可奈何的状态叫“无焦哥”。

“人家不是怕连累你么，你无焦哥，我更不好受呢。我是下了横心的，你什么时候找到女人，我就到弥陀寺当尼姑去，免得你挂记。”金苗理理头发说。

“可有一条我要说清白，我们的事不管搞不搞得成，我这个区长不管当不当得成，你的工作可要搞好啊，这是县委、区委的信任，能给你安排工作已经很不容易了。万万不能说什么当尼姑。你是国家职工，任何时候都要跟着共产党走，好好工作啊！我们要晓得好歹呢。”杨百里说。

“这我晓得，不会给你丢脸，也不会给李书记和万书记丢脸。”金苗说。

两人说定，杨百里找到一个机会给万达书记吞吞吐吐讲了这件事。

万达是个南下干部，耿直得很，用枝洲人的话说是个直把人。他一听百里说想娶金苗，心里很高兴。他早就有这个想法，就是怕百里嫌弃金苗是李跛子的小老婆，没有对百里讲。既然百里不在乎，那有什么问题呢？百里也该娶个知冷知热的老婆了。他哈哈一笑说：“好事啊，这是缘分，我赞成！不过这事我得给李书记说说，区级领导找对象要向县委报告呢。”

“那该不会有什么问题吧？”杨百里有些担心。

“能有什么事呢？不犯党纪国法，没得什么不得了的！我跟李书记说去。”万达说。

杨百里一听这话心里很是感激，说：“只要你不反对，李书记那里还是我自己去说吧，他要骂就当面骂，要处分我也心甘情愿。”

“那好，横直外甥多像舅，你们打起来了也是打断骨头连着筋。不过，李书记要发你的脾气，你可真不要顶嘴啊，等他把话说完。去吧，现在就去。”万达说着拍拍百里肩膀。

“这个我晓得。”杨百里真到县里去找李先志了。

李先志听了杨百里讲了要和金苗结婚的事，没有马上回答。他从捡到这个娃子时就觉得亲。这些年杨百里的工作从来没有让他失望过，他真想把杨百里培养培养，让他能够担当起更重的担子，没想到他出了这么一个难题。在当下的形势下，阶级立场可不是个小事情。当然，金苗不是坏人，但她总归有那洗都洗不掉的“污点”。李先志沉思一会，抬头对百里说：“这么大个东江，你就找不到一个老婆，非要找她吗？”

杨百里不出声。

“你说话啊？”李先志有些不耐烦了。

“我喜欢她。”杨百里说。

“我晓得金苗是个好姑娘，在抓李四波中是有功的。但是，百里啊，我们是革命干部，最怕的是立场问题，这事能不做尽量别做。”李先志说。

“舅舅，您现在不是我的领导，就是我的舅舅。我说个犯错误的话，我和金苗结婚如果组织上要处分的话，我愿意回家种田，保证不怨任何人。”杨百里说。

“你这个浑小子啊，怎么就这么犟呢，十头牛拉都不转弯了？是不是有什么情况？”李先志问。

“也没什么情况，我就是这么想的。”百里一边说没情况，一边又不由自主地点点头，他内心里不敢对面前的大恩人说谎话。

“金苗是不是逼你了？”先志明白了，也看清白了，晓得事情到了那一步。

杨百里摇摇头：“没有，她坚持不与我结婚，说不能影响我的前途呢。”杨百里把金苗对他讲的话告诉了李书记。

“这妮子还真不错。新中国讲自由恋爱，但共产党要讲阶级立场。既然到了这一步，你们也下了狠心，我也没得话说了。不过，你作为区委副书记、区长，恋爱、结婚的事要报县委集体研究。你要有个思想准备，挨批评受处分是在所难免的。”李先志对这事心里真是很矛盾，从个人感情上说，他觉得百里和金苗是很好的一对，什么狗屁的土匪老婆，那是被逼的，被逼当了小老婆就不能再嫁个好人了，这是什么思想？封建思想！但这只能放在心里头啊。从县委书记的角度来说，他要保护干部，爱护干部，不能让干部做让人议论产生误解甚至可以上纲上线的事。哪怕这事不是错的，恰恰有时候本来不是问题的问题就会出问题。这样一想，觉得还是严格一些为好。问百里：“我再问你一句，是不是真的不能变了？”

“嗯。”杨百里低下头，他怕看李先志那威严的脸。他从来没有看到舅舅这么让人难受的脸相。

没过几天，万达向杨百里传达了县委集体讨论的意见，同意杨百里与郑金苗结婚。万达说，在讨论这件事情时李书记要求回避。大家说，那个不晓得杨百里是打仗捡来的啊。你要回避，我们就不讨论了。先志同志没有坚持，说：“大家发表意见吧，不要因为我碍到面子。”他没有想到，大家一致同意杨百里和郑金苗结婚。先志同志觉得很意外，担心大家是当着他不好说。他说既然是这样，在批准他们结婚之前，把杨百里调离枝洲，降级使用。王一平副书记不同意：“党章上没有这一条，党的相关规定上也没有这一条，你这么说没有依据。”一平的意见得到大家赞成。先志看到这场面也就没有讲什么了。

散会后，先志同志对我说：“万达啊，真没想到县委的同志们这么个态度，我可真想让他们反对或者提出处理的意见，可他们居然把我将了一军，还要我学党章，看有没有这个规定。你说这怎么办，你要时时提醒百里夹起尾巴做人啊！”

“县委会议的情况本来不应我告诉你，是一平副书记委托我给你如实传达的。一平同志说在这件事情上，杨百里要理解先志书记。县委的同志并不是因为你是先志书记的亲戚这样表态的。你可不要误解啊，好好干吧。”万达说。

“我晓得，我晓得。”杨百里撒腿就跑，到金苗那里，关起门来两人像疯子一样抱起来打滚。

杨百里结婚了，成天乐乐呵呵的。人们说杨区长是“人逢喜事精神爽，过了喜事劲咣咣”。枝洲人说“劲咣咣”是特别有精气神的样子，咣字读第三声，不太好用普通话表达，听起来特有意思。笑话是笑话，其实也是那些没什么文化的人表达祝福的方式。他们喜欢这个敢作敢当的区长，和他在一起，不拘束，没大小，只要杨区长身上有一包纸烟，三五人一定要坐到抽光了才放手。杨百里说要修堤，大家就跟着他去修堤，他成天在堤上，大家都劲逮逮地跟着干。刚刚解放时枝洲的堤用枝洲人自己的话说就像“豇豆子”，又长又细，经不起大洪水。杨百里和堤防段的人一起，制定了加宽加厚大堤的方案，分段包干，半年时间就把大堤加固了。当年的洪水不大，加上堤防加固起了作用，全洲大丰收，人们欢天喜地，庆祝土改胜利和农业丰收。

万达和百里走在大街上，看到丰收后的农民办年货，真是高兴。街上有位老私塾先生摆了个小摊子，给人写对联，周围站满了人。翻身的农民大多数不识字，丰收年景心情畅快就上街买对联，大年三十贴在门上，又大方又好看。有人爱热闹图吉利，连猪圈牛栏也贴“猪肥年丰，牛气冲天”之类的红对联。万达的字写得不错，看到写对联劲就上来了，卖对联的覃老先生认得万书记，也晓得万达写得一手好字，忙请万书记提笔。万达说：“我就写几副，纸钱你收，工钱不能收，算我送给大家的年礼。”覃先生说：“要得，我本来也是好玩的，您怎么说就怎么好。”说话间围上来好多人，听说万书记给大家写对子，挤着要。杨百里说：“覃先生，万书记写字，纸钱我来付，对联就当是万书记和我送的，您也不用收钱了。”大家一听这话更是高兴了，人越挤越多。不大一会就把纸写光了，百里付了纸钱，两人高高兴兴地回区政府。

一路上，万达说，你看这么多人买对联，连对联上写的什么字都认不到。翻身农民的文化需求也得考虑了啊，不能让他们的下一代再当睁眼瞎。娃娃们读书的事开年后一定要抓好，要尽快让娃娃们有学上。

“现在一缺老师，二差校舍。现在大多数学校都安排在祠堂里和地主老宅里，很不合用，不说操场，一个像样的教室都没得。区里要是能建几所小学校就好了。”杨百里说。

“老师的问题，我给县教育局长打过招呼了，他同意简师班第一届学员毕业后给我们多分几个。我们得抓紧要指标，免得被别人抢光了。校舍问题必须由我们自己想办法。枝洲好的房屋不多，祠堂倒是不少，要是能把祠堂改建学校该多好啊。”万达说，“如果改建不合适就拆了，用拆下来的材料建新学校更好。对头，就拆祠堂建学校，就这么定了。”万达有魄力，有时也有点武断。这是那时干部的一个共性特征。

百里说：“这是好事情，就是难在做工作上。修祠堂时人再穷连鸡蛋都拿出来换钱捐，建学校可不一定行，拆祠堂就更难办了。”

“按我说，祠堂是封建残余，我们得破一破。拆祠堂建学校，既能打击封建残余势力，清除家族房头影响，又能兴办学校，那不是一举两得么？”万达坚持说。

“真蛮难。”杨百里知道这事不好办。

“难事就你来办，从杨家祠堂开始。”万达说。

“这？”杨百里第一次在接受任务时支支吾吾。

“怎么？遇到向自己开刀的时候就退却了？”万达说。

“好吧，我试试。”杨百里佩服万达的水平，万书记一上“纲”上“线”，他就没得退路了。

“不行，必须拆！杨家祠堂在全洲算是大的，如果杨家祠堂能拆，全枝洲二十多处较大的祠堂就没有问题了，还有一些小祠堂，都拆了那该有多少砖瓦木料，要建好几所学校哩。”万达早就在调查，心中有数。他晓得百里在想什么，补了一句，“不要怕嘛，我们是为人民办好事，是为子孙办好事嘛！”

杨百里晓得万达是想办好事，但这事也太难办了，他做梦都想不到拆祠堂。祠堂是什么，是我们的祖宗啊！但他又一想，建学校，学校是什么，是我们的后代啊！

杨家祠堂在杨家河边，杨百里一个人坐在河边的柳树下，望着祠堂发呆。杨家祠堂也就是张杨祖祠，时间长了，大家还是习惯叫杨家祠堂。张杨祖祠是清康熙年间杨之骈领头，根据其父杨载洲张杨合祀的遗愿，在杨氏宗祠的基础上重建的。后来不断的洪水泛滥和兵燹匪患，把祠堂毁了一次又一次，屡毁屡建，大致保留了当年的面貌。

张杨祖祠坐北朝南，正南方台子两角有两棵高大的杨树。东、西、北三边种有冬青、柳树。祠堂屋脊高四丈，白墙青瓦，前后两重，东西各有厢房相连，中有天井，四水归池。东西山墙前后两端有高垛飞檐，直指云霄。祠堂前堂为正厅飨堂，设木质神龛和长条祭台，正中供着张杨祖先牌位，两边是楷书烫金阳刻族联：姑苏肇祀渊源远，百里开基世泽长，横批为“穀戬宜馨”。两边高大的楠木柱上刻有“张杨合祀饮水思源，精忠报国耕读传家”的族训。

杨百里对祠堂太熟悉了，会走路就在这里绕着祠堂台子玩，后来爬树抓鸟蛋，到树棵子里扒蜈蚣换糖吃。大些了就跟着爹进祠堂拜祖宗，遇到管祠堂的爷爷还会给他一小块芝麻饼子。老人们说，老杨家是知书达理的，“四知堂”说的是老祖宗当官不拿别人的东西。还说祠堂前小河上的那座桥叫天灯桥，不知何年何月，一个杨家后生犯了族规，被祠堂沉水后在桥上点天灯。

“犯什么族规？”小娃子们问。

“小娃子不要问，族规上说不能做就不能做。”老人们答。

百里后来才晓得，其实那人不是犯的偷鸡摸狗的事，更不是杀人越货的事，是和财主的小老婆一起私奔，被抓回来沉了水，点了天灯。点天灯很残忍，说是用人的油来点灯。百里不信，人又不是猪，哪里有这么多的油呢？据说那个小老婆也投了水，和相好的一起死了，不过没有点天灯。听人说，每当天灯亮起的时候，那女人就现了形，在灯下晃来晃去，吓得人们天一黑就不敢过桥。后来就不兴点天灯了，留下天灯桥的名字。

百里一直对祠堂有点畏惧也是从那时开始的，后来不怕了，是一位叫花子把他的胆子搞大的。小时候没得吃的，叫花子带着小二憨子抓乌龟，找些枯枝在天灯桥下烤了吃。开始二憨子怕，叫花子说那事是假的，是祠堂的人瞎编出来唬人的。二憨子开始不信，在桥下吃了几次乌龟，上了瘾一样，过几天就想和叫花子烤一次乌龟吃。有一次他们在桥下烤乌龟，火烧得太旺，把桥柱子烧着了，烧起好大的火，他们被吓跑了。

后来人们把天灯桥叫火烧桥。

杨家桥，天灯桥，火烧桥，都是眼前的这座桥，百里一想起这些就好笑。

天灯桥失火的事没人去追究，却出了一些新说法。有人说天灯桥哪里是叫花子烧的啊，是那个被点了天灯的后生放的火。再追问是哪里听到的？人们说是那个人做的一个梦。问是哪个人做的梦？人们说是那个人啊。其实谁也说不清是谁做的梦，反正大家都相信，后生托了梦说是他烧的。这梦不吉利，说不定什么时候这个后生还要出什么乱子。于是就有人出面张罗打醮。洲上的人一遇到灾祸就要请道士打醮，消灾，祈福，求平安。族人有钱出钱，有力出力。二憨子一般大的娃子们最喜欢看打醮了，可是他只见到过一次，那可是他脑子中刻下印象最深又不可复制的节日。打醮和冬至节办会不一样，打醮时祠堂前竖起几丈高的杉篙子，杉篙子顶上挂着彩旗，新扎的牌楼上挂着神像，道士们穿着道袍，手里拿着法器，念着一些听不懂的经文。这些二憨子们都不感兴趣。最好玩的是拿一个小旗跟着大人沿着祠堂转圈圈，从台子上转到台子下，转过天灯桥，再转回来，一路走一路敲锣打鼓，回到祠堂门前，便能看到踩高跷的表演。有位七叔，平时看上去就是庄稼汉，踩高跷时一装扮竟成了一个花姑娘，连说话唱戏都是女声，二憨子觉得很好玩。不过这都不是二憨子们最享受的时刻，他们最渴望的是二太公出来发贡。打醮时家家户户都做了一些小点心作贡品，本来是给神灵们享用的，但神灵不会吃，贡品多了，二太公就时不时提着篮子出来给娃子们一个人发一个。堆沙饼子是二憨子最爱。至今杨百里还记着那个味道。到了晚上，祠堂还蒸一些馒头发给大家吃。吃过了，天黑了，大人们拿着火把，小孩子跟着，再转圈圈，一直要搞到深夜。打醮时还有一个娃子们不知道的细节，这一天还能求子，想要儿女的夫妇在祠堂前的杨树和冬青树上扎根红布条子，求神保佑得子，都说灵得很。后来不打醮了，求子扎红布条子的事在祠堂门口没断过。二憨子们不懂，玩累了，吃饱了，有时就钻到稻草堆里睡着了。

杨百里围着祠堂台子转，想起这些情景，眼睛有点湿了。他站在小时候不知爬过多少次冬青树下，朝着祠堂的匾问祖宗：祖宗们啊，拆祠堂建学校好不好啊？

祖宗们不回答。

一连几天，杨百里一得空就到杨家河边，过了天灯桥，在祠堂台子下转圈圈。天灯桥头下有一个小杂货铺和一个铁匠铺。杂货铺老板叫马兴太，兴太的女人很强势，动不动就打男人，有几次把兴太的头都打破了。人们叫她心太狠。其实不是她心狠，马兴太喜欢赌博，一天弄不到几个钱，让他到街上去办货，常常输干净了才两手空空地回来。老婆不狠点，钱就像养不熟的野猫子一样吃完就往外跑。心太狠对丈夫恶点，人缘却好得很，她与街上的老板们商量，兴太来拿货不结账，由她来结。大家都乐意，一是拿得到钱，免得兴太赊账，二是可以与心太狠聊天逗乐子。铁匠铺的老板是外地人，姓姜，他老婆有把力气，姜铁匠打铁，女人就帮锤，打水。这女人手有一双，嘴有一张，喜欢说闲话，那话像刀子，像辣子。人们叫她姜太辣。

姜太辣无事时就到隔壁站在柜台外头和心太狠扯闲话。这天闲话内容大致如下：

“区长心里有事哩！”

“我晓得。”

“你晓得话子？”

“我晓得他想金苗给他生儿子。”

“你日白，区长是干大事的人。”

“干大事就不想要儿子了，祠堂里的祖宗灵着呢，去年杨老七求儿子，真就得了儿子。”

“区长不信这些，这是迷信。”

两个人你一句我一句，好像一台戏。

“水！”铁匠一声喊，姜太辣晓得铁匠要淬火了，边应边跑，提起水桶往淬火缸里倒。铁匠把打好的铁器往水里一杵，滋滋的响声和铁烟味一起窜出来。

心太狠和姜太辣的闲话像无根的风，吹呀吹，吹到杨百里耳朵里。他回到家里问金苗："苗苗，我们将来有了娃子上不上学啊？""区长的娃子不上学还当睁眼瞎啊？""上学没得地方怎么办啊？""你是区长，你办呀！"金苗无心说的话百里记在心上了。是啊，娃子们没有学上区长不办哪个办啊。只好得罪祖宗了，是的，只好得罪祖宗了。不，祖宗不是指望我们光宗耀祖吗，不读书怎么会有出息呢。办学校祖宗一定会赞成的，等娃子们都出息再来给祖宗们修更好的祠堂。

对头，就这样办。百里心里有主张了。

冬至是枝洲张杨家祭祖的日子，是一年中张杨家族最重要的一次聚会，族长主持，不管你是什么人，只要是张杨家子孙，凡是能来的男人都要来参加祭祖，女人们来帮厨做饭，孩子们来看热闹。前些年兵荒马乱，祭祖的事情时断时续，就是搞也很简单。今年丰收了，几位老族人很早就在准备祭祖，募钱把祠堂维修了一下。冬至快到了，几位长者提议，今年祭祖杨百里必须参加，他是区长，是我们杨家的大官嘛。也有人说他是党员只怕不能参加祭祖，听人说人民政府反对搞宗族房头，这是封建迷信。

"什么宗族房头，什么封建迷信，不能说当了官连祖宗都不认了。"德高望重的三太公说着把拐棍一拄，"我找他说去！"

三太公找百里说了冬至祭祖的事，杨百里一听觉得机会到了。本来这种事党员是不方便参加的，但是杨百里想的是借机会去做做工作。于是就来向万达请示参加还是不参加。万达听说杨百里是想借机会去做做工作，挥挥手说："去，去，这是好机会嘛，咱共产党不但要革别人的命，还要革自己的命呢！其实我们不只是想要砖瓦木料建学校，重要的是把这些宗族房头的东西统统消灭掉！共产党讲五湖四海，不搞宗族房头。你们杨家祠堂带头，接着我们在全区来一个拆祠堂运动！"杨百里听着心里发麻，我的妈呀，这下子真要向祖宗开刀啊！他又一想，我就是没得万书记的觉悟高，万书记一说话就"刹杠"。"刹杠"的意思是击中要害。

冬至祭祖要搭台唱戏。今年的戏台搭在牌坊和大门之间的开阔地上，祠堂装点一新，披红挂彩，从县上请来的汉戏班子一早就开锣唱戏，族人们从四面八方赶来参加。拜祖仪式由三太公主持，放鞭鸣炮后，献三牲，行三礼，细奏礼乐。然后，杨太公念祭文，颂扬祖先功德。念完后三太公说："前些年兵荒马乱，是共产党来了才得以国泰民安，五谷丰登，我们才有能力来祭祖。枝洲张杨家族祖上积德，杨家英才辈出，远的不说，杨百里就是一个。现在，请杨百里讲话。"

杨百里这个人，打仗抓土匪从来没有害怕过，最害怕的就是在人多时讲话。当上区长后，少不了要在大会上讲话，可他一上台腿就打颤，说不了几句就没词了，为这事没少挨万达的批评。为了训练上台讲话，他把金苗带着，在河边对着芦柴林子练习讲话，让金苗当听众。

"同志们！"杨百里对着芦柴林子喊了一声，一阵风吹过来，芦柴顺风摆动，林子里发出呼啦啦的响声。杨百里高声说："别鼓掌，我还没讲呢。"又继续讲下文。

金苗在一旁笑得前仰后合，人都笑岔了气，躺到地上打滚，边滚边鼓掌。就这样，搞了上十次，百里的腿子站得直了，不怕了。

"我是说做报告比抓土匪还难咧，不过就是把脸皮练厚些不就行哒。"杨百里开始讲狠。

"只有胆子还不行，还要说得在理呢，你看万书记，不像你一开口就那个、那个。"金苗说。

"那是，那是。"杨百里还真是下了一些硬功夫，他拜万书记为师，在万书记指导下每天都读书读报，做学习笔记，还动笔写短文章。这些基本功训练都让杨百里越来越像个干部了。现在，他上台腿子不打颤了，说话也有了一点底气，更重要的是，有些农民出身的干部讲话喜欢带脏字，杨百里没有。开始也有，但万达不允许，只要发现杨百里在公开场合讲话带了脏字，他一定要找百里谈话。杨百里说："天不怕，地不怕，就怕万书记来谈话。"

"各位前辈，各位兄弟！今天我们杨家后人祭祖，首先要告慰祖先，枝洲张杨家族在共产党领导下解放了，翻身了，穷人有了土地，大家有饭吃，天下太平了！今年获得丰收，我们再也不会逃荒要饭了！我们要感谢共产党，感谢毛主席，翻身不忘本。"说着带头喊起口号："共产党万岁！毛主席万岁！"

大家和杨百里一起喊，声音传得很远，连对河都听得见。这阵势不像祭祖倒是像开群众大会。

“今天我们祭祖，是要不忘祖先，没有祖先就没有我们。但是，大家想一想，光靠祖先还不行，我们要在党的领导下，打土匪，修大堤，搞土改，抓生产。我们还要办学校，让娃娃们都能上学读书。他们将来都是国家主人，不能再像他们的老一辈一样大字不识，当文盲。文盲是干不了大事的！”最后一句是万达对他讲的，在这里复说一番，显得很有水平，说着他把手一挥，“我们张杨家有一个排行字辈，大家都会念，其中就有一句，叫作‘学尚大成’，这是祖先们是要我们子孙后代都要读书呢。”这话是杨百里自己想出来的，他认为还是没有万书记的话那么高级。

杨百里的话让大家很感动，都说百里到底是区长，真是讲得在理，是要让娃娃们读书哩。祭祖完毕后族人会餐，这是规矩。餐食是各家各户自发提供的，也有现做的，加上祭祖的三牲，很丰盛。

百里被请到内屋里，和几位德高望重的老族人一起进餐。这是对他这个晚辈的最高礼遇。

百里给在座的前辈一一敬酒，三太公发话：“百里啊，你是我们张杨家的荣耀呢。你当了区长，我们杨家人的脑壳都抬得高些。”

“我们枝洲张杨家族从肇枝公开始代有人才出啊，清朝出了杨载洲父子，民国时期出了杨云青兄弟。嘿，老祖宗显灵，现在是新社会，我们老杨家又出了个杨百里。张杨家的祠堂的牌匾放光了！”太公的话把大家说得点头称是。百里想想时机到了，该说说万书记交给他的任务了。

“三太公和各位爷爷，叔子伯爹！百里是前辈们看着长大的，在共产党培养下我才走上了现在这个位置。共产党的干部是做什么的？是为人民服务的，是人民的勤务员。打仗的时候，共产党员要冲在前头，建设时期，共产党员也要带头呢！”杨百里说。

“那是当然。”大家说。

“现在有件事需要我带头，各位长辈支持不支持？”百里问。

“支持，支持！”大家不晓得带什么头。

“真支持我可就要说了。我刚才讲话时说了办教育不是，办教育就要建学校，我们区里原来的学校太小了，破得不成样子了。区里准备建一个完全小学，但是没有钱买砖瓦和材料啊。区委讨论，将全区公产包括祠堂都拆了，用这些建材来建学校和粮库。我这个区长要带头，俩们说行不行哪？”杨百里的话没说完，三太公就火了：“不行，我们刚刚把祠堂维修好，这里供着祖宗的牌位呢。你这个小子忘祖了？没得祖先，你不晓得在哪个旮旯里摸屎吃！什么事我们都支持，这件事不支持！”

百里有思想准备，不紧不慢地说：“太公和各位长辈，现在是新社会，天下穷人是一家，我们要讲五湖四海，不能再讲宗族房头了。祭祖不一定要祠堂，大家记在心上不更好啊。再说全区无论是哪个姓的祠堂迟早都是要拆的！一个不留！”

“要拆先拆别家的，不能拿我们杨家祠堂开刀！”三太公流着泪把酒杯摔了，“杨家怎么出了你这么个东西！祖宗都不要了。”

杨百里晓得一时说不通了，站起身说：“全洲祠堂不少，区长只有我一个。我只求一件事，拆祠堂时各位千万不要横场。”说完就离开了。

区中心完全小学就要开工了，地基一平就要砖瓦木料。杨百里先是到三太公家里动员，请求三太公支持，三太公一言不发。在拆祠堂的人到祠堂前时，只见三太公躺在祠堂大门口的地上，死活不让人进去。杨百里让人们站得远远的，他走到太公面前，直直跪下，一直跪到下午，三太公慢慢起身，重重地打了杨百里一巴掌，含着泪说：“不肖子孙！”走进祠堂把祖宗灵位抱走了。

杨百里带头拆掉了张杨家祠堂，枝洲就没得哪个敢违拗了，没多长时间，枝洲大大小小的祠堂一个不留，全部拆光了，收起来的砖瓦木料堆积如山，几所小学校很快就建成了。

区中心完小命名为枝洲第一小学，牌子是万达写的。开学那天，万达和百里参加了开学典礼。

典礼结束后，万达把百里拉到一边说：“王县长要你到县里去一趟。你要有点心理准备啊。”

百里到县里，王一平已担任了县长。他对百里说，前不久县委收到地委转来的一封群众来信。来信反映你强娶土匪的小老婆，阶级立场有问题；搞强迫命令拆民房，破坏群众关系；搞封建迷信，宗族房头，等等。地委领导批示，责成东江县委认真调查处理，将处理结果上报地委。

王一平说：“这些事情我和万达都很清楚，主张直接向地委报告，说明群众来信不实。万达还说不仅不能处分，还要记功提拔。先志同志批评我们说，其他事情都好说，阶级立场的帽子谁戴上就好不了。在县委会讨论时，先志同志坚决要求给杨百里降职处分，由区长改任副区长。希望大家能够理解并通过。大家看到先志的确为难，勉强举手同意。万达想不通，硬是没有举手。”

王一平停了一下，又说：“我给你讲这些不是犯自由主义，是县委会议安排我代表县委和你谈话的，说明情况是对你的信任，你一定要正确对待。县委关于对杨百里同志处分的意见送到地委后，地委组织部回复：经地委讨论，同意将杨百里同志降职任用。”

王一平问：“你还有什么话要说？”

“难为你们了。我没得意见，感谢县委、地委。只要让我杨百里工作，干什么都行。”百里对一平说，“我就不到李书记那里了，请您转告李书记和县委领导们，杨百里不会倒下！”

“好样的！我还给你讲个事，万达对这事有意见，要到地委去讲，先志同志制止了。万达再三要求不再任命新区长，杨百里职务降了，但工作任务不能变。先志书记同意了。你还得好好干呢。”一平说。这会子百里才晓得为什么万达不对他说县上找他做什么，万达想不通啊！

“我晓得，请组织放心，看我的表现！”杨百里当天就回到枝洲。

《张杨家谱·谱跋（清·杨之骐）》：“近沐胜化，生齿倍繁。遥望先型，步武宛在。乃祖祠屡建，建之而瓦砾仍解。或谓故址之宜迁。抑祖墓俱存，存焉而刍牧交加，堪怜佳城之莫理。”“由此重建祖祠，卜地鸠工，焕然鼎新，自入祠而知敬。”

第五章 八亩滩

杨百里当区长，正的当成了副的，越当越小。枝洲的伙计们编了一个歇后语："杨百里当官——从大到小。"杨百里听到后哈哈大笑。说实在的，大家这么说其实有点为百里鸣不平，这是枝洲人一种特别的表达方式。在人们心中杨百里还是他们的区长，区长就不兴娶老婆？组织上的关怀和乡亲们的情义让他好感动，但金苗心里不好受，总觉得是她连累了百里。

百里看到金苗总在家里发呆，就把她带到河边杨树林子里散步。他牵着金苗的手说："金苗，我给你唱支歌吧。"金苗睁大眼睛，看着百里，心想你该没得病吧。"真的，真的，给你唱个歌。""你哪里会唱歌啊，是不是有毛病？""不是，我就是想给你唱歌。""好吧，我听着。"

"听好啊！"百里清了清嗓子，用枝洲的楠管腔调唱起来——

曲鳝子（蚯蚓）喂哒鲩鱼（草鱼），

蚱母官（蚂蚱）喂哒拐子（鲤鱼），

鲩鱼拐子上了席，

曲鳝子蚱母官在哪里……

金苗听懂了，拳头像雨点一样擂在百里的背心。

百里一遍又一遍地唱，越唱声音越大，金苗捂住百里的嘴，又哭又笑："你这个鲩鱼，你这个拐子，小声点，小心别个都听到了。"

百里唱累了坐在地上，头搁在金苗的身上，金苗紧紧地抱着。

百里说："我亏欠你的真是太多了。"

"说什么话啊，哪个不说我的命好啊。"金苗说。

"这是托党的福啊，我一个放牛娃子当区长，你一个遭孽人当了供销社职工，我们要知足啊。这次我受点处分，是组织上关心我们呢，我们要使力干，把工作做好，千万不能对不起党，也不能对不起关心我的领导和乡亲们啊！”

金苗不住地点头，说“我晓得哒”。

“再不瞎想了哟。”百里摸摸金苗的头发。金苗像小猫一样享受抚摸，继续点头。

“明天郑家幺爹就来了，我得陪他去看堤呢。”百里说。

“幺爹回来几年了，到枝洲也好多次，什么时候请他到家里来吃餐饭哪。”金苗说。

“我倒是想请他到家里来，他哪里有时间啊。”百里说。

月亮从江东头爬上来，把一些胆小的星星吓得躲起来，只剩下胆大的还在陪伴着月亮。两人站起望望月亮，牵着手回家，月亮把他们的影子拉向远方，像皮影子一样在大地上晃动着……

郑家幺爹叫郑邦定，排行老幺，是金苗的叔子辈。杨百里跟着金苗叫郑家幺爹。

郑邦定是枝洲人，早年从西北工学院水利系毕业后到美国留学，回国后进入国民政府行政院水利委员会任工程师，抗战期间曾随萨凡奇考察三峡。1949 年春节后，郑邦定的妻子在南京病逝，按照妻子的遗愿，郑邦定将妻子遗体送到老家枝洲安葬。事情办妥已是四月下旬了，邦定到江口乘船到沙市，然后转船到武汉再回南京。在江口候船室里，杨百里见到了郑邦定，迅速把这事报告给李先志。

李先志一听就拉上百里跑到轮船码头，这时邦定还在候船室里等船。先志不容分说，硬要把郑邦定拉到县委临时住地去。

“先志，船就要到了，一走就误船了。”邦定不肯走。

“误了船隔天再走，我买票。”先志说。

邦定没办法，只好跟着先志走。

“老兄啊，你回家也不告诉我一声。不是百里告诉我，我们只怕连面都见不到了。”先志用埋怨的口气说。

“我是送亡人回来的，不便打扰你们。再说，你官也当大了，我怎么好来麻烦呢。”邦定这样说，其实还有一个顾虑，李先志是共产党的书记，他是国民党政府的工程师啊。

“这就见外了。你既然回来了就不要走了。”李先志听出了邦定的话外音，给邦定递上一支烟说。

邦定一听这话，有点急了。他离开南京时，国民党政府已分批向南撤退，他的上司要求他速去速回，随时南迁。原来打算一个月就能回的，现在都几个月了，哪里还有心思在东江逗留？

先志明白邦定的心思，说：“邦定老兄啊，你成了桃花源中人了，这几个月变化大呢。我们的电台广播了，百万雄师过大江，南京已经解放，国民党的军政人员早就逃走了，你回去也找不到他们啊。”

“我晓得，说老实话我本来就没准备跟着他们走，水利委员会的还有一些专家都不愿意跟着走。但我得回去，那些重要的水利资料不能散失啊。”邦定说。

“哎呀，我的老兄啊，国民党如鸟兽散，你现在回去还找得到头绪吗？你放心，人民政府会保护好那些资料的。你不愿意跟着老蒋走，就留在东江，我们需要你。等局势安定了，如果上级要调你走，我一定支持。”先志说。

邦定还是犹豫不决。先志猜出他的心思，说：“你不要担心你是国民政府的水利官员。新中国的政府是人民政府，新中国成立后要搞建设啊，无论什么时候，专家都是宝贝。我听说当时美国就不让你回国，是因为要搞长江开发方案你才借机回来的。你可能没听说过吧，毛主席、周总理还要专门请一些在海外的中国专家回国工作呢，现在我听说在美国的中国大专家都在想办法回国，参加新中国建设。我是共产党的县委书记，只要你留下来，我保证你的安全。”先志好歹不让邦定走。邦定还是有些犹豫，先志又来了一招：诉苦。他和邦定讲枝洲水患，讲东江沿长江的百姓遭受水灾后的苦难，讲我们该要为家乡的父老乡亲们做点好事。先志说：“我搞革命，是为人民服务。你搞水利，是为人民造福。你说在我们真能为东江人民做点事的时候，怎么能离开呢？”话说了几大箩筐，邦定一想也有道理，对先志说了心里话：“我不想到台湾，也不会到美国去了，只想为治理长江水患出点力。”

“那好。你先留在枝洲，将来上级调你时我一定会支持的。”李先志再一次打保证。

邦定拗不过先志，只好同意留下来，真是把先志乐坏了。枝洲解放后不久，东江县委、县政府迁到丹阳，授权郑邦定全权负责组建东江县水利局，任命郑邦定为总工程师。县水利局成立后，制定了东江县水利建设恢复三年计划，枝洲大堤全线维修和加固为工作重中之重。

邦定每次到枝洲，都是百里陪同。三年多时间，枝洲每年冬春万人上堤，把所有的险段都修复了。同时，将五美垸与老垸之间的套河南北堵口，围成人民垸。五美垸从此进入枝洲大垸，新植一百七十万株护浪林。按照郑邦定的设计，再用两个冬春，将枝洲大堤全部撑帮三尺，加高三尺，实现第一目标——把枝洲大堤防洪能力提高到防十年一遇洪水的水平。

正在谋划这项宏大的堤防工程时，1954 年来到了。

进入七月，长江特大洪峰接踵而至，枝洲堤外的水高过洲内几丈。好在这几年维修加固，虽然险象环生，岌岌可危，但在万人大军拼死护卫下，大堤像一个遍体鳞伤的勇士，顽强挺立着。要是以前，枝洲大堤早已是腊月三十的亮框子，到处是洞了。

枝洲危急！荆江危急！！武汉危急！！！

千万人受灾，京广铁路停运，长江沿线紧急动员，死保荆江大堤和武汉三镇。

杨百里已有七天七夜没有回家了，眼睛通红，浑身泥水。七月十九日夜，伸手不见五指，狂风挟着暴雨疯狗一样扑来。杨百里和郑邦定提着马灯巡查。这时有人来报告赫家洼子出现严重险情，堤内拳头大的水泡带着泥沙往上翻，这是江水从堤下翻入的信号，时时都有掀堤溃塌的可能。

杨百里和郑邦定迅速赶到赫家洼子。郑邦定指挥民工用石子和沙土做压沁台，把泥沙堵住，让清水流出来。

“拼命也要把堤保住！”杨百里大声喊着，带领民工们冒雨做压沁台。

“杨区长，下面的水太大，堵不住。”水下的几个基干民兵喊。

“小勇、大志，跟我下去堵！”杨百里说着就和两个青年跳到翻沁的水洼子里，“快把棉絮递给我们！”

“百里小心！把棉絮往眼子上堵！”邦定站在洼子边上喊着。

百里和小勇、大志把棉絮往翻沁的眼子里塞。

“抬锅来，翻过来，你们水下的接住，扣在棉絮上。”郑邦定喊。

百里和小勇、大志刚扣好一处，又有一处翻起来。水洼子越来越大。

“别慌。”邦定跳到水洼子里指挥，指着冒水的眼子喊：“倒石子，不能停。再下来两个人用棉絮堵！不能停！”

下水的人用棉絮堵口，然后用大锅扣住，再在上面压石子和沙土。再堵口，再扣锅，再填石子！半个多小时过去了，水势控制住了，大泡没有了，只有清水溢出，郑邦定说基本镇住了，继续填压沙石。

“郑总先上去。”百里说着把邦定往上推，示意让上面的人拉。

郑邦定从洼子里往上爬，一脚踏上坎子，坎子崩下来，坎边的一棵大树轰然倒下，眼看就要压到邦定身上。杨百里眼疾手快，纵身推开邦定，大树压到百里身上，百里倒在洼子里，洼子的清水变成了红色……

杨百里醒来时已躺在自家的床上，两条腿动弹不得。金苗守在身边，看见百里醒了，擦擦脸上的泪说：“你醒了。”

“幺爹没事吧，堤上怎么样？”百里问。

“幺爹没事，堤保住了。你的胯子被锅沿子划了几道口，流了好多血，左边小腿有骨折，好在没断，张先生给你用药把伤口都包上了。他说一定要消了肿才能下床，费事了就麻烦。”枝洲人说费事就是溃烂或者是破伤风的意思，那时都说不到现在的话。

“万书记和幺爹都来看你，听张先生说没危险就又上堤去了。他们要我在家里看住你，不让你到处乱动。”金苗说。金苗说的张先生是枝洲中医世家，祖传专治跌打损伤秘方，用石舂将活鸡和他亲自采的中草药打成泥，包在伤处，不管是脱位还是粉碎性骨折，都能治好，而且不留残疾。

瓢泼桶倒一般的雨，鬼哭狼嚎一样的风，打在屋顶上，发出巨大响声，就像铁锤一下一下又一下地砸在百里的头上。杨百里躺在床上三天三夜了，心里比猫子抓还难忍，怎么都睡不着，连声叹气。郑金苗给讲这讲那，他都听不进去。

“你别叹气了，看到你这个样子，我难受，他也难受。”金苗一边说一边自个摸着肚子。

“怎么啦，不舒服了？”百里欠起身子问。

“还不是这小子不安分，他晓得爹在发愁呢。”金苗说。

郑百里看到金苗着急的样子，又转过来安慰她们：“好，好，我不叹气了，你也别着急了。我这伤没在命上，你和儿子怕什么呢。”

“你说枝洲会破堤吗？”金苗问。

“这可说不准啊。得亏这几年维修了大堤，不然早就破得像筛子眼了。像这样不停地下暴雨，上游大洪水一波一波地来，哪个能保证不破堤呢。”百里说的是真的，现在的枝洲大部分地方比河水低一两丈，水一进洲，便是连天大祸。

这时，百里的妈和金枝来了。

“下这么大的雨，您哪门来哒。”金苗说。

妈一走进门就往百里床前走，说：“我的儿啊，你怎么就不小心呢？”

“妈，别伤心，我没得大事，过几天就会好的。”百里说着就要金苗去给他们做饭吃。

“金苗，妈给你带了一篮子鸡蛋，我一路上生怕打破了，快拿出来看看。破了就弄了吃，没破的就放到，等你明白了吃。”枝洲人说明白了就是女人生小孩子了。

“还没呢，差几个月就准备鸡蛋，太早了点。”金苗说，“弄给百里吃吧，他身子虚哩。”

“好，好，吃了妈再攒啊。”妈说。

“嫂子，哥哥还在堤上吧。”杨百里问。

“在咧，半个月没有回来了。”金枝问百里：“弟弟，堤该不得破吧。”

“不会，不会。千万不要信那些谣言。”百里说。

“百里受伤了，我也不能老在家里，还要上班，我们供销社防汛任务也很重呢。妈把两个娃子带到我们这里来住，帮帮我好不好。”金苗说的是金枝的两个娃。她想万一堤破了这地方高一些，就算屋里进水也不会太深，她和百里也不用担心。

正说着，路秘书和通讯员小张来了。路秘书说：“杨区长，李书记要你去开会。”

“他这个样怎么去开会啊？”金苗说。

“李书记说不能走就背去，有事情呢。”小路说，“我和小张就是来背区长的。”

“不用，不用，我自己去。”杨百里一听这话知道情况紧急，爬起来就要走，可是腿伤疼得厉害。只好让小张把他背着走，金苗连忙拿起一把伞给他们撑着。小张和路秘书轮流背着杨百里来到区政府会议室。

区政府会议室收音机里正在播出令人揪心的消息——

长江第七次洪峰严重威胁着荆江大堤和武汉三镇，荆江分洪北闸全部开启，还是无法让汹涌而来的洪水消退。

荆江大堤危在旦夕！

武汉三镇危在旦夕！！

水情报告：留巷最高水位超过了1935年。

“只要挺过这一刻，洪峰一过就好了。”大家都在默默祈祷，不是向神而是向心，向那猛兽一般的滔天恶浪，向那勇士一般的百里长堤。

一个重大决定通过机要线悄悄从武汉传到峡江，再从峡江传到东江。正在与洪水搏击的人们怎么也没有想到，枝洲面临着一场新的更加严峻的考验。

地、县两路人马分两路来到枝洲。

一路由地委书记、军分区政委杨春光带队，地委组织部长、专署公安处长、水利局长等人带着三艘登陆艇，一艘装载粮食，一艘装载医生和药品，一艘装载独立团两个营的官兵，西出峡江，在滔滔洪水中顺流而下。

一路由行署专员张大山带队，东江县委书记、县武装大队政委李先志等随同，带领县直机关干部一百四十人，乘木帆船组成的船队，从东江县城出发，直奔枝洲。

下午六时，两路人马会师枝洲。杨春光当晚在区委会议室里召开地、县、区三级主要领导同志会议，传达省委决定：为减轻荆江大堤和武汉三镇的洪水压力，命令枝洲立即作好分洪准备！省委、省政府要求，枝洲分洪，一是秘密准备，二是确保安全。不准出现一人意外死亡。

“省委、省政府的决定是经过党中央、国务院批准的！”杨春光加重语气，宣读了省政府关于枝洲分洪的文件。

“现在研究具体行动方案，枝洲的同志来了没有？”杨春光问。

“来了。”万达站起来。

“杨百里呢？”李先志问。

“他受伤了。”万达说。

李先志说：“背来！”万达忙叫秘书小路去把杨区长背来开会。

小路背着杨百里来到政府会议门口，杨百里坚持要下地，由小路扶进会议室大门，金苗在外面等候。

杨百里一进门就说：“我来了。”

“这就是杨百里。他是副区长，分管防汛的。对枝洲的情况熟悉，前几天负伤了，我让人背他来参加会议。”先志对杨政委和张专员说。

“快让他坐下！”杨春光说着看看杨百里，“我晓得你这个杨百里，可是大名鼎鼎啊。”杨春光的话把杨百里心里说得热乎乎的。杨春光对这个副区长早有耳闻，但没有见过面。他知道，杨百里当侦察员三进枝洲，为和平解放枝洲立过功；当区长剿匪立过功；犯错误降级当副区长，在抗洪中又立了功。今天得见，便说杨百里“大名鼎鼎”。

张大山开始传达上级指示，宣读之前说了一句话：“同志们，这次任务紧急！注意保密！”他接着说：“据水情预报，今年第五次洪峰已在川江形成，即将过三峡直扑荆江。这次洪峰比前四次都大，直接危及武汉和荆江大堤。省委决定，在第五次洪峰到来之前，枝洲百姓全部搬出枝洲，做好掘堤分洪的准备。我们要做好两手准备，一面组织精干劳力，死保堤防，确保大堤在不分洪时的安全；一面作好分洪前的各项准备工作，迅速组织群众转移。在组织转移时要注意保密，做好群众工作，严防阶级敌人破坏，绝对不能出现群体事件。”

“我们有几天时间？”万达问。

“五天。”张大山说。

杨百里像触了电一样浑身抖动，手脚发麻。

“能不能给上级请示，不要在枝洲分洪啊。这里有三四万百姓，五天全部搬出困难很大，我们有能力保住大堤。”杨百里流着眼泪低声对李先志说。他声音很微弱，但还是被杨春光听到了。

“不行！”杨春光听到了杨百里的话，把桌子一拍，“所有的共产党员特别是干部必须和上级保持一致。谁违犯纪律反对分洪，消极怠工，就撤谁的职，关谁的禁闭！”

李先志强调了纪律后，布置召开自然村以上的干部会议。

枝洲自然村以上的干部会议在白果树下举行。

白果树是枝洲的见证。几百年来，白果树千枝万叶如天盖一般护佑这片土地，为过往的一代又一代人遮风挡雨，见证着枝洲几十代人的悲欢离合。当天下午，参加会议的人在白果树下整整齐齐地坐在事先准备好的芦柴捆上。这是枝洲的习惯，没有会堂，白果树下就是会场。没有板凳，把芦柴扎成捆子，挨着一摆，便是座位。这个会场又大又开阔，座位虽简单却舒适。参加今天会议的除了全区自然村以上的基层干部和区属全体脱产干部外，还有地、县两级防洪抢险工作组全体人员和军分区、县人武部两个营的官兵。村干部使劲吧嗒着旱烟，脱产干部抽着廉价的纸烟，谁也不说话。烟雾呛得女人们一阵阵咳嗽，咳嗽声被风裹挟着，连同刺鼻的烟雾一起带走了。小张把杨百里背到会场，在第一排芦柴捆子边上一条板凳坐下，他腿子弯不下去，特地给他准备了一条高板凳。金苗是供销社的干部，也参加会议，不过应该坐在后面，但杨百里行动不便，她就挨着百里坐下了。

士兵在会场周围列队，像一排杨树站着，非参会人员不准进场。

李先志主持会议，张大山做报告。

身材高大的张大山站在台子上，红通通的脸，一口北方话，一副大嗓门。如果有长髯，活像关公在世。

在讲到当前任务时，张大山说：“面临特大洪水，我们要一手抓防汛抢险，做到人在堤在；另一手——”他突然停顿，大手高举，提高嗓门：“迅速转移群众，以防万一！”

人们一下子惊呆了：“转移群众，以防万一！”八个字像一阵急浪撞击着他们的心。

短时的寂静后是一片嘈杂，人们议论着“万一”是什么——破堤？挖堤？

杨春光站起来，环顾四周。会场又静下来，只听得见江中的浪涛声。杨春光说：“在座的全体同志和枝洲的共产党员、革命干部，要以党性革命性做保证，在五天内完成全部疏散任务！不准意外死亡一个人，如果发生因工作不力死人，要追查责任，严加处理！”人们似乎都屏住呼吸在听。

杨春光继续说：“我宣布，在防汛期间，谁不执行命令，谁不完成任务，是党员的开除党籍，是团员的开除团籍，是干部的撤职直至开除工作！一次性处理，先处理后上报备案！凡是破坏转移的，抓起来，关禁闭！”

“妈呀！”后面的妇女干部们交头接耳，但不敢大声叫。心想真是太吓人了。

散会后，李先志把万达和百里叫在一起，研究了会后落实的一些工作。万达对百里说：“百里，你的伤还没好，在家里养伤，不要乱动，有紧急情况再通知你。我给供销社小李讲了，郑金苗不要去参加动员转移了，留在家里照顾你。”按要求区直所有脱产干部和职工都要下去帮助群众转移，金苗所在的供销社的干部职工也都得下去。万达专门给供销社李主任讲了这件事。

“万书记，这是什么时候？张先生说我不用几天就能拄起拐棍行走啊。我暂时上不了前线就让我在指挥部值班室里值班，比待在家里好咧。我值班，小路可以做一些其他的事情。”杨百里说。

“我看可以。让百里在指挥部里值班，非常时期嘛，不要在家里待着。”李先志说。

万达看到李书记拍了板，也就没说什么了。他晓得先志同志对百里的要求很严格。在金苗的强烈要求下，万达同意她回供销社去参加转移群众的工作。

枝洲区政府设在庾信台上的清修寺内。这是一栋两进的建筑，进门一大间原来是大殿，现在是区政府大厅。大殿东边是值班室，西边是接访室。往里走的天井东西两边原来是侧殿，房子不小，一边是会议室，一边是机要室。再往后面并排八间房原来是僧人们居住、念佛和藏经的地方，现在有几间是区委、区政府的办公室。万达的家在县城，在这里住了一个单间，还有一间是办公室秘书和两个通讯员住的，中间一个木板墙隔断，没有门，路秘书住里间，通讯员住外间。地、县两级领导来到枝洲后，会议室成为临时指挥部，大厅里摆了板凳，成了会议室。区委、区政府办公室全部腾出来，地、县两级领导在那里办公和休息。工作人员晚上都在会议室里休息。会议室左边是值班室，日夜有人值班。路秘书找来一把躺椅放到值班室里，郑金苗抱来被子放在上面，还搬来一个小凳子搁脚，杨百里坐在这里值班。通讯员不断送来水情通报和电话记录，由他决定要送给哪位领导，或者怎么处理，晚上困了就躺下眯一会。

水位疯涨！荆江大堤危急！一个个消息像榨坊里的撞杆，捶击着杨百里的心，他拄起棍子想出去看看。

正在这时，新丰乡乡长熊先河来了。

熊先河见到百里就炸起来了："杨区长，我们不是别人，你给我一个实话，是不是要分洪？"

杨百里没有回答。分洪是绝密的，现在对外宣传的口径是以防万一，要抓紧将人员撤离。

"杨区长，我不相信大堤会破，我看这架势，只怕是要分洪吧。老百姓刚过上安稳日子，金窝银窝，舍不得自己的穷窝。你说怎么能分洪呢？"熊乡长说。

"水还在涨啊！"百里没有回答先河，自言自语地说。

"还在涨？"熊乡长不知道区长在想什么，也跟着说了一句。

"再涨荆江大堤就危险了！"

熊乡长一听这话全身发麻。人在那个时候都很敏感，虽然保密工作做得很好，但是关于枝洲分洪保荆江大堤的传闻已不是一天两天了，只不过都不敢说。这时候百里说到荆江大堤危险，熊乡长听出音来了：为了保荆江大堤，枝洲只怕真是要分洪了。

正在这时，杨春光和李先志从大堤上回来了。熊先河从值班室出来正遇上他们，熊先河一看到李先志就说："李书记，枝洲千万不能分洪啊！"一边说一边跟着又进了值班室。

"谁说分洪的？"李先志问。

"不分洪怎么要转移人哪，你们去看看，老百姓都在哭爹喊娘啊！我们怎么能把老百姓往绝路上逼啊！"熊先河越说越激动，话也说得没了分寸。杨百里连声制止，熊先河根本听不进去。

"他是什么人？"杨春光问。

"新丰乡乡长熊先河。"李先志答。

"新丰乡？就是才撤了二十多人的那个乡？"

"是的。"

"一瓢水舀了！抓起来，关禁闭！"杨春光把桌子一拍说。

"这？"李先志先是有点犹豫，他了解这个人，熊先河是个心直口快能打硬仗的好同志。

"舀了！舀了！"杨春光不容分说。

就这样，熊先河被"一瓢水舀了"：撤销乡长职务，开除党籍，开除公职，行政拘留。

杨春光下乡检查，对各地转移的进度很不满意，他知道，像这个搞法，一个月都转移不完。这时正好遇到了熊先河，杨春光便做出了这个让人难以接受的决定。

"杨百里，你迅速向万达和在前方组织群众转移的负责人传达地、县两级防汛前线指挥部对熊先河的处分意见：一、新丰乡乡长熊先河在组织群众转移中工作不力，擅自离开岗位，严重违反纪律，指挥部决定撤销熊先河乡长职务，开除党籍，开除公职，行政拘留。二、地、县、区三级工作组立即紧急动员，加快转移进度，确保在三天之内将应撤人员全部撤出。三、必须确保不出现非正常死亡。"杨春光是个军人，说话斩钉截铁。

"是！"杨百里回答。这时，他觉得自己不是区长，也不是伤员，而是战场上的战士。

杨百里知道熊先河是撞到枪口上了。这几天转移进度很慢，地、县两级领导都急得吃不下饭睡不好觉，除了转移进度赶不上来外，最要命的是怕走漏了分洪消息引起群众闹事，那可是要出大乱子啊。但是一想到熊先河又太冤了，他是为老百姓说话的呀，怎么一下子就“舀”光了？

“杨书记，我还有点想法。”杨百里开始犯傻了。

“现在不讨论，传达指挥部的意见！”杨春光说。

“杨书记，这些年修堤熊先河没回家过一个春节。他真是不忍心看到破堤啊！”杨百里实在憋不住了。刚才大声说“是”，不知怎么又说出这种话，他本意是说对熊的处分太重了，但还是没敢说出来。

杨春光听到杨百里这句话，看了杨百里一眼说：“百里啊，这次行动关系到枝洲人民的生命安全，也关系到荆江和武汉几千万人的生命财产安全，还关系到我们南北大动脉京广线的畅通。毛主席、周总理都睡不着觉，要保住大武汉，保住大动脉啊。时间紧迫，犹豫不得啊！”杨春光最后一句话语气很重。

李先志瞪了杨百里一眼，杨百里没有再说话了，心里一阵酸楚。他知道，这个关键时刻，不采取这样的措施，撤离任务就无法完成，拿起电话向万达传达了指挥部的指示。

熊先河被撤职的消息很快传达到各乡干部，各乡的负责人知道再也没有退路，不敢再消极了，通知所有的工作队员和村组干部必须加快撤离进度。

供销社接到通知，实行分人包户措施，一户一户动员，不留一个人。金苗身子沉重，主任安排她负责检查人已撤出的房子，看是不是都走了，如果发现了还有人就立即报告，派人强制撤出。

枝洲沟渠纵横交错，无论是打鱼摸虾还是出行，都得有船。枝洲的船还有一个重要用途就是防破堤，一旦堤破，一家人就得上船逃往高处。今年枝洲已经下了几个月的雨，内涝严重，沟沟岔岔的水漫出来，把农田和道路都淹了，唯一能用的交通工具就是木船。

金苗坐着木船到各个屋场台子，拖着沉重的身子进屋查看。在戴家屋场的一间茅草屋里，发现屋里的床上被窝里还有一个人。掀开一看是戴婆婆，金苗登记时有她，也安排了专人负责帮她转移，不晓得怎么回事她这时还在家里躺着。

“戴婆婆，您怎么还没有走啊？”金苗问。

“我不走了，你们走吧。”戴婆婆说。

“先前有人来帮您，您怎么没走哇！”金苗问。

“我到私屋里了，他们没找到我。”戴婆婆听声音是金苗，便说了实话。枝洲人把厕所叫私屋，其实她是躲起来了，前头的人没有找到她。等到人走后她才又回到床上。

“不行，您起来，一定要走啊。”金苗说。

“我不走，死也不走。我要陪老头子啊。我老头子乙亥年就是在这里为救我淹死的，他在这里死了，我走了他到哪里找我啊，我要留在这里陪他。”戴婆婆死活不走。

金苗知道讲不通了，一时也顾不上想什么，不容分说把戴婆婆拉在自己肩上，背出了茅草屋，喊船上的人来接。

船上人闻声就来接过戴婆婆上船，金苗跟着上船，一只脚刚踏上跳板，突然摔倒了。刚才背戴婆婆时使力太猛了，她觉得身上很难受，把戴婆婆交给船上人时，她已经撑不住了。

金苗倒在船头，鲜血从裤脚里流出来。划船的人迅速把金苗救上船送到区医院，金苗的命保住了，孩子没了。

戴婆婆闻信放声大哭：“她是为了我啊，我该死！我该死！”

杨百里在指挥部里得信，路秘书让小张把他送到区医院。两人见面，金苗没有哭，百里也没有哭。金苗让百里值班去，这里有妈和姐照顾。百里跟妈说句“您把鸡蛋弄给金苗吃”，就返回指挥部了。百里走后金苗哇哇地大哭。姐姐劝她注意身子，问她弟弟回来你们怎么都不哭啊？金苗说我一哭他不就分心了啊，他牵挂着几万条人命哩！

八月七日午后，枝洲抗洪指挥部里的气氛像凝固了一样。杨春光、李先志守在电话机旁，谁也不说话。上午接到省委办公厅通知，下午一时，守卫在枝洲的地、县两级主要领导在指挥部集合，听候命令。大家坐在那里揪心等待。桌子上几部电话机，红电话是机要专线，其他的电话现在都不能接进来。

“当当当……”

红机响了，每个人都瞪大眼睛，看着杨春光拿起话筒。

“要杨春光同志听电话。”

“我是杨春光，省长请指示。”

“今天晚上十点，枝洲掘堤分洪。你们准备好了没有？”省长问。

“省长放心，枝洲准备好了，一切按上级命令执行。”杨春光放下电话，看看桌子上的闹钟，这时是下午一点半。

枝洲分洪方案八月四日就批下来了。掘堤口地点选在八亩滩头黑龙潭。这是郑邦定带领几位技术人员反复勘测后提出的方案，经省政府批准后确定下来的。

八亩滩原本是枝洲大堤外小沙滩，枯水季节与洲相连，涨水的季节有条小河隔开。滩上有大柳树，天气晴朗时渔家便在这里晒网，人们叫“晒网坝”或“晒网滩”。以后陆续有人上滩种庄稼，一共是八亩可耕地，得名八亩滩。滩头有个拐角，是洪水来时的冲口。几次大洪水破堤在垸内冲出了深潭，叫黑龙潭。乙亥年两次大洪水，垸子里的潭更深了，垸子外的小河被浪沙填平了，八亩滩完全依附在洲堤外，成为一个堤外小垸。黑龙潭一带房屋较少，在这里掘堤进水，既可减少冲口损失，又便于行洪。

杨百里听到掘堤的命令，心里很不好受。但他一想起地委杨书记批评他，又觉得要听党的话，服从上级的命令。他对万达说：“万书记，今天晚上让我去吧，掘堤口的东西两头都要设前线分指挥部，你一个人搞不过来啊。堤上的事我熟悉，安排别人去我还真有点不放心。你说呢？”

“我也想你去啊。地、县两级领导虽然都在这里，但具体事情还得我们去做啊，大堤一扒开，我还真是怕玩不转了。可是你走不得怎么办呢？”万达巴不得百里在这时候能出马。

“我想好了，我的双手和一条腿没得问题，骑骡子到西头指挥所里值班，水来了骑骡子跑来得及。”百里说。

“行，我给李书记说说看。”万达说。

李先志正在犯愁，他知道西头力量弱了一点，虽然增派了一些县工作队的同志，但这些同志对地形水势不熟悉，对民情也不熟悉。本地的干部大多数并不知道要掘堤，虽然有思想准备，但如果掘堤时出现民心不稳或者聚众阻抗的情况，那就会出大事，目前保稳定和保安全同等重要。这时万达汇报说杨百里要求上也可以上，李先志便拍板同意。掘堤现场由万达陪同地、县两级领导现场指挥。西头指挥部由杨百里负责，东头指挥部由彭正武负责。张大兴负责继续转移群众。路秘书负责联络。一切安排好之后，万达特别交代通讯员小张跟着杨百里，寸步不离，主要任务是确保他安全撤离现场。

西头现场指挥所是用芦席在堤上现搭的工棚。中间一张旧桌子上放着电话机。小张把骡子拴在离工棚最近的粗木桩上，扶百里到电话机旁边的凳子上坐下。杨百里对现场的人说，今天地、县、区、村各级的同志都有，非常时刻，西头行动必须听我指挥。无论遇到什么情况都不能慌，及时向我报告。

"小张，一旦出现情况，你一定要把区长扶到骡子上，千万不能慢啊！"路秘书走了几步再回头，低声问小张，"你懂吗？"

"我懂，紧急时刻不能由着他的性子。"路秘书听到这个回答，在小张肩上使劲拍了几下，就像把一副千斤重担压在了小张肩头。

下午四时，总指挥部下达掘堤命令。

现场总指挥李先志要求："一旦大堤掘开，东西两头分别指挥，掘堤口打开后，掘堤人员和两头指挥部人员在大堤崩塌前必须撤离，确保人员安全。及时掌握和化解群众情绪，防止群体事件发生。"

由当地基层干部和基干民兵组成的掘堤口突击队，在万达、邦定带领下早已进入掘堤口现场。万达和邦定在现场用石灰画好掘堤开挖线，邦定给突击队员反复交代：一旦把堤挖开，一队往东跑，二队往西跑，两个队千万不要跑错了方向。既要按时掘堤放水，又要确保安全。

万达下达命令："开挖！"掘堤的人员竟没有一个人动。"你们没听见啊，开挖！"万达举起一把挖锄，挖了第一锄，还是没有人动手。让枝洲人挖堤，比要他们在自己身上割肉还难受。再硬的汉子，也无法抡起那几斤重的挖锄。

"挖啊，挖啊！"万达一边挖一边喊，额头上青筋突起，不知是汗还是泪直往下滚，他喊出的声音像哭一样可怕。大家惊呆了，突击队员中不知是谁大喊一声"挖"，大家齐声喊"挖"，高高举起挖锄，又轻轻落下来。

杨百里守在西头值班室里，看着堤内不远处的黑龙潭一动不动，小张以为他在发呆，其实是在观察地形。眼前深数丈的黑龙潭边，乙亥年种的树都有七八丈高了，大的一人都合抱不过来。离黑龙潭远些的地方，树更大一些，那是在乙亥年破堤之前就有的。杨百里小时候跑到这里来玩，喜欢爬到大树上摸雀尕子窝。有一次摸到一条蛇，把他没吓死，蛇是来偷吃鸟蛋的，好在蛇没反应过来他就从树上摔了下来，幸运的是没有伤筋动骨，只受了点皮肉之苦。从此，他不敢再上树摸雀尕子窝了。

“杨区长，不好了，有人搞破坏！”一个人前脚还没有跨进棚子就大声喊。杨百里一看是吴家渡村的村主任吴正忙。

“搞什么破坏？”

“我们看到前头有人在挖堤！”

掘堤之前，在大部分人转移后各村都留下少量的干部和青年守堤护洲。按照指挥部的行动方案，下午六点向守堤护洲的干部群众宣布分洪消息，通知撤离。现在才五点，天还没黑，吴正忙是负责西头巡查的，在堤上看见远处有人挖堤，便跑来报告。吴正忙的后面还跟了几十个守堤护洲队员。他们把杨百里围在中间，高声叫道：“杨区长，我们去把他们抓起来。”不等杨百里说话，吴正忙就带人往掘堤处跑，被独立营战士拦住了。

“你们怎么不让我们护堤啊？”跑在前头的人质问战士。

“站住！”杨百里大喊一声，“你们都回来！”

“杨区长！再不去堤就完了！”守堤护洲队员们一边喊一边继续往前冲。

杨百里知道不能等了，不然，群众的情绪更不好控制，他用颤抖的声音吼叫：“不要冲啊，堤是有计划挖的！”

人们都愣住了！

杨百里流泪了！

“兄弟们哪，我们枝洲四五万人，江汉平原和大武汉有两千万人哩。我们分洪，是为了救他们。把他们救了，他们一天一人省一口，就够我们全洲人吃哩。调过头来说，荆江大堤保不住，我们去支援两千万人，没这个能力啊！尤其是那个武钢、京广铁路，那是国家的根基，是全国人民的命根子啊！我们不保能行吗？”杨百里说着眼泪直往下掉，湿了脸，湿了衣裳。

“杨区长，杨书记和李书记来了。”路秘书在棚子外面说着，杨春亭和李先志就跨进了西头指挥所。

“小路，进度怎么样？”李先志问。

“这堤说险真是险，真要挖开还真不容易。”小路没有说进度不快，却说出了这样的话。

李先志明白了。

“刚才我们在堤下面看到这里好像有好多的人哪，怎么都没见到了？”杨春光问杨百里。杨百里给他讲了这是吴家渡一带守堤的人，他们发现有人挖堤，便跑到这里来报信，要去把那些人抓起来，我已告诉他们是安排好的，千万不要乱动。

“只怕要播通知了。”百里说。

“马上播通知！”杨春光对李先志说。

“好，马上广播。”李先志回答。

“我们到堤上看看。”杨春光、李先志带着人打着手电筒，戴着斗笠来到掘堤口处，这时已是下午六点多，掘堤口处还没挖到一米宽，更要命的是只在堤上刨了一层土，没有往下挖。这样下去，搞到天亮也分不了洪。

杨春光对李先志点点头，那是要他执行第二方案。

李先志低声对军区副司令说了句话，副司令转身带着两个战士向指挥船跑去。

李先志对万达说：“大家都累了，立即撤离。”

万达一愣，接着便知道首长的意思了，马上要突击队员们停下来撤走，这些人还以为上级改变了决定呢，要求把掘堤口恢复起来再走。

万达说：“这是命令，马上走，一个人不准许留！一分钟也不能留！”

第二预案就是工兵炸堤。原先为了减少损失，不引起更多的恐慌，第一预案是用人工挖开。现在看来，用人工不行了，便把登陆艇上待命的独立团两个班的战士调上来了。

战士们一上岸就开始挖坑填炸药。九点五十分，一切就绪。

十点差三分，李先志朝天开了一枪。“轰！”一声惊天炮响，大堤顿时撕开一条口子，汹涌的江水如野马奔腾，迅速扑向全洲。

“快撤！”杨百里高声喊着，指挥部设置预案是按人工开挖方式准备的，用炸药炸开大堤，掘堤口迅速拉大，堤就像多米诺骨牌一样连续崩溃了。

杨百里指挥现场人员迅速撤退，最后剩下他和小张。小张去牵骡子，这时棚子的木桩开始松动，骡子受惊扯脱了木桩，飞也似的向西跑去，小张拼命地在后面追。这时，身后轰的一声，棚子连堤一齐崩塌，在水中掀起巨浪。

“杨区长，杨区长！”小张拼命地朝水中喊，没有回音。

杨春光得到杨百里被洪水冲走的消息，命令登陆艇搜救。

“你们一定得把这家伙捞回来啊！”杨春光说。

“现在不行，得等冲口的水平稳些才能去。”艇长报告。

“水平稳了人还有吗？我命令你们去！”杨春光急了。

“杨政委，我们不能做无谓的牺牲，这时候去太危险。”李先志说。

杨春光也是一时急了说的，他知道现在让登陆艇到冲口去是不现实的。对艇长说：“我太急了，你们一旦具备搜救条件就出发，救人要紧啊！”

“是！首长。”艇长立正敬礼。

水稍平稳，艇长下达了搜寻命令。

“杨百里！”“杨区长！”登陆艇上喇叭不停地呼唤着。

“我在这里，我在这里，你们过来！”艇上的探照灯闻声打在堤内一棵高大的杨树上，只见杨百里双手紧紧抱着树干，一只脚踏在树杈上，另一只伤腿悬空挂着。

“快，快！那是杨区长。”登陆艇开过来，人们七手八脚把杨百里救上了船，百里一上船就晕过去了。

登陆艇把百里送上指挥船的急救室。李先志把杨百里抱在怀里大喊：“杨百里，你给我坚持住！”

医护人员立即抢救，不一会百里苏醒过来。

“枝洲完了！”杨百里说。

“胡说！枝洲没有完，水还会退的，只要人在洲就在！”李先志心疼这个犟娃子，命都要丢了，还一根筋，“你这个小子，也算是捡了条命呢。”

“李书记，我晓得我死不了。我到西线指挥部时就看了地形，有点预感是指挥所离掘堤口近了，但又没法再动，考虑如果出现险情如何确保安全撤离。水进洲后先往下流，冲口上游的水是漫上来的。一旦出现情况落水，只要抓住上游一个支撑点就能坚持一阵子，这个支撑点就是那棵大杨树，我早就看好了的。我的水性您晓得，哪怕只有一条腿子踏水也沉不下去啊。好在那棵大杨树，不然我也撑不了这么久。”杨百里忍着伤痛说。

登陆艇把百里送到区医院。杨春光来看望，见到金苗偎在病床边流泪。杨春光说：“金苗别哭，你们夫妻为抢救老百姓生命财产做出了贡献，都是枝洲人民的好儿女，是全地区学习的榜样。”转身对李先志说：“今天有条船到峡江，安排一下，让杨百里上这条船到地区中心医院治疗，金苗陪同去。”

船离开枝洲向峡江开去，金苗躺在百里的身边睡着了。杨百里没有睡，他拄着棍子一步一步走出船舱，船上的探照灯照着枝洲，枝洲长堤像一条长蛇在水中晃动，“长蛇”两边的树梢和不计其数的浪柴在汹涌的波涛中忽上忽下，若隐若现，偶尔见到一二处灯光闪烁。

杨百里甩开棍子，歪倒在甲板上，像三岁大的娃娃一样“哇哇哇”地大哭起来。

哭声传得很远，很远……

《峡江日报》讯　1954年8月7日，江堤高于水面仅70厘米，部分堤与水平。为了确保荆江大堤和江汉平原数百万人民生命财产安全，枝洲实行分洪。分洪后江水显著下降，沙市水位下降36厘米，为保住荆江大堤和武汉三镇做出贡献……（特约通讯员 郑邦定）

补记

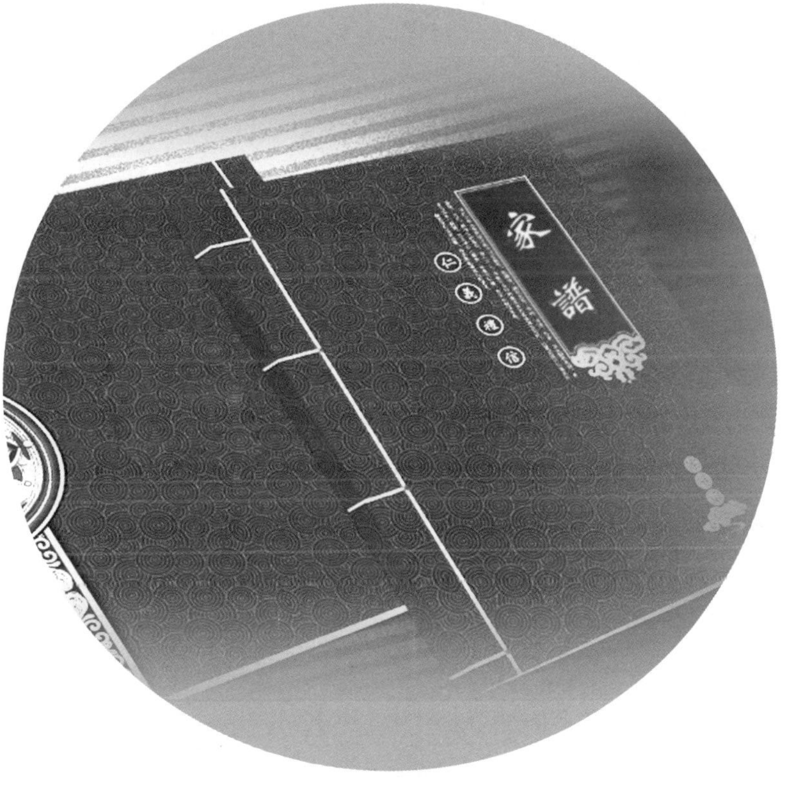

谱归

我——

昨天接到小夏从台湾打来的电话，说找到了杨长青。

这真是让人喜出望外的消息。

自从在《张杨家谱》封面上看到父亲写的那一行字：“此谱为正仁公制，共两本，另一本在杨长青处。”我就一直在找杨长青这个人。在本地一直没有找到，我想如果杨长青还在人世，当年很可能随军到台湾了。

我真想找到杨长青和那本家谱，一是要补上爹留给我的《张杨家谱》上毁损的文字，更重要的是和杨长青谈谈关于他和我爹以及家谱的故事。

前些时在南方工作的小夏回来，她因工作关系到台湾比较多，和老兵比较熟悉。我请她打听有没有一位叫杨长青的老兵。小夏说当年在东江工作时曾采访过一位叫杨之洲的老兵，杨之洲是第一批从台湾回乡探亲的老兵之一，他很可能认识杨长青。小夏回南方后不久，正好有个机会到台湾，顺便找到了杨之洲。小夏问杨之洲认不认识杨长青，杨之洲说：“我就是杨长青啊，到台湾后才改名叫杨之洲的。”小夏问他手中是不是有一本《张杨家谱》。杨之洲说：“有啊。”小夏又问：“是不是你找的那位杨章送给你的？”

“是的，是的。你认识杨章么？”杨之洲问。

“我不认识杨章，但是有位朋友托我找杨长青。”小夏说，“朋友叫杨水生，他的父亲叫杨立早。”

“立早不就是章么？”杨长青说，“杨立早一定就是二叔。”

小夏打通电话，让杨长青和我讲话。

“您手里是不是有一本《张杨家谱》？”我问。

“有啊，上次回来就想找到二叔还给他，可是没有找到啊。哪晓得名字弄错了啊。我回来去看他老人家。”长青说。

我告诉他我父亲已经去世了，电话那头只有哭声，说不下去了。

我对小夏说希望长青大哥能早点回来见面。

之洲——

我叫杨之洲，原名杨长青，东江枝洲人。爹死后，妈带着我和妹妹到江北讨生活，没多久我就被抓壮丁，二话不说就用绳子捆住送到部队。一路上不是打就是骂，身上的皮都脱了几层。到营房后天天训练，我实在受不了了，偷偷从营房里逃出来。哨兵发现了，吹着哨子喊抓逃兵，好多人跑来追我。我拼命往前跑，一下子撞在一个人身上，那人把我抱住，我一看是个老兵，心想这回可没得命了。想挣脱再跑，那人拉住我，让我站在他的后面。

“这小子当逃兵，我们要把他抓回去。”追我的兵们说。

老兵拿出证件说：“我是江防司令部的，有话好说，别吓着他。”

那几个抓我的人听这人说是江防司令部的，声音都和缓一些了。

“我想妈，我想回家。”我边说边哭。

老兵一听到我讲话的口音，眯起眼睛低声问：“你是哪里人？”

“东江人。”我老老实实地回答。

“东江哪里？”

“枝洲。”

“叫什么名字？”

“杨长青。”

老兵掏出几张钞票给那几个当兵的，说：“兄弟们去喝碗茶，我与这个小兄弟讲几句话。”

“你可不能把他放了，不然我们交不了差。”

“放心吧，你们的长官说不定我还认得呢。”

几个兵一想是江防司令部的，也没说二话。拿起钱在街边一个小酒馆里点了几个菜，喝起酒来。

老兵给我点了一些吃食，我可是狼吞虎咽。不过那时候还不晓得什么是狼吞虎咽，就是猛吃吧。老兵看到我吃，说慢点，包我吃饱。

“你家里还有什么人？”老兵问。

我也听出这个老兵好像是老家的口音，就告诉他：“我是枝洲杨家河的人，妈带着妹妹在江北帮人家，现在不晓得在哪里。我想妈和妹妹，要逃回去找他们。”

“现在兵荒马乱，你回去也难得找到你妈。除了你妈和妹妹，家里还有别人吗？”老兵问。

“还有一个大伯和几个叔伯弟兄，都在外面给人家帮工。”我说。

“我也是枝洲人，离你们家不远，论辈分我是你叔，就叫我二叔吧。我救不了你，再说你一个人也跑不回去。我给你一点钱，你时不时给长官买盒烟。我送你回营房，让他们关照你。”我一听这话就喊了声“二叔”，这算是我最大的敬意，那时连谢谢都不晓得说一声，更不晓得给二叔行个礼磕个头，只觉得听二叔讲话真比我亲爹还亲。

二叔把我送回营房，找到我的连长。连长姓张，是松枝老城人，和我们老家只隔一条河。张连长听说二叔是东江人，两人便拉起了老乡关系，很是谈得来，没说几句就兄弟相称了。张连长说算哒，让他走吧。二叔说，我也是遇撞。你看这娃子好遭孽，就是你发善心把他放了，这么小一点子让他一个人回去我也真是不放心，兵荒马乱，他就是回得去又到哪里去找他妈啊。当兵苦是苦，还有碗饭吃，只有拜托兄弟关照了。

张连长说：“章哥，不瞒你说，我就是想不通，抗战胜利了，还抓这些娃子来干什么。这些兵天天都想逃跑，真是不好带。既然长青是东江人，又是章哥的侄子，现在一时也回不去，就跟着我当个勤务兵算了，少吃点子苦，好歹混碗饭吃，说不准过些时候就要太平了。”

连长要请二叔吃饭，二叔说不了，还要回去销假呢。临走的时候给连长又塞了几张票子。

二叔离我所在的部队并不远，我给连长当了勤务员后日子就好过多了。没多久我们部队要开走了，我来找二叔。

“长青，我们就要分别了。我给你留下一件‘宝贝’，这‘宝贝’我随身带了七八年。”二叔说着就取出《张杨家谱》给我。

“长青，我这些年在外面遇到家乡的人不少，遇到本家的不多，我们在这里相遇是缘分。抗战胜利后，我就打报告申请回家，今年长官批准了，我马上就要走。时局不好，回不回得去要看命了。我把这本家谱给你，你好好保管。你还年轻，今后无论到哪里，都要记得自己的祖宗。”

和二叔分开后，就再也没有联系上。后来我随国民党军队到了台湾，吃尽了苦头。再后来找了媳妇成了家，有了儿孙，一大家子人了。几十年两岸相隔，思乡心切，特别是想念我妈和妹妹，也想找到我的恩人二叔。

后来，我打听到了妈和妹妹的下落。妈已不在人世了，妹妹在江北嫁了人，有了儿孙。1987 年台湾当局宣布开放老兵赴大陆探亲，我整夜整夜睡不着。为了尽早回到家乡给我妈上坟，与妹妹团聚，找到二叔。我带着饼干、水和小板凳，连夜赶到台湾红十字会排队等待登记、领取表格，办理繁杂的手续。开始登记的那天，台湾红十字会门前两千多人排队等候。农历八月初五，我办妥探亲手续，先乘飞机到香港，等了一天才买到去广州的火车票，到广州后再坐两天火车到武汉。到武汉坐三天轮船才回到东江，那一次途中共用去了八天。虽然辛苦，但心里很高兴，回家的路我已经期盼了太久、太久，八天算是很快了。到东江县城时已是农历八月十三了。

没想到我成了东江县第一批回乡的台湾老兵之一，受到了县台办的热情接待。中秋节那天，我和妹妹应县台办之请参加了中秋节赏月会。夏小姐采访后写了一篇报道发表在报纸上，电台也广播了。这张报纸我至今还保留着。

那一次回来，最大的遗憾是没有找到二叔，县台办还请公安局协助调查，查来查去没有找到叫杨章的人。我心想二叔说不定就没能够回来，此生是不能再见面了。

没想到过了这么多年，夏小姐帮我找到二叔的后人。不管怎样我得再回去一次，到二叔的坟上磕个头，和水生弟弟见一面，把二叔交给我的《张杨家谱》还给水生。

再不回去就走不动了。

“我”——

之洲哥来电说今天乘飞机到武汉，我到机场接。

之洲哥身体还挺硬朗，一到出站口就看到了我举的牌子，径直向我走来。

我立即和他打招呼问：“您是之洲哥吧？”

“是，是，你一定是水生弟弟。”

我们两人抱在一起，泪水止不住流下来。

车在路上飞奔，之洲哥在电话里早就说好了，他这次回来的第一件事情是到我爹坟上磕头。

之洲老哥取出一个桧木盒子递给我，示意我打开。

我打开盒子，里面装着一本发黄的《张杨家谱》。

之洲哥对我说，到台湾后他们修公路，种桧树，一天到晚都想回家，大家唱着思乡的歌。之洲哥轻声唱给我听：“一二三，到台湾，台湾有个阿里山，阿里山上有桧木，日日想念回大陆。”唱完泪流满面。他抹抹眼泪说：“我们等了几十年才回到大陆，当年在台湾种的桧木现在都长成大树了。桧木很珍贵，有好多大树当年都让日本鬼子盗伐运到日本去了。我们刚到台湾时穷得很呢，我狠着心花钱买了一个桧木盒子装家谱。桧木盒子装书不生虫，你看家谱一点都没损坏。”

我小心地翻看之洲哥精心保存下来的《张杨家谱》，真是完好无损。心想这一定是父亲和列祖列宗在天有灵，让这本《张杨家谱》从遥远的台湾回到了枝洲。

之洲——

我和水生弟来到二叔的墓地，墓地上早有几个人在等着。水生弟昨天就给家里几位叔伯兄弟打了电话，让他们在这里等的。

我们一起给二叔烧了纸钱，点上了香烛，我跪在二叔的墓前说：“二叔，我回来了，当年您救我的命时我都不晓得给您老人家磕个头，现在我给您磕头了。我把您当年交给我的《张杨家谱》也送回来了，交给了水生弟弟。我远在台湾，五十多年没有忘记您当年的嘱咐，没有忘记是张杨家族的子孙。”

我从包里拿出我亲手抄写的一本《张杨家谱》，放在纸钱上烧着了，对二叔说：“在台湾我抄写了几本《张杨家谱》，留给我的儿孙。这一本是专门带回来送给您的，上面有我的儿孙的名字，您可要好好看看，保佑他们平安！”

我想，二叔一定会看到的。

几位叔伯兄弟后来回去为我们准备饭菜，我让他们把茶壶和杯子放在这里，我和水生再陪二叔坐一会儿。

二叔不喝酒，我就给他奉上一杯茶。

我给水生弟讲起第一次回来时寻找二叔的事，突然想起来问他：“二叔怎么改了名字啊？”水生弟告诉我，他爹是立春日出生的，二爷爷给他起名立早。登记时是竖写的，文员把立早两个字写近了，成了章，以后将错就错，他在花名册上就成了杨章。回来后就又叫立早了。他说这是他爹告诉他的。我听了这话，又想起了二叔的音容，心想，那次回来如果晓得这个底细，我们也就见面了。没想到这次回来，只能在他老人家的坟头说话了，我鼻子又是一阵发酸，眼泪止不住又簌簌流下来。

水生弟拉着我的手说，之洲哥，别难过，我爹知道你回来了，九泉之下一定会很高兴的。

我给水生弟讲了二叔当年给我家谱的经过，水生弟哭了。

我对水生说，我到台湾后结了婚，开始过得很艰难，后来慢慢好些，就是想家。我想念家乡的时候，就把家谱翻开看，这就是我的老家啊。二叔交代我走到哪里都不能忘记自己的祖宗，这一点我到死也不会忘记，而且要子子孙孙都不忘记。你们再续修家谱，可不能把我漏了啊。

……

我——

昨晚在镇上宾馆里过夜，我们兄弟俩讲了一夜话。说好今天先在枝洲转转，然后到宜昌去看三峡。

我们先来到老码头。由于江水变化，老码头早就搬走了，留下了老码头牌坊和老趸船，从老码头牌坊到趸船是两丈宽的石头台阶（枝洲人叫江踏子），枯水季节至多有上百步台阶。这台阶只怕有百把年了，没人考证过。当年我听爹说他被抓壮丁就是在这里上的船，多少年来江踏子上不知留下多少人的脚板印。码头搬走后，江踏子没人走了，也没得人来理乎它。后来洲上来了一个贩子找到卞区长，要出钱买这些石板在城里修古迹，说这里面有文化，这样做是“文化进城”，希望得到支持。卞区长是个有学问的人，心想你把我的文化搞进城，我这里不就没有文化了吗？他把贩子留在食堂里一起吃饭，贩子以为要成交了。没想到卞区长边吃饭边对贩子说：“伙计，你死了这个心吧，我们的文化出多少钱都不卖。我请你吃饭，是谢谢你给我提了个醒。”贩子一听就傻了眼，佩服卞区长“狡猾狡猾的”。

卞区长召开区政府办公会做出决定：一是任何时候谁都不能动江踏子，无论出多少钱，一块石头都不能动；二是把移在他处准备拆的老趸船拉回来，按原样安顿好；三是把牌坊维修好，将上面的“枝洲船码头”改为“枝洲老码头”；四是以区政府名义立一个保护牌。当天，卞区长就写下“枝洲老码头”几个字，现在这几个字还保留着。后来，区政府对大白果树也采取了相同的办法。

从此，白果树和老码头就保存下来了。其实老江踏子还是一个最好的水文标记。后来区水文站在江踏子边上立了水文标尺，同步修建了一米宽的大理石台阶，在台阶旁边刻上某年某月最高水位线，既是水文记录，也是观水的平台。

1998年的最高水位线是47.78米，我们在这个台阶上坐下来。

之洲哥望着坑坑洼洼的江踏子和滚滚东去的大江流水，没有说话。我给他点了一支烟，让他安静坐一会。

之洲——

坐在老码头上，在江踏子上的坑坑洼洼的水中，我看见了我爹我妈。

我爹来了，他背着我和一袋豌豆走来。

那是乙亥年，我三岁，发大水，水淹到东家的高台子上。东家一家都到江南躲水去了，要我爹妈给他们守屋。我们住在牛栏屋里，能吃的东西都吃完了，几天揭不开锅。四周都是水，我妈病了，我饿得只剩一口气，急得我爹直跳脚。水稍退后我爹就背着我蹚水到留巷找我老舅救命，那里地势高，爹想老舅要么没去躲水，就是去躲水也一定回来了。我们到老舅家，老舅妈看我饿得要死了，马上生火煮稀饭，用米汤把我灌活了。我老舅不知从哪里弄到一袋豌豆让我爹背回来。我爹背着我和豌豆在齐腰深的水中行走，走不动了，就把我放在坟堆上。我爹背着豌豆走一段，找个高坡放下，又转过身来接我，这样转了好多次。坟堆上有好多蛇，我吓得不敢哭，不敢动。

突然一条蛇向我冲来，我哭着喊爹。

我爹说："儿不怕，爹来了，爹来了。"这回他没来，在水中浪得不见了……

我妈来了，她牵着我妹妹从江踏子上走来。

这年我十五岁。八月涨大水，大堤破了，死的死，逃的逃。我们还是给地主守屋。东家的牛也可能是饿得不行了，半夜跑出来掉到台子下的水中，我爹拉着牛绳子不放，被牛拉到水里，再也没有起来。到了腊月，家家祭亡人，荒村尽野魂。东家不要我们了，我妈带着我和妹妹到江北逃荒，打短工，要饭。当时就是在这些石板江踏子上求爹爹告奶奶才上了船。后来我被抓去当兵，妈拉着妹妹边追边喊……

我妈走近我，好像对我说："我算是找到你了，跟我回家。"说着她又转头走了，我拉着妈不让她走。拉也拉不住，只觉得手指头生疼生疼，"哇哇"直叫……

水生弟问我怎么啦，我说没得事，打瞌睡哒，烟头烧到手指头。

水生弟扶我站起来，我定定神，只见石板上那些坑坑洼洼里的水，把我俩的影子割成一片一片的，太阳在里面晃动，我们的片片也在里边晃动。风一吹我们又散开了。这些坑坑洼洼照见过我的爹妈，照见过二叔，可现在只能照见我们两个了。

水生弟陪我来到白果树下。几十年来我无论走到哪里，一看到大树，都会想起家乡的这棵白果树。这棵树在几间屋大的树蔸子上长出三根大树干，像一把巨伞向四面展开，十几个人都抱不圆，树荫遮盖几亩地。我妈当年带我和妹妹逃荒的那年白果树没有发芽，听说逢灾年白果树都不发芽。

我爹说日本鬼子打过来的那年白果树也不发芽。鬼子来后听人说枝洲是条大船，白果树是船的桅杆，便强征木匠来锯白果树，想看看桅杆倒了这条船沉不沉。那天开锯时锯出来的都是血水，没锯几下锯条子就齐崭崭地断了，发出刺耳的声音，把鬼子都吓倒哒。原来头天木匠们听说要他们去锯白果树，连夜将十几根尺把长的门头钉打进树中，然后用黄泥巴糊好。第二天锯出来的血水是黄泥巴水，锯条子遇到门头钉就断了。在场的鬼子看到这个情景，朝白果树乱打枪。现在都还看得到锯口和枪眼儿，门头钉还长在树心中。那是枝洲人的骨气，是与白果树共生死的胆子。

现在这棵树长得真好啊！

我——

这棵树啊，几百年了，见证了枝洲的风和雨、苦和痛、悲和欢。远的不说，1998 年抗洪誓师大会就是在这里举行的。

1998 年长江发生特大洪水，八次首尾相接的洪魔袭来，最高洪峰水位比 1954 年最高水位超出一尺半。江水比洲内高出五六米，全洲十万人头顶滔天洪水度过了两个多月。三万多人与洪水生死相搏，排除大小险情几百处，创造了百年一遇特大洪水不漫一滴水、不溃一寸堤的奇迹！

为了纪念 1998 年抗洪胜利，枝洲在白果树下修建了抗洪广场，建了纪念碑。

之洲——

1998年长江发大洪水的时候，我在台湾没有睡过一夜安稳觉，天天看电视，听广播，夜夜做噩梦，到庙里去求神保佑。直到看到抗洪取得胜利的消息后我才放了心。我想，要是过去不晓得又要死多少人，也不晓得有多少家庭骨肉分离，逃荒要饭。

我——

之洲兄挨个看抗洪纪念碑花岗岩基座四面的浮雕。我告诉他这四组浮雕的主题是“洪水记忆”。

第一幅是“洲堤之初”，讲的是明初枝洲修建第一道大堤的故事。

第二幅是“洪水滔天”，展示世世代代枝洲人民饱受洪灾之苦、与洪水进行坚忍不拔的斗争的情景。

第三幅是“无私奉献”，记述1954年枝洲分洪保荆江大堤的丰功伟绩。

第四幅是“江水安澜”，展示三峡工程全面发挥效益后江水安澜的美好愿景。

我对之洲哥说，再过几十年上百年，说不定我们的后代都不晓得什么是抗洪了，我们要把这段历史记下来，像我们的先人们把他们在筑堤抗洪的事情记在县志和家谱中一样。如果没有他们的记录，我们怎么晓得那时的事情啊。

之洲——

谁说不是呢？不说后人不晓得，我不是亲眼所见也不晓得。

在纪念碑旁立有一排“生死牌”，都是在三四尺高的木桩上钉一块木板，用油漆写着“人在堤在，誓与大堤共存亡”几个字，下面是组长某某，成员某某。有的已经破损了，问水生这是怎么回事？

我——

这是1998年留下来的。当年最紧张的时候全洲有一万一千多个巡堤小组三万多双眼睛日日夜夜盯着大堤，大堤有丝毫变化立即报告，抢险队马上到达。层层立军令状，组组树生死牌。这里留下的生死牌只是一小部分。

怕之洲哥听不明白，我在署名“一班长 李卓”的生死牌前告诉他，这位组长李卓是武汉一所大学的教授，当时她在县城老家休假。得知县人武部组织江北民兵支援枝洲抗洪抢险的消息后，李教授找到人武部鲁政委说，我是研究水利的，去后派得上用场，坚决要求参加全县民兵支援枝洲抢险大队。鲁政委同意了她的请求，任命她为一班班长。进入枝洲后，李卓写好生死牌，带着十几位民兵上岗值守。指挥长也就是市长得知此情况后，立即来请她到抢险指挥组工作。后来她在确定几个险段抢险方案中立了大功。这个生死牌就是李卓教授亲自写的。

这是市长的生死牌。我告诉之洲哥，当时市长在枝洲前线指挥部前亲笔写了一块生死牌。他在这里镇守了七天七夜，每天晚上巡堤，困了就在车上眯一会儿，饿了就吃一个馒头，脚受伤了坚持不离开枝洲，直到洪水退去。在那段时间，您是没亲眼见过，枝洲大堤上真正是“用血肉筑成新的长城”。

之洲——

“人在堤在，誓死保卫枝洲大堤！指挥长 关邑”；

“人在堤在，誓死保卫枝洲大堤！一班长 李卓”；

……

我一个字一个字念着，眼泪流下来。我的天哪！长官、教授都上堤立生死牌，这是哪朝哪代都没听说的，我算是开眼了。

我心想，什么时候能不这样抗洪就好了。

我——

是啊，我1998年在枝洲参加抗洪时，看到那些疲惫不堪的抢险战士和乡亲，看到那些苦苦等待洪水退去向苍天求助的老人，看到那些受伤、生病坚持不下堤的干部和群众，心里都在流血。如果有一天洪水猛兽的噩梦成为过去该多好啊！

我告诉之洲哥，这个日子一定会来到的，现在已初见成效了。三峡工程全面发挥效益，荆江河段的防洪标准由十年一遇提高到百年一遇。今年三峡入库的洪峰流量超过1998年洪水最大峰值，由于三峡工程成功发挥拦洪削峰作用，为下游拦洪削峰百分之四十，有效缓解中下游地区的防洪压力。如果您前些年回来遇上这个时候，一定会看到万人上堤抗洪抢险的惊险场面。说不定您还会申请上堤，立一个生死牌哩！现在您放心，这一天已经过去了。不过，天有不测风云，万万马虎不得，我们要在与自然共处、共生和斗争的进程中不断进步。只有实现人与自然和谐共处，才能真正实现长治久安。

之洲——

这话说得真好。我们乘车在大堤上转了一圈，只见洲内棉花白、洲梨香、人声笑、车流忙，好安逸啊。离开枝洲时，水生弟带我到南河大桥凤口梨园吃午饭。老板娘是水生的表姐，一笑两个酒窝，问水生是“什么风把你吹到我这里来了，我怕你把姐姐忘记干净哒”。水生说哪能呢，我是来接从台湾回来的大哥的。表姐一个哈哈接一个哈哈，端出新下树的梨子请我们品尝。她说：“老大哥您来得好啊，要是前些年发大水，我们都要上堤守堤呢，哪有空在屋里待客啊。1998年发大水时，我们都上了堤，园子的梨子都烂了。哪年月，我们一年有三个月修堤，三个月防汛，三个月救灾，真是磨死个人哩。电视上说今年三峡水库进库洪水比1998年还大，您看我们这里哪像发大水的样子啊？水生兄弟，你回去后给领导带个话，就说我们感谢三峡工程啊！”

真是想不到，《张杨家谱》排行字辈中“万代安宁”四个字，如今真是梦想成真了！

离开枝洲，我们来到三峡大坝。水生带我登上了坛子岭。

面对三峡大坝，我禁不住喊出声来："我的个天哪，好高一座坝，好大一个湖啊！"

据新华社《三峡逐梦记》 从汉初至清末，两千多年间，长江共发生洪水灾害 214 次，平均十年一次。洪水过后，满目疮痍。

近代以来，长江依然桀骜不驯。

1931 年，中下游全部被淹，死亡 14.5 万人；

1935 年，江汉平原 53 个县市受灾，死亡 14.2 万人；

1954 年，京广铁路中断 100 多天，死亡 3.3 万人；

1998 年，受灾严重的中下游五省，死亡 1562 人，直接经济损失 2000 亿元……

2012 年，三峡入库流量达 7.12 万立方米每秒，洪峰流量超过 1998 年洪水最大峰值。三峡工程成功发挥拦洪削峰作用，为下游拦洪削峰 40%，有效缓解中下游地区的防洪压力。

三峡工程使荆江河段的防洪标准由十年一遇提高到百年一遇——有效保护江汉平原和洞庭湖地区 1500 万人口、2300 万亩良田。

（2012 年初稿写于宜昌，2018 年 11 月修改于海口江南城）